Beatrix Gurian

SOMMERNACHTSFUNKELN

Weitere Bücher von Beatrix Gurian im Arena Verlag:
Prinzentod
Höllenflirt
Liebesfluch
Lügenherz
Wie du ihm, so ich dir
Dann fressen sie die Raben
Der süße Kuss der Lüge
Stille Nacht. Mörderisch schöne Weihnachtsthriller
Stigmata. Nichts bleibt verborgen
Nixenrache
Glimmernächte

Schreibworkshops mit Beatrix Gurian:
www.münchner-schreibakademie.de

Beatrix Gurian

SOMMER NACHTS FUNKELN

Arena

Für Janosch

FSC
www.fsc.org
MIX
Papier aus verantwortungsvollen Quellen
FSC® C110508

1. Auflage 2017

Covergestaltung: Martina Eisele, unter Verwendung
von Motiven von shutterstock.com
Gesamtherstellung: Westermann Druck Zwickau GmbH
ISBN 978-3-401-60322-3

Besuche uns unter:
www.arena-verlag.de
www.twitter.com/arenaverlag
www.facebook.com/arenaverlagfans

To be wise and love
exceeds man's might.

Weise sein und lieben
vermag kein Mensch.

William Shakespeare
Troilus und Cressida
III. Aufzug, 2. Szene

1

Kati sah sich nervös in der menschenleeren Gegend um, überprüfte noch einmal, ob sie Lindas SUV auch wirklich abgeschlossen hatte, und machte sich auf die Suche. Reichlich runtergekommen war es hier – wie in den düsteren Graphic Novels über Rapper in Los Angeles, die Luke so gern gelesen hatte.

Luke. Die Narbe auf Katis Wange fing an zu kribbeln. Nicht an Luke denken, nicht jetzt. Sie musste nach vorn sehen. Denk »Linda«, nicht »Luke«. Tausch einfach die Buchstaben hinter dem L.

Linda hatte behauptet, das Viertel wäre gerade dabei, hipp zu werden, aber wenn es Linda Vorteile brachte, dann hätte sie auch eine atomverseuchte Insel als Vergnügungspark ausgegeben. Und um Kati dazu zu bringen, für sie in diese ominöse Bar zu gehen und sich dort »ein bisschen umzusehen«, hatte sie ihr nicht nur Extra-Taschengeld angeboten, sondern sie war sogar so weit gegangen, Kati zum ersten Mal wie eine Freundin und nicht wie ihre Untergebene zu behandeln. Hinter vorgehaltener Hand hatte sie ihr zugeflüstert, sie wüsste aus todsicherer Quelle, die aber leider absolut *Top Secret* bleiben müsste, dass in dieser Bar neben Jennifer Lawrence auch Matthew Macfadyen und Ellen Terry Stammgäste waren.

Kati hatte ein Augenrollen nur mühsam unterdrücken

können, denn damit kamen nur zwei *Secrets* ans Licht: Erstens, Linda hatte in ihrem Zimmer rumgeschnüffelt, um rauszukriegen, womit sie Kati ködern könnte, und zweitens hatte Linda keine Ahnung, dass Ellen Terry, die berühmteste Shakespearedarstellerin aller Zeiten, schon lange tot war und deshalb nur als Zombie in der Bar hätte aufkreuzen können.

Aber wo zum Teufel sollte die Bar denn sein? Diese Adresse konnte einfach nicht stimmen! Suchend sah Kati sich an der Kreuzung um, laut ihrem Navi müsste sie sich irgendwo hier befinden.

Links gegenüber war nur ein einsamer *Ed-Hardy*-Klamottenladen, der von einer Straße um die Ecke bis zur anderen Straße reichte. Und in jedem der drei garagentorgroßen Schaufenster hingen knallrote Plakate, die jetzt schon einen großen Supersale zum elften November, dem Veteransday, ankündigten.

Rechts von ihr befand sich eine Ladenzeile, in der die meisten Geschäfte mit heruntergelassenen Rollläden verrammelt und mit Graffiti besprüht waren. Einige waren mit neongelben Zetteln beklebt, die vor Ratten warnten. Nur ein einsames Nail-and-Fish-Beautystudio hielt dort noch die Stellung.

Das einzige Gebäude, in dem Menschen ein und aus gingen, stand auf der anderen Straßenseite etwas versetzt von ihr. Es war kein gewöhnliches Haus, sondern ein strahlend weiß getünchter Bau, offensichtlich eine kleine mexikanische Kirche.

Das konnte unmöglich die Bar sein, die Linda gemeint hatte. Aber die Adresse stimmte und deshalb lief Kati wie magisch von dem prächtigen Eingangsportal der Kirche angezogen, über die Straße, um das Gebäude genauer unter die Lupe zu nehmen. Rechts und links ragten zwei nicht sehr hohe Türme auf, die mit einem Querbalken verbunden waren. Daran hing eine große eiserne Glocke, die sich im heißen Nachmittagswind leicht hin und her bewegte. Zwischen den Türmen im quadratischen Mittelbau befand sich der imposante Eingang zur Kirche, aus dem gerade drei miteinander lachende Frauen in Nadelstreifenkostümen und eleganten Laptoptaschen herauskamen. Nein, dachte Kati, während sie direkt darauf zusteuerte, das hier war definitiv keine Bar.

Hinter den drei Frauen fiel das riesige Holztor völlig lautlos ins Schloss. Als Kati nur noch wenige Meter davorstand, musste sie den Kopf in den Nacken legen, um es betrachten zu können. Das Tor wurde nämlich von drei gewaltigen Bögen eingerahmt. Der erste war dunkelgrün gestrichen und in viele Rechtecke unterteilt, bemalt mit merkwürdigen Symbolen, von denen keines dem anderen glich: Spiralen, bunte Kreise und Kreuzvariationen, darüber verlief ein dunkelblauer Bogen mit Schmetterlingen und Totenköpfen. Abgeschlossen wurde das Ganze durch einen dritten und letzten Bogen, der in einem knalligen Türkis gestrichen war und in dem sich die Symbole der unteren Bögen abwechselnd wiederfanden.

Es war gerade so, als würde dieser Eingang sie in sein Inneres hineinsaugen wollen. Keine schlechte Idee, um Gläubige anzulocken, überlegte Kati und ging die letzten Schritte nach vorne. Genau in dem Moment öffnete sich das Tor und ihr kamen zwei bärtige Typen in Shorts entgegen. Jeder von ihnen hatte ein handbemaltes Skateboard unter den Arm geklemmt. Als die beiden sie bemerkten, trat der eine wieder etwas zurück, hielt ihr das Tor auf und nickte ihr zu.

»It's really amazing!«, sagte er so ehrfurchtsvoll, als befände sich in der Kirche der Heilige Gral. Sein Buddy nickte bestätigend, musterte Kati und fügte noch hinzu: »It'll do wonders for you, you sure will love it!«

Was sollte das denn heißen? Während er redete, glotzte der Typ bedeutungsvoll auf Katis rechte Wange. Ihr schoss sofort das Blut ins Gesicht; reflexartig legte sie die Hand auf ihre Narbe und drehte den beiden ihre gute Seite zu. Wollten sie ihr damit sagen, dass man in der Kirche Wunderheilungen vollbringen konnte, oder was?

Nein, natürlich war das keine Anspielung gewesen, seit dem Unfall war sie nur extrem überempfindlich.

»Go, try it!«, sagten dann beide und schubsten sie mit ihren Skateboards geradezu in die Kirche.

Es dauerte einen Moment, bis sich Katis Augen an die schummrige Stimmung gewöhnt hatten. Zuerst fielen ihr die wagenradgroßen Gestelle auf, die von der hohen gewölbten Decke hingen und auf denen unzählige weiße Kerzen flackerten.

Kati lief ungläubig ein paar Schritte, dann schüttelte sie immer wieder verblüfft den Kopf. Wie abgefahren war das denn? Hier drin war tatsächlich die Bar, zu der Linda sie in geheimer Mission geschickt hatte.

Nichts, was sie je gesehen hatte, war vergleichbar mit dem, was vor ihr lag. Es sah aus, als ob eine Bar aus den Fünfzigern sich mit einer mittelalterlichen Kirche verheiratet hätte und auf Hochzeitsreise in einer fremden Galaxie war. Kati wusste gar nicht, wo sie zuerst hinsehen sollte. Da waren die chromglänzenden, mit dickem rotem Leder bezogenen Barhocker aus den Fünfzigern, die aber auf einem Boden standen, der den Eindruck erweckte, man befände sich auf einem Flug durchs All. So, als stünde man in einer gläsernen Raumkapsel, unter sich nur Sterne, Milchstraßenwirbel und schwarze Löcher. In den weiß getünchten Bartresen, der sich wie eine Schlange über den Boden wand, waren LED-Lampen eingebaut, die farblich in einem ewig dauernden Sonnenuntergang hin und her changierten, was Kati ganz schwindelig werden ließ.

Oben auf dem Tresen befanden sich Kacheln, die die gleichen Ornamente zeigten wie die Bögen über dem Eingang: Totenköpfe, Spiralen, Schmetterlinge. In den seitlichen Gewölben der Kirche standen kleine, mit gelben Blumen geschmückte Altäre, außerdem Kugeln aus Milchglas aus denen weißlicher, sehr aromatischer Dampf aufstieg, dessen angenehmer Duft sofort ein Lächeln auf Katis Lippen zauberte.

Und es war merkwürdig still hier drin, obwohl auf jedem der Stühle jemand saß, der an einem Getränk nippte. Als hätte man Ohrstöpsel an und würde nur noch seinem eigenen Puls lauschen.

Offensichtlich lohnte sich der ganze Aufwand, auch wenn hier laut Linda nur gesunde alkoholfreie Smoothies verkauft wurden. Sonst hätte sie Kati mit ihren siebzehn Jahren auch nicht dorthin schicken können. Immerhin war Alkohol in den USA bis zum Alter von einundzwanzig Jahren strengstens verboten, was Kati ziemlich lächerlich fand – man durfte ja auch mit achtzehn wählen, und wie sie von Spider und den anderen Au-pairs gehört hatte, gab es einen regen Handel mit gefälschten Ausweisen, um an Alkohol zu kommen. Anderseits, wenn sie an den Unfall dachte …

Nein. Schluss damit. All dieses »hätte, könnte und wenn«-Zeug brachte sie nicht weiter. Sie musste endlich damit aufhören und alles, was mit dem Unfall zu tun hatte, vergessen.

»Zum ersten Mal hier?«, fragte eine dunkle, aber samtig wirkende Stimme hinter ihr.

Kati drehte sich um. Vor ihr stand ein junger, schwarzhaariger Typ, der sie anlächelte, als wäre sie der Hauptgewinn in einer ansonsten schrecklich öden Tombola. Er war größer als sie, mit breiten Schultern und schmaler Taille und wirkte in seinem engen roten T-Shirt irgendwie geschmeidig und angespannt zugleich. Und es verschlug ihr den Atem, als sie ihm dann ins Gesicht sah. *Doch wärt Ihr auch der Teufel, Ihr seid schön,* dachte Kati verwirrt an Shakespeare – wie immer, wenn sich ihre Gedanken sonst nur im Kreis drehten.

Sein Mund und dieses starke Kinn wirkten ein bisschen herrisch, doch die besondere Farbe seiner Augen … die erinnerte Kati an etwas. Tiefbraun waren diese Augen und durchsetzt von intensiv schimmernden Einsprengseln. Sprengsel, die genau wie bei Luke träge glitzerten wie Sonnenstrahlen, die bei ihrer Reise zur Erde tief durch goldenen Honig getaucht sind.

H wie Honig, schoss es Kati automatisch durch den Kopf. Sie biss sich auf die Lippen. Dieses verdammte Buchstabenspiel. Sie konnte es einfach nicht lassen. Hör schon auf damit, denk immer daran, dieses H wie Hölle hast du hinter dir gelassen, konzentrier dich auf das, was jetzt ist.

»Alles okay mit dir?«, fragte der Typ, den Kati womöglich schon viel zu lange angestarrt hatte. Sie zwang sich zu lächeln und nickte ihm zu.

»Ja. Sorry, tut mir leid, ich wollte nicht unhöflich sein«, antwortete sie auf Englisch.

»Schon gut. Schön, dass du zu uns gekommen bist. Beim ersten Mal servieren wir einen Smoothie umsonst. Such dir einen aus.«

Ah, er gehörte also zum Personal, dachte Kati. Wenn er lächelte, dann hatte er gar nichts Herrisches mehr an sich. Sein Lächeln machte ihn sanft.

»Wir haben heute den *Green Glowing Star Smoothie* im Angebot, aber so wie ich dich einschätze ...« Er musterte sie von oben bis unten und dann von unten bis oben. Kati war gespannt, ob er sich genau so verhalten würde wie alle anderen. Jeder, der sie zum ersten Mal genau betrachtete, kam irgendwann an den Punkt, an dem er zusammenzuckte.

Manche konnten das sehr gut überspielen und es war nicht mehr als ein unkontrollierter Wimpernschlag, andere waren so überrascht, dass sie nach Luft schnappen mussten. Aber dieser Typ verfügte entweder über eine perfekte Selbstbeherrschung oder das diffuse Licht schmeichelte ihr mehr, als sie gedacht hätte, denn er reagierte gar nicht auf ihre Narbe.

»So, wie ich dich einschätze, würde einer Persönlichkeit wie dir unser *Sunrise Glory* mehr zusagen.« Er legte seine Hand leicht auf ihren Ellenbogen, dirigierte sie zu einem gerade frei gewordenen Barhocker und verschwand hinter der Bar.

Kati musste sich am Tresen festhalten, weil ihr von all diesen Eindrücken immer noch ein wenig schwindelig war. Aber als sie dann auf dem Hocker saß, der im All zu schweben schien, merkte sie, wie sie sich immer mehr entspannte. All ihre Ängste und Sorgen schienen sich in dem magischen Sonnenauf- und -untergangslicht und dem Flackern der Kerzen aufzulösen. Sie fühlte sich plötzlich leicht und frei und so, als ob alles möglich wäre.

Was für ein Ort war das hier?

Ein flüchtiger Blick nach rechts und links zeigte ihr, dass sie mit Abstand am schlechtesten gekleidet war, aber es machte ihr nichts aus. Sie mochte die figurbetonten, ärmellosen und tief dekolletierten Kleider der anderen Frauen, die sich genauso gut zu fühlen schienen wie sie. Die meisten Männer trugen elegante Anzüge und redeten viel leiser als in den Bars, in denen Lindas Mann Derek mit seinen Kumpels Baseballspiele anschaute. Sie standen in kleinen Grüppchen am Tresen, nur einer saß allein, der einzige, der keinen Anzug anhatte. Es sah aus, als ob er eine schwarze Kapuze über dem Kopf tragen würde, aber er war so weit entfernt, dass Kati ihn nicht so genau erkennen konnte.

Erst als eine asiatisch aussehende Frau etwas hinter der Bar hervorholte, bemerkte Kati, dass sich dort große Kühlschränke mit Glastüren befanden, in denen Obst, Gemüse, Algen und Sprossen zu appetitanregenden Stillleben arrangiert waren. Beeren in kleinen Körbchen, Granatäpfel, Orangen und Avocados, Kräutersträuße in mit Ornamenten bemalten Bechern. Kati wusste gar nicht, wo sie zuerst hinschauen sollte.

Da kreuzte der schwarzhaarige Typ wieder auf. Er trug ein Körbchen voller Früchte und Grünzeug, von dem sie nicht wusste, was das alles war. Mit wenigen Bewegungen schnippelte er alles klein und warf es in einen altmodischen Mixer, der aussah wie aus *Zurück in die Zukunft*. Zum Schluss holte er noch drei Glasflakons mit goldenen grünlichen und orangen Ölen aus einem anderen Kühlschrank und gab davon jeweils ein paar Tropfen in den Mixer.

Als er ihren skeptischen Blick bemerkte, nickte er ihr zu und sagte: »Extrakte und Gewürze, alles sehr gesund und ganz speziell für dich.«

Nachdem er die Masse noch einmal durchgemixt hatte, goss er die Flüssigkeit in einen weißen Keramikbecher, dessen Form entfernt an die Kirche erinnerte, in der sie sich befanden.

Nachdem er den Becher vor sie hingestellt hatte, sah sie im unteren Drittel des Bechers ein durchsichtiges Tor aus Glas, das wie das Eingangsportal der Bar mit drei Bögen überspannt war. Durch dieses »Guckfenster« konnte Kati in ihren Drink schauen.

Verblüfft registrierte sie, dass sich trotz des Mixens mehrere sauber getrennte Lagen von Flüssigkeit in ihrem Becher befanden. Der Farbverlauf ihres *Sunrise Glorys* ging von Orange über Rot zu Rosa und erinnerte sie zwar eher an den Sonnenuntergang, den sie von ihrem Zimmer in Venice verfolgen konnte, aber hey, who cares? Sonnenaufgang oder Sonnenuntergang, das sah sehr schön aus.

»Man kann das auch trinken!«, sagte der Typ und grinste nun nicht mehr nur sanft, sondern so intensiv, dass Kati gar nicht anders konnte, als zurückzulächeln. Dabei trafen sich ihre Augen und jetzt, auf den zweiten Blick, erkannte sie, dass die Ähnlichkeit mit Luke wirklich nur oberflächlich war. Die goldenen Einsprengsel in seinen braunen Augen hatten ein flackerndes Eigenleben. Das waren überhaupt keine Honigsonnenstrahlen, sondern vielmehr ein freundliches Feuer.

Das muss aufhören, dachte Kati. Ich kann nicht immer alle mit Luke vergleichen.

»Was ist?«, fragte er und zeigte auf den Becher. »Magst du nicht probieren?«

»Doch!« Kati nahm einen Schluck. Himmlisch, dachte sie, was für ein unfassbar runder Geschmack: süß, aber nicht zu süß, fruchtig, aber nicht säuerlich, warm auf der Zunge, aber nicht klebrig und beim Runterschlucken angenehm kühl in der Kehle. Ein Hauch Zimt, ein bisschen Kokos oder war das Ingwer?

»Wow!«, sagte sie und meinte es auch so. Wenn Linda damit konkurrieren wollte, musste sie sich warm anziehen.

»Wie schön, das freut mich. Ich bin übrigens Jeff«, stellte er sich vor, nachdem sie den Becher abgestellt hatte. Er reichte ihr eine weiße Serviette, auf der wieder die drei Bögen des Portals aufgedruckt waren. Inmitten des unteren Bogens stand in schlichten Buchstaben *Lived*.

»Du darfst sie auch benutzen.« Jeff deutete auf ihren linken Mundwinkel, was Kati dazu brachte, sofort ihre Lippen abzutupfen.

»Und«, fragte Jeff nach einem Moment, »was hat dich nach Los Angeles verschlagen?«

»Ist mein Englisch so schlecht?«, konterte Kati viel koketter als sonst. Das musste an dem Drink liegen – obwohl, da war ja kein Alkohol drin.

»Nein, im Gegenteil, du sprichst perfekt, vielleicht zu perfekt. Ich schätze, du kommst aus der Schweiz?« Jeff warf ihr einen fragenden Blick zu.

»Knapp daneben, aus Deutschland.«

»Ah. Und warum bist du hier?«

»Ich arbeite als Au-pair.« Das war immerhin nicht gelogen und sie würde einem Wildfremden sicherlich nicht erzählen, warum sie wirklich nach Kalifornien gekommen war. Zeit, das Thema zu wechseln.

»*Lived* – ist das der Name dieser Bar?«, fragte sie und deutete auf die Serviette. »Weißt du, warum sie so heißt?«

»Natürlich«, antwortete Jeff, »es ist schließlich meine Bar.«

Oh. Da hatte sie wohl endlich mal Glück gehabt und einen Volltreffer gelandet. Wenn sie es richtig anstellte, könnte sie aus ihm alles rauskriegen, was Linda wissen wollte. Leider war ihr Jeff sympathisch und irgendwie sträubte sich etwas in ihr, ihn so hinters Licht zu führen.

»Eigentlich sollte es heißen ›And they lived happily ever after‹ – aber das war den Leuten zu lang. Weißt du, was das bedeutet?«

Kati nickte. Das war die englische Version von »Sie lebten glücklich und zufrieden bis an ihr Lebensende«. Und die fand sie viel schöner als die deutsche. »Lebensende« klang so traurig, nach Tod.

»Und warum hast du deine Bar so genannt?«

Jeff lachte mit offenem Mund und Kati war wie geblendet von all diesen perfekten Zähnen, die so weiß schimmerten wie frisch gefallener Pulverschnee auf einem gefrorenen Milchsee.

Was für ein faszinierender Kontrast zu diesen braungoldenen Feueraugen, dachte Kati und konnte nicht verhindern, dass sie ihn ebenfalls anlächelte.

Wie alt Jeff wohl war? Etwas älter als sie vermutlich, aber nicht älter als Mitte zwanzig.

»Was glaubst du denn, warum wir die Bar so genannt haben?«

»Damit jeder weiß, dass all die Versprechungen, die ihr hier macht, nichts anderes als Märchen sind?«

Jeff legte seine hohe glatte Stirn in Falten. »Ach ja? Und welche Versprechungen sollten das sein?«

Kati biss sich auf die Unterlippe. Sie war wohl ein wenig zu forsch, zu flapsig gewesen. »Ich meine nur ... Ich habe gehört, eure Drinks würden die Kunden schöner und jünger machen«, stotterte sie und verfluchte Linda, die ihr das eingebrockt hatte.

»Schönheit und Jugend, na, das verspricht in Los Angeles eigentlich jeder Dienstleister«, sagte Jeff. »Denn in dieser Stadt kann man ja, wie dir sicher nicht entgangen ist, niemals schön und jung genug sein. Aber deine Antwort stimmt nicht ganz, das wäre auch nicht sehr kreativ, oder?«

»Vielleicht hast du das ›Happily ever after‹ ironisch gemeint, weil Los Angeles so eine Märchen-Traumfabrik ist?«, riet Kati. Sie dachte nach. »Oder glaubst du ernsthaft daran, es wäre möglich für immer glücklich zu sein? Und dass jeder seine wahre Liebe finden kann?«

Da lachte Jeff schallend. »Selbstverständlich glaube ich an die Liebe! Ihr Europäerinnen seid so voll düsterer Gedanken!« Er richtete sich auf, legte sehr viel übertriebenes Pathos in seine Stimme und sagte auf Deutsch: »Angst, Weltschmerz!«

Kati kam es so vor, als hätte er damit die ganze Bar beschallt, denn plötzlich wurde es total still. Sie spürte, wie ihr die Röte ins Gesicht schoss, und sie hatte keine Ahnung, wie sie reagieren sollte.

Doch da redete er schon mit seiner normalen Stimme weiter. »Sorry, manchmal reitet mich einfach der Teufel.« Er zwinkerte ihr zu. »Darf ich fragen, wie du heißt?«

»Kati!« Sie schüttelte die Hand, die er über den Tresen reichte. Dabei wiederholte er ein paar Mal ihren Namen und sprach ihn dabei sehr weich und amerikanisch aus. *Katy*. Daran könnte ich mich gewöhnen, dachte sie.

»Lass es dir schmecken, Katy«, sagte er dann und nickte auffordernd zu ihrem Becher.

Sie nippte wieder an ihrem *Drink* und mit jedem Schluck fühlte sie sich wohler in ihrer Haut, wohler als die letzten Monate. Monate, in denen sie sich von allem verabschieden musste, was ihr wichtig gewesen war. Vom Theater und ihren Bühnenträumen und von Luke. Sie nahm einen weiteren Schluck, seufzte wohlig und fand das alles gar nicht mehr so schlimm. Sie war jetzt hier und hier würde sie neu anfangen. Linda konnte ihr gestohlen bleiben, sie würde nicht rumspionieren, sondern einfach nur dasitzen und alles genießen, ihr neues Leben in Los Angeles und diesen *Sunrise Glory*.

2

Sunrise Glory? Im Ernst jetzt?« Luke biss sich auf die Zunge, um nicht ausfallend zu werden. Ausgerechnet diese Schwachsinnsgeschichte hatte es auf den ersten Platz geschafft! Eine Graphic Novel über blinde goldene Einhörner, eine Story, die in etwa genauso viel von einer Graphic Novel hatte wie er von einem goldenen Einhorn.

»Hey, Mann, nimm's nicht so schwer«, versuchte Joschi, ihn zu trösten. »Ist doch scheißegal, was irgend so eine Jury labert, du bist Zweiter geworden! Immerhin gibt's da auch noch hundertfünfzig Mäuse!«

Joschi und Finn, die sich zu Ehren der Preisverleihung in ihre am wenigsten zerrissenen Jeans und sogar in Hemden geworfen hatten, griffen nach ihren Biergläsern und prosteten ihm zu.

»Die Zweiten sind die wahren Verlierer«, gab Luke zurück. Er hätte am liebsten gekotzt. Wie oberpeinlich, hinter so einem Schrott wollte er auf keinen Fall Zweiter sein.

»Jetzt mach mal halblang! Ganz ehrlich, ich hätte nicht gedacht, dass du überhaupt so weit vorne landest.« Finn wischte sich den Bierschaum vom Mund und nickte ihm aufmunternd zu. »Ich meine, dein Zeug ist einfach zu … na ja … zu …« Hilfe suchend wandte er sich an Joschi, der sofort in die Bresche sprang.

»… abgefahren. Für Normalsterbliche ist das eben zu hoch, was du so schreibst.«

Gegen seinen Willen musste Luke grinsen. »Da ist was dran. Jede Wette, ihr zwei Idioten wisst nicht mal mehr den Titel von meiner Story.«

»Doch, klar, Mann.« Joschi nahm einen gewaltigen Schluck Bier, um Zeit zu gewinnen. »Irgendwas Cooles über diesen Zombiematador, über den du ständig schreibst. Diesen Orroz.«

»Nee«, widersprach Finn, »nee, er hat doch was Neues ausprobiert, irgendwas mit dem Teufel und einem heulenden Tod.«

Na ja, dachte Luke. Das war zumindest nur knapp daneben. Die beiden sahen ihn fragend an, versuchten offensichtlich, ihr Lachen zu unterdrücken, aber dann konnten sie nicht anders und prusteten derart laut los, dass sich die wenigen Leute in der Kleinkunstbühne zu ihnen umdrehten.

Na toll. Luke versuchte, die leichte Verzweiflung, die sich gerade in ihm breitmachte, mit einem genauso lauten Lachen zu überspielen. So, wie seine zwei besten Freunde das gerade ausgedrückt hatten, klang seine Story eigentlich noch schlimmer als der Schwachsinn von den blinden goldenen Einhörnern. Aber die zwei interessierte das alles ja auch nicht die Bohne. Er seufzte. Klar, Kati war die Einzige gewesen, die je kapiert hatte, wie wichtig ihm seine Storys waren. Seit sie sich bei der Weihnachtsfeier ihrer Schule vor vier Jahren das erste Mal begegnet waren, hatte sie regelmäßig seine Geschichten gelesen – und ihn nie ausgelacht, egal, wie schrottig sie gewesen waren.

»Hey, schaut mal da drüben, Hammer!« Joschi hörte

abrupt auf zu lachen, zog seine kleine Wampe ein, zeigte auf ein hübsches Mädchen, das zur Mikrofonprobe auf die Bühne kommandiert worden war, und schnappte nach Luft. Sie starrten alle drei hin und Finn fielen fast die Augen aus dem Kopf. Das also war die Siegerin des Wettbewerbs.

»Wahnsinn, egal, wie diese Braut wirklich heißt, das nenn ich mal ›Sunrise Glory‹ ... Ich meine, bei der geht die Sonne aber so was von auf.« Finn schnalzte mit der Zunge und formte mit den Händen ihre Kurven nach. Joschi nickte dazu wie ferngesteuert und erinnerte Luke dabei an den Wackeldackel seiner Odenwälder Oma.

»Ehrlich, Luke«, Finn redete mit ihm, ohne den Blick von der Frau zu nehmen, »ist doch egal, um was es in deiner Story geht! Mit der da oben haben sie eindeutig die richtige Number One ausgesucht.«

»Alter, du fängst gleich an zu sabbern!«, stellte Luke fest.

»Und du darfst jetzt da hoch zur Preisverleihung«, stöhnte Joschi. »Ist das ungerecht, vielleicht küsst sie dich, so von Preisträger zu Preisträger. Scheiße, wisst ihr, was, ich fang jetzt auch an zu schreiben!«

»Besser nicht«, murmelte Luke und machte sich dann auf den Weg zur Bühne, um seinen Preis entgegenzunehmen. Einen Gutschein über hundertfünfzig Euro für die Eröffnung eines Girokontos bei der Bank, die den Schreibwettbewerb veranstaltet hatte, um an junge Kunden ranzukommen.

Sunrise Glory würde immerhin fünfhundert Euro abkassieren für ihre dämlichen blinden goldenen Einhörner.

Während er auf sie zusteuerte, betrachtete er die Siegerin, die eigentlich Ina Dinkelmann hieß, genauer und musste seinen Freunden zustimmen. Sie war wirklich sehr sexy, obwohl sie klobige Doc Martens zu ihrem schwarzen Lederminirock trug. Womöglich hatte die Jury ja nicht aus Literaturkennern bestanden, sondern nur aus Typen wie Joschi und Finn?

Als er näher kam, lächelte Ina ihn unsicher an und er sah etwas auf ihrer Stirn glitzern. War das Angstschweiß, der da im Scheinwerferlicht funkelte?

Plötzlich fühlte er sich wie ein Arsch. Natürlich hatte die Jury die Storys gelesen und Ina hatte genauso hart wie er an ihrer Geschichte gearbeitet und sie konnte überhaupt nichts dafür, dass er nur Zweiter geworden war.

Kati würde jetzt Witze über sein Monsterego reißen und darüber, was für ein mieser Verlierer er immer noch war. Einen Moment lang wünschte er sich, dass Kati hier wäre, ihm erst den Kopf waschen, dann aber gratulieren würde. Sie hätte sicher etwas Abgefahrenes zu seinem zweiten Platz auf Lager. Z wie zensationeller Zunder, würde sie sagen oder irgendeins ihrer Shakespearezitate aus dem Ärmel schütteln, das ihn aufmuntern würde.

Okay, jetzt bloß nicht sentimental werden. Kati hatte ihre Entscheidung getroffen, also scheiß auf Shakespeare! *Sunrise Glory* war hübsch und sie war hier. Das konnte noch ein richtig geiler Abend werden, wenn er sich nur ein bisschen Mühe gab.

Er straffte die Schultern, reichte seiner Rivalin die Hand und gratulierte ihr mit seinem strahlendsten Lächeln.

»Hat mir echt gefallen, deine Story«, sagte sie und ihre Stimme klang so angenehm rauchig und aufrichtig, dass er kurz in Erwägung zog, gleich mit ihr zu verschwinden und sie seinen Kumpels doch nicht vorzustellen. Immerhin hätten sie beide ein Gesprächsthema, während Joschi und Finn sie nur ansabbern würden.

Jetzt lächelte Ina auch gar nicht mehr so unsicher wie gerade eben noch, sondern so, als würde er ihr ziemlich gut gefallen.

»Danke«, antwortete Luke. »Ich fand deine Einhörner auch echt nett.« Er drückte ihre Hand fest und dekorierte seine dreiste Lüge noch mit einem vielsagenden Augenaufschlag.

Seine Freunde würden ihn dafür bewundern, Kati würde ihn für das Geschleime verachten und seine Schwester Gordana fände es wunderbar gentlemanlike.

Oh Mann, warum mischten die sich alle jetzt schon wieder ein? Sein Hirn war ihm manchmal echt ein Rätsel, denn er wollte gerade an niemand anderen denken und ganz besonders nicht an Miss von und zu Gordana, die in sechsundzwanzig Jahren nie etwas Schlechteres als den ersten Platz mit nach Hause gebracht hatte. Natürlich waren das immer nur erste Plätze bei seriösen wissenschaftlichen Wettbewerben und Kongressen. Orte, an denen blinde Einhörner nicht mal als Klopapieraufdruck vorkamen.

»Oh nett?«, wiederholte Ina und ihre Stimme troff nur so von Ironie. »Wow, du findest meine Story also *echt nett!*« Sie ließ seine Hand los, als hätte sie sich verbrannt. Sie murmelte etwas in sich hinein, was in Lukes Ohren so ähnlich klang wie »arroganter Idiot«, und er fühlte, dass er rot wurde.

Sie zuckte mit den Schultern und sagte dann lauter: »Tut mir *echt* leid für dich, aber *nette* Einhörner scheinen deutlich besser anzukommen als heulende Romantiker!«

Diese Abfuhr hatte er wirklich verdient. Schluss jetzt

mit diesem Selbstmitleid. Dieser ganze Wettbewerb war ja nur ein Spiel. Genau wie in *Blue Tears*, seiner Geschichte.

Doch bevor er mit *Sunrise* darüber reden konnte, begann die offizielle Preisverleihung.

Ein Spiel, sagte er sich, während er dem Schwachsinn lauschte, den die Jury über ihn und seine Geschichte zum Besten gab. Ein Spiel und deshalb war es auch egal, dass seine Eltern doch nicht gekommen waren.

Er nahm seinen Preis entgegen, posierte für die Fotos, küsste *Sunrise Glory* und auch Eva, das dicke Mädchen, das den dritten Platz gemacht hatte mit ihrer genial düsteren Geschichte voller Anspielungen: *6x7 Deepthought*.

Nachdem alles vorbei war, stellte er die beiden dann doch seinen Kumpels vor und nutzte das reichlich sprudelnde Freibier, um sich einen ordentlichen Kater anzutrinken.

Morgen, das nahm er sich fest vor, würde er seine Geschichte noch ein bisschen polieren. Er wusste, dass sie Potenzial hatte. Immerhin ging es darin nicht bloß um goldene Einhörner, sondern um die Liebe und das Leben und um eine Wette zwischen Teufel und Tod.

3

Ich wette Tod und Teufel, das da ist Madonna«, flüsterte ein kahlköpfiger Mann Kati hinter vorgehaltener Hand zu und versuchte dabei, so zu tun, als würde er die Frau, die gerade hereingekommen war, nicht anstarren.

Und während Kati noch überlegte, ob das nur ein misslungener Flirtversuch war, merkte sie, wie ein leises Raunen durch die Bar ging. Sie sah sich um, alle glotzten diese Frau an. Dann war das wohl eher kein Flirtversuch, wurde ihr klar. Jeder außer ihr fing eilig, aber betont unauffällig an, etwas in sein Smartphone zu tippen, während die Frau gerade von Jeff persönlich begrüßt und umarmt wurde.

Kati kramte in ihrem Gedächtnis nach Infos über Madonna, aber es fielen ihr keine ein. Auch keine Bilder. Luke hatte recht, ihr Nichtwissen über Musik war nicht nur legendär, sondern megapeinlich.

Und während Kati noch überlegte, ob sie Linda auch eine SMS schicken sollte, tauchte hinter Jeff eine hübsche Blondine auf, reichte der Frau die Hand und legte dann ihren Arm vertraulich um Jeffs Schultern.

Klar, ein Typ wie Jeff hatte sicher an jeder Hand drei Freundinnen. Er fing an, etwas für Vielleicht-Madonna zu mixen, und die Blonde half ihm dabei.

Offensichtlich waren alle schwer beschäftigt. Kati nahm

den letzten Schluck, stellte den Becher auf den Tresen und beschloss zu gehen. Mission beendet.

»Katy, darf ich dir Lucy vorstellen?« Jeff stand wie aus dem Nichts plötzlich vor ihr und neben ihm die blonde Frau, die ihm beim Mixen des Drinks geholfen hatte.

Sie war kleiner und zierlicher als er, hatte lange kalifornisch-blonde Wellen und das gleiche T-Shirt an wie Jeff. Aber bei ihr wölbte sich die Aufschrift *Lived* vorn über der üppigen Brust. Die Buchstaben waren wie das Portal in kleine Rechtecke mit Ornamenten unterteilt. Ihr Shirt war türkis, seines tiefrot.

Wie exotisches Salz und Pfeffer, dachte Kati und bewunderte Lucys elegant gewellte Frisur. Etwas verlegen griff sie in ihre eigenen Haare. Strohig war noch milde ausgedrückt. Linda hatte ihr schon oft gesagt, dass sie in Los Angeles mehr auf ihr Äußeres achten musste, wenn sie es hier schaffen wollte.

Warum Linda allerdings auf die Idee kam, dass Kati derart ambitionierte Pläne haben könnte, war ihr schleierhaft. Schließlich hatte sie sehr deutlich gehört, wie Linda ihrer Pilatestrainerin Carla am Telefon erzählt hatte, dass sie sich für Kati nur wegen der Narben im Gesicht entschieden hätte. So eine würde ihren Mann Derek nicht so leicht in Versuchung führen. Man wüsste ja, wo das mit den europäischen Au-pairs oft endete: vor dem Scheidungsrichter.

Aber genau wie Jeff reagierte auch Lucy nicht, als Kati ihr die rechte Gesichtshälfte zuwandte, um ihre Hand zu schütteln. Womöglich war es doch nur das schmeichelhafte Space-Licht der Bar.

Nachdem Kati Lucys »Hi Honey, so nice to have you

here«-Begrüßung hinter sich gebracht hatte, zwinkerte Lucy ihr zu und rückte dann erst damit heraus, dass sie die Zwillingsschwester von Jeff sei.

Kati war überrascht, wie sehr sie das freute. Da hätte ich auch selbst drauf kommen können, dachte sie, schließlich waren Lucys Augen völlig identisch mit denen ihres Bruders.

»Dann führt ihr diese Bar also zusammen?«, fragte sie.

»Yep.« Lucys Stimme war fast so tief wie die von Jeff, was einen interessanten Kontrast zu ihrer zierlichen blonden Gestalt ergab.

»*Lived* ist unser neuestes Baby.« Lucy warf ihr einen vielsagenden Blick zu. »Du weißt schon, nach unserem Ausstieg ...«

»Bitte, Lucy«, meldete sich Jeff mit sanfter Stimme, »lass doch diese alten Kamellen.«

»Alte Kamellen?«, hakte Kati nach.

Er verdrehte die Augen. »Lucy und ich waren mal Kinderstars.«

Kati gelang es kaum, ein breites Grinsen zu unterdrücken. Jeder in Los Angeles war beim Film oder Fernsehen. Jeder Kellner war ein arbeitsloser Schauspieler, der gerade bei einem Casting mit Steven Spielberg gewesen war, jede Verkäuferin drehte gerade einen wichtigen innovativen Clip. Auch Linda und ihr Mann lebten vom Filmbusiness, allerdings hatten sie einen Cateringservice, mit dem sie Filmsets bei Außendrehs versorgten. Verrückt, dachte Kati. Kaum habe ich meine Schauspielträume endgültig abgehakt, treffe ich lauter Menschen, die irgendwie damit zu tun haben. Und dabei bin ich doch aus einem völlig anderen Grund hierhergekommen.

»Ist irgendwas?«, fragte Lucy und machte ihr klar, dass sie unverhältnismäßig lange geschwiegen hatte.

»Sie ist Europäerin ...«, sagte ihr Bruder mit einem Schulterzucken, als würde das alles erklären.

»Ah, okay.«

Kati überlegte verzweifelt, ob sie die beiden kennen müsste. »Kinderstars?«, fragte sie schließlich kleinlaut.

Doch Jeff grinste nur und zeigte auf einen flimmernden Monitor über der Bar, den Kati noch gar nicht bemerkt hatte.

»Wir waren die Coleman-Twins in *The Foxes,* die Serie über eine verrückte Patchworkfamilie. Das war Ende der Neunziger, Anfang zweitausend in den USA ein ziemlicher Erfolg, hat es aber nie nach Europa geschafft.«

»Mit vier Jahren ging es los«, ergänzte Lucy und seufzte dann tief, »aber die Pubertät hat unsere Karriere dann leider beendet – da waren wir denen nicht mehr süß genug.«

»Das klingt hart. Wie war das für euch?«

»Okay«, sagte Jeff und gleichzeitig fügte seine Schwester hinzu: »Real hard.«

»Verstehe, es war für jeden anders.«

»Jeff hätten sie noch weiter beschäftigt, aber mich wollten sie durch eine süße kleine Neue ersetzen. Zum Glück hat mein Bruder da nicht mitgezogen. Wir sind beide weg und unser Abgang war dann auch das Ende der Serie.« Sie hielt Jeff die ausgestreckte Hand zum High Five hin. Er klatschte sie ab und sie lachten sich innig an.

Unwillkürlich sah Kati zum Monitor, auf dem gerade ein typisches amerikanisches Wohnzimmer zu sehen war, mit gemütlich braun und rot karierten Sofas, einem Fernseher aus den Neunzigern, davor ein Couchtisch voller Pappbecher. Ein Junge und ein Mädchen tobten zusammen mit einem bunten Papagei – einem Papagei? – über ein Sofa, während der Vorspann lief, der gerade den Titel zeigte: *The Foxes*.

Niemals wäre sie darauf gekommen, dass es sich bei den zwei niedlichen Kindern um Jeff und Lucy handelte.

Die Frau, die die ganze Bar zum Raunen gebracht hatte, winkte Lucy zu sich. »Oh, da muss ich wohl hin. Madonna hat sicher mal wieder einen Spezialwunsch.« Lucy nickte Kati noch einmal freundlich zu, dann eilte sie davon.

Also wirklich Madonna! Der kahlköpfige Mann hätte seine Wette gewonnen. Die asiatisch aussehende Frau kam zu ihnen und flüsterte Jeff zu, dass in fünfzehn Minuten Jennifer Lawrence vorbeischauen würde und sie am Telefon ausdrücklich nach Jeff verlangt hätte. Jeff sah auf seine goldene Uhr und nickte.

Okay, dachte Kati, der Superstar von *Die Tribute von Panem* ging hier ein und aus, Madonna schien Stammgast zu sein. Ja, sie war beeindruckt, gegen ihren Willen, denn eigentlich fand sie diesen ganzen Starrummel reichlich hohl.

Linda wäre natürlich entzückt. Sie behauptete, Tratsch sei ihr total zuwider und sie müsste Insiderklatsch nur deshalb kennen, weil das der Treibstoff ihres Jobs sei. Was Kati wieder zu ihrer Mission brachte.

»Und was hat dich nun wirklich hierher verschlagen?«, fragte Jeff, als ob er Gedanken lesen könnte.

»Neugier natürlich, was denn sonst?«

Jeff zwinkerte ihr wissend zu. »Verstehe. Dann willst du doch sicher noch einen Drink probieren. Wir haben einen der besonders gut bei problematischer Narbenheilung ist, möchtest du ihn versuchen?«

Narbenheilung! Kati zuckte zusammen. Ihr wurde bewusst, dass sie eine Weile lang nicht an ihr Gesicht gedacht hatte. Er hatte ihre Narbe also doch gesehen, er war nur höflich gewesen. Reflexartig betastete sie ihre rechte Wange, hörte aber sofort damit auf, als ihre Fingerkuppen die Narbe berührten. Es fühlte sich immer noch an, als trüge sie den Himalaya auf ihrem Gesicht spazieren. Die Verwerfungen ihrer Nähte fingen an zu kribbeln und zu pulsieren. Das war schon oft passiert und man konnte nichts dagegen tun. Die Ärzte hatten behauptet, das wäre ein rein psychisches Phänomen. Eine Theorie, die Kati noch mehr auf die Palme brachte als die Narbe selbst.

»Nein danke, ich habe wirklich genug für heute.« Das kam patziger raus, als sie es beabsichtigt hatte, doch das hatte er allein seiner Taktlosigkeit zuzuschreiben.

Jeff wollte etwas sagen, zuckte dann aber nur mit den Schultern und beugte sich hinter die Bar. Er zog ein Kärtchen und einen altmodischen Stempel hervor und verfiel in einen kühlen, geschäftsmäßigeren Ton. »Dann gebe ich dir unseren Gutschein mit. Für jeden Drink bekommst du einen Stempel, wenn du zehn davon hast, bekommst du den elften Drink fünfzig Prozent billiger.« Er stempelte die Karte einmal ab und überreichte sie.

Als Kati die Karte betrachtete, musste sie trotz des hektischen Kribbelns in ihrer Wange lächeln. In einem der leeren Felder prangte nun ein Totenkopf.

»Ein Totenkopf ist aber nicht gerade ein Symbol des Lebens, oder?«, fragte sie und zeigte auf den Schriftzug *Lived,* der in der Mitte der Karte angebracht war.

Jeff zog eine seiner dunklen Augenbrauen hoch. »Das ist eine sehr eingeschränkte Sichtweise, sehr westlich oder sagen wir mal christlich. Das hier«, er wies mit der Hand auf die mit gelben Blumen geschmückten Altäre in den seitlichen Gewölben des Raumes, »war ja mal eine mexikanische Kirche und die Mexikaner feiern jedes Jahr den *Día de los Muertos,* den Tag der Toten. Die Missionare haben ihn vom Frühling, wo man den Tag ursprünglich zusammen mit dem Neuanfang der Natur gefeiert hat, in den tristen November verlegt, damit er besser zu den christlichen Feiertagen passt.« Er hielt einen Moment inne und sah ihr tief in die Augen. »Schon die Azteken verstanden den Tod nicht als Ende, sondern als Anfang neuen Lebens, als eine Übergangsphase hin zu einer anderen Daseinsform.«

Davon hatte Kati auch schon gehört, seit sie hier in Los Angeles war, trotzdem fand sie diesen Totenkopf-Kult immer noch seltsam.

»Aber um ganz ehrlich zu sein«, fuhr Jeff fort, »hat das einfach gut in unser Konzept gepasst, schließlich macht der Totenkopf sehr deutlich, wie vergänglich alles ist. Nichts fürchtet man in Hollywood mehr als das. Alle kämpfen dagegen an …« Ein wehmütiges Lächeln schlich sich auf sein Gesicht und Kati fragte sich, ob er an *The Foxes* dachte und bedauerte, dass diese Zeit vorbei war. Aber in diesem Augenblick straffte er seine Schultern und redete schon weiter.

»Und was läge da näher, als der Vergänglichkeit gegenzusteuern, hier bei uns mit gesunden und nahrhaften Drinks.«

Kati sah sich in der Bar um, das war den beiden wirklich gut gelungen, jeder Platz war besetzt.

Jeff bemerkte ihren Blick und sagte: »Abends müssen wir sogar Türsteher einsetzen, und das, obwohl wir hier keinen Alkohol verkaufen. Es ist eigentlich ein bisschen verrückt, aber so what, das ist eben die Stadt der Engel.«

»Gibt es eine Karte?«, fragte sie. Irgendwas musste sie Linda ja vorweisen, wenn sie nach Hause kam.

»Die habe ich dir doch schon gegeben.«

»Ich meine eine Karte, auf der alle Drinks und Zutaten draufstehen.«

»So etwas haben wir nicht.«

Ungläubig sah Kati ihn an. »Wie?«

»Genau das ist das Geheimnis unseres Erfolges: Wir mixen die Drinks für jeden individuell. Selbst wenn wir so etwas wie einen Begrüßungsdrink und auch ein paar andere Standardsmoothies haben, schauen wir uns genau an, wer vor uns steht, und geben dann noch ein paar streng geheime Zutaten hinein. Deshalb mixen hier neben Lucy und mir nur noch Mossie und Izanami.« Er drehte sich um und zeigte Kati die beiden anderen Barkeeper. Sie war so auf Jeff und Lucy konzentriert gewesen, dass sie alles andere vernachlässigt hatte, dabei hatte Linda ihr einen ganzen Fragenkatalog eingeimpft, den sie abarbeiten sollte.

Izanami war sicher die asiatisch aussehende Frau, die zu ihren schwarzen Jeans und dem *Lived*-T-Shirt den gewaltigen Haaraufbau einer Geisha trug. Mossie hingegen sah aus wie ein gut beleibter Student, der eine Brille trug und schon reichlich kahlköpfig war. Das überraschte Kati. In einem Laden, der gesunde Drinks verkaufte, hätte sie einen Typen wie Mossie niemals erwartet. In der Smoothiebar, in der sie für Linda öfter mal »das Frühstück« holen musste, arbeiteten nur modellverdächtige junge Typen und Mädchen, neben denen Heidi Klum wie eine dicke alte Schachtel ausgesehen hätte.

Eigentlich sollte mich gar nichts mehr überraschen, dachte Kati, sicher war das auch der Grund, warum der Schuppen boomte. Allerdings änderte das nichts an ihrem Dilemma mit Linda. Das Einfachste wäre, ihr einen Drink mitzubringen. Den konnte sie ja dann vielleicht analysieren.

»Jeff, ich hab's mir anders überlegt.« Sie schluckte, nicht wegen der Lüge, die sie ihm auftischen würde, sondern weil sie ihre Narben ansprechen musste. »Ich würde den Drink, der so gut für die ...«, sie schaffte es immer noch nicht, das Wort auszusprechen, »... der so gut für die Haut ist, doch gern probieren.«

Jeff strahlte sie an, als hätte sie gerade eine Prüfung mit Auszeichnung bestanden. Er drehte sich zu den großen Kühlschränken um und nahm eine Avocado und ein Kännchen mit einer honigfarbenen Flüssigkeit heraus. »Na, dann mache ich mich mal an die Arbeit.«

»Arbeit, das ist ein gutes Stichwort«, flunkerte Kati, »ich muss leider los, ich nehme den Drink dann mit.«

Jeff hielt inne. »Tut mir leid, aber bei uns gibt es kein To-Go und keinen Außer-Haus-Service.« Er musterte sie kritisch. »Das müsste dir doch klar sein. Gerade habe ich dir erklärt, wie wir unsere Drinks mixen. Wenn sie außer Haus gehen, weiß man doch nicht, wer sie trinkt und zu welchem Zweck. Die Nähe zu den Menschen ist das Geheimnis unseres Erfolges.«

»Klingt logisch, trotzdem echt schade.« Zugegeben, das war ein genialer Schachzug, auch wenn es bedeutete, dass Linda selbst herkommen musste, um herauszufinden, was genau sie alles in ihre Drinks mischten.

»Dann weiß also niemand, was ihr in die Getränke reinschüttet. Ist das denn erlaubt? Ich dachte immer, in Amerika wird so etwas genau kontrolliert.«

»Wir verwenden nur Zutaten, die von der Lebensmittelbehörde freigegeben sind. Wir verkaufen ja auch keine Medizin.«

»Wie kannst du denn dann behaupten, ein Smoothie könnte gut für meine ... spezielle Haut sein?«

Sag es endlich, Kati, steh endlich dazu. Sprich es laut aus: *Narbe.* Allein schon gedacht war es ein widerliches Wort. N wie Narkose, N wie Niemand, N wie Nein.

Jeff hob beide Hände in die Luft, legte sie dann vorne auf seine Brust und neigte dazu ergeben den Kopf. »Erwischt! Das können wir natürlich nicht wirklich, auch wenn es durchaus einige Zutaten gibt, die heilend wirken. Zermahlene Lotusblätter oder Aloesaft zum Beispiel. Man darf allerdings nicht zu viel davon nehmen, sonst muss man dringend aufs Klo.« Er grinste sie an. »Es tut mir leid. Ehrlich gesagt dachte ich, mit meinem Angebot könnte ich dich dazu bringen, noch länger hierzubleiben.«

Jetzt legte er wieder allen Charme in seine Worte und im nächsten Moment nahm er die Treue-Karte, die noch vor ihr lag, und stempelte wie in einem zu schnell gedrehten Film zackig alle leeren Rechtecke mit dem Totenkopf aus. »Machen wir es so: Du kommst bald wieder und schon nächstes Mal zahlst du nur die Hälfte!«

Unvermittelt tauchte Lucy wieder neben Jeff auf. Sie pfiff anerkennend. »Du verschenkst unser Geld, Bruderherz!«, sagte sie mit gespieltem Entsetzen. Und zu Kati gewandt: »Sonst ist er nicht so großzügig. Du musst ihn ziemlich beeindruckt haben.«

In der allerersten Sekunde dachte Kati: Ja, warum auch nicht, aber dann wurde ihr sofort wieder klar, wie sie aussah, und sie senkte den Kopf. Sie hatte das eben doch gerade tatsächlich vergessen. Und Jeff hatte definitiv mit ihr geflirtet. Obwohl er die Narbe gesehen hatte. Sie atmete tief durch. Ihr erster Flirt seit … ewig. Ein beschwingtes, kribbeliges Gefühl breitete sich in ihrer Brust aus und es wunderte sie gar nicht, dass ihr ein bisschen schwindelig war, als sie aufstand. Allerdings war sie dann doch überrascht, dass es ihr sogar so vorkam, als wollte sich der Boden unter ihr auflösen und sie ins All entschweben lassen. Sie hielt sich kurz am Tresen fest und nickte den beiden zu.

»Leider muss ich jetzt wirklich gehen. Hat mich gefreut«, sagte sie, griff nach ihrer Handtasche und machte sich ein bisschen wackelig, aber glücklich wie schon seit Langem nicht mehr auf den Weg nach draußen.

4

Kati hatte den SUV noch nicht in die Garage gefahren, da stürmte Linda schon mit ihren Kindern heran. Wie immer, wenn sie die vier zusammen sah, fragte sich Kati, wie Linda zu diesen erstaunlichen Kindern gekommen war. Sie mochte alle drei gern. Dabei hatte sie davor am meisten Angst gehabt, immerhin hatte sie diesen Au-pair-Job nur angetreten, weil es sonst fast unmöglich war, in L.A. zu arbeiten, und nicht, weil sie Kinder so gut leiden konnte. Auf die Idee, dass es genau andersrum sein könnte, also dass die Mutter die Nervensäge war, wäre sie nie im Traum gekommen.

Linda hatte Marybelle auf dem Arm, das dickste Baby, das Kati je gesehen hatte. Es schien ihr unvorstellbar, wie die zierliche Linda es geschafft hatte, Marybelle auf die Welt zu bringen. Neben den beiden lief Mia, die zwar erst fünf Jahre alt war, Kati aber manchmal klüger vorkam als der gesamte Rest der Welt. Außerdem konnte Mia so gut Bilder malen, dass Luke neidisch geworden wäre. Hinter ihnen trottete Marlon her, der still wie ein Schatten war und nur mit Spago, seinem unsichtbaren Freund, redete.

Linda riss die Autotür auf. »Und, was hast du rausgekriegt? Du warst so lange weg, dass ich schon angefangen habe, mir Sorgen zu machen. Aber dann habe ich mir gesagt, dass du eben besonders gründlich bist!« Prompt reichte sie Kati das Baby, als ob sie ihr klarmachen wollte, dass sie jetzt wieder bei der Arbeit war.

Kati fing an zu schwitzen, nicht nur, weil Marybelle so schwer war, sondern weil es nicht leicht war, Linda zufriedenzustellen. Alles an Linda war hart. Ihr Körper war eine pilatesgestählte Maschine, dem sie unentwegt ihre Aufmerksamkeit schenkte. Die Haut in ihrem Gesicht spannte sich so fest über die Knochen, dass es ihr schwerfiel zu lachen. Linda lächelte zwar oft, dieses kalifornische Zahnlächeln ohne Augenbeteiligung (»Macht nur Augenfalten« – »Falten machen alt« – »Alt ist wie tot«), aber sie lachte nur ganz selten laut und so richtig aus dem Bauch raus. Das letzte Mal war zwei Wochen her, da hatte sie zugesehen, wie Mia vergeblich versucht hatte, Kati im Garten Pilates beizubringen. Linda fand es unglaublich, dass jemand seinen Körper dermaßen vernachlässigen konnte, und es war ihr persönlicher Ehrgeiz, Kati auch in dieser Hinsicht auf Vordermann zu bringen.

Linda wollte alles und jeden optimieren, denn ihrer Meinung nach war es um die Welt und um Amerikas Wirtschaft nur deshalb so schlecht bestellt, weil die Leute einfach nicht bereit waren, ihr Bestes zu geben. Aber Kati hatte den Verdacht, dass Linda ständig gegen ihre Ängste kämpfen musste. Und am meisten Angst hatte Linda davor, dass Derek sie verlassen würde und sie als verarmte, einsame und vor allem alleinerziehende Mutter enden würde.

Das konnte Kati kaum nachvollziehen, denn sie war bei einer alleinerziehenden Mutter aufgewachsen und hatte es überlebt. Na ja, gerade so. Ihre Mutter war zwar nie arbeitslos gewesen, weil sie als Steuerberaterin immer einen Job gehabt hatte, und einsam war sie auch nie, denn es hatte immer Männer gegeben. Männer, die das Leben ihrer Mom in antike Tragödien verwandelten. Ihre Mom war eine Dramaqueen, die alle paar Monate die eine einzige wahre Version von *Romeo und Julia* aufführte. Sie war immer erst unsterblich verliebt und dann unendlich verletzt. Etwas anderes gab es für sie nicht.

Als Kati klein gewesen war, hatte sie das Geschluchze ihrer Mutter entsetzlich beunruhigt und sie hatte oft Angst gehabt, sie könnte sich etwas antun. Doch heute hatte Kati nur noch ein müdes Schulterzucken dafür übrig. Wie konnte ihre Mutter allen Ernstes jedes Mal wieder glauben, dass Harald, Helmut oder Heiko *der* Traumprinz war, wo doch Kati schon deutlich erkennen konnte, dass der eine log wie gedruckt, der andere zu gern zu schnell zu viel trank und der Dritte sich nur für Angeln und Eierschalenschnitzen interessierte, während ihre Mutter von Tango und Tabasco träumte.

All diese Dramen hatten dazu geführt, dass Katis Hals sich sofort zuschnürte, wenn jemand von der großen Liebe redete. Große Liebe war eine große Illusion. Das Einzige, was Katis Meinung nach wirklich zählte, war Freundschaft. So wie ihre mit … *Nein!*

»Und?« Linda wedelte ungeduldig mit gezücktem Handy vor ihren Augen herum, so als könnte sie die Informationen von Kati sofort in Aktionen umsetzen. Marybelle war aufgewacht und verfolgte die Bewegungen ihrer Mutter mit einem trägen Lächeln.

»Ich wollte dir wirklich einen Drink mitbringen, aber sie verkaufen nicht außer Haus. Kein To-Go. Man darf nichts mit rausnehmen.« Kati schaukelte Marybelle wie einen Schutzschild vor sich hin und her.

Linda presste die Lippen zusammen. »What the …« Sie beherrschte sich wegen der Kinder und lief in den Garten zu der Holzveranda, wo um einen großen Tisch acht weiße ausladende Loomchairs mit dicken hellgrauen Leinenkissen gruppiert waren. Von hier hatte man einen guten Blick auf den gekachelten Pool, der am anderen Ende des Gartens unter zwei sehr hohen Palmen in sanften Blautönen schimmerte.

Sie setzte sich und deutete Kati an, sich zu beeilen, dann goss sie sich etwas von dem hausgemachten Eistee ein, der zusammen mit Minzzweigen, Zitronenscheiben, Gläsern und Servietten auf dem Tisch stand. Sie nippte daran, zupfte ein paar Minzblätter ab, warf sie in den Eistee und rührte hektisch darin herum. Dann rief sie: »Kati! Kommst du jetzt endlich?«

Kati beeilte sich und nahm mit Marybelle auf dem Arm neben Linda Platz. Mia hockte sich vor sie auf den Boden und kuschelte sich an ihre Beine. Marlon ließ sich im Schneidersitz auf den Kies vor der Veranda fallen und alle warteten gespannt auf Katis weiteren Bericht.

»Wirklich keine Chance, da was rauszuschmuggeln?«

Kati schüttelte den Kopf und erzählte von Jeff und Lucy und der Serie, woraufhin Linda blass wurde.

»Direkte Connections zum Film, das ist nicht gut. Gar nicht gut«, murmelte sie.

Und als Kati dann Madonna und Jennifer Lawrence erwähnte, schloss Linda wie von Kummer überwältigt ihre Lider.

»Warum ist das alles so wichtig für dich? Wenn das *Lived* nirgendwohin liefert und man auch nichts mitnehmen kann, dann ist das doch gar keine Konkurrenz für

Linda's Lifesavers. Ihr lebt schließlich davon, dass ihr das Essen an Filmsets hinbringt.«

Linda verdrehte ihre blaugrauen Augen. »Das musst du auch nicht verstehen!«, sagte sie, dann fügte sie noch etwas freundlicher hinzu: »Das nennt man Konkurrenzbeobachtung. Trendforschung. Ich muss wissen, was die Leute gerade wollen! Wenn wir Smoothies liefern können, die genauso gut oder besser sind als die vom *Lived,* dann generiert das Kunden und wir brauchen Kunden. Verstehst du, wir brauchen Umsatz, steigenden Umsatz! Denn Stillstand ist Rückgang.«

Linda schien wirklich besorgt zu sein. Sie hatte ihre Stirn in Falten gelegt, was sie sonst tunlichst vermied, um nicht zu viele Botox-Sessions zu brauchen. Offensichtlich schien diese kleine Bar Lindas größte Ängste zu befeuern.

Dabei würde das *Lived* bestimmt genauso schnell, wie es in und hip geworden war, auch wieder out sein. Seit Kati in Los Angeles lebte, hatte sie – natürlich nur durch Linda – schon zwei Gourmettempel strahlend aufsteigen und dann rasend schnell pleitegehen sehen. Das war hier doch an der Tagesordnung.

Marybelle auf ihrem Arm wurde unruhig. Linda hatte immer noch eine faltige Stirn und Kati überlegte, was sie ihr erzählen könnte, um sie ein bisschen zu entspannen.

»Die Bar ist in einer Kirche.«

»Abscheulich.« Linda verdrehte ihre Augen. »Die Leute schrecken auch vor nichts zurück.« Linda und Derek waren rührige Mitglieder bei den Baptisten, ein Umstand, der Katis Mutter viel mehr beunruhigt hatte als die Kriminalität in Los Angeles.

»Was, wenn die meine geliebte Tochter in so eine evangelikale Sekte verschleppen, in der die Töchter ihrem Daddy auf einem Purityball schwören müssen, keinen Sex vor der Ehe zu haben?«

Kati musste sich auf die Zunge beißen, um nicht mit der einzig möglichen Antwort herauszuplatzen, denn wenn sie das getan hätte, wären ihre Pläne dahin gewesen. Ihre Mutter hätte sofort gewittert, warum sie wirklich nach Los Angeles wollte, und dann niemals das Formular der Au-pair-Vermittlung unterschrieben.

»Kati!« Linda klang schrill, offensichtlich hatte sie schon mehrfach ihren Namen gerufen. »Möchtest du etwas Eistee?«, fragte sie nun wieder leiser mit einem Blick auf das Baby in Katis Arm. Kati nickte.

»Eine Kirche also?«, hakte Linda nach. »Was für eine?«

»Mexikanisch.«

»Das macht es nur ein bisschen besser. Und was hast du noch?«

Kati beschrieb ihr die Innenausstattung und erwähnte die gemahlenen Lotusblätter und den Aloesaft.

»Okay!« Linda gab sich einen Ruck. »Dann ist es ganz einfach. Du gehst da so lange hin, bis du alle Drinks durchprobiert hast.«

»Du hast das Prinzip nicht verstanden«, sagte Kati und verdrehte innerlich die Augen. Sie klang schon wie Jeff. »Die mixen jedem was anderes und das kann niemand klauen. Jeder Drink ist einzigartig.«

Linda schüttelte ihre schulterlangen, mit dem Glätteisen gestählten blonden Haare. »Unmöglich, das würde viel zu viel Kosten verursachen. Ganz sicher haben sie so eine Basicmasse und mixen dann vor den Augen der Kunden nur noch was dazu, ein bisschen wie *Starbucks* – die würden auch behaupten, dass es individuell ist, wenn jemand einen ›Chai Soja Latte Frapu‹ mit Krokantstreuseln will. Und du wirst für mich rausfinden, mit welchen Basics die arbeiten.« Nachdem Linda diesen Beschluss gefasst hatte, wirkte sie erleichtert. »Du fährst wieder hin. Ich frag Carla, wann sie einen Babysitter dahat, der auch auf meine Kinder aufpassen kann.« Linda stand auf, streckte sich kurz, lief zwei Schritte Richtung Marlon, ging dort erst in die Kobra, dann in den herabschauenden Hund, küsste dabei Marlon auf den blonden Haarschopf und rief Kati zu, das sie jetzt zur Arbeit müsste, um alles für einen Job heute Abend vorzubereiten.

»Ein Nachtdreh oben in den Hills. Ein besch…« Linda stockte. Sie fluchte nie, wenn die Kinder dabei waren, »… ein sehr bescheidener Horrorfilm, nur C-Kategorie.«

Kati hatte mittlerweile gelernt, was das bedeutete. C-Kategorie-Filme waren ganz mieser Schrott und kamen logischerweise nach den B-Movies, die auch keine Knaller waren, die Linda aber schon lieber belieferte, denn manche erreichten irgendwann vielleicht mal Kultstatus. Doch Linda wollte endlich auch die A-Kategorie bedienen, die mit den Stars, und sie arbeitete sich langsam, aber zäh vor, von C nach A. Rückwärts, das wäre auch eine Idee für unser Spiel gewesen, dachte Kati, wer weiß, ob dann alles anders gekommen wäre, wenn Luke und ich nicht immer von vorne angefangen hätten …

5

Zwei Jahre zuvor

A, B, C, es geht lo-o-o-s«, sagte Luke und verstummte, bis er viel zu schnell dermaßen laut »Stopp!« brüllte, dass Kati auf dem orangen Sitzsack zusammenzuckte.

»K«, antwortete sie.

»Das gibt's doch gar nicht, du schummelst!«

»Nein, tu ich nicht!«, beteuerte sie.

»Doch, das machst du extra, immer dieses bescheuerte K, und zwar nur, weil du bei K alles weißt und schneller schreiben kannst als ich: Kassel, Kenia, Kongo, Karl-Heinz, Kakadu, Klageweib, Königskerzen.«

»Blödsinn, Klageweib hab ich noch nie bei Beruf hingeschrieben, allerdings sehe ich da gerade eins bei der Arbeit!«

»Du lenkst ab.« Er sah wunderbar aus, wenn er wütend war. Eigentlich nicht nur dann, aber jetzt glitzerten seine braunen Augen angriffslustig und die Muskeln unter seiner Haut waren angespannt. Seine Haut, die immer satt aussah. Satt und glücklich. Und Kati fand, Luke hatte genau die richtige Menge Muskeln, nicht zu viele, nicht zu wenige. Sie hatte herausgefunden, dass er jeden Morgen hundert Liegestütze machte, was er aber leugnete, weil er Fitnesstypen eigentlich blöd fand.

Gerade ballten sich seine Bizepse zu Kugeln zusammen, und wenn das geschah, bewegte sich auch etwas tief in Katis

Bauch und machte sie schwindelig. Etwas, das sie sofort und konsequent abschaltete, indem sie woandershin schaute.

»Und du bist ein schlechter Verlierer.«

Luke richtete sich auf und funkelte sie an. »Blödsinn! Ich gehöre eindeutig immer zu den Siegern.«

»Lass das«, sagte sie und bemühte sich, kühl zu klingen, »und auch wenn du dir mit den Fäusten auf die Brust trommelst wie ein Gorilla – das ändert nichts an der Tatsache ...« Kati zählte noch einmal die Punkte zusammen und verkniff sich ein Grinsen. »... dass du doch wieder verloren hast.«

»Zeig her!«

»Nein!«

»Dann tu ich's!«

»Was denn?«

Luke grinste und hämmerte mit den Fäusten auf seine Brust. Seine Muskeln tanzten dabei geradezu und das brachte wieder dieses Etwas, tief in ihrem Bauch, dazu mitzutanzen.

Das musste sofort aufhören! Sie warf ihm die Blätter an den Kopf. »Blödmann!«

Er fing sie auf und legte sie vor sich auf die verschränkten Beine. Kati seufzte und sogar jetzt, als er ruhig und in sich zusammengesunken auf seinem Bett saß und mit aufeinandergepressten Lippen angestrengt versuchte, all ihre Punkte zu zählen, war sie von ihm hingerissen. Sogar von seiner Frisur. Zuerst war sie entsetzt gewesen, als er wegen einer verlorenen Wette mit Joschi und Finn seine langen Haare komplett abrasieren musste, aber sie mochte die Form seines Schädels und sie hatte diese Ader entdeckt, die an seiner linken Schläfe pochte. Und obwohl seine Haare schon wieder die Länge eines Golfrasens erreicht hatten, achtete sie seitdem immer auf diese Ader. Gerade pulsierte sie ziemlich schnell. Pochte unter seiner glücklichen Haut. Und jedes Mal, wenn sie dieses Pulsieren sah, fragte sie sich, ob Marie oder eine andere seiner vielen Freundinnen die Stelle je berührt oder geküsst hatte, denn sie hätte das getan. Kati drehte ihre Hände um und betrachtete ihre Fingerkuppen. Wie sich das wohl anfühlen würde?

Kati ballte ihre Hände zu Fäusten und räusperte sich.

Luke rechnete immer noch, es fiel ihm schwer wegen seiner Matheschwäche. Darüber riss er zwar selbst manchmal Witze und behauptete, er sei ein amtlich bestätigter Vollidiot, bei dem eins plus eins ganz klar elf ergeben würde. Aber er hasste es, wenn ihn irgendwer sonst darauf ansprach, also wartete Kati geduldig, zu welchem Ergebnis er kommen würde.

»Okay«, gab er schließlich widerwillig zu und feuerte die Blätter auf den Boden. »Du hast recht. Du hast gewonnen. Applaus! Aber ehrlich, das langweilt langsam.«

Kati wurde kalt. Das war schlecht.

Ganz schlecht.

Das durfte nicht passieren, dann würde er keine Zeit mehr mit ihr verbringen. Dann würde er nur noch mit Marie abhängen, denn die durchzukitzeln, machte ihm offensichtlich jede Menge Spaß. Sie schluckte und verbot es sich, ihn dafür zu hassen. So war Luke eben. Man hasste auch Katzen nicht, wenn sie Singvögel jagten. Na ja, das war kein guter Vergleich, Luke hatte nichts von einer Katze, aber wenn er ein Tier wäre, was wäre er denn? Ja was eigentlich? Ein Delfin? Ein Adler? Ein Bär? Marie jedenfalls wäre ein Kicherfisch. Noch. Es dauerte nie besonders lange. Schon bald würde sie zu einem Heuler, denn Luke konnte der Jagd nicht lange widerstehen. *Es sollt ein Freund des Freundes Schwächen tragen,* zitierte Kati innerlich. Und deshalb werde ich auch Marie überstehen, wenn ich Luke nicht langweile. Aber das war nicht leicht! Shakespeare langweilte ihn in jedem Fall, Theater sowieso. Luke liebte seine Comics und das Zeichnen, doch daraus konnte sie beim besten Willen kein Spiel machen. Er liebte Musik, wovon sie erst recht keine Ahnung hatte, und Computerspiele machte er auch lieber mit seinen Kumpels, denn die waren darin viel besser als Kati. Gott, die Liste der Dinge, die sie nicht konnte und von denen sie nicht mal einen Schimmer von Dunst hatte, war elendig lang. Sie brauchte eine Idee, die ihn herausfordern würde.

Nur quälend langsam formierte sich etwas in ihrem Hirn. Sie richtete sich auf, was den Sitzsack zu einem lautstarken Rülpsen brachte. »Ich hab's, wir machen weiter mit den Buchstaben, aber nicht länger Stadt-Land-Fluss, sondern es dreht sich dann alles nur um einen einzigen Buchstaben. Wir vertiefen das, machen Listen, wie zum Beispiel Phobien mit A oder Filme, die man gesehen haben muss mit P oder …«

»Oder ich stell dir eine K- oder Z- oder Y-Frage, und wenn du sie beantworten kannst, muss ich auf den Sack!« Er deutete auf den Sitzsack, auf dem immer der Verlierer sitzen musste, weil er so unbequem und laut war.

»Oder umgekehrt«, ergänzte Kati und war mal wieder verblüfft, wie gut Luke sie verstand. Jedem anderen hätte sie erst mal lang und breit erklären müssen, was sie meinte, aber er kapierte es sofort. Und das war es wert, all das andere.

»Hey, lass uns gleich damit anfangen«, sprudelte es nur

so aus ihm heraus. »Ich hab ’ne Idee, aber es ist gruselig …« Er sah sie abwartend an, während die Honigsonnenstrahlen in seinen Augen schon begeistert funkelten.

Kati stand auf, hob theatralisch beide Hände und deklamierte mit tiefer Stimme: »Mögen die Spiele beginnen!«

»Was hältst du von Todesursachen mit G? Wer zuerst keine mehr weiß, muss auf den Sack.«

Kati verkniff sich ein Grinsen. Da würde sie ihn schlagen. Haushoch!

»Guillotine«, warf sie ihm hin.

Luke zog anerkennend die Augenbrauen hoch. Dann ging es Schlag auf Schlag:

»Giftmischer.« – Er.

»Grundwasserverseuchung.« – Sie.

»Grubenunglück.« – Er.

»Gondelabsturz.« – Sie.

»Genickbruch.« – Er.

»Also«, sagte sie, »das ist die Folge vom Gondelabsturz, nicht wirklich sehr originell.«

»Du willst es originell, na gut, dann nimm das: Gesangsfolter.«

»Greifvogelattacke!«

»Getthogangster.«

»Gänsekeulengrillunfall.«

Luke grinste. »Na gut, das lasse ich gelten, aber dann winkst du auch meinen nächsten Vorschlag durch.« Er machte eine dramatische Pause: »Gemächtentzündung!«

Kati schüttelte den Kopf. »Ich denk gar nicht dran, das ist nicht zwangsläufig tödlich!«

Daraufhin griff Luke sich mit schmerzverzerrtem Gesicht in den Schritt und jaulte entsetzlich.

»Schon gut.« Sie lenkte ein, aber nur weil sie nicht wusste, wo sie hinschauen sollte. »Okay, von mir aus gilt es! Aber du lenkst bloß ab, weil dir nichts mehr einfällt.«

Sofort hörte er mit dem Gejaule auf und warf das nächste Wort in die Runde.

»Golfballkopftreffer.«

»Gletscherspalte«, konterte sie.

»Geburt«, legte er nach.

»Wie traurig«, kommentierte sie, weil das klug war, ja geradezu genial. Das war nicht zu toppen. Sie sahen sich an, Luke wähnte sich schon auf der Siegerseite, aber das konnte Kati nicht durchgehen lassen. Sie wollte, nein, sie *musste* einfach gewinnen. Wenn sie heute nicht über ihn siegte, dann würde ihre Freundschaft bestimmt den Bach runtergehen. Dann würde er seine Zeit lieber mit den anderen, den sexy Mädchen verbringen, dann würde er merken, von wie vielen Dingen sie keine Ahnung hatte und dass sie eigentlich gar nichts wirklich konnte. Wenn sie jetzt verlor, verlor sie ihn und dann verlor sie alles.

»Ich warte!«, sagte Luke.

Sie schluckte ein paar Mal, dann konzentrierte sie sich wieder auf das G – wie Glück. Obwohl … Todesursachen mit G waren ja wohl kaum ein Glück. Glockengeläut, Glasmenagerie, Gockelallergie und dann nach einer weiteren Ewigkeit hatte sie endlich eine zündende Idee. Sie würde gewinnen, alles würde weitergehen wie bisher. Kati seufzte erleichtert. Doch dann, genau in der Sekunde, in der sie es triumphierend zu ihm hinüberschmetterte, sagte er es auch schon zu ihr: »Gottesurteil!«

6

Etwas streichelte ihre Schienbeine und fing dann an, ungeduldig auf ihre Kniescheibe zu klopfen, als wollte jemand fragen, ob sie auch wirklich anwesend war.

Mia! Kati begriff, dass sie in einen ihrer sinnlosen Tagträume versunken war. Sie beugte sich zu ihr.

»Was ist ein ›Gottesurteil‹?«, fragte Mia und sprach das deutsche Wort erstaunlich akzentfrei aus. Da Mia ganz sicher keine Gedanken lesen konnte, begriff Kati, dass sie nicht nur weggedriftet war, sondern peinlicherweise auch noch laut gesprochen haben musste.

Mia sah sie erwartungsvoll an und Kati überlegte, wie das Wort im Englischen hieß.

»Ordeal oder jugdement by god«, erklärte sie und hoffte, dass das nicht irgendetwas war, was auf Lindas Indexliste stand.

»Was bedeutet das?« Mia sah so gespannt aus, dass Kati es nicht übers Herz brachte, sie mit irgendetwas anderem als der Wahrheit abzuspeisen.

»Das ist nicht so einfach.« Sie seufzte. »Früher …«

»Wann früher«, unterbrach Mia, die sich jetzt neben sie gesetzt hatte und eine Haarsträhne aus ihrem Pferdeschwanz um den Finger gewickelt hatte, was sie immer tat, wenn sie sich konzentrieren wollte.

»Vor sehr, sehr langer Zeit, als deine Ur-Ur-Ur-Ur-Ur-Ur-Ur-Großeltern noch nicht geboren waren …«

»Ah, ich weiß.« Mia lächelte, was durch die fehlenden unteren Schneidezähne besonders süß aussah. »Du meinst bei den Dinosauriern!«

»Nein, nicht ganz, ein bisschen später.« Sie würde hundert Jahre brauchen, um Mia das zu erklären. Leider fing Marybelle an zu wimmern, so als ob sie damit ihre Meinung über Gottesurteile verkünden wollte. Kati kannte sie lange genug, um zu wissen, dass das die ersten Signale für Hunger waren, und die durfte sie auf keinen Fall überhören, sonst würde sich Marybelle binnen einer Minute in eine Heulboje verwandeln.

»Komm mit, deine Schwester muss gefüttert werden«, sagte Kati, erhob sich, warf einen Blick auf Marlon, der immer noch auf dem Rasen saß und auf den Pool starrte. Sie rief ihn zu sich, weil sie Angst hatte, er könnte in den Pool fallen und ertrinken. Widerwillig stand er auf und kam mit ihnen in die Küche, wo Kati ein Fläschchen für Marybelle vorbereitete.

Nachdem Marybelle ihre Milch ausgetrunken hatte und Kati ein Thunfischsalatsandwich für den unsichtbaren Spago gemacht hatte, das der dann großzügig Marlon schenkte, kam Mia wieder auf das Gottesurteil zurück. Das ist meine Strafe für diese sinnlosen Tagträume, dachte Kati genervt.

Und genau in diesem Moment rief ihre Mutter aus Deutschland an, um sich zu erkundigen, wie es ihrer einzigen viel geliebten Tochter ging.

Kati vertröstete Mia und wollte ihrer Mutter von der Bar erzählen, kam dann aber gar nicht dazu, weil ihre

Mom sich gerade frisch verliebt hatte und unbedingt wollte, dass Kati sich endlich die Bilder von dem Neuen anschaute, was Kati bisher erfolgreich vermieden hatte. Das einzige Bild, das sie im Moment interessierte, war das eine, was sie von ihrem Vater hatte und den sie unbedingt noch finden wollte, bevor sie wieder zurück nach Deutschland musste.

Sie versprach ihrer Mutter, sie würde sich wieder melden, müsste aber jetzt die Kinder ins Bett bringen. Ihre Mutter hatte größtes Verständnis für sie, wie immer, denn bis auf ihre Romeo-und-Julia-Macke war ihre Mutter einfach die beste von allen, fand Kati. Nie hatte sie sie geschimpft, weil sie das Abi geschmissen hatte, nie hatte sie ihre L.A.-Pläne sabotiert.

Nachdem Kati aufgelegt hatte, kam sofort wieder Mia, diesmal mit einem Blatt Papier, angerannt und wollte mehr wissen. Sie hatte darauf das deutsche Wort lautmalerisch aufschrieben, also so, wie sie es gehört hatte, und wie immer spiegelverkehrt.

Kati lobte sie trotzdem, sie fand es erstaunlich, dass Mia überhaupt schon versuchte, zu schreiben und zu lesen. Sie schrieb es richtig für sie auf den Zettel. Dann endlich erläuterte sie Mia, was es damit auf sich hatte. Dass man früher einen Streit vor Gericht – das kannte sie, denn Linda verklagte ständig wen – durch ein Zeichen Gottes geklärt hatte, um so zu entscheiden, wer schuldig und wer unschuldig war.

»Also, wenn Marlon behaupten würde, ich hätte Spago gehauen«, Mia kaute aufgeregt auf ihrer Haarsträhne herum, wodurch ihre Worte ein wenig vernuschelt klangen, »und Mom wüsste nicht, ob sie mir oder Marlon glauben soll, dann könnte sie auf ein Zeichen Gottes warten, um rauszufinden, wer hier lügt, ja?«

Auf was für absurde Ideen Fünfjährige kamen. Wie sollte Mia denn diesen unsichtbaren Freund von Marlon schlagen? Aber wenn Kati anfing, darüber mit ihr zu diskutieren, dann würde sie noch ewig hier sitzen, und das war ihr gerade alles zu viel. Am liebsten hätte Kati die drei sofort ins Bett gesteckt, um dann am Strand entlang nach Santa Monica zu joggen und über ihre Pläne nachdenken zu können.

Sie gab Mia also recht und verkündete, dass Marybelle ins Bett müsste und Marlon auch. Mia nickte und schwieg, aber Kati konnte sehen, dass es in ihr arbeitete. Mia dachte immer über alles nach. Manchmal reagierte sie erst sehr viel später auf eine Geschichte, die Kati ihr erzählt hatte. Zwei Tage nachdem Mia gehört hatte, dass Kati keine Geschwister hatte, war sie mit einer ihrer afroamerikanischen Puppen zu ihr gekommen und hatte verkündet, das sei von nun an Katis Schwester. Ihr Name wäre Helga, weil sie ja auch eine Deutsche wäre. Seitdem saß die schwarze Helga auf Katis Bett und jedes Mal, wenn Kati sie betrachtete, fragte sie sich, was Mia wohl erst tun würde, wenn sie wüsste, dass Kati auch nie einen Vater gehabt hatte.

Sie badete Marybelle, duschte Marlon und verfrachtete sie ins Bett. Die ganze Zeit half ihr Mia, und erst nachdem sie das »And they lived happily ever after« von Marlons Gutenachtgeschichte gelesen und seine Nachtlichtschildkröte eingeschaltet hatte, räusperte sich Mia wieder.

»Und was ist das dann für ein Zeichen, das Gott schickt? Wie funktioniert das denn?«, fragte sie.

Kati brachte es nicht übers Herz, ihr von den schaurigen

Wasser-, Feuer- oder Blutproben zu erzählen. Während sie mit Mia zurück in den großen Wohn- und Essraum ging, kam sie zu dem Schluss, dass sie ein bisschen schummeln musste, damit Mia keine Albträume bekam.

»Okay, also wenn sich zum Beispiel ein wunderschöner Schmetterling einfach so auf deine Hand setzen würde, mit der du Spago angeblich geschlagen hättest, dann könnte man das als ein Zeichen für deine Unschuld betrachten.«

Mia überlegte eine Weile. »Und wenn der Schmetterling hässlich wäre, würde das dann bedeuten, dass ich schuldig bin?«

»Das war nur ein Beispiel, es ist natürlich viel komplizierter.« Kati unterdrückte ein Stöhnen.

Mia stampfte mit ihren rosa Sneakern fest auf. »Ja, aber wenn!«

»Auch der hässliche Schmetterling könnte ein Zeichen für deine Unschuld sein.«

»Gott schickt also auch hässliche Zeichen?«

Kati nickte.

Mia zeigte mit dem Finger auf Katis rechte Wange. »Ist das da auch ein Zeichen?«

Kati erstarrte, dann schluckte sie ein paar Mal. Die Kinder hatten noch nie ein Wort über ihr Gesicht verloren, wahrscheinlich weil Linda ihnen eingetrichtert hatte, dass das unhöflich wäre.

»Nein«, flüsterte sie.

Mia merkte offensichtlich, dass sie etwas Falsches gesagt hatte, rannte zu ihr und presste ihr Gesicht an Katis Oberschenkel. »Aber warum hast du dann immer wieder dieses Wort gesagt?«, fragte sie und drückte sich noch fester an Kati.

Kati brachte kein Wort raus.

Mia räusperte sich. »Und woher wissen die Menschen, dass Gott ihnen dieses Zeichen geschickt hat und nicht der Teufel?«

»Es gibt keinen Teufel und außerdem macht man das ja heute auch nicht mehr.«

»Weil Gott keine Zeichen mehr schickt?«

»Nein.« Nur mühsam gelang es ihr, ihre Ungeduld zu unterdrücken. Sie wollte endlich raus an den Strand. »Nein, Mia, weil die Menschen klüger geworden sind und erkannt haben, dass das völliger Blödsinn ist. Man braucht Beweise und keine Schmetterlinge, um ein Urteil zu fällen.«

Sie ging in die Hocke und umarmte Mia.

»Ich mal dir ein Bild mit einem Schmetterling. Ich mag Schmetterlinge«, sagte Mia und drückte Kati. »Auch hässliche.«

7

Lange nachdem Kati auch Mia ins Bett gebracht hatte, kam Derek nach Hause. Zum Joggen am Strand war es schon zu spät, aber wenigstens würde sie es noch zu ihrem Treffen mit Spider im *Sidewalkcafé* am Strand von Venice schaffen.

Sie fuhr mit dem Rad, mit Lindas türkisem Beachcruiser, der in Deutschland sofort von der Polizei einkassiert worden wäre, weil die Bremsen fragwürdig waren und er kein Licht hatte. Linda würde ausrasten, wenn sie davon erfuhr. Nicht wegen des fehlenden Lichts, sondern weil Kati nicht mit dem Auto gefahren war, denn ihre Chefin war davon überzeugt, dass sich nach Einbruch der Dunkelheit das Böse über die Stadt senkte, und zwar ganz besonders über Venice. Deshalb lag sie ihrem Mann immer in den Ohren, dass sie endlich nach Bel Air umziehen sollten.

Aber bis Kati einen bezahlbaren Parkplatz gefunden hätte, wäre Spider unter Garantie längst wieder weg, denn Spider war immer pünktlich und nie lange an einem Ort.

Natürlich war ihre Freundin schon beim Essen, als Kati völlig außer Atem und mit heraushängender Zunge endlich im Café ankam. Sie winkte ihr mit einem Chickenwing zu, den sie dann in eine rote Soße tunkte, von der Kati aus leidvoller Erfahrung wusste, dass die ihr die Zunge verätzen würde.

Sie setzte sich Spider gegenüber auf die klebrigen Lederpolster und nickte ihr nur kurz zu, denn ihre Freundin fand Umarmungen und dergleichen überflüssig.

Mittags war wegen all der Touristen, die den *Boardwalk* entlangflanierten, in dem Café die Hölle los. Jetzt war es dagegen ziemlich leer. Wahrscheinlich gab es deshalb jeden Dienstagabend dieses *All you can eat*-Dinner, das sich Spider nie entgehen ließ, denn sie hatte immer Hunger.

»Magst du?«, fragte Spider, versenkte ihre Zähne begeistert im Hühnerfleisch und schob Kati den Teller hin, auf dem sich knusprige Berge von Wings neben abgenagten Knochen türmten.

Bei ihrem ersten Treffen, der Kennenlernparty, die von der Vermittlungsagentur für alle neuen Au-pairs organisiert worden war, hatte Kati Spider für einen schmächtigen Jungen gehalten. Nicht nur, weil sie in Camouflage-Sweatpants und Hoodie rumlief und ihre fransig geschnittenen kurzen feuerroten Haare unter einem Tuch verbarg, sondern auch weil sie an dem Abend so kurz angebunden war. Luke hätte neben ihr gewirkt wie ein besonders hoffnungsloser Fall von poetischem Sprechdurchfall.

Trotzdem mochte sie Spider. Sie redete nicht drum rum und machte wenn irgend möglich nur das, was sie wollte. Das brachte ihr manchmal Probleme mit ihrer Au-pair-Familie ein, aber das nahm sie stoisch hin.

»Und, was geht bei dir?«, fragte sie, nachdem Kati sich einen Teller mit Salat und einen mit Pommes geholt hatte.

Kati erzählte ihr von der Bar, von Jeff und Lindas Neugier. Damit gelang es ihr, Spider so zu fesseln, dass sie sogar aufhörte zu essen. Das kam sonst nie vor. Spider nahm das *All you can eat* immer sehr wörtlich.

»Klingt abgefahren. Lass uns das nächste Mal zusammen dorthin gehen.«

Katis Augenbrauen hoben sich skeptisch. Das *Lived* lag nicht gerade vor der Haustür von Venice und richtiges Essen gab es dort auch nicht.

»Hast du zufällig ein Foto von der Kirche?«, schob Spider nach.

Kati ging ein Licht auf. Da hätte sie auch gleich drauf kommen können, Spider ging es nur um das Gebäude. Ihre Freundin verdankte ihren Spitznamen nämlich dem Parkour, ihrer großen Leidenschaft, und sie war stolz darauf, dass sie jede Wand überwinden konnte wie eine Spinne. Eigentlich hieß sie nämlich Lena, genau genommen Magdalena.

»Kriegst du, ich soll morgen wieder hin.«

»Da kann ich nicht mit. Muss mit dem kleinen David zum Doc und dann mit Billy zum Hundefriseur.« Spider verdrehte die Augen. »Ich hasse diesen Köter. Hunde gehören auf einen Hof. Nicht in eine Handtasche.«

»Du könntest ihn immer noch im Pool ertränken …«, schlug Kati grinsend vor, denn einmal hatte Spider den Hund mitgebracht und er hatte ihnen mit seinem hysterischen Gebell den ganzen Abend verdorben.

»Könnte ich, aber das würde ich nicht überleben. Apropos, wie bist du mit deinem Dad weitergekommen?«

Spider war die Einzige, die wusste, was sie wirklich nach L.A. verschlagen hatte. Bei der Party der Vermittlungsagentur hatten sie beide in der Frauen-Kloschlange gestanden, wo sie schnell ins Gespräch gekommen und sich darin einig waren, wie schrecklich diese Party war. Zusammen waren sie ins nächste Diner geflüchtet, wo sich Spider ein

Clubsandwich bestellte und wissen wollte, warum Kati wirklich in L.A. war. Diese Direktheit hatte Kati so verblüfft, dass sie Spider all das anvertraute, worüber sie zu Hause mit niemandem sprechen konnte. Darüber, dass sich nach dem Unfall mit einem Schlag all ihre lächerlichen Träume erledigt hatten. Träume, in denen sie eine gefeierte Schauspielerin der *Royal Shakespeare Company* war und jeden Abend in einem Blumenmeer und stehenden Ovationen ertrank. Geblieben war ihr nur eine wehklagende Mutter, die aus dem Unfall ein solches Drama gemacht hatte, dass Shakespeare daneben wie ein Stümper wirkte. Lange hatte sie nicht gewusst, wie es weitergehen sollte, bis ihr klar wurde, dass es nur eine Lösung gab: Sie musste weg von allen, die sie vor dem Unfall gekannt hatten, und irgendwo neu anfangen. Aber sie wollte nicht einfach irgendwohin, sondern nach Los Angeles. Nicht, um sich dort wegen der Narbe zu quälen, sondern weil das der Ort war, aus dem ihr Vater stammte. Und wenn sie ihn finden würde, gäbe es für ihn nur die Jetzt-Kati und keine Vorher-Kati.

Bis zu diesem Entschluss hatte sie nicht viel über ihren Vater gewusst. Nur, dass er Blake Wilson hieß und bei der Army in Darmstadt stationiert gewesen war, als ihre Mutter sich in ihn verliebt hatte. Immerhin hatte sie ein Bild von ihm, das ihn bei einer Schifffahrt auf dem Neckar bei Heidelberg zeigte.

Als sie noch klein gewesen war, hatte ihre Mutter vollmundig erzählt, ihr heldenhafter und sehr musikalischer Vater wäre immer unterwegs, um für das Gute in der Welt zu kämpfen. Und wenn das erledigt wäre, würde er sofort zu seiner geliebten Tochter kommen.

Kati hatte das begierig aufgesogen und in der Schule Bilder für ihn gemalt und Geschenke zu Weihnachten gebastelt. Die hatte ihre Mutter mit großem Tamtam in ein Paket gepackt und zur Post getragen. Jedenfalls glaubte Kati das bis zu dem Tag, als sie den reichlich krummen Kerzenhalter in Herzchenform, den sie für Daddy aus Ton geformt hatte, in der Mülltonne fand, zusammen mit der von ihr gemalten Karte.

Sie war außer sich, denn sie dachte, ihr Vater wäre tot. Ihre Mutter versuchte alles, um sie zu trösten, entschuldigte sich und behauptete, das wäre nur versehentlich passiert. Aber Kati fing an, ihre Mutter mit Fragen zu löchern. Als sie dabei erfuhr, dass ihr Vater Amerikaner war, hatte sie sich vorgenommen, in Englisch immer eine Eins zu haben.

Sie fing an, englische Bücher zu lesen, und als der Englischkurs eine Shakespeareaufführung plante, hatte sie sich darum gerissen, die Hauptrolle zu kriegen. Je mehr Text zu lernen war, desto besser. Das war der Anfang ihrer großen Liebe zu Shakespeare und zur Schauspielerei.

»Hey, Kati, bist du noch da? Dieses Stumm-Dasitzen und Vor-dich-Hinstarren wird immer schlimmer. Du solltest mehr tun und weniger grübeln. Wenn du willst, bring ich dir Parkour bei, da muss man ganz im Hier und Jetzt sein, sonst fällt man auf die Nase.«

»Das ist nichts für mich. Ich hasse Sport.«

»Und du bist wirklich sicher, dass dein Vater bei der Army war? Du weißt schon, dass Parkourmethoden auch beim Militär eingesetzt werden, oder?«

Kati schüttelte den Kopf. »Nein, und das interessiert mich auch nicht die Bohne, ich will ihn nur finden und nicht in seine Fußstapfen treten, aber leider verläuft sich seine Spur hier. Bei der Army würden sie mir nur helfen, wenn er als Vater auf meiner Geburtsurkunde eingetragen wäre, und im Internet gibt es Tausende Blake Wilsons.«

»Du hast doch das Foto.«

»Das ist achtzehn Jahre alt, wer weiß schon, wie er heute aussieht. Und Blake Wilson ist hier ein Name wie Peter Müller bei uns und es gibt kein Standesamt, wo ich nachfragen könnte.«

»Schade, dass wir nicht bei der CIA sind«, seufzte Spider und schob den Teller, der jetzt randvoll mit abgenagten Knochen war, von sich.

»Könntest du nicht irgendwo für mich einbrechen?«, schlug Kati mit einem Augenzwinkern vor.

Spider blieb ernst. »Du kapierst es einfach nicht! Parkour bedeutet nicht, dass man in verbotene Zonen eindringt, sondern man nutzt, was da ist, um voranzukommen.«

»Hey, das war nur ein Witz. Ich weiß einfach nicht mehr weiter.«

»Wie wär's mit einem Privatdetektiv?«

»Von welchem Geld sollte ich den wohl bezahlen?«

»Bei der Army hast du nachgefragt?«

»Nicht nur einmal! Ich kann ja nicht beweisen, dass er wirklich mein Vater ist. Die geben Infos nicht einfach so an irgendwen raus.«

Spider kaute an der Kordel ihres schwarzen Sweaters. »Kannst du nicht noch mehr Extra-Cash aus Linda rausleiern, wenn du ihr 'ne Liste mit den Zutaten vom *Lived* beschaffst?«

Kati zuckte mit den Schultern. »Das würde ihr nicht ausreichen, glaube ich. Es ist wie mit der Cola, da weiß im

Prinzip auch jeder, was drin ist, und trotzdem schmeckt nur eine wirklich wie Coca Cola.«

»Verstehe, sie will also die genauen Rezepturen …« Sie seufzte. »Cola, jetzt hast du mich auf eine Idee gebracht.« Spider winkte dem Kellner und bestellte dann mit einem Augenzwinkern zu Kati ein Coke Zero. »Du hast also zwei Optionen: Linda anlügen oder Jeff anbaggern. Mir scheint, der findet dich irgendwie interessant.«

»Lügen ist nicht so wirklich mein Ding.«

»Doch dünkt mich keine Sünde, den betrügen, der als falscher Spieler hofft zu siegen.« Spider sah sie erwartungsvoll grinsend an.

Kati war verblüfft. »Du kannst Shakespeare zitieren?«

»Nee, nicht wirklich. Davids Mutter spielt in *Ende gut, alles gut* mit und ich muss sie ständig den Text abfragen.« Spider trank die Cola, die der Keller vor sie hingestellt hatte, in einem Zug aus und rülpste dann leise.

»Ahhh, das hat gutgetan, diese Hühnerteile hier sind höllenscharf. Bist du schon satt?«

Als Kati nickte, machte Spider sich über ihre Pommes her.

»Ich wusste gar nicht, dass sie Schauspielerin ist. Wo in L.A. spielen die denn Shakespeare?«

»Das ist nicht für die Bühne, sondern ein Reading für den neuen Lars-von-Trier-Film. Aber wenn du mich fragst, hat sie keine Chance. Sie denkt, sie zeigt Gefühle, wenn sie die Augen aufreißt oder schreit.« Spider schüttelte sich.

Kati seufzte. Kein Grund, wehmütig zu werden. Sie hatte das alles abgehakt. Du machst hier einfach deinen Job, sagte sie sich. Du findest deinen Vater und dann entscheidest du, was du mit deinem Leben anfangen willst.

»Ich muss los.« Spider wischte sich die Hände und den Mund mit der dünnen kratzigen Papierserviette ab, bei der Kati an das *Lived* denken musste, an die weichen Samtservietten und an Jeff. Vielleicht hatte Spider recht und sie sollte aus Lindas Neugier einen Vorteil für sich ziehen.

»Hey!« Spider legte ihre Hand auf Katis Arm und drückte ihn kurz. »Du schaffst das. Und ich wette, dein Vater freut sich wie irre, seine Tochter kennenzulernen. Weißt du, was? Ich lade dich ein, dann bleibt dir mehr Kohle und dann klappt das mit dem Detektiv und deinem Vater auch schneller.«

Sie sprang leichtfüßig auf und ging vor zur Kasse, wo sie bezahlte, ihr noch einmal zuwinkte und dann in der Nacht verschwand.

Kati trank ihr Wasser aus, ließ Trinkgeld auf dem Tisch zurück und lief nach draußen, wo es unerwartet kühl war. Sie bereute es, kein Sweatshirt mitgenommen zu haben.

Während sie auf einem der vielen Radwege von Venice zurückradelte und sich über den süßen, an Vanille erinnernden Duft freute, der aus vielen Gärten emporstieg, dachte sie über das nach, was Spider gesagt hatte.

Jedenfalls so lange, bis sie von zwei hysterisch klingelnden Rennradlern überholt wurde, die so schnell waren, dass sie an der nächsten Ampel beim Bremsen schwer ins Schleudern kamen.

Das erinnerte sie an die einzige Radtour, die sie jemals mit Luke gemacht hatte, das Ergebnis ihres K-Nachmittags, und das war eine ziemlich K-Katastrophe gewesen. Nicht nur, weil Luke schwer gestürzt war und an beiden K-Knien blutete, sondern weil er auch noch Witze darüber riss und sie k-krampfhaft versuchte, ihn nicht in den

Arm zu nehmen und nicht mit K-Küssen zu überdecken. Danach hatte sie den fatalen Plan geschmiedet, sich radikal von Luke zu heilen und sich dem Nächstbesten an den Hals geworfen. Was nicht wirklich in einer Katastrophe geendet hatte, sondern in einem Melodrama mit nur einem traurigen Höhepunkt: dem Verlust ihrer Jungfräulichkeit.

8

Lautes Hupen lenkte Katis Aufmerksamkeit zurück auf die Straße. Oh verdammt, das hier war eine Rechts-vor-Links-Kreuzung, sie musste bremsen! Sofort!

Sie zog beide Bremsgriffe, aber die Übersetzung funktionierte nicht richtig. Sie versuchte vergeblich, mit den Füßen nachzuhelfen, rutschte trotzdem in die Kreuzung, direkt auf das weiße Auto zu, das sie angehupt hatte. Dann schlidderte sie weiter und weiter, der weiße Kotflügel kam näher und verschwamm vor ihren Augen, vermischte sich mit ihren Erinnerungen und wurde zu pulvrigem Neuschnee, Neuschnee auf tückischem Glatteis. Und die Scheinwerfer verwandelten sich in die orange leuchtenden Augen des Fuchses, der wie aus dem Nichts aufgetaucht war.

Katis Herz raste, Schweiß rann aus allen Poren, ihre Hände glitschten vom Lenker. Sie versuchte, das Gleichgewicht zu halten, wieder mit den Füßen aufzukommen, doch sie stürzte zusammen mit dem Rad auf den Asphalt. Beim Aufprall wurde ihr übel, dann schwindelig und dann nichts mehr.

Jemand berührte sanft ihren Arm und hockte sich neben sie. »Sind Sie verletzt?«, fragte ein Mann und dann rief er verblüfft: »Das gibt es ja gar nicht. Lucy, steig aus! Schau mal, hier liegt dieses Mädchen, das heute in der Bar war, die Europäerin. Kannst du sprechen, tut dir etwas weh?«, fragte er wieder an Kati gewandt.

Sie blinzelte, öffnete die Augen und sah direkt in ein Gesicht, das ihr wirklich bekannt vorkam. Oder? War das wirklich der Typ aus der Bar oder halluzinierte sie? Verwirrt richtete sie sich auf. Ihr Rücken fühlte sich okay an, sie bewegte die Beine, dann die Schultern und Arme. Die rechte Schulter und das rechte Handgelenk schmerzten stark, aber das war sicher nur vom Aufprall. Erleichtert atmete sie durch. Sie hatte sich nichts gebrochen.

»Oh, das tut sicher weh!« Jeff deutete auf eine blutende Wunde am linken Knie und auf das linke Schienbein, das voller Schürfwunden von den Pedalen war.

»Es ist nicht so schlimm, wie es aussieht«, sagte Kati. Glaub mir, dachte sie, ich kenne mich aus mit Unfällen.

Sie versuchte aufzustehen.

»Bleib lieber liegen, ich werde einen Krankenwagen rufen«, sagte Jeff.

»Bloß nicht.« Linda würde ein Riesentheater machen und es wäre sehr teuer. Dabei war ihr nichts wirklich Schlimmes passiert. Nicht so wie damals.

Sie versuchte, wieder aufzustehen.

»Bist du sicher, dass du das schaffst?«, fragte Jeff, und als sie nickte, half er ihr dabei, auf die Füße zu kommen.

»Es tut mir so leid!«, erklärte er.

In diesem Moment räusperte sich demonstrativ ein Mann in Uniform, der hinter Jeff stand. »Sir, bei allem Respekt, aber das war nicht unsere Schuld. Die junge Lady hat sich nicht an die Vorfahrt gehalten!«

»Er hat recht, Jeff«, pflichtete ihm Lucy bei und jetzt klang sie ganz anders als in der Bar, nämlich schwer genervt.

Das nahm den letzten Rest Benommenheit von Kati. Der Mann war offensichtlich der Chauffeur der beiden, denn bei dem weißen Auto handelte es sich um eine Stretchlimousine. Jeff und Lucy waren angezogen, als wollten sie zur Oscarverleihung. Er trug einen Smoking mit Fliege und sie, die gerade noch mal wiederholte, dass Pete eindeutig recht hatte, fing bei jedem Kopfnicken mit ihrem über und über mit Swarovskiperlen bestickten, langen flammend roten Kleid das wenige Licht der Laternen ein. Wie ein roter Engel.

»Es tut mir leid«, stotterte Kati. Die beiden hatten völlig recht! Sie hatte definitiv nicht aufgepasst und die Bremsen des Rads waren auch nicht in Ordnung.

»Lasst uns das abkürzen. Bringen wir sie nach Hause«, schlug Lucy vor, aber ihre Stimme hatte die Temperatur einer Eiskönigin.

»Gute Idee!«, fand Jeff und lächelte Kati aufmunternd und so warm zu, als wollte er das Verhalten seiner Schwester damit entschuldigen.

Kati hätte Lucys halbherziges Angebot gern abgelehnt, aber sie war zu schlapp und im Stehen merkte sie, dass ihre Knie zitterten. Ihr war auch ein bisschen flau im Magen. Deshalb nahm sie das Angebot an und sah dabei zu, wie der Chauffeur seine weißen Handschuhe auszog, den kaum beschädigten Cruiser packte und widerwillig in dem Kofferraum der Limousine verstaute. Danach hielt er ihr die Tür auf.

Beim Einsteigen fiel Kati ein, dass Linda ihr immer und immer wieder eingebläut hatte, hier in Los Angeles niemals zu Fremden ins Auto zu steigen, ganz egal, wie nett sie waren. Der Film *Delikatessen* schoss ihr durch den Kopf und der Gedanke daran, dass der besondere Geschmack in den Drinks vielleicht eine höchst illegal menschliche Komponente haben könnte und dass der Name *Lived* womöglich total ironisch gemeint war. Vielleicht fuhren Jeff und Lucy immer nachts mit ihrer Limousine auf der Suche nach frischen Proteinen für ihre Drinks durch L.A.

Sie hatte sich offensichtlich den Kopf doch schwerer angeschlagen als gedacht oder einfach zu viel von Lukes Orroz-Zombiegeschichten gelesen – oder womöglich auch beides.

Sie sollte lieber froh sein, dass sie hier auf diesen wunderbar weichen Lederpolstern sitzen durfte, anstatt nach Hause humpeln zu müssen. Die Klimaanlage lief trotz des kühlen Wetters auf Hochtouren und Musik schallte aus unsichtbaren Lautsprechern. Lucy wippte ungeduldig im Takt mit ihren sehr hohen silbernen Pumps.

»Wohin sollen wir dich bringen?«, fragte Jeff.

»4774 Mirasol Drive, bitte.«

Er gab die Adresse an den Fahrer weiter.

»Wir werden zu spät kommen«, stellte Lucy mit einem Seufzen fest, nachdem sie die Adresse gehört hatte.

»Es ist nicht sehr weit«, erklärte Kati.

»Und selbst wenn!« Jeff tätschelte den Arm seiner Schwester. »Wie jedes Mal wird sich Cameron entschuldigen lassen. Für ihn wird entweder Eastwood oder Schwarzenegger einspringen, und wenn man eine von ihren Reden gehört hat, kennt man sie alle.« Jeff lächelte Kati beruhigend zu.

»Wo geht ihr denn hin?«

»Eine Spendengala zugunsten verarmter Schauspieler«, erklärte Jeff. »Sie findet jedes Jahr statt und das Einzige, was da irgendjemanden interessiert, ist die Höhe des Schecks, den man ausstellt.«

Lucy wippte mit dem Fuß und starrte stumm auf den Monitor, der über der Bar in der Limo hing. Sie war ganz offensichtlich not amused.

Schweigend fuhren sie weiter, bis die Limousine sanft anhielt. Kati wollte aufspringen, aber Jeff legte seine Hand auf ihren Arm. »Warte!«

Einen Moment später erschien Pete und öffnete die Tür, Jeff stieg aus und nickte Kati von draußen dann zu.

»Bis dann und gute Besserung«, murmelte Lucy und klang erleichtert.

Als Kati aufstand, stützte Jeff sie am Ellenbogen und half ihr beim Aussteigen, während Pete das Rad wieder aus dem Kofferraum holte und an den Briefkasten lehnte.

»Vielen Dank«, sagte Kati. »Viel Spaß auf der Gala!« Sie wandte sich zum Gehen, denn die beiden hatten es eilig.

»Hey«, rief Jeff ihr hinterher. »Wenn du morgen zu uns kommen kannst, dann mache ich dir einen Spezialdrink, der dir sehr guttun wird.«

»Einen *Dark Night Accident?«*, fragte Kati und freute sich, als Jeff anfing zu lachen.

»Womöglich – oder ein *Fox Surviver«*, gab er zurück. Kati erstarrte. Woher wusste er von dem Fuchs? Das war doch unmöglich, aber dann erinnerte sie sich an die Serie, in der die beiden mitgespielt hatten, *The Foxes,* und verstand, wie er das gemeint hatte.

»Mal sehen!«, sagte Kati, die spürte, wie ihr Knie gerade wieder anfing zu bluten.

»Je-heeffff! Wir kommen zu spä-ät!«, rief Lucy aus der offenen Autotür.

Jeff zuckte mit den Schultern. »Ich muss los. Meine Schwester ist drei Minuten älter als ich. Deshalb weiß sie natürlich immer besser als der Kleine, wo es langgeht!« Er grinste und lief zum Auto, wo Pete die Tür hinter ihm mit einem eleganten Klick ins Schloss beförderte.

Sofort danach verschwand die Limousine lautlos in der Nacht.

9

Vier Tage später waren Katis Schürfwunden fast abgeheilt und sie parkte im Auftrag von Linda diesmal direkt gegenüber der Kirche und machte sich auf den Weg in die Bar.

Linda war außer sich gewesen. Warum musste sie es ausgerechnet von den Adventisten von gegenüber erfahren? Die Heathermans organisierten den *Neighbourhoodwatch* und hatten Linda schon oft angeboten, für sie und ihre Sünden zu beten. Denn auch die Heilung geistlicher Krankheiten, wie die ihres verrückten Sohnes Marlon, sei ein wichtiger Teil der Mission Christi.

Und genau diese scheinheiligen Superchristen hatten Linda die Fotos mit der nächtlichen Stretchlimousine vor ihrem Haus gezeigt. Fotos von »Luxus und mitternächtlicher Sünde«.

Warum hatte Kati ihr das angetan? Dabei war nicht die Sünde das Problem, sondern dass Linda wie eine Idiotin dagestanden hatte. »Wieso hast du mir nichts davon erzählt?«, hatte sie gejammert wie das Klageweib in einer griechischen Tragödie und keine Ruhe gegeben, bis Kati ihr alles haarklein berichtet hatte.

Nachdem Kati versprochen hatte, dass sie ihr solche Demütigungen nicht mehr antun würde, bestand Linda darauf, sich Katis Schürfwunden anzusehen, und schickte sie auch zu ihrer Osteopathin, nur um sicherzugehen, dass mit Kati alles in Ordnung war.

Dafür verlangte sie im Gegenzug, dass Kati ihre fantastischen Connections in die sündige Welt des Luxus ausnutzen und noch einmal versuchen sollte, mehr über die Drinks rauszukriegen. Außerdem sollte sie Lindas Visitenkarten an jeden Promi verteilen, den sie dort kennenlernen würde.

Mia beobachtete die beiden und wollte zum einen wissen, was genau sündiger Luxus war, und zum anderen, warum sie denn nicht alle zusammen mit Kati dorthin fahren würden. Linda erklärte Mia, dass ihre Mutter zu arbeiten hätte und sich deshalb nicht in Bars rumtreiben könnte, und außerdem sei eine Bar nichts für Kinder. »Könnten wir das nicht mit einem Gottesurteil entscheiden?«, fragte Mia.

Linda verdrehte die Augen, atmete schwer und es dauerte einen Moment, bis sie wieder reden konnte. »Nein, das werden wir nicht und wo hast du das denn schon wieder aufgeschnappt? Von den Heathermans?«

»Von Kati.«

Kati zuckte zusammen. Das würde Linda nicht gefallen. Mia schien ihr Unbehagen zu bemerken und schob hastig nach: »Mom, davon hat Kati aber nur geträumt.«

»Das macht es auch nicht besser. Und nein, Mia, du bleibst hier, und das ist auch eine Art Gottesurteil, denn ich bin deine Mutter!«

Und jetzt war Kati also zurück im *Lived* und ehrlich gesagt fand sie ihren Auftrag dieses Mal gar nicht so schlecht. Sie freute sich sogar irgendwie darauf, Jeff wiederzusehen.

Sie öffnete das Tor zur Bar und blieb wie angewurzelt

stehen. War sie gerade in einer Zeitschleife gelandet? Halloween war doch schon vorbei, was also war hier los?

Sie wusste gar nicht, wo sie zuerst hinsehen sollte. Von der Decke baumelten kunstvoll bemalte Totenköpfe in allen Größen und die Kirche war gerammelt voll mit Menschen, die sich als Skelett verkleidet hatten. Schwarz gekleidete Gitarrenspieler standen in den seitlichen Kapellen und sangen melancholische Lieder. Dazwischen schoben sich Bedienungen, die große, mit gelben Blumen geschmückte Körbe mit grotesk aussehenden Süßigkeiten anboten. Totenschädel, Skelette, Knochen.

Ein grell geschminkter Totenkopf kam lachend auf Kati zu und begrüßte sie. Aber seine Worte gingen in dem lauten Gitarrencrescendo eines Liedes und in dem fröhlichen Stimmengewirr unter.

Nein, das war nicht Halloween, auch wenn viele Gäste als Skelette kostümiert waren. Diese Skelette sahen fröhlich aus … und endlich ging ihr ein Licht auf. Offensichtlich feierte die Bar den *Día de los Muertos,* von dem Jeff das letzte Mal gesprochen hatte.

Sie betrachtete eine junge Frau ganz aufmerksam, weil sie sich wunderte, wie man es schaffen konnte, tot *und* fröhlich gleichzeitig auszusehen. Das Gesicht war ganz weiß geschminkt, auch die Lippen, die so mit schwarzen Strichen übermalt waren, dass sie wie Zähne eines Totenschädels wirkten. Die Nase war schwarz, was den Eindruck eines Lochs vermittelte. Aber ihre Augen waren mit einem großen Kreis in dunkel schillerndem Türkis ummalt und die äußeren Ränder mit glitzernden Schmucksteinen verziert. Gekrönt wurde das Ganze von einer üppig aufgebauschten Hochsteckfrisur.

Obwohl viele Gäste nicht verkleidet waren, fühlte Kati sich in ihren Jeans fehl am Platz. Und irgendwie auch betrogen. Sie hatte gehofft, dass die Bar leer wäre und Jeff sich um sie ganz persönlich kümmern würde.

Sie kämpfte sich durch und ergatterte einen Platz an der Bar. Rechts von ihr war eine Gruppe von Männern und Frauen, die sich mit ihren Smoothies so gut zu amüsieren schienen, wie Kati das bisher nur in Filmberichten über Wet-T-Shirt-Contests beim Spring Break gesehen hatte. Aber da waren alle betrunken. Hier gab es keinen Alkohol.

»Das war mal der Cast von *Gossip Girl*«, sagte eine müde Männerstimme von der anderen Seite. Kati drehte sich zu ihm. Das war der Typ, den sie letztes Mal schon gesehen hatte, in einer schwarzen Kutte mit Kapuze, aber damals war ihr die Sense entgangen, die neben ihm stand. Oder vielleicht hatte er sie heute auch nur als perfektes Accessoire zur Feier des Tages dabei. Er sah wirklich aus wie der Tod auf einem mittelalterlichen Gemälde. Also jedenfalls das, was Kati von ihm unter der Kapuze erkennen konnte: ein hageres bleiches Gesicht mit tief liegenden dunklen Augen und einer spitzen Nase.

»Diese jungen Filmleute glauben, es geht immer so weiter mit ihnen.« Der Tod seufzte.

»Wie meinen Sie das?«, fragte Kati, amüsiert von diesem großartigen Kostüm, das perfekt zu seiner leicht knarrenden Stimme passte.

»Doch weil das Los der Menschen niemals sicher, lasst uns bedacht sein auf den schlimmsten Fall«, antwortete er.

»Oh, Sie mögen Shakespeare«, stellte Kati verwundert fest. »Aber das klingt ganz schön pessimistisch.«

»Nein«, widersprach der Tod, »ein Pessimist ist immer

nur dann glücklich, wenn etwas schiefgeht. Das bin ich nicht. Ich würde mich eher als einen Realisten bezeichnen.« Er zögerte einen Moment, dann fügte er hinzu: »Leider bin ich manchmal auch leicht zu rühren.«

Der Fremde schien tatsächlich wie von etwas übermannt und musste sich räuspern, um weitersprechen zu können. »Ich verabscheue Abschiede und finde es geradezu unerträglich, wenn etwas zu Ende geht ...«

»O...kay?«, stammelte Kati und wusste nicht recht, was sie dazu sagen sollte. Der Typ redete mit ihr, als würden sie sich schon lange kennen, was sie reichlich seltsam fand. Doch vielleicht gehörte das ja auch zu diesem *Día de los Muertos*.

»Katy! Wie schön, dass du gekommen bist.« Jeff stand in einem Skelettshirt vor ihr, hatte aber sein Gesicht nicht in einen Totenkopf verwandelt und betrachtete Kati besorgt. »Wie geht es dir? Hast du den Unfall gut überstanden? Ich hoffe, mein alter Freund Ezra hat dich nicht zugetextet. Er hilft uns manchmal in der Bar, weißt du? Das ist von unschätzbarem Wert. Der Tod muss immer gegenwärtig sein, carpe diem, nutze den Tag und so.«

Kati nickte. Also noch so ein Marketing-Trick. »Nein, dein Freund hat mich gar nicht zugetextet. Im Gegenteil, es war sehr nett, mit ihm zu plaudern.« Kati nickte dem Typ freundlich zu.

»Und wie gefällt es dir heute hier? Ist das nicht ein großartiges Fest?«

»Ein bisschen laut«, sagte Jeffs Freund mit leidender Stimme.

»Na klar«, lachte Jeff. »Schließlich sollen doch die Toten aufgeweckt werden, damit sie zu Besuch kommen und wir mit ihnen tanzen können. Vergiss Ezra, diesen Misanthropen, ich möchte, dass du dich amüsierst.« Er schnippte mit den Fingern und sofort kam eine Bedienung mit einem Korb voller daumengroßer Totenköpfe.

»Hier, iss etwas. Die sind süß und köstlich, und während du dir das auf der Zunge zergehen lässt, mixe ich dir einen Drink, der dir nach dem Unfall gestern sehr guttun wird.«

»Klingt vielversprechend.« Kati nahm sich einen der Totenköpfe aus dem Korb und steckte ihn in den Mund. Extrem zuckrig und klebrig. »Das schmeckt aber nicht besonders gesund, ist das nicht kontraproduktiv?«

Jeff, der schon dabei war, Zutaten aus dem Kühlschrank zu holen, drehte sich zu ihr um und lachte. »Was soll ich sagen? Der Mensch lechzt nach Abwechslung.«

»Deshalb glaubt Jeff auch nicht an die wahre Liebe«, meldete sich Ezra wieder zu Wort.

»Mir hat er aber etwas anderes gesagt.« Kati erinnerte sich sehr gut an ihr erstes Gespräch und merkte, wie ihr die Röte ins Gesicht schoss. Womöglich erinnerte sich Jeff kein bisschen daran, immerhin redete er hier den ganzen Tag mit Frauen.

»Da hörst du's, Ezra!« Jeff zwinkerte Kati zu und plötzlich war sie sicher, dass er sich genauso gut erinnern konnte wie sie.

»Du würdest wirklich alles tun, um Frauen zu verführen«, murmelte Ezra.

»Mein lieber Freund, du verdirbst mir meine Unterhaltung. Tu mir einen Gefallen und mach es wie der echte Tod: Sei still! Oder noch besser: Mach die Fliege!«

Ezra schwieg, zog die Kapuze tiefer ins Gesicht und blieb sitzen.

Jeff verdrehte die Augen, sagte aber nichts mehr und warf dann einige Zutaten in den Mixer. Kati erkannte Heidelbeeren, Rote-Bete-Blätter, Avocado, Portulak, Cashewkerne. Als er ihren Blick bemerkte, erklärte er ihr, dass die Zutaten alle Vitamin K enthielten und das wäre gut für ihre Knochen und für die Haut.

»Wenn es hier so voll ist, dann könnt ihr doch unmöglich für all die Leute persönliche Drinks mischen?«

»Stimmt, die anderen Gäste kriegen heute auch nur unseren Special zum *Día de los Muertos*. Aber lass uns doch lieber über dich reden. Ich möchte alles über dich wissen.«

»Glauben Sie ihm kein Wort«, mischte sich Ezra wieder ein, »diese Show zieht er bei allen hübschen Mädchen ab.«

»Oh verdammt, zieh endlich Leine, Ezra! Heute ist ein Feiertag – selbst für dich!«

»Klar, ich geh dann mal tanzen. Wie du weißt, freut sich ja immer jeder, wenn ich vorbeikomme.« Er nahm seine Sense und winkte ihnen damit zu, bevor er sich mit hängenden Schultern unter die tanzende Menge mischte.

»Einen komischen Freund hast du da«, sagte Kati.

Jeff zuckte mit seinen durchtrainierten Schultern, die in dem engen Skelett-T-Shirt, das er heute trug, sehr gut zur Geltung kamen. »Sorry. Ezra hat es nicht leicht. Er ist ein Vollblut-Melancholiker. »Stell dir den exzentrischsten Menschen der Welt vor und verdopple das Ganze – das ist Ezra. Aber Lucy und ich kennen ihn schon ewig und ohne ihn hätte ich ein großes Problem. Er gehört einfach zum Inventar. Aber zurück zu dir. Was machst du, wofür brennst du, wofür würdest du alles geben?« Er drückte auf den Mixerknopf und sah ihr dann tief in die Augen.

Hitze schoss Kati ins Gesicht und dadurch fing auch

ihre Narbe an zu kribbeln. Er sah sie an, wie kein erwachsener Mensch sie mehr angesehen hatte, seit der Unfall passiert war. Nur die Kinder sahen immer ganz genau hin. Der Letzte, der sie so prüfend angeschaut hatte, war der Chirurg, der ihr Gesicht zusammengeflickt hatte. Der hatte sich darüber gewundert, dass sie so ein Problem mit der Narbenheilung gehabt hatte – als ob sie sich nur mehr anstrengen müsste, damit das endlich besser wurde.

»Also, was ich da sehe«, sagte Jeff, ohne seine Augen von ihr zu nehmen, »gefällt mir sehr.«

Gern hätte Kati gefragt, was er genau damit meinte, aber das erschien ihr doch ein bisschen zu eitel.

Zum Glück war der Drink fertig und er stellte ihn vor sie hin.

Sie nahm einen Schluck von der diesmal kritzegrünen Flüssigkeit und war überrascht, wie gut er schmeckte. Erst ziemlich bitter, dann weiter hinten auf der Zunge wurde er weich und samtig wie Erdnussbutter.

»Gut?«

Sie nickte.

»Also, was sehe ich …«, redete er weiter, als hätte er ihre Gedanken gelesen. »Deine Augen verraten mir zum Beispiel, dass du klug bist.« Jeff grinste. »Und für diese Tatsache gibt es noch mehr Beweise. Du sprichst eine Fremdsprache fast perfekt – das kann hier in L.A. kaum jemand.«

Sie fühlte sich geschmeichelt, wusste aber nicht, was sie sagen sollte.

»Ich würde wetten, dazu gibt es eine Geschichte. Nach meiner Erfahrung gibt es immer einen Grund, hab ich recht?«

Das war ein Thema, über das sie viel besser reden konnte als über sich selbst. Jeder hatte schließlich einen Vater, selbst wenn der nie da war. Für einen Moment geisterte Luke durch ihren Kopf und der Nachmittag mit V wie Väter. Aber noch bevor diese Erinnerung Gestalt annehmen konnte, sagte Jeff: »Ich höre dir gern zu, weißt du? Nicht nur wegen diesem süßen deutschen Akzent.« Er suchte ihren Blick und schob damit Luke weit weg, genau dorthin, wo er hingehörte: in ihre Vergangenheit.

Es war, als würde Jeff die Tür zu einem neuen Leben öffnen. Kati holte tief Luft. »Mein Vater …«, sagte sie und begann zu erzählen.

10

Väter sind der größte Irrtum der Evolution, dachte Luke und wartete darauf, dass sein Erzeuger sich wieder beruhigte. Doch der schäumte immer noch weiter.

»Schon wieder durchgefallen!« Dramatisch rang sein Vater die Hände zum Himmel. Dieses Bild würde sich super für Shizmansky, den alten Kommissar in seiner neuen Graphic Novel machen – den Kommissar, den die Zombies entführen und vernichten würden.

»Du bist schon fast neunzehn und hast immer noch kein Abitur, was soll denn nur aus dir werden?«

»Ein Versager.« Beruf mit V.

»Das, mein Sohn, bist du bereits. Kannst du dir nicht ein Beispiel an deiner Schwester nehmen. Wenigstens ein einziges Mal?«

»Das dürfte schwer für mich werden, denn wie du weißt, konnte Gordana, im Unterschied zu mir, schon im Mutterleib bis drei zählen!«

»Du musst nicht immer Zuflucht in Witzen suchen. Sie ist sechsundzwanzig und hat einen Doktor in Genetik und einen in Neurobiologie. Das ist ein bisschen mehr, als nur bis drei zählen zu können. Sie hat dafür hart gearbeitet und ihre Zeit weder mit lächerlichen Comics verschwendet noch sich nächtelang mit irgendwelchen Freaks herumgetrieben.«

Achtung, wappnete sich Luke, und gleich wird er auch noch die Baby-Sue-Karte ziehen. Er wird seufzen und mit leiser Stimme sagen, wie sehr Mom und er doch schon gelitten haben. Was im Klartext bedeutete, dass er immer noch um seine geliebte, hochtalentierte Tochter trauerte, die so kurz vor meiner Geburt sterben musste und die ihm leider nicht den Gefallen getan hat, ihre begabte Seele auf ihren noch ungeborenen Bruder übergehen zu lassen.

»Deine Mutter und ich haben weiß Gott genug durchgemacht!« Richtig geraten, hier war sie schon, die Ouvertüre. Tataaaa! Das war sein Signal. Luke verschloss seine Ohren, ließ eine schalldichte Mauer aus Eierkartons wachsen und wartete einfach auf den Moment, an dem der Sturm abklingen würde.

Das mit der Mauer, das hatte ihm Kati gezeigt, an dem Nachmittag, als sie sich das V vorgeknöpft hatten.

Es war ein eiskalter Karfreitag gewesen, weshalb Kati einen flauschigen blauen Riesenpullover trug, der die Farbe ihrer Augen hatte. Leider sah sie darin aus, als hätte sie über Nacht zwanzig Kilo zugenommen.

»Veni, vidi, vici!«, hatte sie bei ihrer Ankunft extrem gut gelaunt getröstet. »Meine Frage zum V wirst du niemals beantworten können!«

Da war er noch so beschäftigt mit diesem Pullover gewesen, dass er keine Hirnareale für eine Antwort frei hatte. Was sie wohl unter dem Pullover trug? Womöglich nichts? Sie merkte irgendwie, dass er nicht bei der Sache war, denn sie schüttelte missbilligend den Kopf.

»Schade, dass du zur Feier des Tages nicht gleich als Osterbunny v-verkleidet gekommen bist!«, sagte Luke.

»V-Verschwendung für die V-Visite bei einem so faulen Ei.«

»Oh, sind wir v-verschnupft oder nur v-vaginal nicht gut drauf?«

Katis Siegesgewissheit ertrank in der Röte, die ihr ins Gesicht schoss. Das geschah immer, wenn er ihren Körper ins Spiel brachte. Und sie wurde nicht nur einfach rot, sie glühte dann und er konnte sehen, dass sie das merkte und wütend wurde und dann noch mehr glühte. Das mochte er sehr, aber jetzt tat es ihm leid und er ruderte zurück.

»V wie Verzeihung. Vergebt mir, Verehrteste!«

»Na gut, aber nur weil Ostern ist«, lenkte sie ein und setzte sich auf den Sack. Stand wieder auf, fummelte an dem blauen Pullover rum, zog ihn zurecht, streichelte ihn so liebevoll glatt, dass er gern mit dem Pullover getauscht hätte. Natürlich kam das nicht infrage. Kati wusste, dass er eine Freundin hatte, und damit war so etwas völlig undenkbar für sie. Hatte sie denn nie solche Wünsche, wie sie ihn überkamen? Waren Mädchen echt so anders? Wurden die denn nie angefallen von all diesen Sehnsüchten, die ihm zu schaffen machten? Wünsche, die genauso ungewollt aufploppten, wie die Röte Kati attackierte. Er hatte das einfach nicht unter Kontrolle.

»Hey, hallo?« Kati wedelte vor seinem Gesicht herum. »Bist bei uns? Bist du bereit?« Als er nickte, redete sie gleich begeistert weiter.

»Das kriegst du nie raus. Das weißt du einfach nicht. Also: Welche wichtige Band hat sich so von Buchtiteln inspirieren lassen, dass sowohl der Name der Band als auch einer ihrer berühmtesten Songs wie ein Buch heißt? Natürlich fangen beide mit V an.« Sie verschränkte ihre Arme und warf ihm einen triumphierenden Blick zu. Ihre Augen strahlten aufgeregt und erinnerten ihn plötzlich ans Meer.

Und das brachte ihn zu der Frage, was sie am Meer wohl für einen Bikini tragen würde. Und diese Frage führte zu der Frage, ob sie auch nackt baden würde und wie ihre nicht sehr großen Brüste sich dabei bewegen würden.

»Denkst du noch nach oder hast du schon verloren?«, fragte sie, versank tiefer in dem Pullover und strahlte womöglich noch mehr. Noch mehr Meer. Noch mehr Wippen. Zum Glück war ihre Frage wirklich lächerlich einfach. Aber das wusste sie nicht, weil sie dermaßen ahnungslos war, dass sie Madonna für eine Strumpfhosenfirma gehalten hätte. Wahrscheinlich hatte sie ewig gebraucht, um sich die Frage auszudenken.

Er unterdrückte ein Grinsen, als ihm einfiel, dass sie wahrscheinlich auch nicht die leiseste Ahnung hatte, worauf das Lied anspielte. Wenn er allerdings sofort antwortete, würde er ihr den Spaß verderben und den brauchte er nach der schrecklichen Karfreitagsdiskussion vorhin mit seinem Vater jetzt dringend.

»Das ist eine echte Hammerfrage!«, lobte er. Doch kaum hatte er das gesagt, war er schon nicht mehr sicher, ob Kati es mögen würde, geschont zu werden. Hatte sie nicht eine ehrliche Antwort verdient? Sie war nicht wie Marie, die es nie verkraftet hätte zu wissen, wie er wirklich darüber dachte.

»Und?«, hakte sie nach und sah schon so siegesgewiss aus, dass er jetzt doch mal aus der Deckung kommen wollte.

»Ich weiß es, allerdings ist da ein klitzekleiner Fehler in deiner Frage.«

Empört sprang sie auf und funkelte ihn an. Meeressturm jetzt. Und er sah sie vor sich – sie würde einfach nackt ins

Wasser rennen. Keine seiner Verflossenen würde sich das trauen. Obwohl sicher jede von ihnen ein schöner Anblick wäre.

»Ah ja?«

»Die Band heißt«, er betonte dann den Artikel ganz besonders deutlich: »*The Velvet Underground* und bei dem Song, den du meinst, handelt es sich um *Venus in Furs.* Der Bandname stammt aus einem Buch, das sie angeblich im Müll gefunden haben, und der Titel des Songs ist der Titel eines Romans, *Venus im Pelz* von Leopold Sacher-Masoch.«

Sie setzte sich wieder hin, stopfte ihre Knie unter den Pulli und sah aus, als hätte er gerade ihre geliebte Shakespeare-Gesamtausgabe verbrannt.

»Und weißt du auch, um was es in dem Song geht?«, fragte er und fand sich mies, weil er sich so korinthenkackermäßig und oberlehrerhaft benommen hatte.

»Sadomasochismus.« Sie zuckte lässig mit den Schultern, was Bewegung in den Pullover brachte. »Schnee von gestern.«

»Ja, aber damals war das eine große Sache«, widersprach er und es ärgerte ihn, dass diese Ahnungslose so cool tat, dabei wurde sie doch schon rot, wenn er nur »vaginal« sagte. »Willst du den Song hören?«

»Auf keinen Fall.«

»Das ist wichtige Musikgeschichte.«

»Ist mir egal.« Sie war bloß sauer, weil er es sofort gewusst hatte.

»Jetzt du.«

»Eine Top-Ten-Liste mit V.«

»Okay, Thema?«

»Die Top-Ten-Anzeichen, dass dein Vater ein Vampir ist. Natürlich alle mit V. Du darfst anfangen«, sagte er.

»Dein Vater heißt Vlad mit Vornamen.«

Verdammt, sie war so gut.

»Vipern verbreiten sich, Vögel und Viecher verschwinden völlig.«

»Viel geliebte Verwandte versterben v-vrühzeitig.« Kati grinste bei dem letzten Wort.

Luke wollte lachen, aber plötzlich war es, als hätte wirklich ein Vampir die Zähne in seinen Hals gerammt. Er musste schlucken. Eigentlich war das alles gerade überhaupt nicht lustig.

»Okay«, reagierte Kati sofort, »ja, das letzte V war falsch, was ist denn heute mit dir los, du bist doch sonst nicht so ein Erbsenzähler?«

Er hatte nichts, es war rein gar nichts. Nur, dass heute Karfreitag war, der Tag, an dem seine Eltern jedes Jahr ihren Baby-Sue-Schrein aufbauten und seiner verstorbenen Schwester huldigten. Ihrem musikalischen Genie nachtrauerten, ihrer Schönheit und Intelligenz. Der Tag im Jahr, an dem er ans Kreuz seiner Dummheit genagelt wurde. Der Tag, an dem er vor vier Jahren Orroz erfunden hatte.

»Ist es wegen Sue?«, fragte Kati und das brachte ihn beinahe zum Heulen. Verdammt, er sollte sich zusammenreißen.

»Ich habe den Altar im Flur gesehen, tut mir leid, was ich eben gesagt habe, mit den verstorbenen Verwandten.«

»Sei froh, dass du deinen Vater nicht kennst«, brach es aus ihm heraus. »Du kannst dir alles Mögliche über ihn vorstellen. Dass er ein Held ist, dass er dich vergöttert, dass er mit dir einverstanden ist. Glaube mir, Väter sind nicht leicht zufriedenzustellen. Meiner hält Gordana für ein Genie und mich für einen Volltrottel.«

»Hey.« Sie stand auf und setzte sich neben ihn aufs Bett. Der blaue Pulli drückte sich an sein T-Shirt und flauschte über seinen nackten Unterarm. Gott, wenn sie jetzt noch so ein scheißmitfühlendes Wort zu ihm sagte, würde das Unvorstellbare geschehen und er würde heulen wie ein Baby. Er schluckte noch mal und blinzelte angestrengt. Auf keinen Fall würde er es so weit kommen lassen.

Sie räusperte sich. Bitte nicht. Alles, nur das nicht.

»Also wenn er dich das nächste Mal anbrüllt oder runtermacht, dann machst du Folgendes. Zuerst denkst an heute und an das V wie …« Sie machte eine Pause, »wie Vichser oder vielleicht sogar Vlachvichser …«

Er musste loslachen, aber es kam reichlich komisch aus seiner Kehle. Zum Glück schien sie das nicht zu bemerken. Er konzentrierte sich auf ihre Worte.

»Und dann machst du deine Ohren schalldicht. Du lässt einen Vorhang runter, baust dir eine Mauer aus Eierkartons wie in einem Tonstudio. Also du bist das Ei und um dich herum nur schalldichte Eierkartons und Stille.« Sie tätschelte seine Hand, und gerade als er sich dazu entschieden hatte, ihre Hand zu drücken, setzte sie sich wieder auf den Sitzsack und das war auch besser so.

»Du hörst mir gar nicht zu!«, stellte sein Vater fest.

Stimmt genau, das mit der schalldichten Mauer hat funktioniert, dachte Luke und das hätte er Kati wirklich gern erzählt. Aber er hatte ja nicht die leiseste Ahnung, wohin sie verschwunden war …

11

»Er ist einfach verschwunden«, erklärte Kati, »jedenfalls behauptet das meine Mutter. Mein Vater wäre noch vor meiner Geburt auf und davon. Nur deshalb bin ich hier. Um ihn zu finden.«

»Das tut mir sehr leid. Und ich bin sicher, wenn dein Vater dich eines Tages kennenlernt, wird es ihm verdammt leidtun, dass er so ein Idiot war.«

Izanami, die ihre Geishafrisur heute mit einigen Totenköpfen und gelben Blumen dekoriert hatte, trat zu Jeff und flüsterte ihm etwas zu.

»Entschuldige mich für einen Moment«, sagte Jeff und drehte sich dann zu Izanami.

Kati warf einen Blick auf Jeffs Rückseite, verharrte kurz auf diesem durchtrainierten Hintern, den seine knallengen schwarzen Jeans hervorragend betonten. Was tue ich denn da?, fragte sie sich. Typen auf den Hintern glotzen, also wirklich. Aber wieso denn nicht? Niemand wurde dabei verletzt. Sie hatte schließlich keinen Freund und das hier sollte ein neuer Start für ihr Leben sein. Also nahm sie einen Schluck von ihrem Drink und merkte, dass die Musik und das Stimmengewirr noch lauter und fröhlicher geworden waren. Überall hörte sie die unterschiedlichsten Arten von Lachen. Und alle amüsierten sich blendend.

Da gesellte sich Ezra wieder zu ihr. Er stellte die Sense

neben sich, ließ aber die Kapuze immer noch auf. Kati konnte nur seine Augen sehen, aber nichts von seinem Gesicht. Er übertrieb seine Rolle als Tod wirklich ein bisschen.

»Sie sollten nicht alles glauben, was Jeff sagt. Er ist ein Blender.«

»Ich dachte, Sie wären Freunde?«

»Das sind wir, aber das ist eine Seite an ihm, die ich nicht schätze.«

»Und was schätzen Sie dann an ihm?«

Ezra gab ein Geräusch von sich, bei dem Kati nicht sicher war, ob es ein Lachen oder Grunzen war. »Er hat einen ungewöhnlichen Sinn für Humor und ist sehr leidenschaftlich. Jemand, der immer genau weiß, was er will. Er ist gut vernetzt, viele Menschen fühlen sich von ihm und dem, was er macht, angezogen. Na, das sehen Sie ja hier.« Ezra wies auf die feiernde Menge hinter ihnen. »Aber man sollte ihm besser nicht in die Quere kommen. Das hat er nicht so gern.«

Schon tauchte Jeff wieder auf und grinste Kati an. »Na, der alte Misanthrop hat wohl einen Narren an dir gefressen, scheint mir. Ezra, mein Guter, schwirr schon ab.«

Aber Ezra blieb stumm sitzen. Jeff zuckte schließlich mit der Schulter und drehte Ezra den Rücken zu.

»Du hast gerade angefangen, mir von deinem Vater zu erzählen«, erinnerte er sie.

»Stimmt. Also, er war bei der Army und wurde zur großen Liebe meiner Mutter. Angeblich hat sie ihm nur deshalb nicht gesagt, dass ich unterwegs bin, weil sie ihn nicht vor die Wahl stellen wollte: Karriere oder Liebe.«

»Und du glaubst, dass er hier ist? Warum?«

Sie erzählte ihm, dass sie trotz Internet bis jetzt nicht

wirklich viel herausgefunden hatte. Alles wäre viel einfacher, wenn sein Name auf ihrer Geburtsurkunde stehen würde.

»Kann ich das Foto mal sehen?«, fragte Jeff.

Kati holte das schon etwas ramponierte Foto ihres Vaters aus der Handtasche. Sie bewahrte es in ihrem Reisepass auf und reichte es Jeff. Der Einzige, dem sie dieses Bild jemals gezeigt hatte, war Luke.

»Wenn du mir erlaubst, es zu kopieren, kann ich dir vielleicht helfen.«

Sie nickte, auch wenn sie sich das kaum so einfach vorstellen konnte. Daraufhin fotografierte Jeff das Foto ab. »Sieht wirklich nett aus, dein Vater«, meinte er und gab ihr das Bild zurück. »Ich tue mein Bestes. Versprochen.«

Überwältigt von so viel spontaner Hilfsbereitschaft brachte Kati nur ein halb ersticktes »Danke« hervor und verstaute das Bild wieder in ihrer Tasche. Dann griff sie nach ihrem Drink und trank ihn aus.

»Aber dafür schuldest du mir was«, erklärte Jeff mit funkelnden Augen, die kleine vibrierende Blitze in Katis Brustregion schleuderten.

»Genau das habe ich gemeint«, ließ sich Ezra von rechts düster vernehmen.

»Ist schon okay«, sagte sie zu Ezra, »ich würde alles tun, um meinen Vater zu finden.«

»Wirklich alles?«, neckte sie Jeff.

»Dafür würde ich sogar durch die Hölle gehen!«

Ezra gab ein merkwürdig röchelndes Geräusch von sich, das Jeff dazu brachte, ihm auf die Schulter zu klopfen.

»Das war natürlich nur im übertragenen Sinn gemeint«, erklärte Kati schnell. »Also, was schulde ich dir?«

»Ein Date.«

Kati schluckte. Das sollte eine Schuld sein? Ein Date mit dem Besitzer von *Lived,* der nachts in Stretchlimos durch L.A. fuhr. Ein Date mit einem Expromi, der mal Kinderstar in einer Serie gewesen war. Das war keine Schuld, stellte sie verblüfft fest – das würde ihr richtig Spaß machen. Doch dann ploppte ein oberflächliches, aber fast unlösbares Problem in ihrem Kopf auf: Sie hatte nichts anzuziehen! Ein Date, das war in den USA doch eine große Sache, mit Cocktailkleid und allem Drum und Dran, oder?

»Tun Sie's nicht«, warnte Ezra.

»Oh, zum Teufel.« Jeff klang zwar ziemlich genervt, funkelte Kati aber immer noch unternehmungslustig an. »Ezra ist nur ein trauriger alter Mann, der keine Eier mehr in der Hose hat und mir jedes Vergnügen missgönnt. Lass dich von ihm nicht bequatschen.«

Bevor Kati antworten konnte, tauchte Lucy auf, um ihrem Bruder zu sagen, dass Angelina mit ihren Kindern gekommen wäre. Zum Glück seien sie alle verkleidet, sodass sie noch niemandem aufgefallen wären. Mossie hätte sofort angefangen, Drinks zu mixen, aber sie hätte schließlich keine zehn Hände und bräuchte ihn jetzt.

»Ich komme gleich«, winkte Jeff ab. »Sag ihr, ich hätte eine kleine Überraschung für Maddox und seine Geschwister.«

Lucy verdrehte die Augen und eilte davon.

Kati brauchte einen Moment, um zu verstehen, dass sie Angelina Jolie meinten. Sie war also auch hier! Kati wurde schwindelig, sie fand, Angelina war die unterschätzteste Schauspielerin der Welt, dabei hatte sie eine Ausbildung am *Lee Strasberg Institute* gemacht. Das war eine der

Schauspielschulen, von denen Kati geträumt hatte, seit sie mit dem Theaterspielen angefangen hatte.

Zuerst war es für Kati nur einer dieser unmöglichen Träume gewesen, aber dann, nach einem Ferienworkshop bei den Münchner Kammerspielen, hatte sie Blut geleckt und sich angeschaut, wo man welche Ausbildung machen konnte. Leider hatten ihre Favoriten so viel Geld gekostet, dass das auch vor dem Unfall wohl immer ein Traum geblieben wäre.

»Katy?«, fragte Jeff sichtlich amüsiert. »Noch jemand anwesend?«

»Geht klar«, stammelte sie und spürte, wie ihre Wangen heiß wurden. Sie räusperte sich. »Das Date, meine ich. Geht klar.«

»Geht klar?«, wiederholte Jeff mit einem Stirnrunzeln. »Du darfst dich auch gerne ein bisschen freuen.«

So hatte sie das doch nicht gemeint, natürlich freute sie sich! Gleichzeitig fühlte sie sich auch durcheinander.

»Wann würde es dir passen?«, fragte Jeff.

»Ich muss erst nachfragen, wann ich freikriegen kann.«

Oh Gott, Linda! Wenn sie der verraten würde, warum sie einen Abend freihaben wollte, dann wäre Linda ab sofort ihre neue beste Freundin. Das brachte sie zum Lachen.

»Was ist so komisch?«, fragte Jeff.

»Nichts, entschuldige. Wie kann ich dich denn erreichen?«, fragte sie.

Jeff zog wieder sein Handy aus den schwarzen Jeans. »Tauschen wir unsere Nummern.«

»JEFF!« Lucy peitschte seinen Namen so laut durch die Bar, dass sich trotz der lauten Musik und des Stimmengewirrs einige Leute nach ihr umdrehten.

Unbeirrt schickte Jeff seine Nummer an Kati und speicherte ihre im Gegenzug. Dann griff er völlig überraschend nach ihrer Hand und drückte einen leichten Kuss drauf. »Du wirst es nicht bereuen«, sagte er und folgte dann seiner Schwester.

Kati starrte verwundert ihre Hand an und spürte den Flammen nach, die diese zarte Berührung von Jeffs Lippen in ihr entfacht hatten.

12

Der feine trockene Wüstensand, den die herbstlichen St.-Ana-Winde über Los Angeles bliesen, überzog die Stadt und auch die Shops im *Fashion District* unentwegt mit seinem feinem Wüstenstaub.

Kati war erschöpft vom ständigen Blinzeln, die Kinder waren müde und hungrig, nur Linda wollte die Suche nach dem richtigen Kleid für Kati immer noch nicht aufgeben.

Natürlich war Linda begeistert gewesen, als Kati ihr erzählte, dass sie ein Date mit Jeff Coleman haben würde. Ohne großes Federlesen war sie sofort in Katis Zimmer gestürmt, hatte deren Kleiderschrank inspiziert und entschieden, dass Kati kein geeignetes Kleid besaß.

Auf Katis Frage, was denn das richtige Kleid wäre, hatte Linda ihr einen flammenden halbstündigen Vortrag gehalten, nach dem Kati noch weniger wusste, was sie anziehen sollte: sexy unbedingt, aber auch mädchenhaft, auf keinen Fall zu billig, aber auch nicht zu bieder. In jedem Fall viel nackte Haut, aber nicht zu viel, jede Menge Bein, aber keinesfalls zu kurz. Unbedingt Ausschnitt, aber bitte nicht zu tief.

Kati hatte ihr erklärt, dass sie sich selbst darum kümmern würde, und war gegen Lindas Empfehlung zur nächsten Mall gefahren. Sie hatte die ganze Cocktailkleiderabteilung von *Macys* durchprobiert, aber egal, wie schön das Kleid auch war, jedes Mal, wenn Kati in den Spiegel sah, schien es ihr, als würde ihre Narbe durch den Kontrast mit einem festlichen Kleid nur noch schlimmer. Nichts passte wirklich zu ihr. Aber vielleicht gab es auch einfach kein Kleid, das zu einem Narbengesicht vorteilhaft war.

Als sie drei Tage vor dem Date immer noch nicht wusste, was sie anziehen sollte, hatte Linda kurzerhand das Kommando übernommen, alle ins Auto geladen und war mit ihnen zuerst zum Rodeo Drive gefahren, wo sie aber unfassbarerweise auch nichts Passendes gefunden hatten.

Deshalb hatte Linda sie dann noch in den *Fashion District* nach Downtown Los Angeles geschleppt. Kati hatte gar nicht erst versucht zu protestieren. Ausnahmsweise war es ihr recht, dass Linda sich einmischte, denn sie war wirklich unsicher, was sie anziehen sollte.

Sie liefen schon eine gefühlte Ewigkeit die Santee Alley entlang, wo sich eine Boutique an die nächste reihte. Linda trug Marybelle in einem Tragetuch am Bauch, Kati hielt Marlon rechts und Mia links an den Händen fest, was gar nicht so leicht war, weil Mia ständig entwischte, um in den abgefahrenen Läden etwas anzuprobieren. Schuhe, Sonnenbrillen, Handtaschen. Winzige abstellkammergroße Läden mit schrillen Klamotten neben Boutiquen mit heruntergesetzter Designerware und welche, in denen die Modelle aus den Showrooms der großen Designer verkauft wurden. Aber alles gab es nur genau so, wie es auf dem Bügel hing. Und bisher hatte Kati nur ein einziges Kleid von *Korovilas* gefallen, aber das war size zero und Kati war zwar schlank, aber kein Gerippe.

»Ich habe noch eine letzte Idee«, murmelte Linda, bog

von der quirligen Santee Alley in die ruhigere Santee Street ab und führte sie in eine Boutique, die *Laurel's House* hieß und von außen sehr teuer aussah.

Drinnen war es kühl und still, eine wohltuende Abwechslung zu dem Wind und dem hektischen Treiben auf der Straße.

Eine ältere Frau kam auf sie zu und ihre majestätische, ruhige Art erinnerte Kati an Judy Dench als Königin Elizabeth in dem Film *Shakespeare in Love* und war ihr deshalb sofort sympathisch. Sie stellte sich als Rosy vor und fragte, ob sie einen Termin hatten, was Linda verneinen musste. Aber offensichtlich war Linda eine gute Kundin und Rosy ließ durchblicken, dass man für sie eine Ausnahme machen würde. Sie führte sie über den glänzenden Marmorboden zu den drei Umkleidekabinen, von denen jede einzelne größer war als Katis Zimmer. Linda und die Kinder setzten sich auf ein ausladendes lindgrünes Samtsofa, das sich neben einer Spiegelwand in dem Vorraum zu den Kabinen befand. Überall an den Wänden standen weiß lackierte, glatzköpfige Schaufensterpuppen mit gruseligen Abendkleidern voller Pailletten, Perlen, Spitzen und Rüschchen.

Rosy bot ihnen etwas zu trinken an, gab den Kindern Oreokekse und alle entspannten sich. Nur Kati schauderte es ein wenig, denn sie konnte sich beim besten Willen nicht vorstellen, irgendeines dieser Kleider anzuziehen, jedenfalls nicht vor ihrem achtzigsten Lebensjahr. Außerdem hingen nirgends Preisetiketten, was Kati verdächtig vorkam. Auf keinen Fall wollte sie, dass Linda mehrere Hundert Dollar für ein Kleid ausgab, damit hätte sie Kati nämlich für den Rest ihrer Au-pair-Zeit in der Hand.

Rosy führte sie weg von Linda in einen anderen Raum. »Unsere Sweet-Sixteen-Modelle«, sagte sie und lächelte Kati verschwörerisch an. »Natürlich sind Sie nicht mehr sechzehn, aber damit ist ja nur gemeint, dass Sie hier die Modelle für jüngere Frauen finden.«

Auch hier gab es reichlich überladene Modelle in Farben, die bei Kati umgehend den Wunsch auslösten, ihre Augen zu schließen. Rot mit einem kalten grauen Unterton, stechendes Lila und ein fades Gelb wie Blumenkohl auf Drogen.

»Gefällt Ihnen etwas?«, fragte Rosy. »Was auch immer es ist, wir beschäftigen drei Schneider, die es sofort für Sie ändern können, wenn Ihnen etwas nicht passt.« Dann bemerkte sie Katis verzweifelten Blick. »Wenn Sie wollen, kann ich etwas für Sie aussuchen. Vertrauen Sie mir?«, fragte sie und lächelte so zuversichtlich, dass Kati ihr zunickte.

Während sie zurück zu den Kabinen lief, fragte sich Kati, warum sie sich das alles antat. Als ob eine Verabredung mit Jeff ihr ganzes Leben ändern würde. Das war nur ein Rendezvous und keine Hochzeit. Und es war erlaubt, Spaß zu haben, auch mit einem Himalaya im Gesicht. Sie setzte sich auf den gepolsterten Hocker und wartete auf Rosy.

Wenig später reichte sie ihr ein Kleid durch den Samtvorhang und Kati war erleichtert. Das war es – ihr Kleid! Der seidig schimmernde Stoff war aus dem gleichen Blau wie ihre Augen. In der Farbe hatte sie mal einen flauschigen Wollpullover gehabt, den sie über alles geliebt hatte. Voller Hoffnung zog sie das Kleid über und war verblüfft, wie gut es ihr stand.

Es war sehr schlicht, keine Perlen, Pailletten oder Spitze,

es war einfach nur gut geschnitten. Es hatte einen weiten runden Ausschnitt, schmiegte sich eng an ihren Körper und ging bis über das Knie, was ihre Taille, die Hüften und die Beine betonte. Ihr war noch nie aufgefallen, dass sie wirklich so etwas wie Kurven hatte. Und sie könnte ihre Haare offen auf der rechten Seite vor der Schulter tragen und so die Narbe kaschieren.

Kati ging auf die Zehenspitzen, das Kleid verlangte nach Pumps, die müssten natürlich auch noch irgendwoher kommen.

Linda rief schon ungeduldig nach ihr. Kati lief barfuß zu dem Sofa und führte ihnen das Kleid vor.

Mia riss die Augen auf. »Du bist fast so schön wie meine Lieblingsbarbie.«

Kati unterdrückte ein Lachen und war gespannt, ob Linda die Meinung ihrer Tochter teilen würde. Doch bevor Linda zu Wort kommen konnte, redete Marlon: »Spago mag die Fee.« Und weil Marlon in all den Wochen, die Kati bei den Kindern war, noch nie den Mund aufgemacht hatte, saßen sie alle einen Moment sprachlos da und starrten ihn an.

Kati fasste sich als Erste und ging vor Marlon in die Hocke. »Sag Spago, dass die Fee darüber sehr glücklich ist.« Sie warf ihm eine Kusshand zu, weil Marlon nicht so gern angefasst wurde, und erhob sich wieder. Dabei fiel ihr Blick auf Linda, der Tränen in den Augen standen, doch als sie merkte, dass Kati sie beobachtete, straffte sie die Schultern und musterte sie eingehend.

»Das Kleid ist ein bisschen schlicht«, meinte sie. »Aber das ist vielleicht ganz gut, dann kannst du dich beim nächsten Date noch steigern.«

Gott, war das kompliziert, dachte Kati. Wenn ich zu Hause mit Jungs ausgegangen bin, hab ich einfach irgendwas angezogen. Aber dann musste sie innerlich grinsen. Von wegen, du warst auch schon mal besser darin, dich selbst zu belügen. Vor ihren Besuchen bei Luke hatte sie Stunden vor ihrem Kleiderschrank verbracht, um gleichzeitig so gut, so normal und so lässig wie möglich auszusehen.

Sie betrachtete sich wieder von vorne, ihre Augen versanken in dem Blau, das sie in ein Meer von Erinnerungen spülte und bei dem Nachmittag stranden ließ, an dem Luke beinahe angefangen hätte zu weinen. Und sie hätte damals alles, wirklich alles dafür gegeben, ihren Arm um ihn zu legen und zu trösten, aber sie konnte es einfach nicht. Was, wenn sie damit alles zerstört hätte? Und wenn sie an diesem einen Abend, Monate später, auch so beherrscht geblieben wäre, dann wäre heute alles anders. Statt ihn zu umarmen, hatte sie ihm dann nur ihren Trick mit der schalldichten Mauer aus Eierkartons erklärt. Das war ihr Rezept, um sich vor dem Wehklagen ihrer Mutter zu schützen, vor ihren »Männer sind alle Verbrecher«-Dramen.

Ob ihm das etwas genutzt hatte und er es jetzt besser schaffte, sich vor seinem Vater abzuschotten?

Kati strich über den blauen Stoff und vergaß für einen Moment, dass sie ihre Träume längst abgehakt hatte. Sie reckte sich ein wenig und flüsterte, völlig in Gedanken versunken: *»Der Vater sollte wie ein Gott Euch sein, der Euren Reiz gebildet, ja wie einer, dem Ihr nur seid wie ein Gepräg, in Wachs von seiner Hand gedrückt. Wie's ihm gefällt, es stehn zu lassen oder auszulöschen …«*

Leises Applaudieren brachte Kati wieder zurück in die Gegenwart.

»Das ist aus dem *Sommernachtstraum!«*, sagte Rosy, während sie leicht weiterklatschte. Linda und die Kinder sahen Kati mit offenem Mund an.

»Mach das noch mal«, verlangte Mia und schnappte sich das Handy ihrer Mutter. »Ich nehme das auf!«

»Lass das!«, Linda nahm ihr das Handy weg und legte es zurück in die Handtasche. »Und ich dachte, mit dir hätte ich mir endlich jemanden geangelt, der nicht ins Filmbusiness will.«

Das kam Kati unlogisch vor, denn Linda war doch begeistert darüber, dass die Stars der Filmbranche in Jeffs Bar ein und aus gingen, und ermutigte sie geradezu, sich ihm an den Hals zu werfen.

»Barfuß würde Ihnen das Kleid zwar auch gut stehen, Darling«, sagte Rosy mit einem Lächeln, »aber ich fürchte, das würde Ihren Füßen nicht gut bekommen. Es sei denn, Sie besuchen eine Hochzeit am Strand.«

Linda seufzte, aber dann bat sie Rosy, die passenden Schuhe zu bringen.

Vierhundert Dollar später verließen sie *Laurel's House* und Kati fühlte sich sehr unbehaglich, weil Linda so viel Geld für sie ausgegeben hatte. Dafür würde sie ihr eine Menge Fakten liefern müssen.

Kurz entschlossen rief sie ihre Mutter an, um sie nach ihrer Meinung zu fragen. Während sie wählte, betrachtete sie noch schnell die Bilder von »dem Neuen«. Wolfgang hieß der und war schon kahlköpfig, aber er hatte ein nettes Lächeln.

»Wolfi hat mich verlassen«, schluchzte ihre Mutter als Erstes und erklärte Kati dann lang und breit, warum sie ohne ihn niemals würde leben können. Kati seufzte leise, löschte die Bilder von Wolfi und wusste, dass sie für heute ohne einen mütterlichen Ratschlag auskommen musste. Deshalb skypte sie danach Spider an, der sie ein Selfie in ihrem neuen Kleid geschickt hatte und die fand, sie würde sich völlig unnötig Sorgen wegen Lindas Hintergedanken machen.

»Erzähl Linda einfach irgendwas, wenn sie keine Ruhe gibt. Immerhin bringst du eine Menge Glamour in ihr Leben. Behalt lieber diesen Jeff im Auge. Der geht ja ganz schön scharf ran.«

»Vielleicht gefalle ich ihm ja einfach nur.«

»Sicher, aber ›gefallen‹ heißt doch letztlich nur eins, nämlich Mädels flachlegen, also fall bloß nicht auf seine Anmache rein. Alles nur Mittel zum Zweck.«

»Immer schön, mit einer Optimistin zu plaudern.«

»Glaub mir, ich habe drei Brüder. Es geht ihnen *nur* darum, ihr Ding einzulochen.«

»Na und? Dann amüsiere ich mich eben.«

»Du kommst mir nicht gerade vor wie eins dieser Girlies, die Spaß an belanglosem Sex haben.«

»Vielleicht fange ich heute damit an.« Kati dachte an die Nacht, in der sie belanglosen Sex als Gegenmittel für ihre hoffnungslose Liebe eingesetzt hatte, und fühlte sich sofort schlecht.

Spider stöhnte laut. »Klar und ich lerne sticken. Das passt nicht zu dir.«

»Irgendwas muss ich aber ändern oder soll ich für immer wie eine Nonne leben?«

»Das hab ich nicht gesagt. Nur, dass du auf dich aufpassen sollst. Ich hab ein komisches Gefühl bei diesem Kerl.«

»Du kennst ihn doch gar nicht.«

»Das stimmt und stimmt auch wieder nicht.« Spider zögerte einen Moment. »Du hast mich so neugierig gemacht, da musste ich seine Kirche unbedingt mal begutachten.«

»Begutachten …« Kati grinste. Spider sah sich ein Gebäude nie nur von außen an, sie musste es unter ihren Füßen spüren. »Du bist draufgestiegen, gib's zu!«

»Nein. Es ging nicht.«

»Wie meinst du das?«

»Die Kirche hat mich irgendwie abgeschüttelt.«

Kati verdrehte die Augen. »Na ja, vielleicht hat Gott was dagegen, dass du auf einem seiner Tempel spazieren gehst.«

»Haha. Das wäre das erste Mal. So etwas ist mir noch nie passiert.«

»Womöglich warst du nur müde.«

»Womöglich ist die Erde eine Scheibe.«

»Und was hätte das mit Jeff zu tun?«

»Keine Ahnung«, gab Spider zu. »Nur so ein Gefühl. Aber als ich dann bei Google nach Infos gesucht habe, war da nichts. Kein Bild, nicht mal von der Kirche, keine Infos.«

»Hast du auch richtig gesucht?«

»Hat Shakespeare Harry Potter geschrieben?«

»Nein, aber wir haben alle unsere Fehler.«

Spider seufzte tief. »Ich mein ja nur, pass bloß auf dich auf. Und auf keinen Fall darfst du Sex mit ihm haben. Das ist bei anständigen Mädchen erst beim fünften Date fällig.«

»Woher kennst *du* denn anständige Mädchen?«, stichelte Kati. »Die sind doch so was von out.«

»Ich kenne dich.« Damit legte Spider kommentarlos auf.

13

Zwei Tage später fuhr die weiße Stretchlimousine um sieben Uhr abends vor und Linda versuchte, so zu tun, als wäre das ganz normaler Alltag bei den Whites. Doch Kati entging es nicht, wie sehr sie es genoss, als die Heathermans gegenüber mit Taschenlampen und gezückten Smartphones auf ihre Veranda stürzten, um nur ja nichts zu verpassen.

Linda hatte Kati noch eine weiß schimmernde Clutch von sich aufgedrängt und darauf bestanden, ihr mit den Haaren zu helfen, weshalb sich Katis Locken ungewohnt starr anfühlten und wie einbetoniert über der rechten Schulter lagen, um den Himalaya ein wenig zu verdecken.

Jeff klingelte und überreichte ihr mit einem Augenzwinkern wie ein Gentleman in einem altmodischen Kinofilm ein kleines Blumengesteck, das er Kati auch gleich um das Handgelenk band. Ein zart duftendes Gebinde aus Vergissmeinnicht, Kornblumen und weißen Blüten, die Kati nicht kannte.

Er trug einen dunklen Anzug, darunter aber nur ein rotes T-Shirt mit der Aufschrift *Lived,* was Kati sehr lässig fand.

Souverän schüttelte er Linda die Hand, fragte interessiert, wie die Geschäfte bei *Lindas Livesafers* liefen, und behauptete, dass er nur Gutes darüber gehört hätte.

Verblüfft stellte Kati fest, dass Linda nervös werden und erröten konnte. Es überraschte sie ein wenig, wie umfassend Jeff sich informiert hatte, aber vielleicht gehörte das ja zu diesem ganzen Datingsystem.

Er versprach Linda, dass er Kati wohlbehalten vor Mitternacht wieder zurückbringen würde. Dann gab er ihrer Chefin zum Abschied einen Handkuss, der sie wie erstarrt an der Eingangstür stehen blieben ließ. Entspannt wie die Königin von England winkte Jeff den Heathermans gegenüber zu und half Kati beim Einsteigen. Sie hatte seinen Arm dringend nötig, denn auf den ungewohnt hohen Pumps fühlte sie sich ein bisschen wackelig. Danach setzte er sich ihr gegenüber und sie fuhren los.

»Du siehst übrigens bezaubernd aus«, sagte Jeff und goss Champagner in zwei Kristallkelche, die im gedämpften Licht der Limousine wie gigantische Swarovskibrillanten funkelten.

»In Europa hat man ja zum Glück zivilisiertere Ansichten über Volljährigkeit und Alkohol.« Er reichte ihr den Kelch und stieß mit ihr an. Ein silberheller Ton schwebte durch die Limousine.

Unsicher drehte Kati das Glas in ihrer Hand und fragte sich, ob sie Schwierigkeiten mit der Polizei bekäme, wenn man sie mit Alkohol erwischte. Linda wäre ganz sicher entsetzt. Sie betrachtete die goldenen Perlen, die sie an Prosecco erinnerten und an das, was passieren konnte, wenn man nicht mehr nüchtern war. Seit dieser Nacht damals hatte sie keinen einzigen Tropfen Alkohol mehr angerührt. Unwillkürlich streckte sie die andere Hand nach der Narbe aus, aber ihre Betonlocken waren im Weg.

Vergiss es einfach, befahl sie sich. Vergiss es und tu so,

als wärst du jemand anderes. Sie nippte an dem Glas. Ein Schluck würde sie schon nicht umbringen.

»Ich habe so viele Fragen an dich«, sagte Jeff, der mit dem Trinken auf sie gewartet hatte und erst jetzt das Glas an seine Lippen legte. Schöne Lippen hat er, dachte Kati. Nicht zu dünn, nicht zu dick und immer ein bisschen spöttisch.

»Aber das Wichtigste zuerst, bevor wir in den Abend starten: Gibt es etwas, das du gern tun möchtest, oder soll ich dich überraschen?«

Kati kannte wirklich noch nicht viel von Los Angeles, nur Venice, ein paar Ecken von Hollywood und zwei, drei Malls. Es gab sicher noch sehr viel mehr zu sehen.

»Überrasch mich«, entschied sie deshalb.

Daraufhin klopfte Jeff an die Trennscheibe zwischen ihnen und Pete, die Scheibe fuhr herunter und Jeff gab ihm Anweisungen, die dazu führten, dass sie an der nächsten Kreuzung einen U-Turn ausführten und deutlich schneller wurden.

Kati hatte plötzlich ein mulmiges Gefühl, denn sie befanden sich nun nicht mehr auf dem Weg von Venice in die Stadt, sondern sie verließen L.A.

Jeff schaltete die Soundanlage ein, für Kati klang es nach Hip-Hop oder Funk, aber sie hatte ja nicht viel Ahnung von Musik. Jedenfalls brachte der Rhythmus sie dazu, mit den Füßen zu wippen.

Neben ihr sah Jeff unheimlich souverän und gut gelaunt aus, was Kati auf eine Idee brachte. Sie zog ihr Handy aus Lindas Tasche, um ein Foto von ihnen beiden zu machen. Linda hatte ihr unmissverständlich klargemacht, dass sie im Gegenzug für das Kleid jede Menge Fotos erwartete, und Kati wollte diesen Moment für sich festhalten.

»Darf ich …?«, begann sie, doch da hob Jeff schon abwehrend die Hände.

»Nein, bitte tu das nicht, ja?«

Kati zögerte. »Oh entschuldige. Ich wollte nur –«

»Ich weiß, aber ich … nun ja, ich lege wirklich großen Wert auf meine Privatsphäre. Ich mag dieses Geposte in den sozialen Netzwerken nicht so gerne. Nimm's mir nicht übel, ja?«

»Ich wollte gar nichts posten, das Bild war nur für mich.« Und für Linda, fügte sie stumm hinzu. Und Linda hätte schon irgendwas damit gemacht.

»Lass uns das auf später verschieben, okay?«

»Gibt es deshalb keine Facebookseite vom *Lived?* Nichts, kein einziges Bild bei Google?«

Jeff zwinkerte ihr jetzt wieder entspannter zu. »Gut erkannt und du siehst, es funktioniert trotzdem. Mundpropaganda ist immer noch das beste Mittel. Sich selbst bei Facebook, Twitter oder Instagram loben kann jeder Dorftrottel. Um ein Geheimtipp zu sein, muss man den Leuten auch die Chance geben, entdeckt zu werden.«

»Okay.« Kati steckte das Handy wieder ein. Einerseits kam sie sich wie ein getadeltes Schulmädchen vor und andererseits war sie erleichtert, denn damit war Lindas Auftrag vom Tisch. Doch dann erinnerte sie sich daran, wie die Gäste in der Bar auf Madonna reagiert hatten. Da hatten doch alle heimlich Bilder aufgenommen. Wieso hatte Spider die denn nicht im Netz gefunden?

»Deine Gäste machen ständig Fotos«, sagte sie. »Du kannst doch nicht verhindern, dass sie die dann posten.«

Jeff grinste. »Ich verrate dir ein Geheimnis. Wir haben eine Störsoftware in der Bar installiert. All diese Bilder sind verpixelt, wenn die Gäste sie dann außerhalb der Bar anschauen oder verschicken wollen.«

»Ist das denn erlaubt?«

»Natürlich. Die Bar gehört Lucy und mir und wir tun nichts Illegales und Handys sind so leicht zu manipulieren. Wir schützen nur unser Geschäftsgeheimnis. Was, wenn jemand unsere Drinkkreationen stiehlt? Aber ich will nicht immer nur von mir reden, erzähl mir lieber etwas von dir«, forderte Jeff sie auf. »Europäische Frauen sind so geheimnisvoll.«

»Ich ...«, fing Kati an und grübelte, was sie erzählen konnte, das jemandem wie Jeff imponierte. Und je länger sie nachdachte, desto peinlicher wurde die Stille. In ihrer Verzweiflung trank sie den Champagner aus, der ihr nicht mal besonders schmeckte.

Jeff räusperte sich und brach die Stille. »Was würdest du denn zum Beispiel machen, wenn wir deinen Vater finden?«

Er hatte *wir* gesagt. Das bewegte etwas in ihrer Brust und ihr Hirn spuckte unkontrolliert ein Zitat aus, quasi als Ausgleich für ihr Schweigen: *»Das ist ein weiser Vater, der sein eignes Kind kennt.«*

»Shakespeare?«, fragte Jeff und er dehnte die Silben, als wäre Shakespeare ein Synonym für Langeweile. »Zugegeben, er war ja durchaus ein ganz netter Dichter, aber inzwischen ist er doch ziemlich angestaubt. Findest du nicht?«

Kati stutzte. Wie gut, dass sie nicht auch noch mit ihren Träumen von der *Royal Shakespeare Company* angefangen hatte.

»Wenn Shakespeare *durchaus ganz nett* ist, wen bewunderst du denn dann?«

Jeff versuchte, sich ein Grinsen zu verkneifen, schaffte es aber nicht ganz. Er zog eine Augenbraue hoch und zeigte dann mit beiden Daumen auf sich selbst.

Kati kicherte entwaffnet. So viel Selbstvertrauen war geradezu unverschämt.

»Es ist nicht gut, jemand anderen zu stark zu bewundern. Du solltest lieber anfangen, dich selbst zu lieben.«

»Ach ja?« Jetzt trug er aber ein bisschen sehr dick auf. »Zufällig denke ich sogar selbst – und zwar, dass du ziemlich eingebildet bist, Mister!«

»Gratuliere. Eine einwandfreie Analyse.« Er sah auf seine dezent golden schimmernde Armbanduhr und lächelte geheimnisvoll. »Schauen wir doch mal, ob du mich am Ende des Abends immer noch für einen eingebildeten Kerl hältst.«

In diesem Augenblick kam die Limousine zum Stehen. Pete öffnete die Türen, und nachdem Kati ausgestiegen war, hatte sie zwar keine Ahnung, wo sie waren, aber immerhin war ihr klar, dass sie sich auf einem kleinen Flugplatz befanden, denn sie sah mehrere kleine Cessnas und Hubschrauber.

Sofort nachdem Jeff das Auto verlassen hatte, fingen die Rotorblätter des größten Hubschraubers an, sich zu drehen.

»Wir sind da!« Jeff griff nach ihrer Hand und lief mit ihr los, der Wind der Rotorblätter blies Kati Staub ins Gesicht und sie war überrascht, dass nicht mal jetzt ihre Haare um sie herumwirbelten. Linda und das Spray hatten ganze Arbeit geleistet.

»Was hast du vor?«, rief Kati ihm durch den Lärm der Rotoren zu.

»Los Angeles hat zwar nicht die Skyline von New York«, antwortete Jeff, »aber ich dachte mir, von oben sieht man doch besser.«

Katis Herz klopfte schneller. Sie war noch nie mit einem Hubschrauber geflogen. Sie stiegen ein, der Pilot überließ Jeff das Steuer und setzte sich auf den Copilotensitz, Kati nahm auf dem Sitz hinter ihnen Platz. Doch sie flogen noch nicht los, Jeff und Kati mussten erst noch merkwürdige Westen mit Karabinern anlegen.

»Gut, dass du kein enges langes Kleid angezogen hast«, sagte Jeff und reichte ihr einen Gurt, der zwischen den Beinen durchgezogen werden musste. »Und ich glaube, du hast es hier drin auch etwas bequemer, wenn du die hier anziehst.« Er beugte sich über ihre Füße und streifte, noch bevor Kati protestieren konnte, ihre Pumps ab.

»Ich verspreche dir, wenn wir gelandet sind, bekommst du sie sofort zurück.« Er reichte ihr silberne Vans, die ihr wie angegossen passten.

»Lucy hat gute Arbeit geleistet«, murmelte er. Dann gab er Kati einen Kopfhörer, damit sie während des Fluges mit ihm reden konnte.

»Bereit?«, fragte Jeff. »Kannst du mich hören?«

Kati antwortete mit Ja und war überrascht, wie fremd ihre Stimme über den Kopfhörer klang.

Jeff startete den Helikopter. Zuerst flogen sie an der Küste entlang. »Die Queen Mary«, erklärte er mit einem Fingerzeig auf ein festlich illuminiertes Kreuzfahrtschiff unter ihnen. »Dort könnten wir mal einen Drink in der *Observation Bar* nehmen. Und dahinten ist Santa Monica!«

Dann ging es von der Küste ins Landesinnere und Kati

bestaunte die Lichter der Stadt, die zuerst nur vereinzelt wie Perlmuttsterne unter ihnen lagen. Dann wurden es mehr, viel mehr, bis die Highways sich in helle Lavaströme verwandelten, die sich in liegenden Achten, Kreisen und Schlaufen umeinanderwanden und wie Reißverschlüsse zusammenschlossen und wieder trennten.

»Das ist …« Kati suchte vergeblich nach Worten.

»… die Stadt der Engel«, ergänzte Jeff und seine Stimme, die in ihrem Kopfhörer widerhallte, brachte alles in Kati zum Vibrieren.

Sie überquerten ein strahlend meerblau beleuchtetes Stadion, dann lagen plötzlich Hochhäuser unter ihnen. Der Hubschrauber ging etwas tiefer und Kati konnte Dachgärten ausmachen, mit und ohne beleuchtete Pools.

»Du entscheidest!«, sagte Jeff plötzlich.

»Was denn?«

»Na, wo wir hingehen. Zu welcher Party möchtest du?«

»Können wir denn hier einfach so landen?«

»Nein.« Er warf ihr einen merkwürdigen Blick zu. »Aber das ist kein Problem, denn wir zwei werden uns abseilen.«

Kati wurde schlagartig aus ihrer verzauberten Stimmung katapultiert. Er klang so, als ob das wirklich sein Ernst wäre. Ihr wurde kalt, dann heiß. Sie griff an die Weste mit den Karabinern. Das hatte er offensichtlich von Anfang an geplant.

»Du musst verrückt sein, ich bin keine Stuntfrau!«

»Es ist wirklich ganz einfach und vollkommen ungefährlich, glaub mir!«

Sie warf einen Blick nach unten, es ging sehr tief runter. Mächtig tief. Kati hatte das Gefühl, ihr würde das Herz stehen bleiben.

»Schau, ich kenne ein paar Leute dort unten.« Auf einen Wink von Jeff ging der Helikopter noch etwas tiefer und Kati konnte einen großen achteckigen, beleuchteten Pool erkennen, die Fontänen, die in seiner Mitte hervorsprudelten, die Lichterketten, die das Dach vom Rest der Welt abgrenzten, weiße Loungemöbel, funkelnde Kleider.

Ihr Herz blieb doch nicht stehen, sondern fing jetzt an zu rasen. »Jeff ... ich kann das nicht.«

»Gut, dann drehen wir noch ein Runde.«

Ein kleiner Aufschub.

»Du hast Linda versprochen, dass ich heil zurückkomme.« Katis Narbe pulsierte noch schneller als ihr Herz.

»Dir wird nichts passieren! Ich verspreche es.«

»Darf man so was überhaupt?«

Jeff lachte spöttisch. »Wo kein Kläger, da kein Richter.«

»Ich glaube, mir ist schlecht.«

»Dann wird dir die frische Luft guttun!« Er übergab dem Copiloten das Steuer und machte sich an einer Seilwinde im Hubschrauber zu schaffen, klinkte sich ein, klinkte Kati ein, dann ging plötzlich eine Luke im Boden auf. Kalte Luft wehte unter Katis Kleid und ließ sie schaudern.

Jeff kam ganz nah zu ihr. »Katy, du kannst mir vertrauen, ich habe das schon oft gemacht und würde dich niemals irgendwelchen Gefahren aussetzen. Eine Autofahrt auf dem Highway ist gefährlicher.«

Kati hörte seine Worte nur durch einen Geräuschnebel aus Herzrasen, Narbenklopfen und Zittern. Ihr brach der Schweiß aus, sie war wieder in dem Auto, damals in dieser Winternacht.

Jeff musste verrückt sein, wie konnte er ihr so etwas zumuten?

»Darling, ich schwöre es, danach wirst du mich lieben, du wirst begeistert sein. Den Kopfhörer müssen wir allerdings hierlassen.«

»Ich kann das nicht«, wiederholte sie. Der Wind jaulte von unten in den Helikopter wie die Höllenhunde vor dem Eingang zur Unterwelt.

»Ich verstehe, dass es dir ein bisschen Angst macht, aber es ist wie beim Bergsteigen, ein ganz harmloses Abseilen.«

»Aber ...«

»Ich werde dafür sorgen, dass dir nichts passiert. Angst ist oft sinnvoll, aber manchmal auch nur ein Hindernis. Wann hast du das letzte Mal deine Angst überwunden?«

Kati hätte ihn am liebsten geohrfeigt. Als sie das letzte Mal ihre Angst überwunden hatte, war das in einer Katastrophe geendet!

»Vertrau mir«, bat er und Kati kam es so vor, als würde er durch ihre Augen direkt in ihre Seele blicken. Ja, dachte sie, ich will ihm vertrauen. Und ihr Widerstand schmolz dahin.

»Okay«, stieß sie hervor und überraschte sich selbst am allermeisten. Sie war übergeschnappt, das war Wahnsinn!

Jeff nickte ihr zu, streifte schnell ihren Kopfhörer ab, als hätte er Angst, sie könnte es sich wieder anders überlegen, und stieß sich voller Kraft vom Boden ab. Er zog Kati mit sich, raus durch die Klappe, raus aus dem Helikopter, raus in den Nachthimmel über Los Angeles.

14

Sie hing an einem dünnen Drahtseil und schwebte hoch über der Stadt. Kati konnte kaum atmen, so angespannt umklammerte sie das Drahtseil. Ich schwebe tatsächlich, dachte sie, rings um mich ist nichts, nichts als Luft und glitzernde Lichter. Es könnte ein Traum sein, aber es ist keiner, denn ich spüre die Nachtluft angenehm kühl in meinem Nacken und das Drahtseil schneidet in meine Handflächen.

Sie sah zu Jeff, der direkt vor ihr hing und sie mit seinen Augen anstrahlte. Der Verrückte nahm eine Hand vom Drahtseil und streichelte ihr mit einem breiten Lächeln über die Wange. Ah, so fühlte es sich also an, wenn einem in jeder Hinsicht der Boden unter den Füßen weggezogen wurde! Der Puls hämmerte in ihren Ohren wie wild gewordene Drums, sie schwitzte und fror und in ihrem Bauch schienen silberne Roulettekugeln hin und her zu springen. Ein ungläubiges Lachen gluckste aus ihrer Kehle, und selbst wenn ihr Herz jetzt stehen bleiben würde, dann hätte es sich gelohnt! Sie glitten langsam auf den Dachgarten zu, und kaum hatte man sie bemerkt, bildeten sich klatschende Grüppchen, die ihnen zujubelten.

Das war so viel besser, noch viel besser als ein Traum, dachte Kati, als ihre Füße unter donnerndem Applaus endlich aufsetzten.

Ihre Beine hatten sich jedoch in Marshmellows verwandelt, es kam ihr so vor, als müsste sie auf schwimmenden Wattebäuschen landen. Sie knickte sofort ein und musste sich an Jeff festhalten. Er hielt sie, doch dann zog er sie noch fester an sich und küsste sie plötzlich auf den Mund. Als ihre Lippen sich berührten, war Kati überwältigt von seiner Hitze und der Energie, die zusammen mit dem Herzschlag in ihrem Bauch zu einem dicken Klumpen Glück verschmolzen und sie vollends schwindelig machten. Es war ihr völlig egal, dass ihr so viele Leute zusahen, sie wünschte sich nur, dieser Kuss möge ewig dauern, und sie war enttäuscht, als Jeff sie sachte von sich schob, um ihr die Weste auszuziehen. Sie atmete heftig, als wäre sie Meilen gerannt.

»Ich wusste, dass dir das gefallen würde«, flüsterte ihr Jeff ins Ohr. Dann verbeugte er sich theatralisch vor ihr, holte die Pumps aus seinem Jackett, stellte sie neben sie, schnürte die Vans auf und zog ihr behutsam die Pumps wieder an. Und Kati war außerstande, etwas anderes zu tun, als zu atmen und genau das zu tun, was er wollte.

Die Leute auf dem Dach waren begeistert. »Cinderella« riefen sie und »Wow« und »Wer ist denn die süße Braut?«.

»Wie geht es dir jetzt? Habe ich zu viel versprochen?«, flüsterte Jeff.

Kati, die nur langsam wieder ruhiger wurde, drohte ihm übermütig mit der Hand. »Du hast mich überrumpelt, das mag ich nicht. Ich hätte es gern vorher gewusst. Aber …«, sie ließ die Hand sinken, »das war einfach … unbeschreiblich!«

»Wenn ich dich vorher gefragt hätte, dann hättest du doch sicher Nein gesagt!« Jeff suchte ihren Blick. »Oder etwa nicht?«

»Vielleicht.« Kati unterdrückte ein Lächeln. Er kannte sie schon ziemlich gut.

»Aber ich weiß eben, dass mehr in dir steckt, Katy. Du hast was von Superwoman.«

Kati spürte, wie ihr heiß die Röte ins Gesicht schoss. Sie lenkte ihren Blick weg von ihm und nahm erst jetzt wieder die Fontänen wahr, die aus dem smaragdfarben angestrahlten Pool hoch in die dunkle Nacht sprudelten.

Sie atmete tief durch und entspannte sich immer mehr. Ihr Puls normalisierte sich langsam und plötzlich bemerkte sie den Duft von Rosmarin, Zitrone und gegrillten Meeresfrüchten. So eindringlich und verlockend, dass ihr das Wasser im Mund zusammenlief. Gott, hatte sie auf einmal Hunger! Klar, glücklich überstandene Todesangst machte bestimmt Bärenhunger, überlegte sie.

»Also?«, fragte Jeff, legte seine Hand sachte unter ihr Kinn und sah ihr tief in die Augen, was sie wieder ganz kribbelig machte. »Vergibst du mir?« Seine Hand glitt vom Kinn zu ihren Lippen, deren Umriss er mit dem Zeigefinger nachmalte.

»Vielleicht nachdem ich was gegessen habe.« Überstandene Todesangst machte einen offensichtlich nicht nur hungrig, sondern auch mutiger.

»Wunderbar, ich habe gehofft, dass du das sagen würdest. Dann gehen wir doch rein, dort servieren sie ein ausgezeichnetes Dinner.«

Er reichte ihr seinen Arm, an den sie sich nur allzu gerne klammerte, und sie stöckelte unter dem Getuschel der anderen Gäste zum Restaurant, wo ihnen eine Bedienung, deren Schönheit eine Miss World beschämt hätte, die Plätze anwies. Direkt an der riesigen Fensterfront, die Kati gleich wieder den Eindruck vermittelten, direkt über einem Abgrund zu schweben.

»Soll ich dir etwas empfehlen?«, fragte Jeff mit einem Blick auf die Karte.

»Ich schaue lieber selbst, danke.« Sie wollte ihn schließlich nicht alles bestimmen lassen heute Abend. Kati fragte sich übermütig, was für ein Gesicht er wohl machen würde, wenn sie einfach irgendein Menü für ihn bestellen würde, und unterdrückte ein Grinsen.

»Was war bei der ganzen Aktion eigentlich dein Ziel?«, fragte sie nach einem Moment. »Wolltest du mich und die ganzen Leute mit diesem Filmauftritt beeindrucken?«

Jeff legte die Karte zur Seite und seine Hand auf Katis Unterarm.

»Nein. Ganz und gar nicht, ich glaube nicht, dass man dich mit so etwas beeindrucken kann. Ich wollte dich vielmehr befreien.«

»Soweit ich weiß, werde ich von nichts und niemandem gefangen gehalten«, witzelte Kati, obwohl sie schon ahnte, worauf er hinauswollte.

»Oh doch.« Jeff suchte ihren Blick. »Deine Narbe kontrolliert dein Leben mehr, als du glaubst. Aber ich gehe jede Wette ein, dass du in der letzten Stunde nicht einmal an sie gedacht hast!«

Die Narbe. Katis Stimmung sank ins Bodenlose. *Wie Stacheln trifft dies Wort mein wundes Herz.* Sie musste sich zu Shakespeare flüchten, weil es ihr gerade dermaßen die Sprache verschlagen hatte. Eben noch hatte sie sich wie die Königin der Nacht gefühlt und jetzt war sie doch nur wieder das Mädchen mit der Narbe.

Und überhaupt: Was für ein taktloser Idiot! Sie starrte

betroffen auf den edel gedeckten Tisch mit den roten Sets, die aussahen, als wären sie aus Blut und Spinnweben gemacht.

Aber, meldete sich eine kleine Stimme in ihrem Kopf, seine Worte trafen sie ja nur deshalb so tief, weil er recht hatte. Sein Plan war aufgegangen. Klar, wenn man Todesangst hatte, dachte man nicht an irgendwelche alten Narben! Das stimmte. Aber so gut sie auch alles überstanden hatte, es hätte doch auch sein können, dass sie durch den Unfall, der zu ihrer Narbe geführt hatte, an Höhenangst litt. Was, wenn sie vor lauter Angst einen Herzinfarkt gekriegt hätte? Und was, wenn sie Nein gesagt hätte?

Hast du aber nicht, Kati, jetzt komm mal wieder runter. Trotzdem war es doch ziemlich anmaßend von ihm, sich beim ersten Date als ihr Psychiater aufzuführen! Oder wollte er einfach nur, dass sie vor lauter Dankbarkeit, noch am Leben zu sein, zu allem bereit war und sich sofort von ihm abschleppen ließ? Sie dachte an den Kuss draußen vor all den Leuten und spürte, wie ihr wieder die Röte ins Gesicht stieg. Spider hatte vielleicht doch recht und Jeff hatte genau das geplant und es drehte sich doch alles nur darum.

Weil sie immer noch nicht wusste, was sie sagen sollte, griff sie nach der Karte und hielt sie sich abweisend vors Gesicht. In jedem Fall würde sie aus therapeutischen Gründen das Allerteuerste bestellen und dann auch aus therapeutischen Gründen nicht mal aufessen. Das hatte er dann davon.

Kati gratulierte sich zu diesem Entschluss, denn sollte es bei einer ersten Verabredung nicht einfach nur darum gehen, den anderen kennenzulernen und herauszufinden, was dieser Mensch dachte und fühlte? Und auf keinen Fall darum, ihn zu therapieren!

Sie suchte die Karte ab. *Fresh Fish*, stand da ganz oben und sprang ihr ins Auge, denn der Anfangsbuchstabe F war wie die Initialen in alten Büchern reich verziert und mit Fischen und Blumen ausgeschmückt.

F wie Fisch, dachte Kati versonnen. F wie Freund, f wie fühlen.

15

Zwei Jahre früher

F ist ein saublöder Buchstabe«, sagte Luke, der neben ihr auf der Picknickdecke saß. Dann stieß er ein langes *Fffffff* aus, das sich anhörte, als würde jemand die Luft aus einem Reifen lassen, und ließ sich zusammenfallen. Dabei berührte sein Knie ihren Oberschenkel. Aber nur flüchtig.

»Aber es ist jetzt dran.«

Luke riss einen Grashalm aus und schüttelte den Kopf. Seine Haare waren schon wieder viel länger und Kati konnte diese pulsierende Ader, die sie so sehr mochte, nur entdecken, wenn sie genau hinsah.

»Du bist so eine Streberin!«

»Und du ein Weichei! Nur weil dir nichts einfällt.«

Er richtete sich wieder auf und setzte sich mit verschränkten Beinen vor sie hin. Weil er kurze Hosen trug, gab es viel mehr Haut zu sehen als sonst. Wie gerne hätte Kati einen Finger ausgestreckt und sie nur für einen Moment, nur für eine Sekunde, berührt.

»Ich habe Hunger!«, quengelte er.

»Dann geh doch rein und hol dir was.«

Sie lagen im großen Garten, weil Lukes Eltern gerade seine Schwester Gordana in London besuchten, um sie zu trösten. In deren Haus war eingebrochen worden, während sie auf einer dieser wichtigen Weltrettungskonferenzen gewesen war. Die Diebe waren durch die Katzenklappe reingekommen, hatten alles mitgenommen, was nicht niet- und nagelfest war, und dabei die Katze vergiftet. Natürlich kümmerten sich seine Eltern jetzt um Lukes Schwester. Kati wusste, wenn das Luke passiert wäre, dann hätten sie ihm eine Standpauke über die Sicherheit von Türen gehalten.

»Wenn meine Katze tot wäre«, hatte Luke zu ihr gesagt, »dann würden sie nur traurig mit dem Kopf nicken und seufzend feststellen, dass sie nichts anderes von mir erwartet hatten. Aber Gordana ist eine Heilige.«

Kati verstand seinen Ärger und wünschte sich einen Zauberstab, um ihn aufzuheitern. Er war sonst immer der Sonnenschein und sie die Pessimistin. Seine miese Stimmung gefährdete ihren Plan. Sie hatte nämlich die Idee gehabt, das F zu benutzen, um mehr über ihn und seine Gefühle herauszufinden.

Womöglich hatte sie es übertrieben mit ihrer Vorsicht. Nur weil bei ihrer Mom immer alles schiefging, hieß das ja nicht zwangsläufig, dass es mit ihr und Luke nicht doch klappen konnte. Vielleicht empfand er genau wie sie viel mehr, als er ihr zeigte, vielleicht hatte sie mit ihrer abweisenden Art in den letzten vier Jahren einfach nur verhindert, dass er seinen Gefühlen freien Lauf ließ. Oder war das doch nur Wunschdenken? Immerhin flirtete er mit jedem weiblichen Wesen auf diesem Planeten. Sie musste das irgendwie herausfinden. Heute.

»Vorschlag«, sagte sie also, »ich geh rein und mach Sandwiches, sogar auch dann, wenn ich verliere, aber zuerst müssen wir spielen.«

»Was für Sandwiches?«

»Die besten der Welt«, versprach Kati.

»Doppeldecker?«

»Triple-Decker, wenn du willst.«

»Mit gegrilltem Speck?«

»Yep.«

»Okay, na dann. Lass hören.«

»Also F wie fühlen, jeder von uns muss dazu eine Assoziation mit F sagen. Wer als Erstes aufgibt, hat verloren.«

»Das klingt so psychologisch, so nach F wie Freud. Aber gut, für einen Triple-Decker mach ich alles.«

»Freiheit«, begann Kati.

»Fieber«, parierte er.

»Frieden.«

»Kati, so ist das langweilig, Freiheit und Frieden, das klingt wie eine Rede zur Lage der Nation! So ’n Zeug fällt dir zum Thema Fühlen ein? Ernsthaft?«

Er hatte recht, sie sollte sich mehr Mühe geben.

»Friseurangst.« Die hatte ihre Mutter wirklich.

»Schon besser. Fliegen.«

»Frühlingsfreuden.«

»Folter.« Er stöhnte demonstrativ und hielt sich den Magen.

»Flatterig.« Niemals würde er darauf kommen, dass sie sich in seiner Gegenwart immer so fühlte.

»Fatal.«

Sie hatte es falsch angestellt, sie wollte doch mit ihm über Gefühle reden, aber so würde das nicht klappen. »Frustig.«

»Fersager.« Luke grinste jetzt, er kam offensichtlich in Fahrt.

»Falsch.«

»Fielferderber!«

Kati musste lachen. »Na gut, dann mach ich dir jetzt Sandwiches, du Fielfraß.«

Sie lief in die Küche, fand sich dort aber nicht zurecht, und nachdem sie Luke das dritte Mal fragen musste, wo sie etwas finden würde, gesellte er sich zu ihr und sah ihr dabei zu, wie sie Speckscheiben für sein Triple-Decker-Sandwich briet.

»Ich werde eine Zombiegeschichte darüber schreiben«, sagte er dann.

»Über Speck?«

»Über f wie fühlen.«

»Können deine Zombies denn irgendwas fühlen?«

»Orroz schon, das ist ja das Schreckliche. Er dachte, wenn er tot wäre, müsste er endlich nichts mehr fühlen.«

»Aber es ist doch gut, Gefühle zu haben.«

»Gefühle werden überschätzt.«

»Wie meinst du das?«

»Ich meine Mädels. Wenn sie sagen, sie haben Gefühle für dich, fängt der Stress an.«

Kati zuckte innerlich zusammen. »Was denn für Stress?«

»Weil das in Wahrheit nur bedeutet, dass du jetzt rausfinden sollst, was und wie *sie* sich fühlen. Und wenn du das nicht tust, dann bist du automatisch ein Monster.«

»Aber interessiert es dich denn gar nicht, was in den Mädchen vorgeht, die Gefühle für dich haben?«

Luke zuckte mit den Schultern. »Offen gestanden meistens nicht.«

Bei jedem anderen hätte sie sich jetzt tierisch aufgeregt, aber sie wollte so gern mehr darüber wissen, was hinter Lukes Schädel vor sich ging. Sie wollte ihn noch besser verstehen, deshalb durfte sie ihn auf keinen Fall verurteilen, wenn er ehrlich zu ihr war.

»Warum triffst du dich dann mit ihnen?«

»Weil es Spaß macht. Jedenfalls bis sie mit dem Gefühlskram antanzen. Und am schlimmsten ist es, wenn sie das L-Wort sagen.«

»Latexgürtel? Leihgebiss? Lichtgestalt? Lottoverlierer?«, scherzte Kati mit immer stärker klopfendem Herz, dabei wusste *sie* ganz genau, welches Wort er meinte. Und sie fragte sich, ob er das vielleicht nur deshalb sagte, weil *er* ganz genau wusste, was in ihr vorging. War sie am Ende gar nicht so eine gute Schauspielerin, wie sie dachte?

»Liebe!« Er spuckte das Wort geradezu aus. »Alles läuft gut, bis sie dir damit kommen. Mit Liebe meinen sie, dass man nur noch sie anschauen darf. Man soll nur noch mit ihnen lachen, nur noch mit ihnen reden. Mit Liebe meinen sie eine richtig fette Eisenkugel, die sie dir ans Bein binden, schlimmer als eine elektronische Fußfessel. Und du sollst dann bitte schön auch immer wissen, was in ihnen vorgeht.«

Luke redete selten so lang, das schien ihm gerade selbst zu dämmern, denn er grinste und klatschte in die Hände, als wollte er ihr klarmachen, dass jetzt ein krasser Themenwechsel angesagt war. »Ist mein Triple-Sandwich fertig?«

»Gleich. Aber ich bin nicht sicher, ob ich das gerade richtig verstanden habe. Warst du denn noch nie verliebt?«

»Wenn du damit meinst, ob ich jemals einem weiblichen Wesen so eine Fußfessel anlegen wollte – nee.«

»Aber warum hast du denn dann ständig Freundinnen wie Marie?«

»Neugier. Reine, allerreinste Neugier.«

»Neugier auf was?«

Luke grinste jetzt sehr breit.

»Kati – und ich dachte, du wärst nicht so naiv.«

»Auch du kannst dich mal irren, also sag es.«

»Ist das dein Ernst?« Er tippte sich an die Stirn. »Ich will wissen, wie sie sich anfühlen, ich will wissen, wie ihre Haut duftet und wie es ist, wenn sich ihr Busen an mich drückt, während wir uns küssen. Und es gibt so viele und so schöne Mädels und alle riechen anders.« Plötzlich sah er beunruhigt aus. »Ich meine damit nicht, dass ich sie ausnutzen will, das verstehst du doch, oder? Ich kann nur einfach nichts dagegen machen, es zieht mich zu ihnen hin …« Jetzt grinste er wieder. »Da gibt es doch sicher auch ein kluges Shakespearezitat dazu, oder?«

»Wer ist so fest, den nichts verführen kann?«, murmelte sie und nickte wie ein Automat, weil es in ihren Ohren rauschte. Sie bekam kaum Luft; es fühlte sich an, als würde ihr Herz nicht mehr schlagen.

»Siehst du! Der Alte hat das auch schon gewusst. Ich erzähl dir das alles bloß, weil bei dir keine Gefahr mit Eisenkugeln besteht.«

Nein klar, dachte Kati, natürlich nicht. Ich kann mir also gratulieren, dass ich alles richtig gemacht habe. Wenn man nicht abserviert werden wollte, dann war man eben besser nur befreundet. Warum fühlte sie sich dann gerade, als hätte er ihr das Herz ausgerissen und durch einen Eisklotz ersetzt?

»Hab ich was Falsches gesagt?«, fragte Luke, und als Kati versuchte, ihre Gefühle mit einem Lächeln zu überdecken, redete er gleich weiter. »Ich find's echt gut, dass du mich gefragt hast, denn ich wollte schon lange mal wissen, wie das bei euch Mädels so läuft. Geht's dir auch so wie mir?« Hoffnungsfroh suchte er ihren Blick.

Aber sie senkte ihren Kopf sofort und betete, dass sie

nicht rot geworden war. Dann legte sie kommentarlos das fertige Sandwich auf einen Teller und lief, nein stürmte damit nach draußen.

»Hey, das ist *mein* Sandwich!« Er rannte hinter ihr her und schnappte sich den Teller, bevor sie die Picknickdecke erreicht hatten.

Bisher hatte sie Luke nie angelogen und sie hatte Angst, jetzt damit anzufangen. Das würde alles verändern. Aber was konnte sie ihm dann sagen? Nein, mich interessiert es nicht, viele verschiedene Jungs zu küssen, mich interessiert nur ein Einziger. Vielleicht würde er dann merken, dass sie ihn damit meinte, und dann wäre alles kaputt. Also konnte sie das auf gar keinen Fall sagen. Sie musste einen Themenwechsel hinkriegen, aber so elegant, dass er es nicht merkte.

»Jede Wette, ich weiß mehr Zombiefilme mit F als du.«

Er biss in sein Sandwich und musterte sie dann so eingehend, dass sie schon befürchtete, er hätte was gemerkt, aber er nickte nur anerkennend. »Diese Kombi aus Nutella und Speck schmeckt genial.«

»Du lenkst ab. *Der Frosch!*«, sagte sie schnell und hoffte, dass er einsteigen würde.

»The Fog«, konterte er.

»Fido – Gute Tote sind schwer zu finden.« Den hatten sie neulich auf DVD angeschaut und sich dabei schlappgelacht.

»Freitag der 13.!« Er sah sie triumphierend an. »Das kannst du nicht toppen, oder?«

Damit hatte sie ihn. Es war ihr gelungen, von Liebe auf Zombies umzuschwenken. Sie war gerettet. Ihre Freundschaft war gerettet. Gerettet von Zombies.

16

Einen Zombiemocktail für dich? Der weckt ganz sicher deine Lebensgeister. Viel Ananas, Passionsfrucht und Vanille. Leider darfst du den echten Zombie hier nicht trinken.« Jeff winkte Miss World und bestellte die Cocktails für sie beide und fragte, ob sie nach ihrem Studium der Karte denn nun entschieden hätte, was sie essen wollte.

»Das Triple-Decker-Chicken-Sandwich«, murmelte Kati, »mit der Wasabi-Mayonnaise.«

»Gute Wahl.« Jeff nickte ihr zu und bestellte genau das Gleiche. Als die Drinks serviert wurden, winkte Jeff ihr mit seinem Glas zu. »Auf dich und deine Träume!«

Kati nickte ihm zu und nahm einen Schluck von dem süßen Drink. Er schmeckte lange nicht so gut wie die Drinks in Jeffs Bar. Aber das würde sie ihm jetzt nicht auf die Nase binden.

»Du hast übrigens immer noch nicht meine erste Frage beantwortet«, sagte Jeff. »Was würdest du tun, wenn wir deinen Vater finden?«

Verrückterweise war sie nach ihrem Helikopterabenteuer viel mehr als vorher davon überzeugt, dass Jeff es schaffen würde, ihren Vater zu finden. Jemand, der sie zu so etwas bringen konnte, dem würde alles gelingen.

»Wenn ich mir vorstelle, ihm gegenüberzustehen, dann

wäre ich wahrscheinlich erst mal sprachlos.« Ob er dem Foto wohl ähnlich sah, das Mom ihr gegeben hatte? Und wie seine Stimme wohl klang? Warm und freundlich? Ob er geduldig war, erzählte er manchmal Witze oder war er ein Erbsenzähler?

»Und dann, wenn du dich wieder gefasst hättest?«

»Na, das hängt davon ab, wie er mich aufnimmt. Es könnte ja sein, dass er sich gar nicht freut, mich kennenzulernen.«

»Würdest du es dann bereuen?«

»Nein. Immerhin hätte ich ihn einmal gesehen. Jeder will doch wissen, wer seine Eltern sind, oder nicht? Wie sind denn deine Eltern so?«

Jeff lehnte sich entspannt zurück. »Wir haben keine.«

»Oh, das tut mir leid …« Kati stieg so heftig die Schamesröte in den Kopf, dass es in ihren Ohren rauschte. Auf so eine Idee wäre sie gar nicht gekommen. Sie war wirklich immer nur mit sich beschäftigt!

»Verrückte Geschichte: Man hat Lucy und mich in einem Karton im Wald gefunden. Allein hätten wir das nicht überlebt.«

»Gott, das ist ja schrecklich!«, meinte Kati, obwohl sie innerlich stutzte. Jeff hatte zu ihr gesagt, Lucy wäre drei Minuten älter. Woher wusste er das dann?

Er räusperte sich. »Klingt schlimmer, als es ist, wir wurden von sehr netten Leuten adoptiert.«

»Bestimmt sind sie sehr stolz auf euch, oder?«

Jeff nickte. »Das waren sie. Von Anfang an.«

Diese Unterhaltung war das reinste Minenfeld. »Dann sind sie schon gestorben?«

»Ja, ein tragischer Unfall, aber gerade wegen alldem kann

ich deinen Wunsch so gut verstehen.« Er zögerte, dann beugte er sich über den Tisch und griff nach ihrer Hand. »Ich möchte dir keine falschen Hoffnungen machen, aber immerhin habe ich eine erste Spur.«

Kati wurde es ganz heiß und sie hätte nicht sagen können, ob das von dem Gefühl seiner Hand kam oder von dem Gedanken daran, dass Jeff vielleicht wirklich ihren Vater finden würde. Noch nie hatte sich jemand so derart für sie ins Zeug gelegt. Luke hatte zwar das Foto von ihrem Vater in seinem düsteren Stil abgemalt und ihr geschenkt, doch auch wenn sie das immer wie einen Schatz gehütet hatte, war das doch etwas ganz anderes als so eine Recherche.

»Und wohin führt diese Spur?«

»Das kann ich dir noch nicht genau sagen. Nur so viel: Deine Mutter lag gar nicht so daneben. Dein Vater scheint wirklich eine Art Held zu sein. Aber ich bin gerade erst dabei, mit den richtigen Leuten zu reden.«

Zu gern hätte Kati ihn weiter ausgefragt, aber sie spürte, dass er ihr jetzt nicht mehr verraten würde.

Miss World trat an den Tisch und servierte ihre Sandwiches, die sie in gefräßiger Stille verspeisten.

Nachdem sie gegessen hatten, liefen sie wieder auf die Terrasse, auf der mittlerweile nicht nur getanzt wurde, sondern wo es auch ausgesprochen feuchtfröhlich herging. Kati grinste in sich hinein.

Dieses Wort bekam hier eine ganz andere Bedeutung. Die weiblichen Wesen ließen sich mit lautem Kreischen und noch lauterem Gelächter in den Pool werfen und wurden dann heldenhaft von gut aussehenden Männern wieder rausgeholt.

Gerade als Kati sich fragte, wie die Frauen es schafften,

auch tropfnass wie Topmodels auszusehen und ob die etwa alle ein zweites Outfit dabeihatten, wurde sie von einem Typ zum Tanzen aufgefordert.

»Sie ist beschäftigt«, warf Jeff kühl ein, woraufhin der Typ mit den Schultern zuckte und zurück zu seiner Clique ging.

Kati war hin- und hergerissen, eigentlich hätte Jeff sie ja zuerst fragen müssen, ob sie denn Lust hatte zu tanzen, andererseits gefiel es ihr irgendwie, dass er sie nicht mit anderen teilen wollte.

»Willst du denn tanzen?«, fragte er im nächsten Augenblick.

»Wieso nicht?«, gab Kati zurück, die sich seit dem Essen endlich wieder wie sie selbst fühlte.

Jeff führte sie auf die Tanzfläche, die oberhalb des achteckigen Pools lag und nur von dem Smaragdlicht der aufsprühenden Fontänen und den Sternen über ihnen beleuchtet wurde.

Jeff zog sein Jackett aus, reichte ihr seine Hände und lief mit ihr zum Parkett. Und dann tanzte er mit ihr. Das Einzige, was Kati noch denken konnte, war: Das ist Tanzen in einer überirdischen Dimension. Er führte sie so gekonnt, dass Kati zum ersten Mal das Gefühl hatte, über die Tanzfläche zu schweben. Er wirbelte sie in Pirouetten und hielt sie dabei so gut fest, dass sie weitertanzen konnte, obwohl ihr total schwindelig war.

Völlig außer Atem ließ sie ihr Gesicht an seine Schulter sinken, roch sein holzig-bitteres Rasierwasser, spürte, wie ihre Beine zitterten und ihr Herz klopfte. Das alles war so schön, sie wünschte sich, sie könnte dieses Gefühl in einer Flasche einfangen und als Trost mitnehmen für all die traurigen Momente in ihrem Leben.

»Es ist bald Mitternacht, Cinderella«, flüsterte Jeff an ihr Ohr. »Wir müssen gehen, sonst macht Linda sich Sorgen und das wollen wir doch nicht, oder?«

»Und wie kommen wir nach Venice?«, fragte Kati, die langsam wieder zu sich kam. Der Hubschrauber war ja längst davongeflogen.

»Na wie schon? Mit dem Auto.«

Jeff nahm ihren Arm und führte sie zum Aufzug, mit dem sie in weniger als zwei Minuten unten in der Lobby waren, wo Jeff von den Rezeptionisten begrüßt wurde, als wäre er ein Oscarpreisträger. Beflissen wurden ihm die Türen aufgehalten und Kati hielt Ausschau nach Pete und der Limousine, aber die waren nirgends zu sehen.

Als Jeff die Hand hob, wurde ein Auto vorgefahren, das aussah wie ein knallrotes Batmobil, wie eine Mischung aus Audi TT, Porsche und Lamborghini.

»Steigen wir ein!« Jeff ging voran, hielt ihr die Tür auf, half ihr hinein, setzte sich dann auf seine Seite und achtete darauf, dass sie ihren Rennfahrergurt richtig anlegte.

Kati wurde mulmig, als ihr der Duft von neuem Leder in die Nase stieg und ihr Herz klopfte wieder schneller. Es liegt kein Schnee, beruhigte sie sich, und ich werde mich unter keinen Umständen abschnallen.

»Du brauchst keine Angst zu haben«, sagte Jeff, als könnte er ihre Furcht riechen. »603 PS, aber bei mir bist du sicher. Ich mag meinen *Levantra,* das ist übrigens etruskisch und war der Name der Göttin der Unsterblichkeit.« Er grinste und dann raste er los, als wäre der Teufel hinter ihm her. Und trotz des Unfalls spürte Kati zu ihrer eigenen Überraschung nicht mal ein kleines bisschen Angst.

17

»Angst, Alter?«, brüllte Joschi von unten.

Luke fand, sein Freund sah mit seinen roten Haaren von hier oben aus wie ein Wikinger-Playmobilmännchen. Zehn Meter machten dann doch einen gewaltigen Unterschied.

Joschi und Finn waren als Erste gesprungen, Joschi, der Chaot, hatte seine Badehose schon im Flug verloren, Finn hingegen hatte eine saubere Arschbombe hingelegt, die Luke jetzt toppen sollte.

Angst hatte Luke keine Spur, jedenfalls nicht vor solchen Sachen. Dafür brauchte man bloß ein bisschen Mut. Er trat an den Rand des Turms. Angst hatte er immer nur vor dem gehabt, was Kati zu seiner neuesten Geschichte sagen würde.

»Spring endlich, du Loser!«, rief Finn und machte irgendwelche Faxen, die er von hier oben nicht so richtig sehen konnte.

»Immer mit der Ruhe«, murmelte Luke und sog die chlorgeschwängerte Luft tief ein. Dann machte er einen großen Schritt nach vorn ins Leere. Beim Runterfallen wunderte er sich darüber, wie vertraut ihm das vorkam. Dieses angstvolle Kribbeln im Bauch, das kannte er doch schon, und zwar von den Momenten, in denen Kati ihn nach dem Lesen mit verständnislos gerunzelter Stirn angeschaut hatte.

Mit einem krachenden Platschen versank er im Wasser, riss instinktiv die Augen auf, vergewisserte sich, dass seine Badehose noch da war, wo sie sein sollte, und paddelte durch das blubbernde Wasser nach oben zu seinen Freunden am Beckenrand.

»Du wolltest ’ne Arschbombe machen!«, nörgelte Joschi.

»Und du wolltest mit Badehose fliegen«, gab Luke zurück, strich sich die nassen Haare aus dem Gesicht und grinste Finn an. »Unser Joschi hat das mit dem Freischwimmer falsch verstanden.«

Sie lachten alle drei, und als Joschi vorschlug, zum Schluss noch einen Abstecher in die Sauna zu machen, weil er da gerade hübsche Mädels hatte reingehen sehen, zögerten sie keine Sekunde.

Obwohl Joschi recht hatte und man in der finnischen Sauna die Mädchen auch wirklich gut im Blick hatte und die mit den schwarzen Haaren wirklich süß aussah, drängte sich Kati schon wieder ungebeten in Lukes Hirn.

Vielleicht weil es hier drin genauso heiß war wie an diesem H-Nachmittag. Extrem h wie höllenheiß und sie hatten h wie hitzefrei gehabt. Während er sich so frisch gefühlt hatte wie ein Wal in der Wüste, hatte Kati so kühl gewirkt in ihrem komischen weißen H wie Häkeltop, bei dem er jede Menge H wie Haut sehen konnte. Blassgoldene Haut, die sehr zart aussah. Bei jeder anderen hätte er vermutet, sie wollte ihn mit so viel nackter Haut anmachen, aber nicht bei Kati. So war sie nicht.

An diesem Nachmittag war er als Erster mit der Frage dran gewesen, deren richtige Beantwortung dem Sieger den besten Platz bescherte, den auf dem Bett. Denn der Sitzsack wurde schon im Winter heiß wie die Hölle.

Mit seiner H-Frage wollte er von ihr wissen, wann der am meisten unterschätzte Mann der Beatles gestorben war. Und weil es nur einen einzigen Beatle mit H gab, hatte er gedacht, das wäre leicht für sie. Von wegen! Sie hatte allen Ernstes was von John Lennon und den Achtzigern gemurmelt.

Bei jeder anderen hätte er sich fremdgeschämt, aber nicht bei Kati. So war sie eben. Sie hatte nicht die leiseste Ahnung von Musik, sie kannte nicht nur nichts, sondern rein überhaupt gar nichts! Weder Gruppen noch Sänger, geschweige denn Melodien, Lieder oder Songtexte. Egal, ob er ihr Pink Floyd, Katy Perry oder Nicki Minaj vorspielte, jedes Mal, wenn er sie fragte, wer das wäre, sagte sie todernst: »Ganz klar Michael Jackson, echt erstaunlich, was der alles so gemacht hat in seinem Leben.«

Beim ersten Mal hatte sie das auch wirklich so gemeint, aber danach wurde es zum Running Gag. Hey, er spielte ihr irgendwas von Led Zeppelin oder den Toten Hosen vor und sie sagte »Ganz klar Michael Jackson ...«

Luke lächelte und wischte sich die Schweißperlen von der Stirn.

Es war auch deshalb so komisch, weil Kati sonst ziemlich ernst war. Das nervte ihn manchmal. Aber wenn er eine Novel über seinen Orroz fertig hatte und er sie ihr zum Lesen gab, dann fand er es wieder gut.

Zum Lesen setzte sie sich dann an seinen peinlichen, von Gordana geerbten rosa Mädchenschreibtisch. Immer auf diese spezielle Kati-Art. Sie strich ihre Haare hinter die Ohren und richtete sich auf, bis sie eine sanfte Kuhle im Nacken hatte. Dann nahm sie seine Graphic Novel in die Hand, legte sie vor sich auf den Tisch, senkte den Kopf, sodass ihre wuscheligen Haare wieder nach vorne fielen und ihr Nacken seltsam nackt war. Und sie betrachtete sein Werk so aufmerksam, als wäre sie Diamantexpertin in Amsterdam und hätte gerade einen ungeschliffenen Stein zur Prüfung bekommen.

Das war der Moment, in dem er sich am liebsten aufgelöst hätte in eine Melodie, die sich zum Fenster rausschleicht.

Denn was, wenn sie sagen würde, seine Geschichte wäre schlecht? Seine Idee wäre Blödsinn? Oder Müll? Wenn sie die einfach nicht kapieren würde? Dann wäre nichts mehr von ihm übrig, denn Katis Meinung bedeutete ihm komischerweise mehr als alles andere. Also blieb er da, sah ihr zu und wartete.

Sie konzentrierte sich so auf das Lesen, dass es ihm vorkam, als würde sie alle Energie aus seinem Zimmer einsaugen. Es wurde dann ganz still im Zimmer, so eine Stille, in der er plötzlich den Herzschlag in seinen Ohren hören konnte. So wie jetzt gerade, aber das kam von der Hitze hier drin und war was ganz anderes.

An dem H-Nachmittag hatte sie verloren, klar, sie hatte keine Ahnung von Musik, aber Mann, die Beatles, das wusste doch jeder, oder? Jedenfalls musste sie dann mit dem orangen Plastiksitzsack vorliebnehmen, der ständig Geräusche von sich gab, und man konnte nur hoffen, dass Kati sich darauf nicht zu Tode schwitzte.

Er legte sich bequemer auf sein Handtuch. Hier in der Sauna war es weniger heiß als an diesem Nachmittag.

Sie hatte still auf dem Sack gesessen, in ihrem Häkeltop. Ganz still. Ewig lang still, für alles andere war es zu heiß. Sie kicherten nicht mal, wenn der Sack bei einem tiefen

Atemzug Katis leise rülpste. Ihre dunkelbraunen Locken hingen reglos über ihre Schläfen und fingen die Sonnenstrahlen ein.

Ein paar Mal hatte er schon versucht, das zu malen, aber nur hinter ihrem Rücken, denn Kati wollte angeblich nicht gemalt werden. Lächerlich! Sie stand auf der Bühne und spielte die Julia und dann machte sie Theater, wenn sie ihn beim Porträtieren erwischte.

Er war ziemlich sicher, dass sie log, denn alle anderen Mädchen liebten es, von ihm gemalt zu werden. Das war sein Joker, sein Ass im Ärmel, damit kriegte er fast jede rum. Er unterdrückte ein Grinsen, denn viele ließen sich sogar oben ohne von ihm malen.

An diesem Tag hatte er aber nichts dergleichen versucht und sie hatten einfach nur geschwiegen. Mit Kati war das in Ordnung. Sie erwartete nichts von ihm und dieses Häkeltop mit all der nackten Haut hatte sie wahrscheinlich auch nur deshalb angezogen, weil es das oberste in ihrem Kleiderschrank gewesen war. Nach einer Ewigkeit hatte sie dann das Schweigen gebrochen und war wieder auf seine H-Frage zurückgekommen.

»H wie Harrison also, ja?«

»George Harrison.«

Ein Blick auf ihr Gesicht hatte ihm gezeigt, dass sie noch weniger als null Ahnung hatte. Deshalb hatte er ihr dann einen von Harrisons bekanntesten Songs vorgespielt: H wie »Here comes the sun«.

Sie hörte sich das Lied wortlos an, ernst und ohne ihn anzusehen und ohne die geringste Bewegung. Atmete sie überhaupt? Niemand konnte so zuhören wie Kati.

Dann, als der Song zu Ende war, sagte sie nichts. Eine

Menge Atemzüge lang. H wie hundert Atemzüge lang. Hundert mal hundert Atemzüge. Dann endlich drehte sie sich zu ihm, setzte sich auf und strich ihre Haare hinter die Ohren, vergeblich wie immer.

»Spiel's noch einmal, Sam«, hatte sie dann gesagt und versucht, lässig auszusehen in ihrem Häkeltop. Was ihr echt gut gelang. Manchmal war das so, da war sie so was von cool. Und er war nie dahintergekommen, wie sie das machte.

Als sie den Song dieses Mal anhörten, wippte ihr Fuß mit, nur ganz wenig und nur bei »Little darling«. Ihr nackter Fuß. Verdammt, was hatte Kati nur für kleine blasse Füße gehabt. »It's all right«, murmelte Luke, *it's all right*, denn das war dann alles, was sie gesagt hatte, nachdem sie den Song noch dreimal gehört hatten.

It's all right.

Er schluckte. Von wegen, seit diesem elenden Unfall war gar nichts mehr all right.

»Sag mal, bist du eingeschlafen oder bloß vollkommen übergeschnappt?« Finn rüttelte ihn an den Schultern. »Du bist ja immer noch hier drin. Los, komm raus, du musst dich abkühlen.«

Luke rappelte sich auf und merkte erst jetzt, dass er völlig benommen war. Natürlich kam das nur von der Hitze! Finn hatte recht, er musste eingedöst sein und brauchte dringend eine kalte Dusche, um wieder zu sich zu kommen.

Er folgte Finn zu den Schwallduschen, wo Joschi schon bereitstand. Joschi ließ einen seiner Sprüche ab, aber Luke kapierte ihn nicht, weil in seinen Ohren plötzlich klar und deutlich »Here comes the sun« gespielt wurde.

»Das gibt's doch nicht!«, sagte Luke und schüttelte den Kopf, um das aus seinem Hirn zu kriegen. Aber er hörte das Lied immer noch.

»Was meinst du?«, fragte Joschi, der alle Wasserhähne aufdrehte, sodass Luke von allen Seiten mit eiskaltem Wasser übergossen wurde.

»Na, dieser Song!«, japste Luke. Ihm wurde fast schwindelig von dem Kälteschock.

»Welcher Song?«

»Mann, hört ihr das etwa nicht? ›Here comes the sun‹!«

»Klar hören wir den, wir sind ja nicht taub, na und?«

»Das ist irre, das ist total verrückt!« Luke tänzelte unter dem Wasserschwall hin und her, erleichtert, weil er sich den Song nicht nur eingebildet hatte. Ab und zu ging seine Fantasie nämlich schon mal mit ihm durch.

Finn und Joschi sahen sich an und tippten sich dann vielsagend an die Stirn. »Er braucht noch sehr viel mehr kaltes Wasser!«, sagte Joschi und zielte grinsend mit einem Kaltwasserschlauch auf Lukes Bauch.

Luke versuchte auszuweichen und überlegte, ob er den beiden erklären sollte, was er daran so irre fand, aber wenn sie wüssten, dass und *wie* er manchmal noch an Kati dachte, dann fänden sie ihn ganz sicher komplett verrückt.

18

Verrückt, total verrückt! Der Typ hat dich aus dem Helikopter springen lassen und bei der Landung geküsst? Verdammt, warum lerne ich nie so jemanden kennen?« Spider wiederholte das nun schon zum dritten Mal, aber Kati war trotzdem froh, dass Spider sie heute ins *Lived* begleitete.

Sogar eine Woche nach ihrem ersten Date mit Jeff war sie immer noch völlig durcheinander.

Nach der schnellen Autofahrt nach Hause, bei der er einmal sogar die Highway Patrol abgehängt hatte, war sie gut gelaunt und aufgekratzt wieder in Venice angekommen. Er hatte sie formvollendet wie ein Gentleman bis zur Tür begleitet und gewartet, bis sie drin war, allerdings ohne auch nur den geringsten Versuch zu unternehmen, sie zu küssen.

Sie kam gar nicht dazu, lange darüber nachzudenken, weil Linda, die direkt hinter der Tür wie eine Spinne auf ihre saftige Beute gewartet hatte, sich sofort auf sie stürzte.

Selbst Katis demonstratives Gähnen hatte Linda nicht davon abgehalten, sie eingehend zu verhören. Was genau war wann und wie passiert?

Das Abseilen vom Helikopter hatte Linda sogar einen ihrer seltenen Lacher entlockt. Doch sie fand, Jeff hätte nicht nur auf dem Dach, sondern auch und vor allem beim

Abschied versuchen müssen, sie zu küssen. »Warum hast du ihn an der Stelle nicht mehr ermutigt?«, fragte sie in einem so tragischen Tonfall, als hätte Kati eine Ölpest zu verantworten. »Männer wollen zum Zug kommen. Die legen sich doch nicht für nichts ins Zeug! Das darf man niemals überstrapazieren!«

Doch trotz des in ihren Augen desaströsen Endes des Abends behandelte Linda sie seitdem etwas respektvoller und drängte sie ständig, wieder in die Bar zu gehen und dort Kontakte zu knüpfen. Dafür hatte sie ihr heute sogar freigegeben und jetzt stand Kati mit Spider vor dem Portal der Kirche. Auch wenn Spider und Linda sonst keinerlei Gemeinsamkeiten hatten, war ihre Freundin natürlich genauso begeistert von der nächtlichen Helikopter-Aktion wie Linda und wollte Jeff unbedingt kennenlernen.

Spider hatte sich deshalb heute Abend sogar in Schale geworfen, auf das obligatorische Kopftuch verzichtet und den Hoodie durch eine lila Satinbluse ersetzt, was zu ihren roten Fransenhaaren spektakulär aussah.

»Warte noch einen Moment«, sagte Spider. »Spür doch mal, wie das vibriert.« Sie nahm Katis rechte Hand und legte sie auf den unteren Bogen. »Mach die Augen zu.«

Kati gab sich alle Mühe, etwas zu spüren, aber sie fühlte nichts unter ihren Fingerkuppen.

»Du musst die Augen schließen!«

»Ernsthaft? Da komme ich mir ziemlich blöd vor, wie so eine New-Age-Spinnerin.«

»Aber hier ist doch keine Menschenseele!« Spider deutete auf die öde Gegend und grinste. »Also, vor wem sollte dir das peinlich sein, vielleicht vor den Ratten, die hier hausen?«

Irgendwie widerstrebte es Kati, das zu tun, aber schließlich legte sie noch einmal ihre Hand auf die Bögen am Tor und schloss die Augen. Tatsächlich, sie spürte etwas, aber nicht unter ihren Fingerkuppen. Vielmehr fing ihre Narbe an zu kribbeln, aber das konnte auch ein Zufall sein. Die pulsierte ja, wann immer es ihr passte.

»Was treiben Sie beide hier?«, fragte eine müde Stimme, die Kati sofort erkannte. Sie riss die Augen auf und wechselte einen Blick mit Spider, die unmerklich mit den Schultern zuckte. Offensichtlich hatte sie Ezra auch nicht kommen sehen. Zu Katis großem Erstaunen trug er noch immer das Kostüm vom letzten Mal. Den Tod.

»Diese Kirche vibriert«, erklärte Spider und Kati bewunderte sie dafür. Spider war es egal, ob man sie für bekloppt hielt oder nicht.

»Natürlich tut sie das.« Ezra zupfte seine schwarze Kapuze noch tiefer vor sein Gesicht. »Wir sind in Los Angeles. Hier vibriert alles, das muss Ihnen doch klar sein. Wir leben auf einem tödlichen Pulverfass.«

»Cooles Outfit übrigens«, sagte Spider und deutete auf die Sense in Ezras Hand.

Ezra zuckte mit den Schultern, was die schwarze Kutte in Schwingungen versetzte. »Ein bisschen altmodisch, aber Jeff fand, der Tod sollte genauso aussehen, wie die Leute sich den Tod vorstellen.«

»Guter Marketingtrick«, sagte Kati. »Dann trinken die Leute noch mehr von dem gesunden Zeug.«

Ezra nickte. »So ist es. Wollen Sie nicht mit reinkommen?« Er hielt ihnen das Tor auf und Spider ging als Erste in die Bar.

»Wow«, staunte sie, »das ist ja noch viel krasser, als ich

es mir vorgestellt habe.« Spider ließ ihren Blick über die flackernden Kerzen, die blumengeschmückten Altäre in den seitlichen Kapellen und den schlangenförmigen Bartresen schweifen. Dann plötzlich stockte ihr Blick.

»Das gibt es nicht!« Sie riss ihre Augen auf, als wäre gerade das neunte Weltwunder direkt vor ihr aufgetaucht, und zupfte Kati aufgeregt an deren Ärmel. »Schau mal, da drüben. Oh mein Gott, ich fass es nicht!«

Kati warf einen Blick in die Richtung, in die Spider gezeigt hatte. Ein schlanker, nicht sehr großer kahl rasierter Typ mit extrem trainierten Schultern flirtete mit Izanami und sah ihr dabei zu, wie sie einen Smoothie mixte.

»Das ist Damien Walters«, sagte Spider. »Einer der allerbesten überhaupt.«

»Der besten was?«, fragte Ezra, der dicht neben ihnen stehen geblieben war.

»Stuntman, Parkourläufer, ach, der kann einfach alles! Er ist Brite und war mal ein Trampolinspringer und Kunstturner, hat aber auch in James-Bond-Filmen die richtig gefährlichen Stunts gemacht. In *Skyfall* zum Beispiel. Und für *Assassins Creed* hat er sich aus achtunddreißig Metern Höhe im freien Fall auf eine Matte fallen lassen.«

»Das kann in der Tat tödlich enden«, murmelte Ezra.

»Assassinen, sind das nicht Mörder?«, fragte Kati.

»Das kann man so nicht sagen«, sagte Ezra. »Ursprünglich war es eine religiöse Sekte, deren Mitglieder bereit waren zu töten, um zu …«

»Leute, hey, *Assassins Creed* ist doch nur ein Computerspiel.«

»Und wieso muss man sich bei einem Computerspiel in die Tiefe stürzen?«, fragte Kati.

»Manchmal schäme ich mich fast ein bisschen für dich. Du bist so was von hinterm Mond! Die Animationen der Spielfiguren, die werden doch anhand der Bewegungen von echten Menschen angelegt.«

»Dann ist der Typ also wenigstens ein Mensch«, versuchte Kati zu scherzen.

»Gesellen wir uns zu ihm«, schlug Ezra in seiner merkwürdig altmodischen Ausdrucksweise vor, »neben ihm ist wenigstens ein Platz frei.« Er blickte sich in der gerammelt vollen Bar um. »Ich fürchte, sonst ist alles belegt.«

Spider schüttelte den Kopf. »Nein, da stehe ich lieber. Das wäre mir peinlich.«

Ezra zuckte mit den Schultern. »Wie Sie wollen.« Sie sahen sich nun alle nach freien Plätzen um, ergebnislos. Bis Kati Lucy entdeckte, die ihnen zuwinkte und ihnen bedeutete, zu ihr zu kommen. Sie setzten sich in Bewegung Richtung Bar.

»Hier wird gleich was frei«, begrüßte sie Lucy. »Was wollt ihr trinken?«

»Was Leckeres!«, sagte Spider, die immer noch wie gebannt zu Damien hinüberstarrte.

»Er ist ein netter Kerl und so gut gebaut!« Lucy lächelte Spider verschwörerisch zu. »Aber er wollte allen Ernstes einen Proteinshake!« Lucy schüttelte sich so heftig, dass ihre Oberweite stark ins Wackeln kam. »Wir sind doch kein Fitnessstudio! Und wer bist du?«, fragte sie Spider. Kati stellte ihre Freundin Lucy und dann auch Ezra noch offiziell vor.

»Wo ist denn Jeff?«, wollte Ezra von Lucy wissen. Das hatte Kati sich auch schon gefragt.

»Mein Bruder ist in geheimer Mission unterwegs, ich

schätze mal«, Lucy wendete sich Kati zu, »es hängt mit dir zusammen. Nach eurem Date war er wie ausgewechselt. Immer in Gedanken, immer am Telefonieren und ständig unterwegs.«

Jetzt wurden drei Barhocker nebeneinander frei und alle setzten sich hin.

»Sie waren mit Jeff aus?«, fragte Ezra und klang empört.

»Oh Himmel, niemand braucht dafür deine Erlaubnis, Ezra!« Lucy klang ungewohnt scharf. »Weder Jeff noch Katy noch sonst wer!«

»Tut mir leid.« Er drehte sich betont zu Kati. »Ich mag Sie und muss Sie wirklich vor meinem Freund warnen. Er ist gefährlich!«

Lucy legte eine Hand mit knallrot lackierten Fingernägeln auf Ezras Unterarm und drückte zu.

»Ezra, mein Lieber, hör auf, dir Geschichten auszudenken, ja? Und jetzt bringe ich euch erst mal was zu trinken. Ich habe auch schon eine Idee, was.« Sie drehte sich zu den Kühlschränken um und fing an, Früchte und Gemüse zusammenzustellen.

»Abgefahren, so abgefahren«, murmelte Spider immer wieder vor sich hin, ohne Damien aus den Augen zu lassen.

»Verzeihen Sie, wenn ich frage, aber was genau imponiert Ihnen denn an diesem Damien so?«

Spider riss ihre Augen weit auf. »Soll das ein Witz sein?«

Ezra schüttelte seinen Kopf, der immer noch unter der Kapuze verborgen war.

»Seine Körperbeherrschung, seine Kraft und Dynamik – das alles ist einfach der Wahnsinn.«

»Besteht der Wahnsinn nicht viel eher darin, dass er dem

Tod ständig ins Auge sieht und ihm dann trotzt?«, fragte Ezra.

Spider lachte unsicher, dann zeigte sie auf die Sense. »Sein Können hat doch mit dem Tod nichts zu tun!«

»Dann wären seine Kräfte aber gar nichts Besonderes.«

Spider raufte sich die Haare. »Das verstehe ich nicht.«

»Nun, dann könnte es doch jeder.«

»Quatsch! Nicht jeder kann sich aus achtunddreißig Metern Höhe auf eine Matte fallen lassen. Die meisten schaffen es ja nicht mal, aus zehn Metern ins Wasser zu springen.«

»Genau, sie würden sich das Genick brechen und sterben. Also geht es doch um den Kampf gegen den Tod.«

Spider runzelte irritiert die Stirn und Kati konnte sie gut verstehen. Dieser Ezra war wirklich ein komischer Kauz. Kein Wunder, wenn man hier tagein, tagaus den Tod spielte.

»Meinetwegen«, gab Spider zurück, »dann geht es also um den Tod.«

»Dieser Stuntman macht es eigentlich richtig«, mischte sich Kati ein. »Er hat keine Angst vor dem Tod, das ist nur vernünftig, denn man weiß ja nie, wann es einen erwischen wird. *Der Tod, das Schicksal aller, kommt, wenn er kommen soll.*«

Ezra applaudierte begeistert. »Das ist Shakespeare. Aus dem zweiten Akt von *Julius Cäsar.* Wunderbar! Menschen in Ihrem Alter wissen für gewöhnlich nicht mal, dass Shakespeare existiert hat.«

»Oh bitte, nicht die Nummer!« Spider stöhnte. »Nur weil wir mit dem Internet aufgewachsen sind, sind wir doch nicht automatisch Kulturbanausen! Davon abgesehen hatte Shakespeare jetzt schon ziemlich lange fünf Minuten Ruhm. Die Zeit ist reif für was Neues!«

»Mit Verlaub«, widersprach Ezra, *»Assassins Creed* scheint mir im Vergleich mit Shakespeare dann doch eher eine kulturelle Eintagsfliege.«

Kati versuchte, einen Blick in Ezras Augen zu erhaschen, aber heute blieben sie immer im Schatten seiner Kapuze. Sie hätte gern gewusst, wie alt er eigentlich war. Er klang ein wenig altmodisch, aber vielleicht gehörte das ja auch nur zu der Rolle, die er hier spielte.

»Sie sind echt irgendwie creepy«, sagte Spider in ihrer typisch direkten Spider-Art.

»Ich finde das keineswegs ›creepy‹, sondern eine ganz normale Anmerkung. Welches Stück ist denn Ihr Lieblingsstück?«, fragte er dann wieder an Kati gerichtet.

»Ich weiß es nicht, die meisten haben interessante Figuren und Passagen.«

»Ich hätte gedacht, in Ihrem Alter müsste es *Romeo und Julia* sein.«

»Ganz sicher nicht!« Das rutschte Kati so heftig heraus, dass Ezra zurückzuckte.

»Und warum nicht?«

»Es gibt wichtigere Dinge als eine Liebe, an der alle zugrunde gehen.«

»Da hat sie absolut recht! Zum Beispiel Karriere!«, mischte sich Lucy ein, die ihnen ihre Drinks brachte. »Ezra, du kriegst einen *Coconut Death,* für deine rothaarige Freundin habe ich einen *Pomegranate Hazard* und für dich, Katy, einen *Honeydew Heartbreaker.* Cheers.«

Kati betrachtete ihren Drink durch das Fenster in dem weißen Becher und war wieder verblüfft, wie schön, ja geradezu magisch das aussah. Ihr Drink funkelte von oben bis unten, fast zu schade zum Trinken.

»Karriere ist sehr viel wichtiger als Liebe«, wiederholte Lucy.

Ezra schüttelte den Kopf. »Eine Karriere kann auch von jetzt auf gleich vorbei sein, ganz genau wie die Liebe.«

Spider nahm einen großen Schluck von ihrem Cocktail und riss dann überrascht die Augen auf. »Hammer, Lucy, ist das lecker, beim Trinken hat man glatt das Gefühl zu schweben!« Sie beugte sich vor und deutete auf ihre Füße, »Seht ihr, ich schwebe!«

Sie klang so überzeugend, dass sie alle drei, sogar Ezra, auf ihre Füße starrten, und Kati hätte sich nicht gewundert, wenn ihre Freundin wirklich über dem Boden geschwebt wäre.

»Danke«, Lucy lächelte freundlich in die Runde, »wir geben uns auch wirklich Mühe.«

»Und sie ist mit Erfolg gekrönt!« Ezra klang ungewohnt aufgeräumt. *»Glück, Freunde, Glück und heitre Liebestage,* das ist mein Lieblingsstück, der *Sommernachtstraum«,* erklärte er, als würden sie immer noch über Shakespeare reden.

»Echt?« Spider schlürfte lautstark ihren Drink. »Bei Ihnen hätte ich eher auf *Macbeth* oder sonst was Düsteres getippt.«

Ezra lachte, es klang ein wenig eingerostet. »Das Leben ist dramatisch genug. Die Menschen brauchen mehr Romantik, mehr Verwirrspiele, mehr Liebe. Also *richtige* Liebe.«

»Sind Sie denn verheiratet?« Als Spider das fragte, zwinkerte sie Kati zu. Ganz offensichtlich konnte sie sich das beim besten Willen nicht vorstellen.

»Nun, ich hatte leider nie das Glück, jemanden zu finden, der es länger mit mir aushält.«

»Vielleicht kommt das ja noch«, sagte Kati, die ihre Freundin heute ziemlich peinlich fand.

Ezra gab ein heiseres Geräusch von sich. »Mein Beruf ist für viele ein Problem, ich arbeite in der … Entsorgungsbranche.«

»Leute, ihr seid doch hier, um Spaß zu haben, oder nicht?«, fiel Lucy Ezra mitten ins Wort. »Also hört doch endlich mit diesen trübsinnigen Gesprächen auf.«

»Können Sie auch etwas aus dem *Sommernachtstraum* rezitieren?«, fragte Ezra. »Sie würden mir eine große Freude machen!«

Lucy und Ezra starrten Kati erwartungsvoll an, während Spider nur die Augen verdrehte.

Was soll's, dachte Kati, nahm den letzten Schluck ihres Drinks und stellte überrascht fest, dass sie zwar noch nicht schweben konnte, aber unbändige Lust hatte, Ezras Wunsch zu erfüllen. Doch welche Stelle wäre gut?

19

Kati brauchte einen Moment, um zu überlegen, was sie vortragen wollte. Als ihr das Richtige einfiel, straffte sie die Schultern und räusperte sich ein paar Mal, obwohl sie in der Theatergruppe gelernt hatte, dass das schlecht für die Stimme war. Dann legte sie los:

»Mehr wundervoll wie wahr.
Ich glaubte nie an diese Feenpossen
und Fabelein. Verliebte und Verrückte
sind beide von so brausendem Gehirn,
so bildungsreicher Fantasie, die wahrnimmt,
was nie die kühlere Vernunft begreift.
Wahnwitzige, Poeten und Verliebte
bestehn aus Einbildung. Der eine sieht
mehr Teufel, als die weite Hölle fasst:
Der Tolle nämlich; der Verliebte sieht,
nicht minder irr, die Schönheit Helenas
auf einer äthiopisch braunen Stirn.«

»Mehr!«, rief Lucy begeistert. »Das war toll!«

Selbst Spider applaudierte, nur Ezra wackelte mit dem Kopf. »Aber das sind die Worte von *Theseus,* warum haben Sie denn ausgerechnet diese Stelle ausgewählt?«

Bevor Kati noch antworten konnte, tippte ihr jemand auf die Schulter, und als sie sich umdrehte, bemerkte sie zu ihrer großen Überraschung, dass ihr offensichtlich noch sehr viel mehr Menschen zugehört hatten, von denen einige, als sie jetzt in ihr Gesicht sahen, zusammenzuckten.

Erst jetzt fiel ihr wieder ein, dass sie nicht mehr die Kati Berger von früher war. Reflexartig hielt sie die Hand vor ihre rechte Wange, die unvermittelt anfing zu kribbeln. Sie hatte es wirklich vergessen, total vergessen, wer sie war: die Kati mit der Narbe, die Kati mit dem verdammten Himalaya im Gesicht. Das Phantom der Oper. Sie merkte, wie ihr die Röte ins Gesicht stieg.

Der Mann, der ihr auf die Schulter getippt hatte, stand immer noch vor ihr. Er war schon älter, aber gut aussehend. »Hallo«, sagte er. »Entschuldigen Sie bitte. Das war sensationell und … ich kann Ihnen helfen, wenn Sie das möchten.« Er reichte ihr seine Visitenkarte.

»Helfen?« Verwirrt überlegte Kati, was er damit meinte. Wieso helfen? War das etwa ein Castingagent? Dann hatte sie sich vielleicht gar nicht so lächerlich gemacht? Sie schöpfte Hoffnung, atmete tief durch und lächelte den Mann auffordernd an. »Wie denn?«

»Bei Ihrem Talent interessiert es Sie vielleicht, ich bin Schönheitschirurg.« Er nickte. »Diese hässliche Narbe könnte ich problemlos für Sie beseitigen. Da wurde ziemlich gepfuscht.«

Kati war sprachlos. Ihr brach der Schweiß aus und sie hoffte, dass niemand den Mann gehört hatte. So direkt hatte sie noch nie jemand auf ihre Narbe angesprochen. Was für ein unsensibler Klotz!

»Hi, Michael.« Lucy begrüßte den Klotz freundlich und gab ihm sogar ein Küsschen rechts und links.

»Das ist doch die, von der wir gesprochen haben, oder?«, fragte Michael.

»Yep, aber du hättest nicht gleich mit der Tür ins Haus fallen sollen.«

Kati ließ sich auf einen Barhocker fallen, immer noch sprachlos.

»Was für ein Arschloch!«, zischte Spider neben ihr, nahm ihre Hand und drückte sie fest.

Lucy und Michael gesellten sich zu ihnen.

»Ich gehe jetzt.« Kati kramte nach ihrem Geldbeutel und sah dabei auf den Boden.

»Hey, Jeff und ich haben es nur gut gemeint!«, erklärte Lucy, als sie merkte, was Kati vorhatte, und Michael nickte beschwichtigend.

Katis Herz klopfte noch wütender. Aha, Jeff und Lucy hatten also über ihre Narbe debattiert, das wurde ja immer besser.

»Ich möchte zahlen«, murmelte sie zu Spider. »Kommst du mit?«

Spider warf einen wehmütigen Blick auf Damien, dann gab sie sich einen Ruck und nickte Kati zu. Sie verabschiedeten sich von Ezra und liefen zum Ausgang, wo man für die Drinks bezahlen musste. Nichts wie raus hier.

»Warte, nicht so schnell. Ich komme kaum hinterher!«, rief Spider hinter ihrem Rücken.

Ich kann nicht langsamer, dachte Kati und rannte in genau diesem Moment in einen Mann.

»Katy!« Jeff legte seine Arme um sie, als wäre sie zu ihm gerannt und nicht auf dem Weg nach draußen. »Katy«, wiederholte er unendlich sanft und strich ihr über die Haare. »Wie schön, dich zu sehen!« Sein Geruch beruhigte sie gegen ihren Willen. Eigentlich wollte sie ihm sagen, wie fies es von ihm war, dass er mit seiner Schwester und diesem ätzenden Schönheitschirurgen über ihre Narbe redete, aber sie brachte kein Wort raus.

»Und du bist sicher Spider!«, sagte Jeff, löste einen Arm von Kati und reichte Spider die Hand. »Ich habe schon viel von dir gehört, freut mich, dich kennenzulernen.«

Was redete er denn da? Sie hatte Spider bei ihrem Date mit keiner Silbe erwähnt oder etwa doch? Hatte sie das vielleicht vergessen?

Spider schüttelte seine Hand.

»Freut mich auch. Toller Schuppen, aber wir wollten gerade gehen«, stotterte sie und warf Kati einen fragenden Blick zu.

»Unmöglich! Das wäre wie der Weltuntergang. Jedenfalls für meinen guten Freund Damien.« Er nickte in die Richtung des Stuntmans. »Damien hat mich gerade gefragt, ob ich diese hübsche Rothaarige kenne und sie ihm vielleicht vorstellen könnte.«

Verblüfft wechselte Spider einen Blick mit Kati. Ganz egal, wie Jeff das getrickst hatte, es funktionierte, er hatte Spider am Haken. Das würde ihre Freundin sich niemals entgehen lassen.

»Nächstes Mal«, sagte Kati trotzdem. Sie war immer noch wütend und sie fand es billig, dass er ihr auf diese Tour den Abgang vermasselte.

»Das wäre aber schade für Spider. Damien ist gerade auf dem Weg nach Hawaii, wo sie ein paar neue Stunts beim Lavatauchen drehen wollen, und ich habe keine Ahnung, wann er wieder hier sein wird.«

»Kati«, flehte Spider leise. »Bitte, das kannst du mir nicht antun.«

Nein, das konnte sie wirklich nicht. Das wäre hundsgemein. Aber wie zur Hölle hatte Jeff das gemacht? Sie hatte ihn den ganzen Abend nicht gesehen. Wie und wann hatte er dann mit Damien über Spider reden können?

Kati seufzte. »Okay, dann warte ich noch auf dich.«

»Gut. Na dann, Ladys, gehen wir zu ihm.« Jeff hakte Kati rechts und Spider links unter und marschierte zu dem Stuntman. Er stellte die beiden kurz vor und dann führte er Kati reichlich abrupt an den leeren Platz neben Ezra zurück, wo der Klotz immer noch mit Lucy im Gespräch war.

»Es tut mir wirklich leid«, flüsterte Jeff ihr zu. »Michael ist ein Idiot. Er hätte das nicht tun sollen. So war das nicht geplant.«

Woher wusste Jeff, was vorhin geschehen war? Er war doch gar nicht dabei gewesen. Hatte er mit Lucy so etwas wie eine telepathische Verbindung?

»Das macht es nicht besser, meine Na… mein Gesicht geht euch nichts an!«

Jeff nickte ihr zu. »Da hast du vollkommen recht.«

»Was für eine Unverschämtheit«, meldete sich Ezra zu Wort. »Eine Künstlerin so zu brüskieren!«

»Schon gut, Ezra. Es war gut gemeint.«

»Tja. Man sagt ja, dass der Weg zur Hölle mit guten Vorsätzen gepflastert ist.« Ezra klang plötzlich amüsiert.

Jeff drehte sich zu Kati. »Hör zu, Michael hat eine Creme entwickelt, die sensationelle Ergebnisse bei schlechter Narbenheilung vorweisen kann. Wir haben gedacht, das wäre vielleicht interessant für dich. Das ist alles.«

Aha, überlegte Kati, dann war es nicht darum gegangen, dass sie sich operieren lassen sollte. Das machte es irgendwie ein bisschen besser. Trotzdem bohrte der Gedanke, wie andere über ihre Narbe diskutierten, schmerzhafte Pfeile in ihre Brust.

Jeff nahm ihre Hand. »Sie werden immer darüber reden. Menschen sind so. Alles, was anders ist, erregt ihre Aufmerksamkeit.«

»Da hat er ausnahmsweise mal recht!«, sagte Ezra. »Aber das kann ja auch ein Vorteil sein. Die Nase von Meryl Streep war nie ein Hindernis für ihre Karriere, im Gegenteil.«

»Ich bin aber nicht Meryl Streep!«, sagte Kati und musste gegen ihren Willen lachen. Was für eine absurde Unterhaltung.

»Dann willst du diese Creme mal ausprobieren?«, fragte Jeff.

»Sicherlich gibt es Nebenwirkungen«, gab Ezra zu Bedenken.

Jeff verdrehte die Augen. »Jedenfalls keine tödlichen.«

»Wie beruhigend.« Kati fing langsam an, sich zu fragen, warum sie sich so dagegen sperrte, etwas gegen die verhasste Narbe zu tun. Wollte sie ihre rechte Wange für den Rest ihres Lebens verstecken? War es nicht großartig, Freunde zu haben, die den Tatsachen ins Gesicht sahen und ihr praktische Hilfe bei einem Problem anboten, das sie und ihre Ärzte bisher für unlösbar gehalten hatten? Verhielt sie sich nicht reichlich undankbar?

»Okay«, meinte sie, doch dann fiel ihr ein, dass diese Creme womöglich sehr teuer sein könnte. »Was kostet denn diese Wundercreme?«

Michael setzte an, etwas zu sagen, aber Jeff kam ihm zuvor.

»Diese Creme kostet dich eine Shakespearedarbietung.«

»Shakespeare!«, wunderte sich Kati. »Ich dachte, den magst du nicht besonders?«

»Aber ich weiß, die Gäste werden es lieben! Wir machen hier einmal im Monat eine Künstlernacht, unsere *Night of the Stars*. Du trittst auf, bringst meinen Gästen Shakespeare nahe und die Gage reicht dann für die Creme, nicht wahr, Michael?«

»Auf jeden Fall!«

»Aber …«, stotterte Kati. »Ich kann doch nicht …«

Jeff geriet in Fahrt. »Ach Quatsch, das wird großartig.«

»Aber ich kann nicht alles auswendig.«

»Das macht nichts. Du lernst einfach ein paar Stellen zu den Themen, die die Leute immer interessieren.«

»Und das wäre?«

»Liebe, Eifersucht, Gier, Hass, Macht, Freundschaft, Freiheit …«

»… und Tod!«, mischte sich Ezra wieder ein.

»Ja, genau und natürlich der Tod.«

»Na dann haben wir einen Deal, oder?« Michael reichte ihr eine dicke Cremetube, die Kati an Moltofilltuben erinnerte, in denen Spachtelmasse verkauft wurde.

»Ich verbürge mich für Michael«, erklärte Jeff. »Er ist mit Abstand der begehrteste Schönheitschirurg in Hollywood.«

»Ich würde ihm, ohne zu zögern, meinen Körper anvertrauen«, sagte Lucy und legte vielsagend die Hände vor ihre Brust. »Nachdem meine Freundinnen alle schon bei ihm waren … Und jede sah danach besser als vorher und glücklicherweise nicht komplett anders, nicht wie bei Reneé Zellweger.«

»Zu viel der Ehre«, wehrte Michael ab. »Ich gebe mir eben Mühe. Ich finde, jeder hat das Recht, so gut wie möglich auszusehen.«

»Das ist doch ziemlich hohles Gerede«, mischte sich Ezra ein. »Wenn das so wäre, könntest du ja mal ein paar Wochen deiner Zeit darauf verwenden, Menschen in Kriegsgebieten zu helfen, denen das Gesicht ruiniert wurde.«

Michael und Jeff tauschten einen hilflosen Blick.

»Manchmal übertreibst du deine Rolle ein bisschen«, stellte Jeff seufzend fest. »Okay, ja, angesichts des Todes ist das mit der Schönheit egal, aber es sollte doch erlaubt sein, im Leben vorher ein bisschen Spaß zu haben!«

»Und genau deshalb ist das mit Shakespeare eine witzige Aktion«, unterstützte ihn Lucy. »Du wirst das Highlight unserer Künstlernacht. Die meisten Leute singen nur.«

Von heute an dient ihr zum Scherz, ja zum Gelächter mir, dachte Kati und war sich nicht sicher, ob es richtig war, dieses Angebot anzunehmen. Machte sie sich damit nicht zum Affen? Zur Närrin mit der Narbe. Hatte ja schon was von Shakespeare. Sie grinste grimmig. Ganz egal, wie sie darüber dachte, sie würde es nicht sicher wissen, bevor sie es nicht ausprobiert hatte.

Ach verdammt, das waren Lukes Worte, wann würde sie ihn endlich aus ihrem Kopf kriegen? Mit diesem Satz hatte er sie zu Dingen verführt, die sie von sich aus nie getan hätte. S-Bahn surfen oder nachts Wände besprühen, mit Symbolen aus seinen »Orroz, der Matador«-Novels.

Zusammen mit Luke war das immer gut gegangen, nur als sie sich das erste Mal in ihrem Leben getraut hatte, selbst etwas Verrücktes zu tun, war es gründlich schiefgegangen.

20

Das war ja gründlich schiefgegangen, dachte Luke. »Marie! Tut mir leid, das sollte ein Witz sein!«, rief er hinter ihr her. Aber Marie stöckelte schnell davon und irgendwie wackelte dabei sogar ihr Hintern empört.

Schulterzuckend bestellte er sich noch ein Bier. Was war nur mit seinem legendären Erfolg mit Frauen los? Er hatte es einfach nicht mehr drauf. Natürlich war es selten dämlich gewesen zu erwähnen, wie gut Kati letztes Jahr an seinem Geburtstag in genauso einem blauen Kleid ausgesehen hatte. Aber es war ihm rausgerutscht, weil er nach einem Blick auf das blaue Kleid nicht mehr Marie, sondern Kati vor sich gesehen hatte. Und sich daran erinnerte, wie verwundert er damals über ihren tiefen Ausschnitt gewesen war. Wie ihre zarte Halskette da in dieser pochenden Kuhle zwischen ihren Schlüsselbeinen gelegen hatte, das hatte ihn überrascht. Ihre Schlüsselbeine! Wie abgefahren war das denn? Ob mit ihm alles in Ordnung war? Das klang, als ob er zu viel romantischen Superschmalz inhaliert hätte. Gut, dass seine Freunde das nicht wussten. Sie würden ihn für den lächerlichsten Kerl auf diesem Planeten halten.

Er nahm sein Bier und lief zurück zum Billardtisch, wo Finn und Joschi schon auf ihn warteten.

»Die hat sich aber schnell vom Acker gemacht«, sagte

Finn mit einem übertrieben mitfühlenden Grinsen und prostete ihm zu.

»Du solltest an deinem Charme arbeiten!«, sagte Joschi. »Was ist denn mit dem berühmten Lucky-Luke-Lipsky-Lachen? *Sunrise Glory* hat dir neulich auch schon 'ne ziemliche Abfuhr erteilt!«

»Vergiss sie einfach, es gibt genügend andere.« Finn zeigte tröstend mit dem Kopf auf die andere Seite des Raumes, an der Tische und Automaten standen. »Schau mal, da drüben, ich glaube, die Hübsche hat leider ein Auge auf dich anstatt auf mich geworfen.«

Luke folgte seinem Blick. Zwischen zwei einarmigen Banditen saß eine feingliedrige Blondine, die sofort anfing zu grinsen, als sie merkte, dass Finn und Luke sie betrachteten.

Ja, Finn hatte recht. Sie war sogar sehr hübsch in den knallengen Jeans und dem flatterigen Teil, das sie darüber trug. Zum Glück war nichts davon blau und Schlüsselbeine waren auch weit und breit keine zu sehen. Luke atmete erleichtert durch, aber dann erwischte es ihn wieder kalt. Denn plötzlich sah er wie im Schnelldurchlauf vor sich, was passieren würde: Er würde zu ihr gehen, ein paar Sprüche ablassen, sie zum Billard einladen, sie würde sich entweder zieren oder auch sehr cool tun und vielleicht konnte sie auch viel besser Billard spielen als er. Aber das war vollkommen egal, denn wenn er sich Mühe gab und darauf achtete, was er sagte, würde sie mit zu ihm nach Hause kommen und sie würden es tun. Das würde sicher viel Spaß machen. Er musterte sie noch mal etwas unauffälliger. Ja, natürlich würde das Spaß machen.

Zuerst, widersprach eine ätzende Stimme in seinem Kopf.

Verdammt, was war nur los mit ihm? Hier ging es um Spaß!

Aber dann würde sie anfangen zu nerven. Immer war das so. Alle nervten irgendwann. Wollten, dass er mehr dieses oder jenes tun sollte, wollten mehr ausgehen, wollten, dass er seine Haare wachsen ließ. Wollten, dass er sich nicht so oft mit seinen Kumpels traf, wollten, dass er sich weniger für Fußball, aber mehr für ihre Kleider oder für ihre Fingernägel interessierte – und Zombies fanden sie sowieso alle schrecklich. Also nicht beim ersten Mal, da taten sie noch so, als fänden sie Zombies cool, aber spätestens beim zweiten Mal änderte sich das dann. Dass er zeichnen konnte, imponierte ihnen, jedenfalls solange er sie malte. Damit konnten sie vor ihren Freundinnen angeben, aber seine Novels interessierten kein Schwein.

Orroz? Was ist das denn für ein Name? Und wieso überhaupt ein toter Matador? Wie kommst du denn auf so was? Hast du spanische Wurzeln? Die Mädels, die ihn das fragten, kamen sich besonders schlau vor.

»Hey, Alter! Jetzt glotzt du sie aber ein bisschen sehr lange an. Selbst wenn sie heute noch zu deinem Geburtstagsgeschenk werden sollte, davon weiß sie ja nichts!« Finn stieß ihn in die Seite. »Du bist mit Spielen dran.«

Luke riss sich von ihrem Anblick und von all seinen komischen Gedanken los, nahm seinen Queue, betrachtete die Kugeln auf dem Pooltisch und fing an zu überlegen, wie er den Stoß ausführen würde. Bis jetzt hatte er nicht gerade geglänzt, dabei spielte er sonst immer viel besser als seine Freunde. Er konzentrierte sich auf seine Nummer dreizehn, die allerdings sehr ungünstig lag. Er zog seinen blauen Kreidewürfel aus der Hosentasche und strich damit über seinen Queue, während er ihn leicht hin- und herdrehte. Die winzige Alubox für den Würfel, in der seine Initialen L. L. eingraviert waren, hatte ihm Kati mal geschenkt. Nicht zum Geburtstag, sondern einfach so, nachdem er sie beim K wie Kreide besiegt hatte. Oder war es B wie Billard gewesen?

Luke beugte sich zum Tisch, legte den Daumen an den Zeigefinger zu einer offenen Brücke, stieß die weiße Kugel an und erwischte die Dreizehn perfekt.

Erleichtert richtete er sich auf und sah, dass die Blondine ihn beobachtet hatte. Er spielte weiter und schaffte es, alle seine Kugeln und dann noch die schwarze Acht zu versenken.

»Na toll«, stellte Finn unzufrieden fest, aber dann gab er sich einen Ruck. »Ich hab dich nur gewinnen lassen, weil du Geburtstag hast.«

»Klar!« Luke grinste ihn an und klopfte mitfühlend auf seine Schulter. »Kommt«, er winkte auch Joschi, »die Blondine hat nette Freundinnen dabei. Fragen wir sie, ob sie mit uns zusammen feiern wollen.«

Fünf Stunden später war Luke auf dem Weg zu ihr nach Hause. Sie liefen nebeneinanderher und er wusste jetzt, dass das Mädchen Millie hieß, eigentlich Milena, zwei nervige kleine Brüder hatte und Menthol-Zigaretten rauchte. Sie hasste die Schule und wollte danach irgendwas mit Medien machen. Sie küsste nicht schlecht, aber sie roch nach Rauch und einem zu schweren Parfüm, von dem ihm der Hals kratzte.

Joschi und Finn hatten ihn beneidet, als er mit ihr abgezogen war, denn Millie sah aus der Nähe noch viel besser aus als von Weitem. Sie hatte große graue Augen mit langen Wimpern, ihr Stupsnäschen war ein klitzekleines bisschen schief und sie hatte jede Menge Kurven, genau dort, wo sie sein sollten. Kurzum, sie war echt süß.

Vor allem sorgte sie dafür, dass er nicht reden musste, denn sie plapperte die ganze Zeit und zum Glück erwartete sie anscheinend keinerlei Kommentare von ihm.

Wo sie schon mal in Urlaub war: Mallorca und Schottland. Wo sie gern hinfahren würde: Kalifornien und Peru. Welchen Sport sie doof fand: Frauenfußball und Dart. Ziemlich cool fand sie Yogalates auf einem Stehpaddel. Welche Tiere sie mochte: Dackel und Elefanten und Flamingos.

»Wenn du ein Tier wärst, was für eins wärst du dann?«, fragte er und stellte sie sich als einen Chihuahua vor, allerdings eine langhaarige Sorte, der ständig aufgeregt hin und her trippelte und wie ein irrer Scheibenwischer mit dem Schwanz wedelte.

Sie antwortete nicht auf seine Frage, das Schweigen breitete sich lähmend aus, als hätte er sie danach gefragt, welche Seuche sie gern wäre. Was war an der Frage denn so schwierig? Man konnte doch einfach irgendwas sagen, einen Witz auf eigene Kosten machen und sich als Maulwurf, Nilpferd oder Stachelschwein outen.

»Ein Chamäleon«, sagte sie schließlich mit erstickter Stimme.

Das überraschte Luke. »Wieso das denn?«

»Ich nehme immer die Farbe meiner Umgebung an.«

»Das verstehe ich nicht«, behauptete er, obwohl ihm dämmerte, was sie damit sagen wollte.

Sie räusperte sich ein paar Mal und sah dabei plötzlich sehr ernst aus. »Wenn ich mit meinen Mädels ausgehe, versuche ich, witzig zu sein, und rede über Haare und Bikinis. Wenn ich mit einem Typen wie dir zusammen bin, versuche ich, kluge Dinge zu sagen, weil ich glaube, darauf stehst du mehr als auf Busen. Wäre ich mit Finn mitgegangen, würde ich einen auf sexy machen.«

»Also ich mag sexy auch gern«, witzelte Luke und hoffte, damit würden sie wieder zurück zu dem leichten Ton finden. Ein Psychodrama fehlte ihm jetzt gerade noch.

»Klar, da stehen alle drauf, aber ich möchte rausfinden, was die Kerle noch mögen, weißt du? Sonst ist man nur der One-Night-Stand und steht ganz schnell als Schlampe da. Auch wenn alle so tun, als wäre es cool, wenn Mädchen viel Sex haben. In Wahrheit will dann doch keiner eine Schlampe als Freundin.«

Mist, sie wollte ein echtes Gespräch. Und sie klang irgendwie traurig. Bitte nicht!

»Du musst dich doch nicht immer anpassen, du kannst einfach die sein, die du wirklich bist.« Oh Mann, er klang wie ein öliger Priester.

»Aber dann liebt einen keiner.« Millie schluckte ein paar Mal und das kam ihm bekannt vor. Kati hatte genauso versucht zu verhindern, in Tränen auszubrechen. Verdammt.

Sie blieb stehen und wollte ihre Tränen wegblinzeln. Er blieb auch stehen und überlegte blitzschnell, ob er sich aus der Nummer noch irgendwie rauswinden könnte. Aber das ging nicht. Jetzt musste er Millie in den Arm nehmen, wenn er kein Maulwurf, Nilpferd oder Stachelschwein sein wollte. Er drückte sie an sich, ließ sie dann aber gleich wieder los. Dieses Parfüm war echt schrecklich.

»Hey, das ist doch Unsinn. Warum denkst du denn so schlecht von dir?«

»Weil ich noch nie eine Beziehung hatte, die länger als zwei Wochen gedauert hat.«

»Es gibt kein Mindesthaltbarkeitsdatum für Beziehungen. Meine dauern auch nie viel länger.«

Millie wischte über ihre Augen und warf ihm einen hoffnungsvollen Blick zu. »Echt jetzt?«

»Echt.« Ach, und was ist mit Kati?, fragte da wieder diese lästige Stimme in seinem Kopf, die ihm schon den ganzen Abend versaut hatte.

Millie holte tief Luft. »Danke. Mit dir kann man wirklich gut reden.«

Luke schluckte, bevor er wieder einen Schritt zurückmachte.

»Und ich habe gehört, du malst auch!« Jetzt klang sie viel lockerer.

»Stimmt.«

»Möchtest du, dass ich dir Modell stehe?« Sie warf sich neckisch in Pose, verschränkte ihre Arme hinter dem Kopf wie ein Pin-up-Girl aus den vierziger Jahren. Sehr sexy.

»Ich zeichne düsteren Weltuntergangskram. Graphic Novels.«

»Die finde ich besonders toll!«, behauptete sie.

»Ach ja? Schon mal was in der Richtung gelesen?«

Nie im Leben, dachte er, niemals.

Sie gab die Pose wieder auf und eine Sekunde später sackten ihre Schultern nach unten.

»Da siehst du, da war das Chamäleon schon wieder. Ich hab keine Ahnung von so was. Ich lese überhaupt nicht gern. Ich mag eher Musik.«

Aha. Immerhin war sie ehrlich.

»Ich spiele Querflöte.«

Das war doch kein Musikinstrument, das war Folter!

»Und Klavier.«

»Okay ...«

»Ich komponiere auch.«

Das ließ Luke aufhorchen. Das würde er auch gern können.

»Und was komponierst du so?«

»Zurzeit mach ich nur so kurze Werbejingles für die Werbefirma meiner Mom. Aber eigentlich arbeite ich gerade an einem Song. Etwas Ernsteres. Hat auch noch keinen Text. Nur eine Melodie. Aber ich glaube, er ist ganz gut geworden.«

»Über Chamäleons?«, scherzte Luke und schämte sich in Grund und Boden für den Chihuahua, für den er sie gehalten hatte.

»So was in der Art.« Sie zögerte. »Wenn du willst, spiele ich ihn dir vor, aber nur, wenn du versprichst, nicht zu lachen, okay?«

»Das würde ich nie tun!« Wow, das war wahrscheinlich sein erster aufrichtiger Satz heute Abend. »Ich weiß, wie es ist, wenn jemand deine Kunstwerke niedermacht.«

»Wir sind auch schon da.« Millie blieb vor dem Tor zu einer mit Efeu bewachsenen alten Villa stehen. »Ich wohne über der Garage. Meine Mutter fand mein Geklimper nervig. Und ich liebe es, weil ich hier meine Ruhe habe.« Sie schloss das eiserne Tor auf und lief mit ihm zu einem niedrigen Gebäude neben der Villa.

Er folgte ihr über eine Außentreppe zu einem loftartigen Apartment, dessen eine Ecke zu einer Art Studio umgebaut war. Mit Eierschalenkartons an drei Wänden.

Eierschalenkartons, wiederholte Luke innerlich.

»Das ist zum Schallschutz«, erklärte Millie, warf ihre Jacke auf das Bett, das mitten im Raum stand, und lief zu der Studioecke. Dort warf sie einen Computer an und machte sich dann an einem Keyboard zu schaffen.

Luke sah sich in ihrem Apartment um, entdeckte Porträts von Mozart und John Lennon, von Patti Smith und ein eingerahmtes Bild, das eine gemalte gelbe Banane zeigte. Ein Plattencover von *The Velvet Underground* gemalt von Andy Warhol.

Das sah vielversprechend aus. Ich muss wirklich damit aufhören, Menschen in Schubladen zu packen, nahm er sich vor. Ein Mädchen wie Millie hatte eigentlich alles, was sein Interesse wecken sollte.

»Setz dich einfach irgendwohin, okay? Bist du bereit?«

»Yep.«

Der Song begann mit ein paar interessanten Gitarrenriffs, die dann in einen ernsteren und schließlich ziemlich traurigen Klavierpart übergingen, zu dem sich dann die Querflöte gesellte, die wie ein heiterer Herzschlag dazwischenfunkte.

Der Herzschlag wurde von Drums in einem schnellen Beat aufgenommen, während Klavier und Querflöte in einer Variation des Herzschlags miteinander konkurrierten.

Unwillkürlich wippte sein Fuß mit den Drums mit, dann wurde das alles noch eine Nummer größer, es kamen Streicher dazu und Harfe, Gefühlsgedudel, was er eigentlich hasste. Es passte nicht, aber dann passte es auch wieder gut, berührte etwas in seinem Inneren. Er sah Kati vor sich, das Pochen in der Kuhle zwischen ihren Schlüsselbeinen und dann wurde ihm klar, wo er das wirklich gesehen hatte.

Nicht an seinem Geburtstag letztes Jahr, nein, das war

in der Nacht gewesen, kurz vor dem Unfall, als Kati sich zu ihm gebeugt hatte. Dieses zarte Pochen war das Letzte, was er gesehen hatte, bevor sich ihre Lippen zum ersten und einzigen Mal berührt hatten. Das war der Moment, wo alles in ihm explodiert war, der Moment, wo dieser verdammte Fuchs alles für immer verändert hatte.

Die Musik entlud sich in einem lauten Höhepunkt, es wurde stiller, heiterer. Aber nur fast, das Klavier und die Drums blieben hartnäckig, einschüchternd, isolierten das silbrige Glück, bis es sich in zähe graue, todbringende Einsamkeit verwandelt hatte.

In Lukes Bauch zog sich alles zusammen, während sein Herz immer stärker klopfte. Der Einsame in dem Song, den kannte er. Orroz.

Er musste schlucken, nein, Blödsinn, das war er selbst. Und all seine lächerlichen Affären änderten daran nicht das Mindeste. Das Klavier und die Drums klangen immer verlorener und Luke fühlte sich hilflos, verwundbar, doch dann kam die Querflötenmelodie vom Anfang zurück, kam Kati zurück. Sie durchbrach den Rhythmus, führte alle Instrumente wieder zusammen, rettete ihn, rettete alles, rettete die Welt.

Kati. Der Anblick ihres Nackens, wenn sie seine Geschichten las. Kati. Das Funkeln ihrer Augen, wenn sie ihn mal wieder mit einem Buchstaben besiegt hatte. Kati. Das warme, prickelnde Gefühl ihrer Lippen auf seinen.

Und dann plötzlich, wie aus dem Nichts diese rot glühenden Augen des Fuchses, sein viel zu spätes Herumreißen des Lenkrads und das kalte Glitzern von Schnee.

21

Schnee, überlegte Kati. Vielleicht nehme ich dieses schöne Zitat aus Ezras Lieblingsstück. *Kurz und langweilig, spaßhaft und doch tragisch? Das ist ja glühend Eis und schwarzer Schnee. Wer findet mir die Eintracht dieser Zwietracht?*

Hmm, ist das gut? Kati saß in ihrem Sleepshirt auf dem kalten Klodeckel im Badezimmer, das sie sich mit Mia teilte, und betrachtete nachdenklich die hässliche Cremetube.

War dieser Shakespeareauftritt in der *Nacht der Stars* wirklich eine gute Idee?

Neun Monate lang hatte sie sich mehr oder weniger versteckt und versucht, ihr Gesicht im Schatten zu lassen, und jetzt sollte sie ihr ganzes Selbst zeigen und außerdem noch mal einen Anlauf mit der Narbe nehmen?

Sie hatte definitiv alles ausprobiert, was es auf dem Markt gab, einschließlich Homöopathie, Fern- und Geistheiler und Kristallenergie. Deshalb wollte sie sich auf keinen Fall zu viel von der Salbe erhoffen. Schließlich hatte sie sich vorgenommen, die Narbe zu akzeptieren und mit ihr in Los Angeles neu anzufangen.

Sie drehte die Kappe auf und schnupperte vorsichtig daran. Überrascht hielt sie sich die Tube direkt unter die Nase. Das duftete schon mal ganz anders als die Salben, die man ihr zu Hause auf die Narbe geschmiert hatte. Ein

Sommernachmittag im Schwimmbad kam ihr entgegen, mit frisch gemähtem Gras und Menschen, die nach Kokosnussöl rochen, und ein Hauch von Curry. Sie drückte etwas heraus und war erstaunt, dass die Creme rot war. Purpurrot. Wie ihre Narbe. Sie stand auf und ging näher zum Spiegel über dem schwarzen Granitwaschbecken, wo sie von der Creme weg und dann, mit einem tiefen Luftholen, auf die wulstige dicke Narbe starrte.

Seit Monaten hatte sie die nicht mehr so genau betrachtet, doch sie war unverändert scheußlich! Zog sich wie ein mutierter Monsterwurm über ihre rechte Wange.

Gebetsmühlenartig hatten die Ärzte davon geschwärmt, wie wundervoll die Operation verlaufen war. Immer mit dem Hinweis darauf, was sie für ein Glück gehabt hatte, schließlich war sie ja nicht angeschnallt gewesen. Und dass ihre Haut sich nach den großartigen Operationen dann weigerte, ordentlich zu heilen, das war natürlich allein ihre Schuld, nicht die der Ärzte.

Sie drückte ein bisschen Creme auf ihren rechten Zeigefinger und gab sie auf ihren linken Handrücken. Verwundert stellte Kati fest, dass die Creme, nachdem sie sie verrieben hatte, nicht mehr sichtbar war. Immerhin würde sie also das Rot der Narbe nicht noch verstärken.

Jetzt musste sie die Narbe nur noch anfassen. Also richtig anfassen, das hatte sie seit Monaten vermieden. Hatte Techniken entwickelt, ihr Gesicht zu waschen, ohne mit den Fingerkuppen auch nur in die Nähe des Monsterwurms zu kommen.

Jemand klopfte rücksichtsvoll an die Tür. Das konnte nur Mia sein, Marlon rumste gegen die Tür und Linda hämmerte.

»Einen Moment bitte!«, rief Kati. Gleichzeitig fragte sie sich, warum Mia nicht tief und fest schlief, es war schließlich schon nach Mitternacht!

»Lass mich rein!« Mia klang aufgewühlt.

Kati verschloss die Tube, legte sie auf den Rand des Waschbeckens und machte Mia die Tür auf. Mia sprang an ihr hoch und wollte umarmt werden. Zusammen setzten sie sich auf den Klodeckel und Mia kuschelte sich noch ganz schlaftrunken an sie.

»Was ist denn los?«, fragte Kati.

»Ich hab was Komisches geträumt.«

»Komisch?« Kati verzog ihr Gesicht zu einem sehr breiten Grinsen und machte wie ein schlechter Clown übertrieben »Hahaha!«.

Mia blieb sehr ernst. »Nein, ich meine gar nicht komisch. Ich hab von Schnee geträumt und von einem Fuchs und von dir. Und von noch jemandem.«

Kati stellten sich alle Haare auf. Sie hatte weder Linda noch den Kindern davon erzählt, wie es zu dem Unfall gekommen war. Aber dann wurde ihr sofort klar, dass sie überreagierte, denn es konnte natürlich hundert Gründe geben, warum Mia das geträumt hatte.

»Hast du denn schon mal Schnee gesehen? Oder einen Fuchs?«, fragte Kati.

Mia nickte. »Ja, schon oft, beim Skifahren in Aspen. Aber ich mag viel lieber rodeln, da haben Dad und ich auch mal einen Fuchs zwischen den Tannen gesehen. Der war aber gar nicht rot wie in meinem Tierbuch, sondern orange wie Feuer.«

»Na, dann hast du dich in dem Traum bestimmt nur daran erinnert.«

»Nein, in meinem Traum warst nur du, aber du bist nicht Ski gelaufen oder gerodelt, sondern du hattest Schlittschuhe an.«

»Ich verstehe, ich war also eislaufen.«

Mia nickte und Kati war noch erleichterter. Sie war mit Spider und den Kindern gestern am Pershing Square beim Eislaufen gewesen. Der Platz dort wurde wie jeden November in ein Wintermärchen verwandelt. Und es hatte allen, auch Marlon und Spago, für den Kati trotz Spiders Protesten dann auch Schlittschuhe ausgeliehen hatte, viel Spaß gemacht.

»Mia, das passiert oft, dass man nachts von etwas träumt, das man tagsüber gemacht hat – nur eben viel verrückter, als es in Wirklichkeit war.«

»Aber wir waren ganz woanders, auf einem See, und du bist in das Eis eingebrochen.« Sie fing an zu schluchzen. »Und das war schlimm! Ich hab dein Gesicht gesehen, du warst unter dem dicken Eis und deine Augen waren weit auf und du hast mich gerufen, aber ich konnte dich nicht hören und ich konnte dir nicht helfen.« Tränen kullerten über Mias Gesicht.

»Da ist wirklich ein schlimmer Traum, aber ganz bestimmt nur ein Traum. Du musst keine Angst um mich haben. Ich verspreche dir hoch und heilig, dass ich niemals auf einem See eislaufen werde, in Ordnung?«

Mia wischte sich die Tränen mit ihrem Unterarm ab und starrte auf Katis Narbe, was sie bisher noch nie so unverblümt getan hatte.

»Aber das Komischste an dem Traum war dein Gesicht.«

»Warum denn das?«, fragte Kati und hoffte nicht, dass ihre Narbe Mias Albtraum verursacht hatte.

»Das da«, Mia zeigte auf die Narbe, »das da war gar nicht da. Dein Gesicht war wie das von einer Prinzessin. Ganz glatt und wunderschön.«

Kati gab sich Mühe, gefasst zu bleiben, aber Mias Worte bohrten sich wie Angelhaken in ihren Bauch. Der stechende Schmerz trieb nun auch ihr Tränen in die Augen. Sie sog tief Luft ein und überlegte, wie sie Mia hier so schnell wie möglich rausschaffen konnte.

»Ich bringe dich ins Bett.«

»Warum ist das da in deinem Gesicht?«, insistierte Mia.

»Das war ein Unfall«, erklärte Kati, stand auf und brachte Mia entschlossen zurück in ihr Bett. Nur ein dummer, blöder, völlig überflüssiger, bescheuerter Unfall.

22

Letztes Jahr im Januar

Heute. Jetzt. Sie murmelte vor sich hin. Betete es sich schon seit fünf Stunden immer wieder vor. Leise, dann lauter, erst auf Deutsch: »*Nicht liebt, wer nimmer offenbart die Liebe*«, dann auf Englisch, als würde ihr das magische Kräfte verleihen: »*They do not love, that do not show their love.*«

Es half aber nicht wirklich, denn die Party war gleich zu Ende, Luke und sie würden jetzt gehen und sie hatte kein Wort gesagt. Wieder nicht.

»Fahren wir?«, fragte Luke. »Wir sollten los, sonst müssen wir noch aufräumen helfen. Und wir haben schon genug beim Aufbauen geholfen!«

Die Rückfahrt war ihre letzte Chance. Heute oder nie. Um im Vorfeld ihren Mut aufzupäppeln, hatte sie sich Hunderte von YouTube-Videos und TED-Vorträge reingezogen: »Du hast nichts zu verlieren!«, »Trau Dich!«, oder auch: »Eine Umfrage an fünftausend Sterbenden hat ergeben, dass man immer nur das bedauert, was man nicht getan hat und nicht das, was man getan hat!« Bla, bla, bla. Aber anscheinend war Kati nicht nur resistent gegen gute Ratschläge, sondern auch gegen ihre eigenen Gefühle.

Während sie ihre blaue Daunenjacke anzog, überlegte sie verzweifelt, wie sie es tun könnte. Wie sagt man seinem besten Freund, dass man in ihn verliebt ist? Im Auto, versprach sie sich. Im Auto, bevor wir losfahren, da werde ich es sagen, so als stünde ich auf der Bühne, so als wäre das nicht ich, sondern nur eine Rolle oder ein Witz, für den Fall, dass Luke sich gleich totlacht.

Nein, das war nicht richtig. Keine Rolle. Kein Witz. Sie musste es als Kati verkünden und seine Reaktion dann aushalten.

Immerhin hatte sie einen *Breezer* getrunken, um lockerer zu werden, und als das nichts half, hatte sie vorsichtshalber noch einen getrunken. Doppelt hielt ja bekanntlich besser. Aber sie hätte noch einen und dann besser noch einen gebraucht, denn Luke hatte währenddessen mit Marie getanzt und danach sogar mit deren Vorgängerin, die ihm seine Sünden längst verziehen hatte. Katis Mut war angesichts all der Konkurrenz auf die Größe einer Mikrobe geschrumpft. Einer unglaublich feigen Mikrobe.

»Bist du fertig?«, rief Luke ihr zu und schwang seinen Parka lässig über die Schulter. Er stürmte voraus zu dem nigelnagelneuen Kombi, den er sich von seinem Vater »ausgeliehen« hatte. Seine Eltern waren auf einem Kongress, irgendwo in Finnland.

»So ein Motor leidet doch, wenn er immer nur in der Garage eingesperrt ist«, hatte er behauptet, als sie nachgefragt hatte, ob sein Vater damit auch einverstanden wäre.

Luke hatte sie angestrahlt und gesagt, wenn er immer nur das machen würde, womit sein Vater einverstanden wäre, dann wäre er unter entsetzlichen Qualen schon vor Jahren an akuter Langeweile zugrunde gegangen. Das hatte er mit eindrücklichen Grimassen deutlich unterstrichen.

Als sie aus der Haustür trat, stellte Kati erstaunt fest, dass es offensichtlich den ganzen Abend geschneit hatte.

Das war ihr völlig entgangen, weil sie nur damit beschäftigt gewesen war, Luke zu beobachten und zu überlegen, wann der richtige Zeitpunkt für ihr Geständnis sein könnte.

Alles war wie weiß verschleiert, Bäume, Straßen, das Auto und es schneite immer noch. Trockener, krisseliger Pulverschnee. Kati sog die kalte Luft tief ein. Sie mochte Schnee und es war der erste Schnee des Jahres. Das war sicher ein gutes Omen. Also, dann jetzt los. *Man bereut nur das, was man im Leben nicht getan hat.*

Ein Schneeball zerplatzte mitten auf ihrer Brust und riss sie aus ihren Gedanken.

»Sorry, der sollte tiefer landen!«, rief Luke ihr übermütig zu. »Komm endlich, du Schlafwandlerin. Hilf mir, den Schnee von den Scheiben abzuwischen. Ich kümmere mich um die Sitzheizung.« Er öffnete die Fahrertür, steckte den Schlüssel ein, legte ein Knie auf den Sitz, beugte sich zur Konsole und tippte ratlos an dem Bordcomputer herum. »Ich glaube, wenn ich das mit der Sitzheizung schaffe, kann ich auch eine 747 fliegen.«

»Klar«, antwortete Kati, die immer noch mit sich rang. Sein Gesicht war rot vor Kälte. Wahrscheinlich landete er wirklich eine Boeing 747 auf dem Berliner Flughafen, lange bevor sie es schaffen würde, ihm zu sagen, dass sie in ihn verliebt war. Bis dahin wäre eine Frau mit Bart Papst und die Polkappen wären abgeschmolzen.

»Du zitterst ja!«, stellte Luke fest. »Vergessen wir die Sitzheizung und steigen lieber ein.«

Ja, ich zittere, dachte Kati und wie gut, dass er nicht die leiseste Ahnung hat, warum.

Der Sitz unter ihr knarzte und roch nach neuem Leder.

»Alles okay?«, fragte Luke.

»Bestens.«

Sie schnallten sich an und fuhren los.

»Wie fandest du's?« fragte er.

»Toll«, antwortete Kati.

»Nee, komm, echt, die Musik war grauenhaft.«

»Okay, ein bisschen viel Michael Jackson.«

Er stutzte kurz, dann nickte er und grinste. »Viel zu viel!«

Jetzt wäre vielleicht der Moment, jetzt könnte sie es ihm sagen. Vielleicht wäre es eh das Beste, wenn er dabei nach vorne schauen musste, dann würde sie nicht sehen, wie sein Gesicht entgleiste.

»Wieso warst du so miesmuffelig heute Abend?«, fragte er.

Weil sie es einfach nicht mehr aushielt, so zu tun, als wäre sie sein bester Kumpel, und fände es super, wenn er mit all den Mädels flirtete. Weil sie alles ausprobiert hatte, um ihn zu vergessen, und sie sich sogar diese bescheuerte Nacht mit Mads angetan hatte, ein weiterer sinnloser Versuch, vor ihren Gefühlen davonzurennen.

»Missmutig? Du hast doch gar nicht mit mir geredet, wie willst das dann wissen?« Oh Gott, das war reichlich zickig rausgekommen, wie kriegte sie denn jetzt den Bogen zu dem, was sie eigentlich sagen wollte?

»Ich muss nicht mit dir reden, um zu wissen, wie es dir geht.«

»Weil du Gedankenleser bist oder was?« Raus, ich muss raus aus der Nummer, beschwor Kati sich. Sag jetzt etwas Nettes und leite über zu dem, was endlich ans Licht muss.

Er sah kurz zu ihr rüber und blieb unerwartet ernst.

»Nein, normalerweise bin ich kein Gedankenleser, aber bei dir ist das etwas anderes.«

»Wenn du das so genau weißt, was denke ich also gerade?«

»Du bist wütend.« Er beschleunigte, kam ins Rutschen und fuhr wieder langsamer. »Scheißwinter!«

»Aber das denkt man doch nicht, man *ist* wütend. Trotzdem liegst du falsch. Ich bin nicht die Spur wütend ...« Oh Gott, sie fand sich total verlogen. Er hatte vollkommen recht, sie war wirklich wütend – über ihre Feigheit.

»Nein, Blödsinn, du hast recht«, gab sie zu und wurde unwillkürlich lauter, »ich bin total wütend, wahnsinnig wütend.«

»Auf mich?« Er klang erschrocken.

»Nein! Nicht auf dich, auf mich selbst.«

»Das verstehe ich nicht.« Er warf ihr einen irritierten Blick von der Seite zu und konzentrierte sich dann wieder auf die verschneite Straße.

Dieser elende Idiot sah sogar im Profil herzzerreißend gut aus. Sie betrachtete seine Hände auf dem Lenkrad. Hände, von denen sie seit einer Ewigkeit träumte. Hände, die sie so gern berühren wollte, dass sie ihre eigenen auf dem Sitz unter ihren Oberschenkeln gefangen halten musste, um ihn nicht zu betatschen. Sie seufzte. Es musste endlich raus.

»Ich habe mich verliebt«, murmelte sie.

»Wie bitte? Ich hab dich nicht verstanden.«

»Ich habe mich verliebt!«

Luke bremste leicht. »Wie jetzt?«

Kati stiegen Tränen in die Augen. Klar hatte er keine Ahnung, von wem die Rede war. Weil er nicht das Gleiche fühlte wie sie. Sie war eine lächerliche Witzfigur, wie in Filmen, wo der Supernerd den Star anhimmelt. Sie konnte nicht weiterreden, Worte würden die Mauer zwischen ihnen nur höher machen. Außerdem würde sie dann anfangen zu schluchzen. Sie musste endlich etwas tun.

Sie öffnete den Gurt, rutschte zu ihm, streckte sich etwas und küsste ihn, erwischte ihn am Hals, und obwohl ein Teil von ihr das so was von todpeinlich fand, fühlte sich seine Haut unter ihren Lippen süß und rau und elektrisierend zugleich an. Verwundert beugte er sich zu ihr, sie nutzte den Moment und küsste ihn auf seinen Mund, ihr wurde schwindelig und sie hatte nur den einen einzigen Wunsch: ihn wieder und wieder zu küssen.

Warum zur Hölle habe ich das nicht schon viel früher getan?, dachte Kati aufgeregt und liebte dieses Pulsieren, das durch ihren Körper schoss. Sie war plötzlich völlig wach, als hätte sie ihr ganzes Leben bis zu diesem Moment in einem tiefen, traumlosen Dornröschenschlaf verbracht. Und dahin wollte sie ganz sicher nie, nie, nie mehr zurück.

Doch dann plötzlich, wie aus dem nichts, tauchten die riesigen, rotorange glühenden Augen eines Fuchses auf und starrten sie durch die Windschutzscheibe an. Luke bremste scharf, das Auto rutschte über das Glatteis unter dem Schnee, schlidderte und kam mit einem lauten Krachen an einer Tanne zum Stehen.

Das Letzte, woran sich Kati erinnerte, war das Gefühl von Lukes Lippen auf ihrem Mund und das kalte Glitzern von Schnee. Und dann nichts mehr.

23

Nachdem Mia endlich wieder eingeschlafen war, ging Kati zurück ins Bad, schraubte die Tube mit der Creme auf, gab zwei Zentimeter der roten Paste auf ihren Zeigefinger, atmete tief durch und berührte ihre Narbe zum ersten Mal seit Monaten. Wie jedes Mal war sie überrascht, wie weich sich dieser zerklüftete Himalaya anfühlte. Aber sie konnte dabei nicht hinsehen, sie schloss die Augen und bestrich die Narbe.

Totalschaden.

Genau das hatte sie gedacht, als die Verbände nach der dritten Gesichtsoperation abgenommen wurden, nur um zu entdecken, dass es noch schlimmer war als vorher. Und sie hatte so gehofft, dass sie Luke wieder unter die Augen treten könnte, aber mit dieser Narbe würde sie ihn immer an das erinnern, was passiert war. Und damit konnten sie nicht mal mehr Freunde sein. Nie mehr.

Ihre ganze beschissene Ich-muss-die-Wahrheit-sagen-, Ich-muss-mich-trauen- und Man-bereut-nur-was-man-nicht-getan-hat-Aktion hatte nur zu diesem einen einzigen Ergebnis geführt: einem dicken, fetten Totalschaden. Das teure Auto war hinüber, eine Freundschaft mit Luke war jetzt unmöglich und sein verwunderter Gesichtsausdruck hatte sich fest in ihr Gehirn eingebrannt. Sie selbst war verunstaltet, die Idee von der *Royal Shakespeare Company* war so was von im Arsch, alles, alles, alles hatte sie damit kaputt gemacht.

Aber das war jetzt vorbei.

Kati zwang sich, die Augen zu öffnen, und schnappte nach Luft. Überall dort, wo sie die Creme hingeschmiert hatte, leuchtete die Narbe jetzt in einem noch viel grelleren Purpurrot. Auf ihrem Handrücken hatte das vorhin ganz anders ausgesehen. Vielleicht muss ich noch warten, überlegte sie. Sie widerstand der Versuchung, alles abzuwaschen, und gab noch etwas Creme auf den letzten Rest der Narbe.

Natürlich hatte Luke sie damals besuchen wollen, aber sie wäre lieber gestorben, als ihm so unter die Augen zu treten. Es war ganz offensichtlich, dass sie ihn in der Nacht überrumpelt hatte und er sie nie gewollt hatte. Also ignorierte sie seine Anrufe und Mails. So, wie sie ihn kannte, würde er sich bestimmt schnell zu trösten wissen.

Sie ging nicht zurück in die Schule, schmiss das Abi und blieb zu Hause. Legte sich ins Bett, stand irgendwann überhaupt nicht mehr auf, verdämmerte ein paar Monate in ihrem dunklen Zimmer, duschte nicht, aß nicht und ignorierte das Heulen ihrer Mutter. Sie lehnte die Besuche ihrer Freundinnen ab, sprach nicht mit Psychologen und magerte ab, bis sie anfing, unglaublich intensiv zu träumen.

Von Kalifornien. Immer wieder Kalifornien, dann Südkalifornien, dann Palmen am Venice Beach. Zuerst hatte sie das ignoriert, aber dann, als es sich einfach nicht mehr ignorieren ließ, wollte sie es verstehen. Schließlich hatte sie sonst immer nur von London und der *Royal Shakespeare Company* geträumt, warum zur Hölle also Kalifornien? Ihre Träume wurden immer konkreter und fingen an, sie aus ihrer Lähmung herauszukitzeln. Sie begann, ihre Träume aufzuschreiben, und schon nach einer Woche dämmerte ihr, was ihr Unterbewusstsein mit alldem sagen wollte: Sie sollte neu anfangen, an einem Ort, wo niemand wusste, wie sie vorher ausgesehen hatte. Aber nicht an irgendeinem Ort, sondern an dem einzigen Ort, dem sie durch ihre Gene verbunden war, in der Stadt, aus der ihr Vater stammte: Los Angeles! Sie schwor sich, dass sie ihn suchen und finden würde. Ganz egal, wie seine Reaktion ausfallen würde, sie wollte ihn treffen, mit ihm sprechen. Wenigstens ein Mal! Englisch konnte sie ja dank Shakespeare sehr gut.

Deshalb war es auch kein Problem, eine Au-pair-Stelle zu finden, obwohl sie das Abi geschmissen hatte. Ihre Mutter war natürlich am Ende mit den Nerven, unterstützte sie dann aber bei diesem Plan und Kati versprach ihr hoch und heilig, nach einem Jahr in Kalifornien das mit dem Abi dann noch einmal zu überdenken. Von der Suche nach ihrem Vater hatte sie ihr natürlich nichts erzählt.

Sie warf noch einen Blick in den Spiegel. Gut, das Purpurrot der Creme war verschwunden, die Narbe glänzte nur noch ein bisschen ölig.

Eigentlich war es ziemlich riskant, einem völlig Fremden zu vertrauen. Spider war der Meinung gewesen, dass sie die Creme in die nächste Tonne werfen sollte, aber Spider hatte leicht reden. Ihre Freundin träumte davon, den Himalaya zu besteigen, und hatte keinen im Gesicht.

Kati wusch sich die Hände und ging zurück in ihr Zimmer. Auf dem Weg ins Bett sah sie nach den Kindern. Mia schlief immer völlig bewegungslos, Marlons Decke war weggestrampelt. Sie zog sie hoch und streichelte seinen Kopf und fragte sich, wo Spago wohl war, während Marlon schlief. Sie konnte Marlon so gut verstehen, es war viel einfacher, einen Fantasiefreund zu haben als einen echten. Der Fantasiefreund konnte einen nie enttäuschen.

Sie legte sich in ihr Bett und starrte aus dem Fenster, wo gerade der Mond aufgegangen war. Die Sichel war ganz nah und scharf und kalt und Kati fragte sich, ob sie ihren Vater jemals finden würde. Fragte sich, ob sie jemals in den Armen von jemandem einschlafen würde, den sie liebte und der sie auch liebte.

Sie schloss die Augen, merkte plötzlich, wie stark es in ihrem Himalaya kribbelte und pulsierte. Die Narbe wurde richtig heiß. Vielleicht hatte Spider doch recht und das Ganze war ein Fehler? Sie rief sich Jeffs Gesicht vor Augen und Lucy, die so überzeugt von Michael gewesen war, und spürte, wie sie sich entspannte. Dann, im Einschlafen schwebte sie mit Jeff über dem nächtlichen Los Angeles davon, spürte den Wind und die warme Luft – hatte keine Angst mehr und genoss den Blick auf die perlmuttfarbenen Lichter der Stadt.

Ihr letzter Gedanke, bevor sie restlos in einem tiefen Schlaf versank, war: Ich bin endlich auf dem richtigen Weg!

24

Drei Tage später war Kati auf dem Weg in die Bar zu ihrem ersten Auftritt bei der »Night of the Stars« und das beschäftigte sie dermaßen, dass ihr zuerst gar nicht auffiel, wie viele Autos hier durch die Gegend fuhren.

Wer würde noch auftreten und würde sie neben den anderen nicht doch wie eine lächerliche Niete dastehen? Konnte man mit Shakespeare heute noch irgendwen hinter dem Ofen vorlocken? Und war sie dafür auch richtig angezogen? Linda hatte sie davon überzeugt, das blaue Kleid vom ersten Date mit Jeff zu tragen, Mia und Marlon und sogar Spago hatten ihr zugestimmt. Aber Kati fühlte sich in dem Kleid und den hohen Schuhen ein bisschen unsicher. Und was, wenn ihr Englisch alle nur zum Lachen brachte? Na ja, Lachen war vielleicht nicht das Schlechteste, viel schlimmer wäre es, wenn ihre Darbietungen die Leute zum Weinen bringen würden.

Merkwürdig, dachte Kati, als nach einiger Zeit die vielen Autos in ihr Bewusstsein drangen. Nirgends war ein Parkplatz zu finden. Als hinter der Kreuzung die Kirche ins Visier kam, wollte sie ihren Augen kaum trauen. Da standen drei Übertragungswagen und über der Kirche kreiste ein Hubschrauber. Das hatte Kati bisher noch nie live gesehen, sondern nur im Fernsehen.

Was war hier los? Sie umrundete die Kirche fünfmal und zwängte Lindas Auto dann in eine gerade frei werdende Parklücke.

Vor dem Eingangsportal zur Bar standen wahre Menschenmassen, die von einer ganzen Horde von gefährlich wirkenden Security-Männern in schwarzen Uniformen vom Portal zurückgehalten wurden.

Kati überlegte einen Moment lang, einfach wieder zu gehen, aber dann dachte sie daran, dass sie einen Deal mit Jeff eingegangen war, und wagte sich vor bis an den Eingang.

»Miss«, wurde sie von einem der Wachmänner barsch angefahren. »Geschlossene Gesellschaft, Sie können da jetzt auf keinen Fall rein.«

Kati blieb stehen, sie war hin- und hergerissen. Einerseits wäre es eine Erleichterung, diese Shakespearesache für heute zu vergessen, sie könnte zurück nach Venice an den Strand fahren, sich mit Spider treffen und nachher den Sonnenuntergang genießen.

Andererseits wäre das dann genau das, was sie in den Monaten nach dem Unfall immer getan hatte. Und vorher eigentlich auch schon: schwierigen Situationen aus dem Weg gehen. Aber dieses Mal würde sie nicht weglaufen.

»Verraten Sie mir wenigstens, was hier los ist?«, fragte sie. »Ist vielleicht der Präsident auf einen Drink hier?« Sie versuchte es mit dem Charme eines, wie sie hoffte, etwas unbedarften Lächelns.

Der Wachmann wurde tatsächlich etwas freundlicher. Er fing sogar an, ihr Lächeln zu erwidern.

Vielleicht war es doch gut, dass sie ihr blaues Kleid und Pumps angezogen hatte.

»In diesem Fall wäre nicht mal ein Prozent der Gaffer da!«

»Wer ist es denn dann? Irgendwelche Oscarpreisträger?«

Der Wachmann schüttelte den Kopf. »Die gibt es hier doch an jeder Ecke. Glauben Sie wirklich, da würde CBS einen Heli schicken?«

Wer konnte so wichtig sein? Nun wollte sie unbedingt in die Bar, und zwar ohne Jeffs Hilfe.

»Außerirdische?«, versuchte sie es weiter.

Der Wachmann lachte tief aus dem Bauch heraus und klang dabei wie ein amerikanischer Weihnachtsmann. »Hohoho. Mit Außerirdischen liegen Sie eigentlich ganz richtig.«

Verdammt, wer konnte das denn sein? Schade, dass Spider nicht hier war, die hätte sicher eine Idee.

»Singende Außerirdische?«

Der Wachmann schüttelte den Kopf. »Singen können die, glaube ich, höchstens unsere Hymne.«

Es dauerte einen Moment, doch dann fiel es Kati wie Schuppen von den Augen. Noch bevor sie es aussprechen konnte, dröhnte eine Männergruppe neben ihr schon lautstark: »Go Lakers, go!«

Klar, wenn hier etwas so große Begeisterung auslösen konnte, dann waren das Basketballstars.

»Die *Lakers*? Sind die etwa alle hier? Das ganze Team? Das ist ja der Wahnsinn!« Kati beschloss, sich sehr aufgeregt zu geben. »Und genau deshalb muss ich nämlich da rein.«

»Leider geht das wirklich nicht, Miss. Ich habe meine Anweisungen.«

»Selbstverständlich, aber ich auch! Jeff Coleman, der Besitzer vom *Lived* hat mich extra herbestellt.«

Misstrauisch beäugte sie der Wachmann. »Und wofür?«

»Für die *Night of the Stars*. Ich … ich soll Shakespeare vortragen.«

»Shakespeare?« Er schüttelte den Kopf und lachte. »Ja klar, Shakespeare für die Lakers! Und danach gebe ich für die dann die Relativitätstheorie zum Besten.«

Verdammt. Was jetzt? Sie wollte und musste da rein.

Der Wachmann musterte sie genauer und fing an, breit zu grinsen. »Shakespeare, also ehrlich. Sie nehmen mich doch auf den Arm, oder?«

»Nein!«, versicherte Kati sofort. »Das würde ich niemals wagen.«

»Na, dann lassen Sie uns doch mal was hören. Überzeugen Sie mich!« Er klang so herablassend und ungläubig, als wäre sie ein Holzwurm, der behauptet hätte, er könnte das Halleluja rückwärtssingen.

Kati sah sich verstohlen um. Hunderte von Menschen standen hier und langweilten sich, während sie auf die Lakers warteten.

Wenn sie wirklich etwas zum Besten gäbe, würden alle sie anglotzen und womöglich über sie lachen. Also entweder schweigen und abhauen oder am besten gleich ganz in die Vollen gehen. Sie überlegte nur kurz, holte tief Luft und wandte sich dann an die Männer, die direkt hinter der Absperrung standen.

Kati verankerte ihre Füße fest im Boden, straffte die Schultern und redete die Männer in einem unverschämt rüpelhaftem Ton an:

»Packt euch nach Haus, ihr Tagediebe!«, sagte sie mit reichlich wackeligen Knien. *»Fort! Ist dies ein Feiertag! Was? Wisst ihr nicht, dass ihr als Handwerksleut' an Werkeltagen*

nicht ohn' ein Zeichen der Hantierung dürft umhergehn? – Welch' Gewerbe treibst du? Sprich!«

Sie knöpfte sich einen der Männer vor und registrierte wie durch einen Nebel, dass der Wachmann schon schallend lachte.

»Was machst du hier in deinen Sonntagskleidern? – Ihr, Freund, was treibt Ihr?«

Die Männer, die sie zuerst überrascht angestarrt hatten, applaudierten ihr jetzt und fingen amüsiert an, zu pfeifen und zu johlen.

»Okay, okay!«, sagte der Wachmann, der sie nun offensichtlich schnell loswerden wollte. »Ich möchte nicht daran schuld sein, dass unsere Jungs um eine Prise Shakespeare gebracht werden.«

»In so bedrängter Zeit kommt Freude recht«, entgegnete Kati trocken und war erleichtert, als der Wachmann endlich die Absperrungskordel hochhob und sie vorbeiließ.

Wie jedes Mal, wenn sie das Portal der Bar durchschritt, hatte sie das Gefühl, in eine verzauberte Welt einzutauchen, aber heute war es noch unwirklicher als sonst. Zum einen, weil sie gerade über sich selbst hinausgewachsen war, und zum anderen duftete es stark nach Rosen und Sandelholz und die Bar war von durchtrainierten Riesen in goldglänzenden Trainingsanzügen bevölkert, die sich angeregt mit Jeff, Lucy, Izanami und Mossie unterhielten. Die vier wirkten wie Zwerge neben den Spielern.

Als Jeff Kati entdeckte, winkte er sie zu sich.

»Ich muss mit dir reden!«, sagte er ungewohnt ernst, dann stockte er und betrachtete sie wohlwollend. »Du siehst märchenhaft gut aus. Komm bitte mit hier herüber.«

Er zog sie in eine der seitlichen Kapellen, die, wie Kati erst jetzt bemerkte, schon wieder neu dekoriert waren.

Die gelben Blumen waren Rosen gewichen, deren dunkelrote Blüten mit einer zart schimmernden Eisschicht überzogen waren, als wären sie mitten in der vollen Blüte erfroren. Plötzlich fröstelte Kati, dachte an Mias Traum, an ihr Gesicht unter dem Eis, aber sie schüttelte das ab, weil sie sich die Freude über ihren mutigen Auftritt gerade eben nicht selbst verderben wollte.

»Tut mir leid, dass hier so viel los ist, aber Lucy ist natürlich begeistert. Sie verehrt die Lakers wie Götter.«

Kati nickte verständnisvoll, gleichzeitig fragte sie sich, wo die anderen Künstler für die *Nacht der Stars* blieben. Sie unterdrückte ein spöttisches Grinsen. »Und diese Sportskanonen sind also ganz verrückt nach Shakespeare?«

Jeff lachte so laut, dass sich alle zu ihnen umdrehten.

»Klar, wenn sie nicht gerade Millionen scheffeln, lesen sie die alten Klassiker. Ball oder nicht Ball, das ist hier die Frage …«, witzelte Jeff. »Aber ehrlich gesagt will ich gar nicht, dass sich auch nur ein Einziger für dich und Shakespeare interessiert. Neben denen hätte ich nämlich keine Chance mehr! Ich wünsche mir deine Aufmerksamkeit, nur für mich ganz allein.« Er setzte an, als wollte er ihr noch etwas sagen, schwieg dann aber doch.

Seine offenen Worte schmeichelten Kati und steigerten ihre gute Laune noch mehr.

»Aber wir müssen das alles mal für einen Moment vergessen, denn Kati, leider haben wir zwei heute etwas sehr viel Wichtigeres vor als *Die Nacht der Stars*. Deshalb fällt sie auch ins Wasser. Manchmal muss man im Leben eben Prioritäten setzen.«

Er suchte ihre Augen, fesselte sie geradezu mit seinem Blick.

»Ich habe eine … Überraschung für dich.« Er kam ganz nah zu ihr und legte seine warme Hand auf ihren nackten Oberarm.

»Helikopterfliegen bei Tag, mit Absprung auf einen Flugzeugträger mitten im Atlantik, der USS Roosevelt vielleicht?«, scherzte Kati, der seine Ernsthaftigkeit plötzlich unheimlich wurde.

»Nichts davon«, antwortete er, ohne auf ihren Witz einzugehen. »Erinnerst du dich noch an das, was ich dir im Gegenzug für ein Date versprochen habe?«

Natürlich, Kati atmete schneller. Ihr Vater! Jeff wollte ihr helfen, ihn zu finden. Sie brachte kein Wort heraus und sah ihn fragend an.

Jeff nickte. »Ich habe nicht mehr über meine Suche gesprochen, weil ich dich nicht enttäuschen wollte. Ich wusste ja nicht, ob meine Kontakte bei der Army am Ende wirklich hilfreich sein würden.«

»Du hast meinen Vater gefunden?«

»Ja. Und deshalb habe ich hier alles abgeblasen. Ich möchte dich zu ihm bringen.«

Kati konnte kaum sprechen. »Und wann können wir los?«

»Wenn du möchtest, jetzt gleich.«

»Aber …« Kati wies auf die volle Bar. »Aber hier ist doch gerade die Hölle los, schafft Lucy das denn, ohne dich?«

»Nein, wahrscheinlich nicht, aber wenn du willst, dann schließe ich die Bar und wir fahren. Nachdem die ganze Mannschaft der Lakers hier war, werden wir erst mal mehr

Türsteher und Personal brauchen, aber da kümmere ich mich dann später drum.«

»Du schließt einfach so?« In Gedanken fügte Kati noch an: Und schickst eine Mannschaft nach Hause, auf die draußen drei Ü-Wagen warten?

Jeff verzog zwar spöttisch den Mund, doch er blieb ernst. »Glaub mir, das macht das *Lived* nur noch interessanter. Je weniger wir den Promis hinterherhecheln oder irgendwelchen anderen blöden Trends, desto angesagter werden wir.«

»Und Lucy?«

»Sie weiß Bescheid.«

»Aber du hast gesagt, sie betet die Lakers an.«

»Ich bin sicher, sie hat von denen, die sie wirklich interessieren, schon längst die Handynummer eingesackt. Lucy ist von der schnellen Truppe und sie versteht dich nur allzu gut. Wenn sie die Chance hätte, etwas über unseren Vater zu erfahren, würde sie auch alles stehen und liegen lassen.«

Kati fiel ihm kurzerhand um den Hals. »Du kannst dir nicht vorstellen, was mir das bedeutet! Danke.«

Sie streifte seine leicht kratzige Wange, atmete seinen frischen, ein wenig bitteren Duft ein und küsste ihn auf den Mund.

Als ihre Lippen sich berührten, war sie überrascht, wie sich das anfühlte, wie elektrisiert, als gäbe es nichts anderes mehr auf der Welt. Genauso aufregend wie nach dem Helikopterflug! Danach könnte ich süchtig werden, dachte sie und küsste ihn gleich noch einmal. Nicht nur die Umgebung, auch ihr Bewusstsein verlöschte, ihre Erinnerung, ihre Ängste, ihr Schmerz – alles verging. Und ihr Körper war nur noch eine mächtige auflodernde Flamme.

Als Jeff seine Lippen entschlossen von ihr löste, war es, als würde man sie in eine öde Steppe zurückwerfen. Sie merkte, dass sie heftig atmete, als wäre sie eine Treppe nach oben gerannt, und ihre Knie fühlten sich wackelig an. Was war hier los? Warum erwiderte er ihren Kuss nicht? Verwirrt suchte sie seinen Blick.

»Ich bin verrückt nach dir, weißt du das?« Noch während er das sagte, schob er sie von sich weg. »Aber leider ist jetzt nicht der richtige Moment dafür.«

Langsam vermischte sich Katis Aufregung mit Angst. »Hast du ihn denn schon getroffen?«

»Ich … nein. Ich fand, das sollten wir zusammen tun.« Er presste die Lippen zusammen, als wollte er verhindern, zu viel zu sagen, was Katis Befürchtungen noch stärker werden ließ. »Komm, lass uns losfahren.«

Jeff winkte seiner Schwester und nur wenige Minuten später machten sich die Lakers auf den Weg nach draußen, wo sie, wie Kati sogar durch die dicken Mauern der Kirche deutlich hören konnte, von der Menge jubelnd und unter tosendem Applaus empfangen wurden.

Kati fühlte sich selbst wie berauscht von einer Mischung aus Energie und nervöser Angst. Es war gerade sehr viel geschehen:

Die Auseinandersetzung mit dem Wachmann und der kleine Auftritt vor all den Leuten da draußen, dann die guten Nachrichten über ihren Vater und dazu noch dieser Kuss.

Lucy kam zu ihnen und reichte Kati einen Becher mit einem Drink. »Das wird dir guttun, ich wusste nicht, dass ihr sofort losfahren wolltet.«

»Zum Mitnehmen?«, fragte Kati verblüfft.

Jeff und Lucy nickten genau im gleichen Takt. »Wir können, wenn es nötig ist, auch mal eine Ausnahme machen.«

»Pass gut auf sie auf!«, sagte Lucy, tätschelte ungewohnt zärtlich Katis Schulter und verschwand dann hinter dem Tresen.

Kati betrachtete den Drink, der schimmerte, als ob er aus purem Gold wäre. Was war hier los? Offensichtlich schienen die beiden zu glauben, sie hätte Trost nötig. Aber warum? Sie nahm einen Schluck und war wie immer über den Geschmack überrascht. Er verwandelte sich in Sekunden von süß zu bitter und schließlich in leckeres Karamell und schon merkte sie, wie sie wieder ruhiger wurde.

»Gehen wir!«, sagte Jeff und führte Kati aus der Bar nach draußen. »Auf der Fahrt werde ich dir alles erklären.«

25

Dieses Mal fuhren sie mit einer einfachen schwarzen Limousine, die von Pete gesteuert wurde. Aber sie kamen nur langsam in ständigem Stop-and-go voran.

»Verdammte Rushhour!«, murmelte Jeff und trommelte ungeduldig mit den Fingern gegen die Fensterscheibe. Kati nippte an ihrem Drink und sah erwartungsvoll zu ihm.

»Also gut, was soll's«, fing Jeff da endlich an. »Katy, ich habe es nicht übers Herz gebracht, es dir in der Bar zu sagen, weil du dich so gefreut hast, und ich wollte das nicht gleich wieder kaputt machen. Aber das war falsch. Total falsch. Bitte verzeih mir.«

Er legte seine Hand auf ihre und drückte sie zart. Katis Magen verkrampfte sich und der Drink fing in ihrem Bauch an, komische Geräusche zu machen. Was wollte er damit sagen? Wo fuhren sie hin? Sie verließen den Highway und bogen in immer kleinere palmengesäumte Straßen ein.

Plötzlich dachte Kati an ihre Mutter und sie wünschte sich sehnsüchtig, dass sie hier bei ihr wäre.

»Was ist denn?«

»Ich habe deinen Vater gefunden, aber …«, Jeff sog tief Luft zwischen seinen Zähnen ein, »es tut mir so leid, er, also dein Vater, ist tot.« Er drückte ihre Hand. »Schon seit einigen Jahren.«

Kati schluckte. Nein, nein, nein, das war ein Irrtum. Sie hatte sich gerade verhört.

»Es tut mir so unendlich leid.« Seine Stimme wurde sanft und weich, als wäre sie ein kleines Kind. »Ich kann dich nur noch zu seinem Grab bringen. Wir fahren zum *Westwood Memorial*-Friedhof.«

Kati starrte nach draußen, die Palmen und Häuser und Autos verschwammen vor ihren Augen. Sie bekam keine Luft mehr.

Pete parkte den Wagen auf einem kleinen Parkplatz. Ich werde nicht aufstehen und rausgehen, dachte Kati. Ich will meinen Vater nicht finden und gleichzeitig für immer verlieren. Ich will dieses Grab nicht sehen, denn wenn ich es nicht ansehe, ist es nicht da. Dann ist es nicht wahr, dann lebt er noch.

»Bereit?«, fragte Jeff.

Kati schüttelte den Kopf.

»Es ist ein ganz besonderes Grab. Er war ein Held, du solltest es anschauen. Lass uns zusammen hingehen, ich helfe dir.«

Jeff reichte ihr die Hand, aber Kati fühlte sich wie erstarrt.

»Ich bitte dich.« Als sie nicht reagierte, schob er sie sanft zur Tür, die Pete schon für sie aufhielt.

Tot. Er war tot.

»Katy?«

Sie kletterte wie ein gehorsames Kind aus der Limousine, und erst als sie draußen stand und geistesabwesend den Saum ihres blauen Kleides zurechtzupfte, merkte sie, wie zittrig sie war.

Pete reichte Jeff eine Dokumentenmappe, die er sich

unter den anderen Arm klemmte. Zusammen liefen sie los.

Katis Blick glitt über das gepflegte, parkähnliche Gelände, schweifte über die alten Bäume mit knorrigen, weit verzweigten Ästen, die mit ihren Schatten das knallige Grün des Rasens milderten. Doch das alles sickerte nur quälend langsam in ihr Bewusstsein. Das hier war ein Friedhof.

Es war zu spät. Ihr Vater war tot.

Tränen strömten über ihre Wangen. Damit waren auch all ihre Hoffnungen gestorben. Von jetzt an konnte sie sich nicht mal mehr in ihren Gedanken ausmalen, wie wundervoll es wäre, ihn zu treffen. Sie würde nie erfahren, wie seine Stimme klang, wie er roch und wie er lachte. Und ob ihre Vorliebe für Cheeseburger, Apfelkuchen und Karatefilme etwas mit ihm zu tun hatte. Nie. Nie würde sie das erfahren. Sie sackte zusammen. Nie würde sie wissen, ob er sie gemocht hätte. Nie würden sie zusammen über einen Witz lachen. Jede Menge NIE. Ein ganzes Leben voller Nie. Ihre Augen waren wie verschleiert von immer neuen Tränen.

»Es tut mir so leid«, flüsterte Jeff und legte den Arm um sie. »Bitte hass mich nicht, nur weil ich dir die schlechten Nachrichten überbringen musste.«

Doch, dachte sie, warum hatte er nicht einfach den Mund gehalten und sie im Glauben gelassen, ihr Vater würde irgendwo leben?

Sie wand sich aus seinem Griff und wollte wegrennen, weg von ihm, aber ihre hohen Absätze versanken im Gras und ihre wackeligen Knie trugen dazu bei, dass sie das Gleichgewicht verlor.

Kurz bevor sie zu Boden stürzte, fing Jeff sie auf. »Ich

wusste einfach nicht, wie ich es dir sonst beibringen sollte. Lucy und ich dachten, es wäre das Beste, mit dir hierherzufahren und es dir auf dem Weg dorthin zu sagen, wo er seine letzte Ruhe gefunden hat …«

Katis Schultern bebten, weil sie versuchte, ihr heftiges Schluchzen zu unterdrücken, doch es gelang ihr nicht. Jeff streichelte ihren Rücken, reichte ihr ein Taschentuch und wartete dann bewegungslos und stumm darauf, dass sie sich wieder beruhigte.

Erst als sie tief durchatmen konnte und ihr Schniefen leiser wurde, fing er wieder an zu reden.

»Komm, wir besuchen sein Grab. Und dann erzähle ich dir alles, was ich über ihn herausgefunden habe.«

Wozu sollte das gut sein, dachte Kati, wozu noch? Das würde nichts an der Tatsache ändern, dass er tot war. Aber von Jeff ging eine solche Entschlossenheit aus, dass sie wie betäubt an seinem Arm neben ihm herstolperte.

Er versuchte offensichtlich, sie auf andere Gedanken zu bringen, indem er ständig auf all die Prominenten hinwies, die hier begraben waren: Billy Wilder, Marilyn Monroe, Truman Capote, so als würde das die Tatsache, dass ihr Vater tot war, irgendwie besser machen.

In der Nähe einer Buchsbaumhecke war es dann endlich, sein Grab. Jemand hatte Rosen dort abgelegt. Weil die Rosen genauso erfroren aussahen wie die in der Bar, vermutete Kati, dass Jeff sie dort platziert hatte – oder Pete. Sie setzten sich auf eine Bank in der Nähe. Der Grabstein ihres Vaters war sehr beeindruckend, auf den meisten anderen hier im *Westwood Memorial* war nur der Name des Toten und Daten zu sehen. Aber auf Blake Wilsons Grabplatte war neben seinem Namen auch noch die amerikanische

Flagge eingraviert, die von vorwärtsstürmenden Soldaten hochgehalten wurde. Es sah genauso aus wie das *US Marine Corps War Memorial*-Soldatendenkmal in Washington, dachte Kati traurig. Offensichtlich hatte ihre Mutter recht gehabt, ihr Vater war ein Held gewesen.

Bestürzt entdeckte sie, dass er schon seit 2003 tot war, also seit sie vier Jahre alt war. Was ihre Mom wohl empfinden würde, wenn sie erfuhr, dass er nicht mal dreißig Jahre alt geworden war? Diese Tatsache trieb ihr wieder die Tränen in die Augen.

Jeff suchte ihren Blick. »Ich hätte das alles anders machen müssen. Vielleicht sind Lucy und ich in dieser Hinsicht nicht sensibel genug, weil wir nie erfahren haben, wer unsere leiblichen Eltern sind …«

Kati wusste, dass er nichts dafür konnte. Er hatte ihr versprochen, er würde ihren Vater finden, und genau das hatte er getan. Und es war nicht seine Schuld, dass er tot war.

»Das ist ein Schock für dich, ich weiß. Aber wie du siehst, war er ein Held, du kannst sehr stolz auf ihn sein. Ich habe versucht, alles über ihn herauszufinden, was nicht leicht war, denn meine Kontakte beim Militär unterliegen der allerhöchsten Sicherheitsstufe und damit absoluter Schweigepflicht. Aber ich habe nicht lockergelassen.« Er deutete auf die Mappe und Kati nickte ihm auffordernd zu.

»Dein Vater war bei den *Special Forces* und dort sehr erfolgreich. Er hat in der kurzen Zeit im Irakkrieg allein schon fünf Orden und drei Auszeichnungen verliehen bekommen, mehr als jeder andere in seiner Einheit. Sein Tod war sehr tragisch, denn am ersten Dezember sollte er eigentlich nach Hause fliegen. Aber Ende November war er mit einem Konvoi in Bagdad unterwegs und fuhr dort auf eine Bombe am Straßenrand. Eine dieser schmutzigen, selbst gebastelten Bomben, die sie dort aus Nägeln, Schrott, Granatteilen und Sprengstoff bauen. Aber sogar noch in dieser Situation, kurz bevor er starb, rettete er einem Kameraden das Leben, indem er ihm die Arterien abband.«

Ist ja toll, dachte Kati verbittert, wie schön für den Kameraden.

Aber dann bemerkte sie, wie mitgenommen Jeff aussah und wie sehr er darunter litt, dass er ihr nichts anderes erzählen konnte. Kati griff nach seiner Hand und hielt sie fest.

»Sein letzter Wunsch war es«, fuhr Jeff fort, »hier beerdigt zu werden, weil er ein großer Fan von Marilyn Monroe war. Dein Vater hat nie geheiratet und er hatte leider keine Geschwister, aber es gab natürlich ein Ehrenbegräbnis. Seine Mutter ist vor zehn Jahren und sein Vater vor fünf Jahren gestoben.«

Jeff zeigte ihr die Militärakte und Urkunden der Ordensverleihungen. »Du hast allen Grund, stolz auf ihn zu sein.«

Vielleicht, dachte Kati müde. Ja, womöglich war sie irgendwann wirklich stolz auf einen Vater, der offensichtlich nur eine einzige wahre Leidenschaft gehabt hatte: das Militär. Aber das würde sie Jeff nicht verraten, denn er war so froh, dass er ihr wenigstens das über ihren Vater berichten konnte. Es wäre gemein von ihr gewesen, Jeff auch noch diese Freude zu verderben.

Schließlich sagte Jeff mit belegter Stimme: »Ich für meinen Teil wäre erleichtert, wenn ich über meinen Vater erfahren würde, dass ein Held war.« Er räusperte sich.

»Aber ganz ehrlich, ich fürchte, er war ein Monster, denn welche Mutter würde ihre Kinder lieber zum Sterben im Wald aussetzen, als sie irgendwie großzuziehen? Oder zur Adoption freizugeben, das muss doch mit dem Vater zusammenhängen ...«

Kati wusste nicht, was sie dazu sagen sollte, auch wenn es ihr für Jeff und Lucy sehr leidtat. »Ich möchte jetzt nach Hause. Bitte.« Kati stand auf und griff nach der Dokumentenmappe.

»Gut, gehen wir. Aber leider darf ich dir diese Unterlagen nicht aushändigen, das sind wie gesagt geheime Militärakten. Ich hätte sie dir nicht mal zeigen dürfen, aber ich wollte unbedingt, dass du selbst sehen kannst, was für ein großartiger Mann Blake Wilson war.«

Kati nickte. Sie gab ihm die Mappe zurück. Sie hatte ja noch das alte Foto von ihm, hatte ihr ganzes Leben nichts anderes als nur dieses eine Foto gehabt.

Sie standen auf und liefen über den unnatürlich grünen Rasen zurück zum Parkplatz. Tot, dachte Kati, auch all diese Prominenten. Tot. Verwest. Plötzlich geisterte Ezra durch ihren Kopf und es kam ihr so vor, als würde er ihr zynisch lächelnd mit seiner Sense zuwinken.

26

Der Tod winkte Luke gerade merkwürdig fröhlich mit seiner Sense zu, als er von lautem Handyklingeln aus einem wirren Traum gerissen wurde, indem er Sirtaki getanzt hatte. Zusammen mit dem Tod und Kati, die gleichzeitig auch seine tote Schwester Sue gewesen war, und Orroz war auch dabei gewesen. Sie hatten die Veröffentlichung seiner Graphic Novel *Blue Tears – Der Tod weint blaue Tränen* im *New Yorker* gefeiert.

Verdammt, es war stockdunkel. Wer rief ihn mitten in der Nacht an? Das konnten eigentlich nur Joschi oder Finn sein. Verschlafen angelte er nach seinem Handy und warf einen Blick auf seinen altmodischen Klingelwecker, den er brauchte, um morgens wach zu werden. Es war fünf nach fünf.

»Hey, wer stört?«

Rauschen.

»Jungs, falls das ein Witz sein soll, ganz miese Pointe! Und wenn ihr das nicht seid«, er wurde deutlich genervter, »nur zur Info, für neue Handyverträge sind Sie zu früh dran. Das mache ich immer erst ab fünf Uhr *zehn!*«

Stille.

Luke setzte sich auf und sah nach der Nummer. Keine eingespeicherte. Keiner seiner Freunde. Anonym. Ein indisches Callcenter? »Hallo?«

Immer noch nichts, nur leises Rauschen und ein kaum hörbares Atmen.

Plötzlich spürte er ein schmerzhaftes Ziehen im Bauch. War es möglich, dass *sie* das war? Konnte es wirklich sein, dass sie ihn nach all der Zeit einfach so anrief? Oder glaubte er das nur, weil er es sich so sehnsüchtig wünschte?

Nein, diese intensive Stille, das konnte nur Kati sein.

Hellwach versuchte er, sich zu konzentrieren. Jetzt unbedingt das Richtige sagen, das Richtige tun, nur, dass er keine Ahnung hatte, was das Richtige war.

»Kati, bist du das?«

Rauschen.

»Komm schon, ich spüre, dass du das bist, und das macht mich …«

Ja, spuck's aus, Mann, keine Angst, auch wenn's sentimental klingt! »Das macht mich sehr glücklich. Bitte leg nicht auf, rede mit mir. Erklär mir, warum du einfach abgehauen bist.« Shit, keine Vorwürfe! »Ich … es gibt so vieles, was ich dir sagen muss.«

Weinte sie? Oder hatte sich am Ende doch nur irgendwer verwählt und brauchte ein bisschen Unterhaltung?

Nein, Luke hätte tausend Eide geschworen, dass es Kati war. Seine Kati mit diesem typischen Ich-hab-keine-Angst-vor-Stille-Katischweigen.

»Du fehlst mir. Ich vermisse dich und ich war so dumm.« Er wollte viel mehr sagen, etwas über dieses Gefühl, das neuerdings in ihm hauste wie ein verrückter Dschinn und ihn wahnsinnig machte. Aber das alles musste er ihr selbst sagen, von Angesicht zu Angesicht. Also fing er an zu brabbeln, über seine neue Graphic Novel, und hoffte, dass sie – wo immer sie auch war – lächelte.

»Ich wollte sie dir so gern zum Lesen geben. Ich habe sie für dich geschrieben.«

Nichts.

Offensichtlich interessierte sie das brennend. Ganz sicher rief sie nur deshalb mitten in der Nacht an, weil sie was von ihm lesen wollte. Idiot!

Doch gleichzeitig durchzuckte ihn eine Erkenntnis, die in freudigen Wellen seinen Körper durchzog: *Warum* rief sie an? Sie hätte doch auch eine WhatsApp oder eine Mail schicken können. Aber nein, sie rief an! Und dafür gab es nur eine Erklärung: Sie wollte seine Stimme hören.

Er sprang auf, konnte nicht länger still sitzen und lief aufgeregt vor seinem Bett hin und her.

»Es tut mir wirklich so leid, was passiert ist. Ich habe dir so viel zu sagen und ich möchte so gern deine Stimme hören. Und es stimmt wirklich, ich habe eine Novel nur für dich geschrieben, über deinen Vater. Wir haben doch so viel zusammen über ihn rumgesponnen und du erinnerst dich bestimmt daran, dass ich ihn auch gemalt habe.«

Ein erstickter Laut am anderen Ende, als würde jemand in ein Kissen schluchzen.

»Hey, was ist los. Warum weinst du?«

Nichts. Immerhin blieb sie dran. Vielleicht konnte er sie ja zum Lachen bringen, so wie früher.

»Erinnerst du dich noch an diese Story, die wir uns mal bei mir im Garten ausgedacht haben? Bei der dein Vater als unsterblicher Alien einen Flugzeugträger kommandiert, von dem aus er gegen Heidi und Alm-Öhi, die knallharte Alpenzombiebande, kämpfen muss, weil die sich über die ganze Welt ausgebreitet haben?« Er summte ein paar Takte aus *Heidi*.

Lachte oder weinte sie? In jedem Fall rang jemand nach Luft. Er hoffte, dass sie lachte. Er liebte es so, wenn sie lachte, und er wünschte, er könnte sie sehen.

»Mein Vater ist tot«, sagte sie dann und legte auf.

Das Klicken hallte in seinen Ohren wieder wie Donner und der wahnsinnige Dschinn in seinem Herz versteinerte auf der Stelle.

Er sank auf seine Bettkante. Sie hatte ihren Vater gefunden, aber er war tot und er war ihr mit Heidi und den lächerlichen Alpenzombies gekommen.

Immerhin, tröstete er sich, sie hatte ihn angerufen, weil sie seine Stimme hören wollte. Also vermisste sie ihn auch.

Plötzlich war alles ganz einfach.

Er musste zu ihr.

Als Erstes brauchte er Geld. Das würde ihm Gordana sicher leihen. Es war zwar die reinste Pest, eine so geniale Schwester zu haben, aber wenigstens konnte er sich immer auf sie verlassen.

Dann würde er seinem Hausarzt eine schlimme Depression vorspielen, die ihn wenigstens vierzehn Tage von der Schule befreien würde. Und dann musste er Katis Mutter bearbeiten. Er hatte sie schon oft gefragt, wo Kati jetzt war, aber bisher hatte sie ihn nur hilflos angeschaut und ihm gesagt, dass Kati nicht wollte, dass sie ihm das verriet. Zur Not würde er vor ihrer Tür kampieren. Aber dann fiel ihm ein, dass Kati ihm immer wieder erzählt hatte, was für eine Romantikerin ihre Mutter war. Er grinste. Im Geschichtenerzählen war er ziemlich gut. Gott, es war halb sechs morgens und er wusste endlich ganz genau, was er zu tun hatte. Kein Zögern mehr, kein Nachdenken.

Endlich was tun.

27

Ungläubig betrachtete Kati sich im Spiegel. Zum ersten Mal seit dem Unfall kam es ihr so vor, als wäre ihre Narbe nicht mehr ganz so purpurrot, sondern etwas blasser und als würde der Himalaya-Wurm nicht mehr so vollgefressen über ihre Wange kriechen, sondern als wäre er dünner geworden. Aber sie schaffte es immer noch nicht, ihre Wange zu berühren. Sie nahm sich vor, ihrer Mutter ein Foto zu schicken. Es würde sie glücklich machen zu sehen, wie gut sich die Narbe entwickelt hatte. Immerhin hatte sie ihre ganzen Ersparnisse aufgebraucht, um all die alternativen Behandlungsmöglichkeiten zu bezahlen. Und es würde sie auch ein bisschen von diesem unseligen Wolfgangdrama ablenken.

Kati stäubte mit einem Pinsel etwas Glanzpuder über ihr Gesicht und bürstete dann ihre Locken.

Sie war spät dran, Jeff würde sie in einer halben Stunde abholen. Sie begann, sich zu schminken, dann schlüpfte sie in das schwarze Cocktailkleid, das sie Jeff zu verdanken hatte. Denn er hatte Kati zwei Tage nach ihrem traurigen Friedhofsbesuch ein Geschenk gemacht, bei dem Linda ganz bleich geworden war.

Katis Geschenk hatte nämlich persönlich an der Tür geklingelt und sich als Monica Liebig vorgestellt. Sie wollte Kati zu einer Shoppingtour abholen. Und Linda wusste sofort, dass Monicas Label *MOMA LI* gerade zu den angesagtesten in ganz Hollywood gehörte und sich die Stars von ihr zu den Oscars beraten ließen.

Kati hatte die große, schlanke Frau in dem aufregenden schwarz-weiß gemusterten Overall betrachtet und sich zuerst völlig überfahren gefühlt. Das meinte Jeff doch nicht ernst. So ein großes Geschenk konnte sie doch nicht einfach annehmen. Aber Linda hatte sich eingemischt und dafür gesorgt, dass Kati keine zehn Minuten später mit Monica losgezogen war. Nicht ohne vorher noch Visitenkarten und Nummern mit der Designerin auszutauschen.

Monicas rauchige Stimme und ihr cooles Auftreten schüchterten Kati zuerst ein bisschen ein und sie war sicher, dass Monica und nicht Linda die tougheste Frau in ganz Hollywood sein musste. Doch dann erkannte sie, dass das alles einfach nur zu Monicas Show dazugehörte. Und sie war wirklich gut. Sie fuhren nicht etwa in Läden, sondern nur in vorbereitete Showrooms, wo bereits von ihr ausgewählte Modelle auf Kati warteten, inklusive dazu passende Handtaschen und Schuhe. Auf den ersten Blick hätte Kati kein einziges dieser Kleider jemals für sich in Betracht gezogen, aber dann musste sie feststellen, dass sie ihr wie angegossen passten, ihre Augen zum Leuchten und ihre Haut zum Schimmern brachten.

Und nun besaß sie nicht nur ein schlichtes schwarzes, knielanges Cocktailkleid von *MOMA LI,* sondern auch noch ein Abendkleid von *Rene und Russo,* bei dessen Anblick Linda später beinahe in Tränen ausgebrochen wäre. Es war aus hauchzartem, eng anliegendem Chiffon, in einer seltsam schimmernden Farbe, als ob sich die perlmuttfarbene Dämmerung auf silbernem Schnee widerspiegeln würde. Oben lag es eng an, doch ab der Taille bauschte sich ein weiter Rock, der über und über mit Blüten in derselben Farbe bestickt war.

Katis Handy klingelte. Es war Jeff. Warum rief er an, er wollte sie doch schon in drei Minuten abholen?

»Katy«, Jeff klang reichlich atemlos, »Katy. Es tut mir sehr leid …«, fing er an und Kati merkte zu ihrer Überraschung, dass sie sich viel mehr auf diesen Abend gefreut hatte, als ihr bewusst war.

»Du kannst heute nicht?«, unterbrach sie ihn.

»Nein, nein! Selbstverständlich sehen wir uns! Ganz im Gegenteil, es ist etwas passiert, was dich sehr freuen wird. Es gibt eine kleine Planänderung … könntest du bitte das Abendkleid anziehen? Das wäre wundervoll. Und wie lange brauchst du dafür?«

Kati warf einen Blick in den Spiegel. Monica hatte ihr gezeigt, welche Frisur zu welchem Kleid passte und auch welches Make-up dazu gut aussehen würde. Das würde dauern.

»Aber in diesem Kleid werde ich auf keinen Fall aus dem Helikopter springen!«, witzelte sie. »Eine halbe Stunde«, fügte sie hinzu und begann schon mal, ihre schwarzen Pumps auszuziehen. Zu dem Perlmuttschneeblumenkleid gehörten silberne Sandaletten mit Absätzen, höher als die Shakespeare-Gesamtausgabe.

»Keine Sorge, heute springen wir nicht aus dem Helikopter, sondern nur ins kalte Wasser!« Er lachte. »Ich hole dich in einer Stunde ab.«

»Und wo gehen wir hin?«

»Wir gehen essen im *Progress.*«

»Aber wozu brauche ich denn für ein Dinner so ein pompöses Kleid?«

»Vertrau mir, du wirst es ganz sicher nicht bereuen!«

Sie legten auf und Kati zermarterte sich beim Umziehen den Kopf, welche Überraschung Jeff wohl für sie geplant hatte.

Gerade als sie ihre Lippen mit dem passenden silberrosafarbenen Lippenstift nachzog, kam Mia in ihr Zimmer.

»Ohhh«, sagte sie und wollte, dass Kati sich einmal langsam um sich selbst drehte wie die Ballerina auf ihrer Spieldose.

»Du siehst aus wie eine Märchenprinzessin.« Sie musterte sie noch einmal, dann wackelte sie mit ihrem Kopf hin und her und korrigierte sich. »Wie eine verletzte Märchenprinzessin. Ich werde dich malen!« Verwundert bemerkte Kati, dass Mias Worte sie nicht mehr mitten ins Herz trafen. Was für eine Erleichterung!

»Ist Jeff dein Märchenprinz?« Bevor Kati antworten konnte, redete Mia schon weiter. »Ich habe Angst vor ihm.«

Kati ging neben Mia in die Knie. »Warum das denn?«

»Weil Mama auch gern seine Freundin wäre. Aber Mama hat doch schon Papa!«

Kati lachte schallend. »Lass das nur ja deine Mutter nicht hören!«

»Was soll ich nicht hören?«, fragte Linda, die wie immer aus dem Nichts aufgetaucht war und Kati bewundernd und missbilligend zugleich musterte.

Kati und Mia sahen sich an, dann kicherte Mia und verriet ihrer Mutter, was sie gerade zu Kati gesagt hatte.

Linda wurde rot, überspielte das aber mit betonter Munterkeit. »Du hast vielleicht Ideen! Natürlich würde ich es mögen, so zum Shoppen abgeholt zu werden oder zum Ausgehen, aber mit dir und Marlon Hotdogs zu essen, das gefällt mir noch viel, viel besser. Geh und zieh deine Schuhe an!«

Kaum hatte Mia das Zimmer verlassen, wurde Lindas Ton wieder geschäftsmäßig.

»Um Mitternacht bist du wieder hier. Du bist immer noch nicht volljährig und es ist auch kein Wochenende. In den nächsten drei Tagen brauche ich dich die volle Zeit. Also genieß den Abend und bring meine Nummer unter das Volk.« Linda hielt ihr einen Packen Visitenkarten hin. »Normale Menschen warten ein halbes Jahr auf eine Reservierung im *Progress*, also leg die Karten wo immer möglich aus, vor allem in der Damentoilette. Die soll spektakulär sein … habe ich gehört.«

Es klingelte und Linda stürmte zur Tür.

Kati biss sich auf die Zunge, um nicht laut loszukichern. Sogar Toiletten waren eine ganz große Sache in Hollywood.

Sie nahm die Visitenkarten, um sie in ihre winzige Clutch zu stecken, aber dort hatte schon das Handy kaum Platz. Das brauchte sie allerdings sowieso nie, wenn sie mit Jeff zusammen war, also nahm sie das Handy raus und legte die Visitenkarten hinein.

Als sie zur Tür kam, zog Jeff seine Augenbrauen bewundernd hoch und stieß einen begeisterten Pfiff aus.

Geht mir ganz genauso, dachte Kati bei seinem Anblick, denn er sah in dem schwarzen taillierten Anzug mit Weste unglaublich sexy aus. Der Anzug betonte seine breiten Schultern und die schmale Taille und die Farbe seines Hemdes, ein schockierendes Rot, sorgte dafür, dass er kein bisschen spießig wirkte. Seine Augen flackerten abenteuerlustig und Kati fragte sich, was er sich wohl für den heutigen Abend ausgedacht hatte.

Ob er wohl ihrer Mom gefallen würde? Ja, dachte Kati, sie wäre hingerissen von ihm.

Jeff wedelte mit einer durchsichtigen Schachtel, in der eine Ansteckblume für ihr Dekolleté lag und die perfekt zum Kleid gepasst hätte. Allerdings steckte er sie ihr dann mit einem Kopfschütteln doch nicht an. »Das wäre zu viel. So, wie du jetzt aussiehst, bist du perfekt. Mit all diesen Blumen – wie ein Sommernachtstraum.« Er zögerte und verbesserte sich dann. »Nein, du bist mehr als das, etwas noch nie Dagewesenes, ein … Sommernachtsfunkeln.«

Kati lächelte und errötete gleichzeitig. »Danke«, murmelte sie.

Dann verabschiedete sich Jeff höchst galant mit einem Handkuss von Linda und führte Kati mit einem entspannten Winken an den unverhohlen gaffenden Heathermans vorbei zur Stretchlimousine, wo Pete schon auf sie wartete.

Im Auto half er ihr, den üppigen Chiffon so auf der weißen Lederbank zu drapieren, dass er nicht verknitterte, dann reichte er ihr, anders als sonst, keinen Champagner, sondern einen Drink aus dem *Lived.* »Ausnahmsweise noch einmal to go. Von Lucy, sie sagt, der Drink wird deine Trauer ein bisschen aufhellen. Und das wäre auch wirklich wichtig, denn ich möchte dich jemandem vorstellen.«

»Ja?« Kati nippte an dem Becher und schon nach dem ersten Schluck merkte sie, wie alles an ihr gleich viel lockerer wurde.

»Du erinnerst dich noch an den Tag, an dem die Lakers in der Bar waren?«

Da hatte er sie zum Grab ihres Vaters geführt und das würde sie nie vergessen. Außerdem war es gerade erst fünf Tage her. Sie nickte.

»Offensichtlich hast du draußen die Massen unterhalten«, scherzte Jeff, »das hattest du mir gar nicht erzählt! Musstest du aber auch nicht, denn irgendwer hat dich aufgenommen und bei *YouTube* reingestellt.«

Verblüfft schüttelte Kati den Kopf. »Du nimmst mich auf den Arm! Das war nicht mal 'ne Minute und außerdem interessiert Shakespeare doch eigentlich kein Schwein!«

Jeff lachte und goss sich selbst einen Gin Tonic ein.

»Da irrst du dich, das Ding wurde schon eine halbe Million Mal angeklickt.«

»Komisch, was sich die Leute so anschauen ... echt eine halbe Million Mal?«

»Klar«, sagte Jeff mit einem Grinsen. »Weil man dabei dein Höschen sehen kann.«

Kati wurde rot. »Blödsinn!«

»Stimmt.« Er prostete ihr zu. »Man sieht nur, wie hübsch und temperamentvoll du bist. Aber, was das Beste ist, *jemand* hat es gesehen.«

»Eine halbe Million *jemand,* wenn du recht hast, oder?«

»Das stimmt, aber von denen ist keiner ... nun ja ...« Jeff nahm demonstrativ einen Schluck von seinem Gin Tonic und schwieg bedeutungsvoll.

»Du machst es aber spannend!«

»Ich überlege, ob es besser ist, dir nichts zu verraten, oder ob es Sinn macht, dich vorzubereiten. Du bist immer so entzückend, wenn du spontan bist.«

»Wenn ich's mir aussuchen darf, dann möchte ich lieber wissen, was los ist.«

Jeff nahm ihre Hand und streichelte sie ganz sanft. »Das verstehe ich.«

Seine Fingerkuppen wirkten auf ihrer Hand wie kleine elektrische Impulse, wie Magneten, die das Blut aus ihrem Kopf und ihrem Bauch in diese Hand saugten, es aufluden und dann voller Energie zurück in ihren Körper schickten. Alles fing an zu kribbeln und Kati merkte, wie ihr Wunsch, sich zu Jeff hinüberzubeugen, ihn zu küssen und sich an ihn zu pressen, immer stärker wurde.

»Du hörst mir ja gar nicht zu«, tadelte Jeff mit belustigter Stimme und ließ ihre Hand wieder los.

Kati versuchte, ihre Enttäuschung nicht zu zeigen, legte die Hände sittsam in ihren Schoß und trank den letzten Rest von Lucys Drink aus.

»Dann mach es doch nicht so spannend und rede!«

»Vorher habe ich noch eine Frage an dich. Hast du eigentlich einen Freund? Bist du an jemanden gebunden?«

»Nein«, platzte es sofort aus Kati heraus. Luke war Geschichte. Definitiv. Auch wenn sie ihn in einem schlimmen sentimentalen Rückfall nach dem Friedhof angerufen hatte, so war doch das hier ihre Zukunft. Eine Zukunft, von der sie vor sechs Wochen nicht mal zu träumen gewagt hätte.

»Wirklich? Du bist also frei?«, fragte er mit einem eigenartigen Lächeln, so als wüsste er etwas, von dem sie keine Ahnung hatte.

Sie nickte entschieden.

»Ich vergeude meine Zeit nämlich nur ungern mit Mädchen, die nicht wissen, was sie wollen.«

Kati legte todesmutig ihre Hand auf sein Knie. »Ich weiß, was ich will«, sagte sie voller Inbrunst. Denn den

Fehler, einen Typen jahrelang nur stumm anzuschmachten, würde sie nicht wiederholen.

Jeff streichelte ihre Hand und lehnte sich entspannt zurück.

»Wunderbar, dann haben wir das geklärt. Und jetzt treffen wir O. J. Miller-Morgenstern.«

»O-kay?«, sagte Kati. Offensichtlich erwartete Jeff, dass sie wusste, wer das war, aber sie hatte keine Ahnung.

»Man nennt ihn hier nur Big MM.« Jeff schüttelte den Kopf. »Aber na gut, du bist nicht von hier. Big MM ist Filmproduzent. Von denen gehen hier in Hollywood natürlich auch fünf auf ein Dutzend, aber er ist wirklich Mister Big. Er gilt als Trendsetter, als genial im Aufspüren neuer Talente, als Garant für Millionenerfolge. Er hat einige Stars für Netflix entdeckt und er möchte dich kennenlernen. Wir werden sagen, dass wir auf dem Weg zu einem Charityball sind und ihn deshalb nur kurz treffen können.«

Jetzt wurde Kati auch klar, warum sie sich hatte umziehen müssen.

»Verstehst du? Es ist wichtig, dass wir desinteressiert wirken. Big MM ist es gewohnt, dass die Schauspielerinnen alles tun, um von ihm beachtet zu werden. Du solltest sehr zugeknöpft bleiben und skeptisch. Spiel ihm eine mädchenhafte Diva vor.«

»Aber …« Kati wusste gar nicht, wo sie anfangen sollte, ihm zu widersprechen. Sie hatte zwar mit ihrer Schultheatergruppe beim deutschen Jugendtheaterfestival den ersten Platz belegt und damit den Ferienworkshop an den Münchner Kammerspielen gewonnen, aber nicht im Traum wäre sie darauf gekommen, sich selbst als Schauspielerin zu bezeichnen. Dazu hatte sie zu viel Respekt vor diesem Beruf. Außerdem war ihr Gesicht von einer Narbe ruiniert und sie sprach mit einem harten europäischen Akzent, doch all das war gar nichts im Vergleich zu ihrer Angst. »Aber …«, begann sie.

»Sschsch. Mir ist schon klar, was du sagen willst, aber du hast das verdient, okay? Wir reden mit ihm, ich werde mich als dein Agent ausgeben – wenn du damit einverstanden bist?«

Kati kam das alles reichlich surreal vor, so etwas träumte man nicht mal, weil es dermaßen märchenhaft klang. Es fehlten nur noch die Geigen im Hintergrund.

Aber Fakt war, sie saß in einer Limousine auf dem Weg zu diesem Produzenten. Was also war jetzt zu tun? Sie überlegte, aber Shakespeare, der doch sonst nie um einen Rat verlegen war, blieb stumm, stattdessen fiel ihr das Motto von Lukes spanischem Zombiematador Orroz ein: *Tue zuerst das Notwendige, dann das Mögliche und plötzlich schaffst du auch das Unmögliche.*

»Wir sind da!«, sagte Jeff, als die Limousine vor dem Eingang eines Bürohochhauses zum Stehen kam.

Konzentriere dich zuerst mal auf das Notwendige, betete Kati sich mantraartig vor, während sie sich von Jeff beim Aussteigen helfen ließ. Sie zupfte ihr Kleid zurecht und folgte ihm in den Eingang, wo sie mit einem Lift in den einundsiebzigsten Stock fuhren.

28

Hier wohnte sie also. Mitten in Venice, nur einen knappen Kilometer vom Strand entfernt. Luke betrachtete das große einstöckige Haus mit der riesigen Garageneinfahrt. Er parkte das Mietauto auf der Straße, betrat die Einfahrt, lief zur polierten Eichenholzhaustür, die neben der breiten Garageneinfahrt wie aus einem schmächtigen Zwergenland wirkte, und blieb dort stehen. Er hatte es in den letzten Tagen erfolgreich vermieden, sich zu überlegen, was er sagen oder tun sollte, sobald er hier war.

Sie umarmen? Das hatten sie früher auch nie getan. Was wollte er ihr sagen? Wie würde sie ihn begrüßen? Mit einem Handschlag? Er sollte etwas Witziges sagen, das wäre sicher das Beste. Ja, genau, meldete sich seine Denkzentrale, geile Idee! So ähnlich wie der Blödsinn, den du über ihren Vater und die Alpenzombies verzapft hast. Erst mal ein »Hallo«. Immerhin war er eine Überraschung für sie.

Plötzlich knarzte sich ein Lautsprecher in seine Gedanken und eine harte weibliche Stimme kündigte an, die Polizei zu rufen, wenn er noch länger vor ihrer Haustür herumlungern würde.

Oooookay. Er klingelte.

Die Tür wurde sofort geöffnet, allerdings bei vorgelegter Kette. Eine ältere Blondine mit knochigem Gesicht musterte ihn strenger als die uniformierte Beamtin vorhin beim Einreiseschalter am Flughafen.

»Es tut mir leid«, stotterte Luke, völlig aus dem Konzept gebracht. Mühsam kramte er sein peinlich lückenhaftes Schulenglisch hervor. »Ich bin auf der Suche nach Kati Berger und war gerade in Gedanken. Ich wollte nicht unhöflich sein.« Er suchte ein Namensschild neben der Tür, fand aber keins.

»Wer sind Sie?«, fragte die Blondine.

»Mein Name ist Luke Lipsky und ich bin ein alter Freund von Kati. Kann ich mit ihr sprechen?«

»Nein.«

Diese Frau war wirklich beinhart.

»Aber sie arbeitet schon bei Ihnen?«

»Wenn Kati wollte, dass Sie das wüssten, hätte sie Ihnen das mitgeteilt.«

»Ich wollte sie überraschen.«

Die Frau lachte spöttisch. »Kennen Sie irgendeine Frau auf der Welt, die gerne überrascht wird?«

Ja, dachte Luke, Kati natürlich, aber er wollte die Blondine nicht noch mehr verärgern.

»Kann ich ihr eine Nachricht hinterlassen?«

»Wenn Sie darauf bestehen.«

»Wann kann ich Kati denn am besten erreichen?«, fragte Luke, während er fieberhaft überlegte, was für eine Nachricht er denn überhaupt hinterlassen wollte. Er hatte noch kein Handy, das hier funktionierte, und auch noch keine Adresse, weil er sofort vom Flughafen hierhergefahren war. Er wollte sich ein Hostel in der Nähe suchen oder etwas bei Airbnb.

»Könnten Sie ihr einfach sagen, dass Luke hier war?«

Nein, das war doch keine gute Idee, er wollte sehen, wie Kati auf ihn reagierte, so ganz spontan. »Oder nein, sagen Sie ihr doch lieber nichts, dann wäre es ja keine Überraschung mehr.«

»Also was denn nun?«, fragte die Frau ungeduldig.

»Schon gut, ich gehe, aber ich komme wieder.«

Die Frau schloss die Haustür kommentarlos.

Die arme Kati. Wenn dieser Drache ihre Arbeitgeberin war, dann hatte sie hier nicht viel zu lachen.

Er lief zurück zu seinem Auto und durchdachte seine Möglichkeiten. Essen gehen und Kati verpassen? Oder hungern und warten. Und was, wenn Kati zu Hause war und ihn nicht sehen wollte?

Es klopfte so zart an der Beifahrertür, dass er es beinahe überhört hätte. Er rutschte hinüber und ließ das Fenster herunter. Vor der Tür stand ein kleines blondes Mädchen, das ihn neugierig musterte.

»Bist du wirklich ein Freund von Kati?«

Luke nickte.

»Ich möchte dein Gesicht sehen!«, sagte sie.

Verwirrt rutschte Luke näher an die Tür. Sie begutachtete ihn so intensiv, als wollte sie ihn malen.

»Du bist der Winterfreund«, sagte sie schließlich.

»Das verstehe ich nicht.«

»Ich bist der Freund in meinem Traum von Kati und dem Unfall. Da hast du genauso ausgesehen. Nur Kati nicht.«

Lukes Nackenhaare stellten sich auf. Das konnte nur ein Zufall sein! Oder vielleicht hatte die Kleine einfach zu viel Fantasie.

»Hier ist es sehr dunkel, bestimmt verwechselst du mich.«

»Nein, ich hab dich vorhin ganz genau auf dem Kamerabild gesehen und in echt siehst du sogar noch mehr so aus wie in meinem Traum.«

»Aha. Und wer bist du?«

»Ich bin Mia.«

»Ein schöner Name, Mia. Weißt du, wo Kati ist?«

»Warum bist du denn hergekommen?«

»Weil ich Kati etwas sehr Wichtiges sagen muss.«

»Und wird sie über das froh sein, was du ihr sagen willst?«

Verdammt, diese kleine Elfe war ja noch schlimmer als ihre Mutter.

»Das hoffe ich doch sehr.«

»Kannst du das schwören?«

»Ich schwöre bei allen Heiligen!«

Mia nickte. »Ich glaube, du bist nett. Kati ist ausgegangen auf einen Ball, aber sie muss um Mitternacht zurück sein.«

»Das klingt ja wie bei Aschenputtel!« Luke lächelte. »Danke, Mia, das ist sehr lieb von dir. Kriegst du keinen Ärger, wenn deine Mom sieht, dass du hier draußen mit Fremden redest?«

»Mom macht gerade Käsesoufflés, da kann sie nicht nach mir schauen, Soufflés machen sie immer nervös. Magst du Käsesoufflé?«

»Nein, und du?« Aber Käse erinnerte ihn an Kati, die immer, wenn sie traurig war, Massen an Käse in sich reinstopfte. Ganz egal, was für Käse, Hauptsache, Käse. Und der Gedanke daran wirkte wie ein Verstärker auf seine Magensäfte. Er brauchte dringend etwas zu essen.

»Ich mag alles, was Mama kocht!«

»Gibt es hier in der Nähe ein Lokal?«

Mia überlegte, dabei schob sich ihre Zunge zwischen die Lippen, dann schüttelte sie den Kopf. »Du musst entweder vor ans Meer fahren oder in die Stadt. Mir ist langweilig, kann ich mitkommen und du kaufst mir einen Schokoshake?«

»Auf keinen Fall!« Luke konnte sich lebhaft vorstellen, was ihre Mutter dazu sagen würde. »Vielleicht mache ich das, wenn wir uns besser kennen, ja?«

Enttäuscht klappten Mias Schultern vor und sie verzog ihr Gesicht. »Na gut«, sagte sie dann huldvoll wie eine verschmähte Königin. »Trotzdem guten Appetit!« Sie winkte und huschte in den Garten, links um das Haus herum und verschwand aus Lukes Blickfeld.

Auf einem Ball? Das sah Kati gar nicht ähnlich. Nach dem Unfall war sie doch nirgends mehr hingegangen, nicht mal mehr in die Schule. Offensichtlich hatte sich viel verändert. Er beschloss, essen zu gehen und dann wieder vor dem Haus Wache zu halten, um Kati abzufangen.

29

Kati erwartete, dass das *Progress* ein Restaurant ganz oben auf der Dachterrasse war und es einen prächtig beleuchteten Springbrunnen im türkisen Pool geben würde, umlagert von spärlich bekleideten Playboyhäschen im Paillettenmini und bedient von Kellnern, die als Klone von Orlando Bloom oder Brad Pitt durchgehen könnten.

Doch sie hätte sich nicht mehr irren können.

Kein Pool, kein Garten. Stattdessen betraten sie einen Saal mit Wänden aus Glas, die ihr das unwirkliche Gefühl gaben, sie würde in einer Kugel über Los Angeles schweben. Die prominente Decke bestand aus silberfarbenen wie aus Papier gefalteten Würfeln mit Lampen, die aussahen wie ein wirrer Haufen Golddraht. Das Parkett erinnerte Kati an ein Schiffsdeck, war allerdings fast schwarz, die Tische und Stühle aus blankem dunklem Holz. Genau so stellte sich Kati einen englischen Club vor, in dem nur Männer zugelassen waren.

Ihr schwarzes Cocktailkleid hätte perfekt hier reingepasst. In ihrem Ballkleid fühlte sie sich völlig fehl am Platz, komplett overdressed.

Alle drehten sich nach ihr um, leises Raunen ging wie eine Welle durch den Raum, denn leider war der Tisch, zu dem sie mussten, am anderen Ende des riesigen Saales.

»Schultern zurück!«, flüsterte Jeff ihr zu und nahm sie am Ellenbogen. »Keine Sorge, du machst das ganz wunderbar. Du musst auch nicht lächeln, bleib ernst, so ist dein Auftritt vollkommen! Niemand wird das Bild von dieser zauberhaften Frau jemals vergessen. Glaub mir, sie denken alle, sie würden träumen.«

Kati umklammerte ihre Clutch und ein Teil von ihr wünschte sich, dass sie auch nur träumen und gleich aufwachen würde, doch ein sehr viel größerer Teil von ihr fand es herrlich, so im Mittelpunkt zu stehen.

Als sie am richtigen Tisch angelangt waren, erhob sich ein Mann, den Kati gar nicht mit dem so vollmundig angekündigten Big MM in Verbindung gebracht hätte. Er sah aus wie ein schmächtiger jüngerer Bruder von Woody Allen.

Aber seine Ausstrahlung war alles andere als schmächtig. Big MM betrachtete Kati so kalt und durchdringend, als wäre sie ein Schmetterling, bei dem er sich noch überlegen musste, ob er exotisch und schön genug war, um in seiner Sammlung aufgespießt zu werden. Endlich, als Kati kaum noch auf ihren Shakespeare-Gesamtausgabenabsatz-Pumps stehen konnte und sich immer stärker auf Jeff stützen musste, nickte Big MM Jeff zu und fragte, ob sie sich nicht setzen wollten.

»In der Tat«, sagte er, nachdem sie Platz genommen hatten, und grinste Jeff zu. »In der Tat.«

Jetzt schenkte er Kati ein so entschuldigendes, sonniges Lächeln, als wollte er den akzeptierten Schmetterling wieder zum Flattern bringen.

»Es tut mir leid, aber ihr habt keine Ahnung, mit was ich so belästigt werde. Ständig behauptet irgendein Schleimer er hätte *die* Hauptdarstellerin, *den* Regisseur, *die* Ausstatterin, *die* Kamerafrau für mich, fast so, als gäbe es Zweifel daran, dass ich selbst in der Lage bin, die richtigen Leute aufzutreiben.« Ein kaum wahrnehmbares Kopfnicken brachte den Kellner sofort an ihren Tisch. Er reichte ihnen die Speisekarte und fragte nach ihren Wünschen. Jeff bestellte »Japanisches Mineralwasser« für sie beide – was auch immer das sein sollte.

Dann unterzog Big MM Kati einem eingehenden Verhör: Wo sie herkam, was sie gemacht hatte, welche Arbeitserlaubnis sie in Los Angeles hatte, ob es dunkle Flecken in ihrer Biografie gäbe.

Dunkle Flecken in ihrer Biografie? Wo war sie hier nur gelandet? Sie wollte doch keine politische Karriere starten! Gerade als sie ihre Verwunderung über all diese Fragen zum Ausdruck bringen wollte, legte Jeff unter dem Tisch eine Hand auf Katis Oberschenkel und tätschelte ihn beruhigend.

Überrascht schnappte sie nach Luft und sah zu ihm. Er zwinkerte und Kati versuchte, das Kribbeln, das seine Hand auf dem hauchdünnen Chiffon auslöste, zu ignorieren und sich wieder auf das Gespräch zu konzentrieren. Was nicht gerade leicht war.

Besonders gefiel Big MM, dass sie im Februar achtzehn Jahre alt wurde, was Kati gut nachvollziehen konnte, denn dann konnte Big MM direkt mit ihr verhandeln und nicht mit ihrer Mutter.

Ihre Mutter!

Was die wohl zu alldem sagen würde? Natürlich wäre sie begeistert. »Hauptsache, du bist glücklich, Schatz«, würde sie sagen und ihr dann sofort von dem neuesten

Verrat durch Wolfgang oder Peter oder Thomas erzählen. Leider geisterte im Schlepptau von Moms Romeo-und-Julia-Geschichten dann ungebeten auch Luke wieder durch ihren Kopf. Luke würde sich für sie freuen. Luke fand, sie hatte Talent. Aber Luke war Vergangenheit. Jeff wollte sie. Jeff interessierte sich für sie. Nahm sie ernst. Obwohl alle Frauen im Raum sich nach ihm umgedreht hatten, hatte er nur Augen für sie.

»Warum wollen Sie das alles wissen?«, fragte Kati, nachdem das Verhör beendet zu sein schien.

Big MM grinste breit und zündete sich einen Zigarillo an. Kati fragte sich, wie das möglich sein konnte. In ganz Los Angeles durfte man nirgends rauchen, Rauchende wurden wie Verbrecher behandelt. Nervös sah sie sich um, aber niemanden schienen die Rauchschwaden zu stören.

»Essen wir erst mal was. Ich habe für uns alle ein paar Köstlichkeiten bestellt.«

Und dann schilderte Big MM ihnen, was er vorhatte. Er plante eine neue Serie für Netflix, Arbeitstitel *Purpurmädchen* für den europäischen und *Inari* für den asiatischen Markt. Eine Fantasyserie, die in Japan, Paris und Amsterdam spielen sollte. Im Hier und Jetzt. Es ging darum, dass Wesen mit magischen Fähigkeiten, die unerkannt immer schon unter den Menschen lebten, durch den Einfluss eines teuflischen Dämons angefangen hatten, ihre Kompetenzen zu überschreiten, und die Welt dadurch in den Abgrund trieben. Die wichtigste Hauptfigur war Mariluna, die im Laufe des Films zu Inari werden musste. Ein unschuldiges Mädchen, das zunächst gar nicht wusste, dass sie eine Mission hatte und über besondere Kräfte verfügte. Sie musste den gefährlichsten Dämon dazu bringen, sich in sie zu verlieben, und ihn dann töten, denn nur so konnte sie die Welt retten. Dazu verwandelte sie sich von einer zarten Schönheit in Inari, einer weiblichen Version von James Bond. Natürlich verliebte sie sich in ihn. Die Frage war nur, ob es ihr gelingen würde, das Interesse der Welt über das ihrer großen Liebe zu stellen.

»Und was habe ich mit alldem zu tun?«, fragte Kati, obwohl langsam eine dunkle Ahnung in ihr aufkam.

Jeff fing an, schallend zu lachen. »Klartext, Big, ich hatte dich gewarnt, diese Europäerinnen wollen Klartext!«

Big MM beugte sich vor und senkte die Stimme. »Das ist *deine* Rolle. Wir wollen ein frisches Gesicht und ich habe jetzt drei Monate lang völlig ergebnislos junge Talente aus der ganzen Welt gecastet, aber als ich dich auf mich zukommen sah, wusste ich, dass Jeff recht hat. Du bist es, du bist meine Mariluna, meine Inari, mein *Purpurmädchen.«*

»Ich?« Kati schnürte es die Kehle zu. Sie – allen Ernstes? Das war, das musste, das *konnte* doch nur ein perverser Witz für eine neue Art von Realityshow sein.

»Du hast genau die Ausstrahlung, die ich mir vorgestellt habe. Nicht nur das gewisse Etwas, ein Mischung aus Audrey Hepburn, Mana Ashida und Emma Watson, sondern auch noch die passende Narbe. Kein Maskenbildner der Welt hätte das so perfekt entwerfen können.«

Kati war vollkommen sprachlos. Unwillkürlich griff sie sich an die vernarbte Wange. Nie im Leben hätte sie gedacht, dass die Narbe jemals zu irgendetwas gut sein könnte. Trotzdem, dachte Kati, trotzdem werde ich diese Creme weiterbenutzen, falls sie wirklich weiter so gut wirkt, muss dann eben doch ein Maskenbildner her.

Jeff drückte ihren Schenkel, als wollte er sie auffordern,

endlich etwas zu sagen, aber sie wusste nicht, was. Völlig überwältigt räusperte sie sich und fragte dann: »Und wo ist der Haken?«

Es musste einfach einen Haken geben. Es wurde einem nicht einfach alles auf einem Silbertablett serviert. Leben war harte Arbeit.

»Da ist keiner«, sagte Jeff. Seine Hand rutschte über den Chiffon an die Innenseite ihrer Schenkel. Kati stockte der Atem. Was, wenn jemand das beobachtete? Verstohlen sah sie sich um. Niemand schien etwas zu bemerken und sie entspannte sich etwas. Und weil der Stoff so hauchdünn war, fühlte es sich fast an, als lägen seine Finger direkt auf ihrer Haut, die dort besonders zart und empfindlich war, und jetzt fing er auch noch an, sie behutsam zu streicheln.

Kati biss sich auf die Lippen, um das wohlige Seufzen, das in ihrer Kehle hochstieg, zu unterdrücken. Da war dieses unfassbare Angebot, das durch ihren Kopf wirbelte, da war Jeffs Hand, die alles, was noch nicht durcheinander war, auch noch zum Tanzen brachte.

Kati hatte Angst, sich aufzulösen, in pulsierende Glücksatome.

»Ich hätte gedacht, dass mein Angebot ein wenig mehr Freude bei Ihnen auslöst«, sagte Big MM mit abschätzigem Blick.

»Es tut mir leid, aber ich kann es einfach nicht fassen«, erklärte Kati, während ihr Hirn langsam wieder die Kontrolle über ihren Körper erlangte und alle möglichen Szenarien durchging. Musste sie sich dafür vielleicht auf eine eklige Affäre mit Big MM einlassen? Man hörte doch immer von der »Produzentencouch«, auf der junge Schauspielerinnen vom Produzenten »gecastet« wurden.

»Und was muss ich dafür tun?«, fragte sie schließlich und versuchte, ihre Verwirrung mit einem begeisterten Lächeln zu überspielen.

»Probeaufnahmen, gleich morgen früh. Und bring einen Babysitter mit, der auf dich aufpasst, schließlich bist du noch minderjährig.«

Kati biss sich auf die Lippe, um nicht noch breiter als ein Honigkuchenpferd zu grinsen. Das war alles ein bisschen viel. Sie war als Babysitter angestellt und sollte jetzt einen für sich organisieren? Kati legte ihre Hand auf Jeffs, die immer noch auf ihrem Bein lag, drückte sie und sah ihn bittend an.

Jeff schüttelte den Kopf. »Ich würde dich gern begleiten, aber Lucy und ich haben morgen früh leider einen wichtigen Termin. Aber wir regeln das, Big MM, das geht klar. Wann soll meine Katy denn da sein?«

Meine Katy, bemerkte Kati und das gefiel ihr mindestens so gut wie die Idee von einer Hauptrolle und trug nur noch mehr zu dem schwirrenden Gefühl in ihrem Kopf bei. Am liebsten hätte sie ihn spontan auf die Wange geküsst, aber so viel war ihr gerade noch klar: dass hier nicht der richtige Ort dafür war.

Big MM zog zwei Geschäftskarten aus seiner Sakkotasche und reichte sie ihnen. »Ruft meine Sekretärin an, die schickt euch dann alle Infos.«

Die Visitenkarten erinnerten Kati daran, was sie Linda versprochen hatte. Aber jetzt aufzustehen und durch das Lokal zu stöckeln, war so undenkbar wie eine Landung auf dem Mond. Dabei wäre es eine gute Idee, sich etwas kaltes Wasser über die Handgelenke laufen zu lassen, um ihren Kopf wieder klarzukriegen. Spider, dachte sie, Spider war schon neunzehn, vielleicht könnte die sie morgen begleiten.

»Wie kommt es eigentlich, dass du so gut Englisch sprichst?«, fragte Big MM.

Das erklärte ihm Kati gern, und während sie redete, wurde sie wieder sicherer, jedenfalls bis sie von Shakespeare zum Tod ihres Vaters kam und ihre Stimme auf einmal ein bisschen zittrig wurde. Jeff rettete sie und berichtete, was er über ihn herausgefunden hatte.

»Der Vater bei der Army. Gefallen als Held im Irakkrieg, das ist ja wunderbar!«, murmelte Big MM und warf Jeff einen anerkennenden Blick zu, der Kati wütend werden ließ. Diesem Ekelpaket bedeuteten ihre Gefühle gar nichts. Sie redeten gerade von einem echten Menschen, der nun tot war. Schließlich hatte Jeff die Biografie ihres Vater ja nicht als Pressegag erfunden. Menschen waren für Big MM offensichtlich nur PR-Material, sonst nichts.

Aber dann machte sie sich klar, dass ein Filmboss wahrscheinlich alles nur von der Marketing-Perspektive aus betrachten musste, schließlich ging es bei einem Film und bei Serien um sehr viel Geld.

»Dann ist mir jetzt klar, warum du so gut Englisch kannst, aber warum willst du Schauspielerin sein?«, fragte Big MM.

»Weil ich Menschen verstehen will, weil ich Teil einer Idee sein möchte, weil ich Menschen berühren möchte.«

Big MM brach in Gelächter aus, so laut, dass sich alle zu ihnen umdrehten und anfingen zu tuscheln.

Kati fühlte, wie ihr die Röte ins Gesicht stieg.

»Was für ein verlogener Unsinn!«, röhrte er und sah Jeff kopfschüttelnd an. »Was für ein Herzchen hast du mir denn da nur angeschleppt? Immer dieses geschwollene Zeug!« Er wandte sich wieder an Kati. »Ich werde dir sagen, wonach du wirklich gierst: Ruhm, du willst Ruhm! Einen Oskar oder vielleicht auch zwei und Schotter, jede Menge Schotter für die Zeit, wenn du alt und hässlich bist und kein Mann dich mehr ansehen möchte. Das ist es, was alle wollen, also verschon mich mit diesem Künstlergehabe!«

Jeff hatte aufgehört, sie zu streicheln, und drückte ihren Oberschenkel, als wollte er sagen: Lass ihn einfach reden.

Aber Kati wollte das nicht so stehen lassen. Bevor sie jedoch etwas antworten konnte, brachten zwei Kellner eine silberne Platte herein, auf der leicht ein ganzer Ochse Platz gehabt hätte. Auf einem Bett aus zerstoßenem Eis, Kirschtomaten und Algen befanden sich Austern, Kaviar und Sushi. Ein weiterer Kellner brachte einen leeren Aschenbecher und nahm den vollen mit.

Austern hatte sie noch nie gegessen, aber was soll's, es war immer irgendwann das erste Mal und dieser Angeber hatte bestimmt auch noch nie ein »Kochkässchnitzel« gegessen. Das war eine Spezialität von Lukes Odenwälder Oma. Einer von zehn Gründen mit K, warum das Leben für Luke lebenswert war. Austern, das entschied Kati in dem Moment, als das Zeug ihren Mund berührte, Austern würden für sie allerdings definitiv nicht zur Lieblingsspeise werden. Die hatten die Konsistenz von Rotz und schmeckten wie Rotz in Meerwasser.

»Mir geht nicht nur diese Heuchelei, sondern auch der alte Shakespeare so was von auf die Nerven«, sagte Big MM unvermittelt und schlürfte seine dritte Auster.

Kati fragte sich, wie einem ein toter Dichter auf die Nerven gehen konnte.

Da nahm Jeff seine Hand von Katis Schenkel, weil er beide Hände zum Essen brauchte, und hinterließ dort eine Leere, die sie sehr viel verstörender fand, als sie gedacht hätte.

»Du kannst es nur nicht ertragen«, sagte Jeff mit einem süffisanten Grinsen, »dass Shakespeare schon alle wichtigen Themen lange vor dir abgefrühstückt hat.«

Big MM schlürfte die sechste Auster lautstark aus der Schale und wackelte dann bedächtig mit dem Kopf hin und her. »Vielleicht hast du recht, Coleman. Manchmal träume ich davon, einen Drehbuchautor zu finden, der sich als die wiedergeborene Seele von Shakespeare entpuppt. Aber leider können die meisten nicht mal ihren Vornamen richtig schreiben, geschweige denn Dialoge, die man nicht schon hundertmal gehört hat.« Er blickte zu Kati. »Wie gut bist du eigentlich im Auswendiglernen?«

»Ganz okay …«, antwortete sie, was beide Männer zum Stirnrunzeln brachte.

»Sie ist nur bescheiden, eigentlich ist sie brillant«, stellte Jeff dann sofort richtig. »Sie hat ein fotografisches Gedächtnis.«

»Dann gib doch mal was zum Besten!«, forderte Big MM auf und versenkte die letzte ausgeschlürfte Austernschale im Eis. »Und berühre mich dabei! Lass mich Teil einer Idee werden.« Seine Stimme troff nur so von Ironie.

Jeff drückte schon wieder beruhigend ihren Schenkel, aber Kati hatte jetzt endgültig genug von diesem gönnerhaften Produzentengetue. Was soll's, dann bekam sie diese Rolle halt nicht.

Sie setzte sich gerade hin und holte tief Luft. Dann spulte sie mit kühler Stimme und in einem immer schneller werdendem Staccato eine ihrer Lieblingsbeschimpfungen aus King Lear ab: »*Ein Schurke bist du, ein Halunke, ein Speichellecker, ein niederträchtiger, eitler, hohler, bettelhafter dreiröckiger hundertpfündiger, schmutziger grobstrümpfiger Schurke; ein feiger nichtsnutziger Hurensohn, ein liederlicher spiegelgaffender, überdienstfertiger, geschniegelter Taugenichts; eine armselige Kirchenmaus; einer, der aus lauter Diensteifer ein Kuppler sein möchte, und nichts ist als ein Gemisch von Schelm, Bettler, Lump, Kuppler; Bastard und Erbe einer Nuttenschlampe.*«

Stille. Keiner sagte ein Wort. Wenn sie das früher manchmal Luke an den Kopf geworfen hatte, musste der immer lachen. Die beiden hier sahen sie nur mit großen Augen an. Humor schien in dieser Branche wohl ein Fremdwort zu sein.

»Bastard einer Nuttenschlampe …«, murmelte Big MM und schlug mit der Faust auf den Tisch, sodass die leeren Austernschalen auf der Silberplatte in die Luft geschleudert wurden und mit ziemlichem Getöse wieder landeten.

Und dann brach er in echtes Gelächter aus. »Gott verdammt, sie ist gut, deine Kleine«, sagte er zu Jeff. »Wenn wir sie nicht schon hätten, müsste ich sie jetzt engagieren. Was hast du denn noch so im Repertoire?«

»Ich denke nach dieser kleinen Probe ihrer Kunst wird es Zeit für uns zu gehen. Wir müssen schnell weiter. Charityball, du kennst das ja.« Jeff stand unvermittelt auf und verneigte sich leicht. »Katy kommt dann morgen zu den Probeaufnahmen.«

Big MM nickte, während er immer noch leicht verdattert einzelne Schimpfworte wiederholte.

Jeff half Kati beim Aufstehen und reichte ihr den Arm.

Sie verabschiedeten sich von Big MM, der sitzen blieb und nur eine Hand zu einem Abschiedsgruß hob, während er in der anderen schon die nächste Auster zum Mund führte.

Jeff nahm Katis Ellenbogen und stolzierte mit ihr aus dem Restaurant. Er war wütend, Kati spürte, dass jeder seiner Muskeln angespannt war, während er anfing, über Big MM zu schimpfen.

»Dieser Kerl ist so ein ungehobelter Lackaffe! Man benimmt sich einfach nicht so. Wie ein neureicher Bauer, der zum ersten Mal mit den Großen spielen darf! Und man steht auf, wenn eine Dame den Tisch verlässt. Ach egal, wenn die Serie einschlägt, und das wird sie ganz sicher, dann wird er vor dir im Staub kriechen.« Er schwieg einen Moment, holte dann tief Luft. »Das war wirklich die perfekte Stelle für diesen arroganten Sack, die du da ausgesucht hast.« Er kicherte leise und drückte ihren Unterarm.

»Freut mich, dass es dir gefallen hat. Aber ich glaube nicht, dass ich heute Nacht auch nur ein Auge zukriege. Ich muss viel mehr über dieses Mädchen wissen, das ich spielen soll.«

»Du wirst das großartig machen. Glaub mir.«

Die Limousine fuhr vor, Pete sprang aus dem Wagen, hielt ihnen die Tür auf und sie stiegen ein. Jeff musste ihr wieder mit dem Kleid helfen, und als der ganze Chiffon ordentlich auf den Polstern verteilt war, goss er Champagner in die schillernden Glaskelche und prostete Kati zu.

Nachdem sie getrunken hatten, strich Jeff über ihren nackten Arm. Jedes Mal, wenn seine Fingerkuppen ihre Haut berührten, prickelte es von dort durch ihren ganzen Körper. Sie nahm einen weiteren Schluck.

»Und wenn ich morgen versage?«

»Erstens, das wirst du nicht, zweitens das wirst du nicht und drittens – dann kommt eine neue Chance.«

»Aber hier in L.A. sind so viele arbeitslose Schauspieler und warten auf eine Chance.«

Jeff grinste breit. »Das stimmt und womöglich sind viele von ihnen auch talentiert. Aber man muss die richtigen Leute kennen oder den richtigen Agenten haben, damit man zu den richtigen Auditions eingeladen wird. Man braucht wie überall auf der Welt ein Netzwerk, wenn man etwas erreichen will. Ich habe ein ziemlich großes und ich werde es dir zu Füßen legen. Apropos, habe ich dir schon gesagt, was für wundervolle Füße du hast?«

Er beugte sich mit einer raschen Bewegung vor, griff nach ihrem linken Fuß und zog ihn zu sich in den Schoß.

Das kam so überraschend, dass Kati die Luft wegblieb. Dann kicherte sie. Was für ein unfassbarer Abend! Wann war sie das letzte Mal so glücklich gewesen?

Eigentlich fehlte ihr in diesem Moment nur noch eine einzige Sache. Und weil der Abend so wunderbar gelaufen war, nahm sie allen Mut zusammen, rutschte zu ihm, nahm seinen Kopf in ihre Hände, versenkte ihre Augen einen Moment lang in seinem flackernden Blick, dann küsste sie ihn auf den Mund.

Sehr stürmisch und sehr lange.

30

Im Sidewalkcafé hatte man Luke rausgeworfen, und das, obwohl er fast zwanzig Dollar dort verspeist hatte. Am Tisch einzuschlafen, war in Los Angeles offensichtlich genauso schlimm, als würde man unter den Tisch pinkeln.

Frische Luft würde ihm guttun, hatte er gedacht und war Richtung Strand gelaufen.

Doch er schaffte es nicht mal ganz vor bis zum Wasser. Zwei berittene Polizisten tauchten wie aus dem Nichts auf und ermahnten ihn streng, hier nachts nicht rumzulungern.

Na prima, hatte er gedacht, wirklich sehr freundlich. Was hätte er denn am Strand schon Schlimmes tun können? Obwohl er dieses Verbot so dermaßen sinnlos fand, wollte er es lieber nicht auf eine Konfrontation ankommen lassen und war dann eine Weile sinnlos durch Venice gefahren, um Zeit totzuschlagen. Mittlerweile kämpfte er gegen eine unglaubliche Müdigkeit an, die immer mächtiger wurde. Und bis Mitternacht war es noch immer eine Stunde. Er kaufte sich zwei Energydrinks, um nicht wieder einzuschlafen.

Jetzt war er schon seit dreißig Stunden wach und er wollte auf keinen Fall im alles entscheidenden Moment verpennt wirken.

Aber er konnte auch nicht länger sinnlos Benzin verfahren. Gordana hatte ihm nur das Nötigste geliehen. Deshalb beschloss er, zurück zum Mirasol Drive zu fahren und dort einfach zu warten, bis Kati zurückkam.

Um wach zu bleiben, spielte er zum hundertsten Mal den Song, der ihm die Augen geöffnet hatte und um den er Millie erst gebeten, dann angefleht hatte. Anfangs war sie ziemlich wütend auf ihn gewesen, aber dann hatte sie sich erweichen lassen und ihm die Datei auf einen USB-Stick gezogen.

»Wenn mein Song so etwas kann, dann bin ich auf dem richtigen Weg«, hatte sie zu ihm gesagt und darauf bestanden, dass sie Kati irgendwann kennenlernen würde.

Luke lauschte der Musik und dachte, wie schon die letzten dreißig Stunden, darüber nach, was er Kati denn eigentlich sagen wollte. Zehn Gründe mit L, warum ich ein Idiot war?

Er erinnerte sich an den Nachmittag als es um das T, wie tragische Helden, wie Teufel und Tod gegangen war. In der Nacht hat er die erste Graphic Novel ganz ohne Orroz geschrieben. Die, mit der er sich bei dem Wettbewerb beworben hatte, kurz vor ihrem Unfall. Er hatte Kati nur davon erzählt und behauptet, er wollte sie ihr erst zum Lesen geben, wenn er einen Preis dafür kriegen würde. In Wahrheit hatte er Angst gehabt, sie könnte ihn auslachen, weil sie so romantisch war. Ausnahmsweise hatte er sich in dem Text nämlich nicht hinter seinen lockeren Witzen versteckt, so wie sonst immer. Oder hatte er einfach nur vermeiden wollen, mit ihr über die Liebe zu reden, weil er insgeheim längst gewusst hatte, was da wirklich zwischen ihnen war? Verdammt, er war wirklich ein solcher Idiot gewesen!

Eine weiße Stretchlimousine bog in die Straße ein. Wow, hier wurde einem ja wirklich etwas geboten.

Die Limousine fuhr in die Garageneinfahrt des Hauses, in dem Kati jetzt wohnte. Alle Lichter, die rechts und links neben der Auffahrt in den Beeten versteckt waren, gingen an und beleuchteten das Grundstück taghell.

Luke wurde schlagartig wacher. Offensichtlich waren die Leute hier viel reicher, als er vermutet hatte. Aber wozu brauchten die dann ein Au-pair? So jemand konnte sich doch eine studierte Nanny für jedes einzelne Kind leisten.

Der Chauffeur stieg aus und öffnete die hintere Tür.

Neugierig rutschte Luke zur Beifahrerseite und ließ das Fenster herunter.

Als Erstes sah er die zierlichen Füße, die auf die weißen Kiesel der Auffahrt gestellt wurden. Diese Füße hatte er schon so oft gesehen, aber niemals in silbernen Sandaletten, deren Absätze so hoch waren wie das Rockefeller Center.

Etwas in ihm krampfte sich zusammen.

Jetzt bauschte sich ein über und über mit Blumen besetztes Kleid über diese Füße. Ein Kleid, das graulila schimmerte wie Südseeperlen im Licht der Dämmerung. Kati stieg aus dem Auto und wartete mit freudestrahlendem Gesicht auf jemanden.

Luke hielt die Luft an. Da stand sie. Seine Kati. In diesem schillernden Hauch von nichts, das sich eng an ihre Taille schmiegte und sich in einem weiten Bogen wie ein Blumenregen zum Boden ergoss. Ihre Taille war so zart, so unfassbar schön, so fremd und so vertraut. Wie hatte er nicht sehen können, was direkt vor seiner Nase gewesen war? Dieser Frau hatte er allen Ernstes andauernd die lächerlichen Geschichten über seine Freundinnen erzählt?

In diesem Moment stieg noch jemand aus. Der, auf den Kati gewartet hatte. Was für ein geschleckter Typ, in einem glänzenden Anzug mit einem aufdringlich seidigem knallrotem Hemd. Er rief Kati etwas zu, dabei warf er die etwas zu langen gewellten Haare zurück und Luke konnte sein Gesicht sehen. Sehr markant, sehr weiße Zähne, sehr große Augen. Der dämliche Kerl sah aus wie eine Mischung aus Matador und Filmstar. Was wollte Kati denn von so einem Lackaffen?

Der Typ nahm Katis Hand und Kati wirkte jetzt allen Ernstes noch glücklicher, dann legte er den Arm um ihre Taille und führte sie zur Haustür.

Als ob sie allein nicht laufen könnte! Luke hielt das keine Sekunde länger aus, er sprang aus dem Auto und stürmte zur Einfahrt.

Aber er hatte seine Müdigkeit unterschätzt. Seine Beine waren schwer, er war unvorsichtig und stolperte fast über den Bordstein. Als er sich aufrappelte, sah er gerade noch, wie dieser Dreckskerl Kati an sich zog und seine Lippen auf ihren Mund presste.

Luke merkte gar nicht, dass er seine Hände bei dem Sturz aufgeschürft hatte. Ihm brach kalter Schweiß aus, während sein Puls hämmerte, als wäre er gerade um sein Leben gesprintet.

Und was jetzt, du Held? Er stand da wie ein Ölgötze und konnte sich nicht entscheiden, was zu tun war. Zu den beiden hingehen – und dann? Was sollte er sagen? Er würde sich doch nur lächerlich machen.

Das Herzrasen wurde ständig stärker, während sich nun auch noch lauter werdende Polizeisirenen zu dem Puls in seinen Ohren gesellten, lauter und lauter, bis das Geräusch direkt hinter ihm war. Als er sich verblüfft umdrehte, sah er tatsächlich zwei voll bewaffnete Polizisten, die auf ihn zurannten, ihn packten und im nächsten Augenblick vom Grundstück zerrten.

»Stehen bleiben!«, brüllte der eine, während der andere hektisch in ein Funkgerät sprach.

Luke wehrte sich kein bisschen, so verdutzt war er. Widerstandslos ließ er sich von den beiden mit der Vorderseite an den Polizeiwagen pressen, ließ sich abtasten, als wäre das gar nicht sein Körper. Sie legten ihm Handschellen an, doch er spürte nichts von dem Metall. Was zur Hölle passierte hier gerade?

»In den Wagen!«, herrschte ihn ein Polizist an und der andere half ihm beim Einsteigen. Widerstandslos setzte sich Luke und schloss die Augen, um den flackernden Lichtern der Polizeisirenen zu entgehen.

Da hämmerte jemand an die Autoscheibe des Streifenwagens. Einer der Polizisten stieg wieder aus, laute Stimmen drangen an Lukes Ohr, dann verließ auch der zweite das Auto, zerrte ihn raus und presste ihn wieder mit der Vorderseite gegen den Kotflügel, sodass er nur hören, aber nicht sehen konnte, was geschah.

»Oh Gott, das ist wirklich Luke!«, rief Kati, dann hörte Luke Schritte, Gerangel.

»Miss, das dürfen Sie nicht!«

»Aber er hat doch nichts verbrochen!« Katis Stimme klang schrill.

»Da liegen uns aber andere Informationen vor!«

»Katy, bitte beruhige dich«, sagte eine Stimme, die sicherlich zu dem Lackaffen gehörte. Dann, in einem fast schon unverschämt herablassenden Ton: »Officers, was liegt denn gegen diesen Mann vor?«

»Der Chief der *Neigbourhoodwatch*-Truppe hat uns informiert. Dieser Mann schleicht seit Stunden hier herum und spioniert das Haus der Whites aus. Außerdem scheint er unter Drogen zu stehen.«

»Die Heathermans«, murmelte Kati. »Was für Blockwarte!«

»Aber es ist doch nichts passiert. Lassen Sie den jungen Mann gehen.« Wieder der Kerl.

»Wir nehmen ihn mit aufs Revier, er ist gerade erst eingereist. Irgendwas ist hier faul.«

»Oh Gott, Jeff, tu doch was!« Kati klang, als wäre er ein verletztes Kaninchen. Scheiße, was war er nur für ein Loser.

»Officers, ich versichere Ihnen, dieser Mann ist ein Freund von mir und der Bürgermeister wird nicht gerade erfreut sein, wenn ich ihm bei unserer Golfrunde morgen früh von diesen Unannehmlichkeiten erzählen muss. Ihr vermeintlich krimineller Einbrecher ist nüchtern und müde und hat nur im Auto auf uns gewartet. Das hier ist Amerika und in einem freien Land ist das Warten im Auto nicht verboten, soweit ich weiß.«

»Ja, aber die Heathermans …«, widersprach einer der Beamten.

»… spenden sicherlich nicht so viel für den Witwen- und Waisenfonds des LAPD wie ich«, fuhr Jeff fort, »aber natürlich ist das Ihre Entscheidung, Officers! Ich würde mich nie in Ihre Arbeit einmischen. Und jetzt hätte ich gern Ihre Namen und Dienstnummern.«

Wow. Gegen so einen toughen Kerl hatte Luke keine Chance, da konnte er auch gleich wieder nach Hause fliegen. Stretchlimo, Golf mit dem Bürgermeister, coole Polizeieinschüchterung.

Was hatte *er* Kati denn anzubieten? Groteske Geschichten von Zombiematadoren und teuflischen Wetten.

»Vielleicht haben Sie recht, Sir«, knickte da auch schon der erste der beiden Officers ein. Die Handschellen wurden Luke abgenommen, er wurde ermahnt, sich in Zukunft anständig zu verhalten, dann fuhr der Streifenwagen davon.

Luke starrte auf den Boden, weil er nicht wusste, wie er nach diesem Auftritt Kati in die Augen sehen sollte.

»Hey«, sagte Kati und berührte ihn sachte am Arm. »Alles gut mit dir?«

Nein, dachte Luke, aber er musste sich zusammenreißen und durfte hier vor diesem Angebertypen bloß nicht das Weichei geben.

»Ja«, er räusperte sich, »ja klar. Wusste nicht, dass ich was falsch gemacht habe.«

»Warum bist du hier?«, fragte Kati und in Lukes Ohren hörte sich das ungefähr so aufrichtig interessiert an, als wäre er ein Sack verschimmelter Orrozgeschichten in Ouagadougou.

Jeff tat so, als würde er ihrem Gespräch nicht folgen, und tippte stattdessen auf seinem Handy herum.

Luke nahm sein letztes bisschen Energie zusammen, beschloss, wenigstens ein guter Verlierer zu sein, und reichte Jeff seine Hand. »Ich bin Luke, ein Freund von Kati aus Deutschland. Tut mir leid, dass wir uns unter diesen Umständen kennenlernen mussten.«

Jeff zuckte mit den Schultern. »Manchmal sind die Leute vom *Neighbourhoodwatch* ein bisschen übereifrig. Aber man muss froh sein, wenn sie wenigstens die Polizei holen und nicht gleich selbst mit einer Schrotflinte rausgerannt kommen.« Er reichte Luke seine Hand und quetschte dann seine aufgeschrammten Finger so fest, dass Luke es kaum schaffte, sich ein Lächeln abzuringen. Aber es musste sein, wegen Kati.

»Und warum bist du nun wirklich hier?«, fragte Kati noch einmal.

»Ich …« Luke straffte die Schultern. »Ich habe ein Angebot von einem Verlag für meine Orroz-Novels.«

»Ach wirklich«, mischte sich Jeff ein, »klingt interessant, ist das was für kleine Kinder?«

Luke knirschte mit den Zähnen, aber zum Glück reagierte Kati, noch bevor er etwas zu Jeff sagen konnte, mit einem reichlich lauwarmen »Freut mich, gratuliere!«.

»Danke, und weil du mir immer viel geholfen hast und du ja auch hier bist, wollte ich dich besuchen.«

»Nachts?« Jeff musterte ihn und Luke fühlte sich sofort durchschaut.

»Ich bin vom Jetlag komplett durch den Wind«, beeilte er sich zu erklären. »Aber vielleicht hast du ja morgen mal Zeit, ich denke, wir müssen jetzt alle ins Bett.«

Natürlich hoffte er, dass Kati sagen würde: Wie, ins Bett? Spinnst du? Luke, komm mit rauf, ich hab jede Menge Platz, reden wir und holen die vergeudete Zeit nach. So wie früher. Aber sie sagte nichts.

Dafür redete Jeff. »Morgen hat Kati einen langen Tag vor sich.«

Luke unterdrückte nur mit Mühe den Impuls, diesem Kerl einfach eine reinzuhauen. Wie kam der dazu, so über Kati zu bestimmen? Aber sie würde sich sicherlich nicht so von ihm bevormunden lassen.

Von wegen, Kati lächelte den Typen leider glücklich an, anstatt ihm ordentlich die Meinung zu geigen.

»Jeff hat recht, aber ich rufe dich an, wenn ich fertig bin.«

Verdammt, er hatte noch kein Telefon und wusste auch noch nicht, wo er wohnen würde.

»Ich habe eine bessere Idee. Wieso gehen wir nicht ins *Lived* und Kati kommt dazu, wenn sie fertig ist?«

»Klingt gut«, stimmte Luke zähneknirschend zu, weil er ja noch nirgends erreichbar war. Jeff reichte ihm eine Visitenkarte und jetzt kapierte Luke erst, dass dieser Treffpunkt eine Bar war, die offensichtlich Jeff gehörte. Großartig, da hatte er sich schon wieder das nächste Ei gelegt.

»Dann bis morgen«, sagte der Kerl sehr freundlich zu ihm und hakte Kati wieder unter. Kati nickte Luke kurz zu, drehte sich um und stöckelte los.

Luke blieb stehen wie ein Idiot und sah dabei zu, wie der Typ Kati zur Tür brachte. Wenn sie sich umdreht, ist noch nicht alles verloren, dachte er.

Aber Kati drehte sich nicht um.

Obwohl er sich für diesen Masochismus verachtete, blieb er immer noch stehen, weil er einfach sehen musste, ob und wie sie diesen Jeff küssen würde.

Doch genau in dem Moment, als sie den Eingang erreichten, öffnete jemand die Tür. Kati ging in die Hocke und umarmte wohl ein Kind, richtete sich auf, nickte Jeff zu und trat ins Haus. Die Gefahr war gebannt.

Wenigstens das, dachte Luke, als er zurück zum Auto lief. Kaum hatte er sich hingesetzt, merkte er, wie schwer seine Glieder waren. Er hatte Angst, wieder einzuschlafen, und beschloss, im nächstbesten Hotel zu übernachten.

Gerade als er den Motor anließ, klopfte es an seiner Scheibe. Kati, jubelte sein Herz einen winzigen Moment lang, aber dann erkannte er Jeff.

»Keine gute Idee, jetzt noch zu fahren, oder? Ich könnte dich mitnehmen. Wo musst du denn hin?«

Luke war zu müde, um noch länger zu lügen. »In ein Hotel.«

»Ich hab 'ne bessere Idee. Wir haben ein Gästeapartment. Wenn du willst, kannst du dort übernachten und morgen suchst du dir dann etwas Eigenes.« Er verzog seinen Mund zu einem breiten Grinsen. »Ich bin sicher, Kati hätte gern, dass ich mich um dich kümmere.«

Lieber sterbe ich, dachte Luke, und wollte schon ablehnen, aber dann erkämpfte sich ein letzter wacher Rest in seinem Gehirn seine Aufmerksamkeit. Es war gut, sich bei diesem Jeff einzunisten, denn nur so würde er mehr über ihn erfahren. Und außerdem würde er dann auch gleich mal in einer Stretchlimousine fahren.

»Okay«, sagte er, quetschte sich Kati zuliebe noch ein »Danke« ab und nahm sich vor, diesen Typ ganz genau zu durchleuchten.

31

Am nächsten Morgen wurde Kati von einem Fahrer abgeholt, der sie und Spider zu den Probeaufnahmen brachte. Das alles hatte Jeff gestern auf dem Rückweg vom Auto aus arrangiert und wie immer hatten ihm zu Katis Entzücken alle geradezu aus der Hand gefressen. Linda war begeistert, Spider war begeistert, niemand wollte Katis Glück im Wege stehen. Und dann war Luke wie aus dem Nichts aufgetaucht. Nachdem sie es endlich geschafft hatte, ihn aus ihrem Leben zu verdrängen, stand er plötzlich da und irgendwie hatte es ihr gefallen, ihn dermaßen perplex zu sehen. Offensichtlich hatte ihm ihr Anblick und womöglich auch der von Jeff und der Limousine die Sprache verschlagen. Doch dann, nachdem ihr klar geworden war, wie müde und verloren er sich fühlen musste, war sie sich doch ein bisschen schäbig vorgekommen. Deshalb war sie erleichtert, als Jeff sich um eine Unterkunft für ihn gekümmert hatte.

»Hey, ich rede mit dir!« Spider boxte sie an den Oberarm. »Bist du sehr nervös wegen den Aufnahmen?«

»Natürlich, und wegen Luke und Jeff. Ich hatte das Gefühl, die beiden mögen sich nicht, auch wenn Jeff ihm wegen mir sein Gästeapartment angeboten hat.«

»Die Aufnahmen kriegst du sicher super hin. Und mach dir bloß keinen Kopf wegen Luke, der hatte schließlich seine Chance. Jeff hat es doch gar nicht nötig, mit Luke herumzustreiten.«

»Jeff nicht, aber Luke ist manchmal streitsüchtig«, sagte Kati und seufzte. »Ich verstehe immer noch nicht, warum ein Mann wie Jeff ausgerechnet mit mir ausgehen will …«

Spider stöhnte. »Du erinnerst mich an Groucho Marx, der wollte auch nie Mitglied in einem Club sein, der ihn aufnehmen würde. Im Ernst, warum sollte ihm irgendeine Berühmtheit besser gefallen als du? Liebe hat doch damit nichts zu tun.«

»Aber eine Beziehung muss auf dem gleichen Level stattfinden, sonst kann das nur schiefgehen. Ich bin Realistin. Und du hast doch gesehen, wer in Jeffs Bar ein und aus geht. Denk an deinen britischen Exturner. Was, wenn der dich angraben würde?«

»Damien Waters? Oh, das fände ich perfekt. Und er könnte froh sein, mich zu kriegen.« Spider lachte herzhaft. »Wieso sollte er mich denn nicht anflirten?«

»Okay, na gut. Du findest dich toll und das bist du ja auch, aber in Jeffs Bar hängen erfolgreiche Schönheiten ohne Ende rum. Warum also ausgerechnet ich, Kati Berger, der Narbennobody aus Germany?«

»Wahrscheinlich steht Jeff auf Nobodys.« Spider grinste. »Womöglich ist er auch noch Jungfrau und hat sich für eine Heilige aufgespart!« Sie kicherte und Kati musste gegen ihren Willen mitlachen. Dieser Gedanke war wirklich absurd. Jeff hatte es sicher faustdick hinter den Ohren. Er wusste genau, wie man Frauen betört, und hatte ihr heute Morgen schon mehrere Nachrichten mit Aufmunterungen geschickt, um ihre Aufregung zu vertreiben.

Wenig später hielt die Limousine vor einem nichtssagenden Büroturm und der Fahrer brachte sie zu dem Concierge am Eingang, der dann für sie den Lift holte und ihnen erklärte, dass sie in den dreizehnten Stock fahren sollten, wo man sie schon erwarten würde. Das Firmenschild von *RSM, RealStoryMedia,* war nirgends zu sehen.

»Komisch, ich hätte gedacht, dass wir raus zu den Studios fahren?«, wunderte sich Spider. »Das hier sieht aus, wie eine Bank.«

»Jeff hat mir das erklärt. Probeaufnahmen werden nicht in den Studios gemacht, das wäre viel zu teuer, sondern bei *RSM,* einer der Castingfirmen von Big MM. Um die Konkurrenz am Spionieren zu hindern, haben sie keine offiziellen Adressen.«

Als sie aus dem Aufzug stiegen, wurden sie von einem jungen Typen in Empfang genommen, der sie so respektvoll behandelte wie Königinnen. Er erkundigte sich eingehend nach ihrem Befinden, bot ihnen dann Kaffee, Tee und Mineralwasser an: stilles oder mit Sprudel, quellfrisch oder ionisiert, mit Geschmack oder ohne, Japan oder Island. Dabei führte er sie durch ein Gewirr von Korridoren zu einem rundum verglasten Raum mit kantigen Ledersofas und bat sie, dort Platz zu nehmen.

»Gott, wie edel.« Spider musterte die Wände und Kati wusste, dass sie im Geiste nur die Kletterrouten durchging, die sie hier ausprobieren könnte. »In diesem Schuppen traut man sich als Mitarbeiter wahrscheinlich nicht mal ansatzweise zu transpirieren!«, flüsterte Spider Kati hinter vorgehaltener Hand zu. Und sie hatte absolut recht. Alles war in kühlem Schwarz und Weiß gehalten, sogar die kübelweise herumstehenden Orchideen hatten sich diesem Farbkonzept angepasst.

Der Empfangstyp kam zurück, stellte Kaffee und Mineralwasser sowie schwarz-weißes Gebäck und einen Obstteller, der in dem Ambiente geradezu obszön bunt wirkte, auf das Tischchen vor dem Sofa.

Dann brachte er die Skripte und reichte auch Spider einen Text, weil sie doch bestimmt ihre Freundin nachher gern abfragen wollte.

»Soll das heißen, ich muss das jetzt auswendig lernen?«, fragte Kati.

Der Mann nickte. »Big MM hat gesagt, das wäre kein Problem für Sie. Wir machen es so: Sie gehen den Text durch und fragen, wenn etwas unklar ist. Dann lasse ich Sie eine Stunde mit dem Text allein. Danach kommen Sie in die Maske und dann drehen wir. So weit alles klar?«

Kati und Spider nickten und vertieften sich in die Manuskriptseiten, die mit roten *Top-Secret-* und *Sperrfrist-*Stempeln versehen waren. Kati hatte Spider die Geschichte erzählt, so wie sie die von Big MM gehört hatte. Leider hatte ihre Freundin nur ein abschätziges Grinsen dafür übriggehabt. »Also diese Art Story hat man ja wirklich noch *nie* gehört. Klingt ziemlich abgenudelt.« Und auch das Purpurmädchen, Mariluna, die zu Inari werden musste, fand keinerlei Gnade vor ihren Augen. »Ein unschuldiges Mädchen, das nicht weiß, dass es eine Mission hat, und über besondere Kräfte verfügt. Gäähn.« Spider hatte ihre Hand demonstrativ vor den Mund gehalten. Das Einzige, was Spider gut gefiel, war, dass die Heldin sich in den gefährlichen Dämon verlieben würde, ihn aber töten musste, um die Welt zu retten. »Und vielleicht schafft sie es ja sogar, noch beides zu retten, die Welt und ihre Liebe.«

Neugierig schlugen sie die Skripte auf:

Mariluna erwacht aus einem Traum in ihrem Haus auf Fox Island, das inmitten eines dunklen Sees in den Highlands liegt, wo sie schon seit dem Tod ihrer Eltern wohnt. In ihrem Haus leben drei Tiere, die ihr zugewandt wirken, aber in Wahrheit verhindern sollen, dass sie sich auf den Weg macht. Lilith, die Nachtigall und Schwester des unersättlich bösen Dämons, die ihr nachts schwere Träume einsingt. Asmodi, eine rote Katze, die Tochter Luzifers. Jedes Mal, wenn Mariluna sie streichelt, geht etwas von ihren Fähigkeiten verloren. Und dann ist da noch Pip, ein Eichhörnchen, das ihr verzauberte Walnüsse bringt, die Mariluna müde und traurig machen, sodass sie das Haus nicht gern verlässt. Sie sollen verhindern, dass der Dämon Mariluna begegnet und sich in sie verliebt, was all denen geschieht, die ihre schreckliche Narbe berühren. Die Narbe hat sie von dem vergeblichen Versuch, ihre Eltern aus einem brennenden Schiff zu ziehen.

Doch die Mächte des Schicksals haben beschlossen, den Dämon trotz allem zu ihr nach Hause zu schicken …

Nachdem Kati die restlichen Seiten des Skripts gelesen hatte, fragte sie sich, wie sie dieses Mädchen spielen sollte. Mariluna war anfangs schon sehr naiv, so als hätte sie noch nie irgendetwas erlebt. Das war keine Rolle, die sich Kati freiwillig ausgesucht hätte. Aber egal, es galt, das Beste daraus zu machen. »Na dann los!«, kommandierte sie und ließ sich von Spider die Stichworte geben.

Viel zu schnell wurde sie dann schon in die Maske geführt, wo sie geschminkt und danach sogar kostümiert wurde. Großer Aufwand für eine Probeaufnahme, fand Spider.

»Du siehst jetzt viel jünger aus, aber trotzdem cool«, stellte Spider fest. »Bist du nervös?«

»Ja«, sagte Kati, »und irgendwie auch nein, es kommt mir so vor, als würde das alles einer anderen Kati passieren.«

»Soll ich dich mal ordentlich kneifen?«

»Unterstehen Sie sich«, mischte sich die Maskenbildnerin ein und zeigte Spider warnend den Zeigefinger.

»Wenn ich mich in meinen Träumen auf einer Bühne gesehen habe«, überlegte Kati, »dann war ich immer viel älter und hatte vorher eine Ausbildung gemacht, an der *Royal Shakespeare Academy* in London. In meinen Träumen wusste ich, was ich da tue. Aber heute und hier ...« Sie zuckte mit den Schultern.

»Schätzchen, ich kenne aus dem Stand zehn Schauspielerinnen, die für so eine Chance töten würden.« Die Maskenbildnerin presste missbilligend die Lippen zusammen. »Weißt du, was Brad Pitt, Heath Ledger und Jennifer Lawrence gemeinsam haben?«, fragte sie dann.

»Ein dickes Bankkonto?« Spider grinste.

»Sie hatten niemals Schauspielunterricht. Den kannst du immer und jederzeit nehmen. Aber das, was jeder Schauspieler braucht, sind Chancen!«

Nach der Maske wurde Kati in einen Raum gebracht, der komplett blau ausgekleidet war und in dem sich als einziges Requisit ein Schaukelstuhl befand.

Als sie etwas verwundert nach den Tieren aus dem Skript fragte, erklärte man ihr, die würden erst später in der Postproduction eingeblendet. Deshalb sollte sie jetzt so tun, als ob sie da wären. Spider durfte in den Regieraum und ihr von dort aus zusehen.

Als Kati dann allein in dem Studio stand, merkte sie, wie ihr Mund trocken wurde und wie ihr Herz anfing, noch schneller zu klopfen, viel schneller als jemals auf der Bühne.

Jetzt bloß nicht versagen. Jeff wäre sicher nicht begeistert, wenn sie es vermasseln würde. Jemand schlug tatsächlich so eine Klappe vor ihrem Gesicht, jemand anderer sagte: »Und bitte.«

Sie konzentrierte sich und versuchte, ihren Text so lebendig wie möglich vorzutragen. Sie spielte mit den nicht vorhandenen Tieren, öffnete eine imaginäre Tür und war verblüfft, wie leicht ihr das alles fiel.

Insgesamt fünfmal musste sie den Text sagen, mal lebendiger, mal etwas reduzierter, mal mit etwas mehr Stolpern zur Tür, mal mit etwas mehr Katzestreicheln, mal so, als ob sie Angst hätte, und zuletzt so, als würde sie erwarten, dass das Glück selbst an ihre Tür klopft.

Und sie hätte den Text auch noch fünfmal aufgesagt, denn es machte ihr so viel mehr Spaß, als sie gedacht hatte. Was ihr zuerst wie ein sperriger Monolog erschienen war, erwies sich als komplex und melodiös. Beschwingt verließ sie das Studio und konnte es kaum erwarten, das Feedback zu hören.

Sie tauschte einen Blick mit Spider, die ihr beruhigend zunickte. Aber dann mussten sie warten.

Kati wurde von Minute zu Minute kribbeliger. *Gebt, Götter, mir Geduld*, mahnte sie sich, was aber gar nichts half, und wenn Spider ihr nicht immer wieder versichert hätte, wie zufrieden alle gewesen waren, hätte sie das niemals durchgestanden.

Nach über einer Stunde wurde sie dann in das Büro von Big MM geführt, das nicht schwarz-weiß gehalten war wie der Rest der Firma. Hier gab es schwarze Wände, doch Boden, Schreibtisch, Stühle, Sofas und Gardinen waren von einem so satten dunklen Rot, dass das alles beinahe wie ein Bühnenbild auf Kati wirkte.

Big MM jedoch sah hinter seinem mächtigen Schreibtisch noch schmächtiger aus. Geistesabwesend musterte er Spider, dann gratulierte er Kati, zeigte ihr die Aufnahmen und wollte gleich Verträge machen. Er fragte nach Jeff und ob sie in der Gewerkschaft war, alles Dinge, von denen Kati keine Ahnung hatte. Sie versprach, dass sie sich umgehend darum kümmern würde.

»Wir drehen einen langen Piloten und planen eine Staffel mit zwölf Folgen. Wenn der Pilotfilm beim Testpublikum nicht durchfällt, gehen wir in Produktion.«

»Und wenn der Film durchfällt?«, fragte Spider.

Kati beneidete ihre Freundin, weil sie so vollkommen unbeeindruckt von all dieser dramatischen Filmwichtigkeit war.

Big MM lachte. »Na, dann ist das Projekt gestorben. Wir haben das beste Testpublikum der Welt, die liegen immer richtig. Aber wir haben die Skripte schon bei Lesungen mit Publikum getestet und Mariluna mochten alle.«

Er stand auf, verabschiedete die beiden, reichte sie an den Empfangstypen weiter, der sie dann wieder nach draußen zum Lift führte, nicht ohne sie noch mit je einer Tüte voller Goodies zu versorgen. Schwarz-weiße Tassen, Kugelschreiber, Blocks, alles mit dem Logo von Big MMs Firma *RSM, RealStoryMedia* und das Wort war auf einer Art Mistgabel aufgespießt.

32

Jemand hämmerte an die Tür und riss Luke aus einem schweren traumlosen Schlaf. Es dauerte ein paar Minuten, bis ihm wieder eingefallen war, wo er sich hier befand. Und in dem Moment hätte er dann am liebsten »Lasst mich einfach in Ruhe!« gebrüllt. Sein Körper fühlte sich an, als hätte man ihn die ganze Nacht als Boxsack benutzt, und sein Schädel brummte, als hätten sich Hirnhautbazillen dort eingenistet. Das Einzige, was er anscheinend noch denken konnte, war: zu spät, zu spät, zu spät.

»Hast du Lust, mit uns zu brunchen?«, fragte Jeff und hämmerte fröhlich weiter. Ja, und wie, und als ersten Gang lass ich mir deine gegrillten Weichteile servieren, dachte Luke, doch er riss sich zusammen und rang sich ein halbwegs begeistertes »Super! Ich komme gleich!« ab.

Das Gästeapartment, in dem er geschlafen hatte, war ein Pavillon im Garten der Colemans. Ein großes Zimmer mit verglasten Wänden und einem kleinen, nicht verglasten Bad. Er suchte in seinem Koffer nach frischen Klamotten, duschte, zog sich an und taumelte dann immer noch sehr benommen über den japanisch angelegten Steingarten zur Terrasse, die sich oberhalb des achteckigen Pools und einem mit lila Blumen überwuchertem Poolhäuschen befand. Ein seltsam elektrisch klingendes Summen ging von den Blumen aus. Luke blieb stehen und fragte sich, ob er doch noch träumte.

»Das sind nur die Kolibris«, rief ihm Jeff von der Terrasse aus zu. »Die lieben unsere Bougainvillen. Man sieht sie nur, wenn man genau hinsieht!«

Doch kein Traum, das war alles echt. Der Pool, die Kolibris, der Typ, der im Unterschied zu ihm ausgeschlafen und unerträglich gut gelaunt aussah. Gottverdammt, der Kerl war so perfekt, als wäre er direkt aus der Hölle.

Jeff vertrieb eine rote und zwei schwarze Katzen von dem weißen schmiedeeisernen Stuhl neben sich. »Asmodi, Leviathan, Mephisto, runter da!« Er nickte Luke entschuldigend zu. »Wir haben sie ein bisschen verzogen, Lucy und ich.«

Gerade als Luke Platz genommen hatte, erschien ein hübscher Rauschgoldengel in einem ärmellosen geblümten bodenlangen Kleid aus einem Stoff, der bei der kleinsten Bewegung hin und her flatterte. Luke sprang auf, um sie zu begrüßen, hoffte, dass sie Jeffs Freundin war, und war bereit, ihm zu verzeihen, dass er so perfekt war.

Aber in diesem Moment stellte Jeff sie ihm auch schon als seine Zwillingsschwester Lucy vor.

Lucy schüttelte Lukes Hand enthusiastisch und ließ ihren Blick einmal von oben bis unten über seinen Körper wandern. Luke lächelte. Das tat gut. Endlich fühlte er sich nicht mehr nur wie ein Trottel. Er nahm die Schulter zurück und knipste sein berühmtes Lucky-Luke-Lipsky-Lächeln an, das eigentlich immer funktionierte.

Bingo. Sie senkte keusch den Blick, zupfte aber ihr Dekolleté zurecht, das für einen Engel sehr üppig war, und leckte sich ihre dunkelrot angemalten Lippen. Sie tat so, als wäre sie völlig auf die Selleriestange konzentriert, an der sie gerade knabberte, aber Luke konnte an ihrer Körperspannung sehen, wie bewusst es ihr war, dass er sie anstarrte.

Noch vor zwei Wochen hätte er keine Sekunde gezögert, auf dieses kleine Spiel einzugehen. Und zugegeben, diese Mischung aus ihrem unschuldigen engelhaften Äußeren und ihrem Verhalten reizte ihn, aber nicht so, dass er seine Mission aus den Augen verlor. Das klang ziemlich verrückt für jemanden wie ihn. Liebe war ja auch verrückt. Komplett verrückt.

»Ich stehe noch ein bisschen neben mir«, erklärte er, weil er nicht als Stoffel rüberkommen und Lucy außerdem nicht kränken wollte.

»Jetlag soll sehr unangenehm sein.« Jeff sagte das so, als ob er über eine peinliche exotische Krankheit reden würde, die er nur vom Hörensagen kannte. »Lucy und ich haben Glück, dass uns so etwas nichts ausmacht. Wir sind in der Hinsicht sehr unempfindlich«, stellte er fest und streute Chiasamen über einen roten Smoothie.

Oh ja, dachte Luke, klar, Jetlag haben nur Loser!

»Jeff, unsere Manieren!« Lucy sprang auf und warf die Goldlöckchen über ihre zarten, aber durchtrainierten Schultern. »Luke, was darf ich dir zum Frühstück bringen?«

Seltsam, dachte Luke, gab es denn keine Dienstboten in diesem Luxusschuppen? Er zuckte mit den Schultern. »Ich nehme erst mal nur Kaffee, danke.«

»Unsinn, ich mache dir eine kleine Auswahl.« Sie verschwand im Inneren des Hauses und die Katzen folgten ihr, als hätte sie ihnen und nicht Luke etwas zu essen versprochen.

»Und du bist also ein alter Freund von meiner Katy«, sagte Jeff und nippte an seinem Smoothie. »Komisch, sie hat noch nie von dir gesprochen.«

Dieser Kerl schaffte es, ihn in wenigen Sekunden von null auf hundert zu bringen. »Komisch, mir hat sie auch noch nie von dir erzählt«, entgegnete er lässig und hoffte, dass sich das anhörte, als hätte er jeden Tag stundenlang mit ihr telefoniert.

Jeff lächelte milde. »Du schreibst also Graphic Novels, ja?«

Er wechselte definitiv das Thema. Gut, er suchte also nach etwas anderem, um ihn zu ärgern, aber alles war besser, als mit seinem Rivalen über Kati zu reden.

Jeff hob fragend seine dichten Augenbrauen. »Kann man davon denn leben?«

»Ich finde es sehr cool!«, mischte sich Lucy ein, die schon wieder mit einem Tablett voller Sandwiches und Obst aus der Küche zurückkam und es vor Luke abstellte. Dann setzte sie sich und knabberte weiter an ihrer Selleriestange herum.

»Was sind das denn für Geschichten?«, fragte sie und gleichzeitig fragte ihr Bruder: »Welcher Verlag?«

Luke betrachtete die beiden und kam sich lächerlich vor. Alles an ihnen schrie nach Erfolg! Sein Vater und Jeff hätten Händchen halten können. Geld und Macht und Prestige. Das war alles, worum es ihnen ging. Aber das verdammt noch mal Schlimmste daran war, dass es, wie Luke mit Blick auf den Pool, der in der Mittagssonne wie ein riesiger giftgrüner Kristall glitzerte, feststellen musste, so übel leider nicht war.

»Bis jetzt bin ich Selfpublisher«, presste er hervor. Gott,

klang das lahm. Warum nicht gleich: Ich bin ein Versager, der Storys schreibt, die keine Sau interessieren?

Lucy und Jeff warfen sich einen Blick zu, den er nicht einordnen konnte.

»Du könntest ja mal mit John von Random House reden …«, schlug Lucy ihrem Bruder vor.

Jeff zuckte mit den Schultern. »Könnte ich, aber vorher würde ich dann doch gern erst mal was sehen.« Diese Herablassung wirkte wie eine Lunte in Lukes Kopf, aber in seinem wattigen Hirn konnte sie nicht richtig explodieren, sondern nur verschmoren. Das Einzige, was er denken konnte, war, dass er diesem elenden Angeber nichts von sich zeigen würde, nicht mal seine schmutzigen Unterhosen.

Er musste angreifen, sich nicht auch noch selbst als Idiot hinstellen. Aber dieser Nebel erschwerte klares Denken. Immerhin schaffte er einen Themenwechsel.

»Wo habt ihr Kati denn kennengelernt?«, fragte er.

Lucy erzählte von ihrer Bar, dem *Lived,* und dann darüber, wie begeistert sie von Kati wären, die sie beide für eine sehr begabte Schauspielerin hielten.

Luke fragte sich, ob er sie wirklich richtig verstanden hatte, denn soweit er wusste, war Kati nach dem Unfall nirgends mehr aufgetreten. Sie war nicht mal mehr aus dem Haus gegangen! Er wusste, dass sie begabt war, aber wo hatten die sie gesehen? Spielte sie hier vielleicht in einem Laientheater?

»Klar, sie ist mächtig begabt und Shakespeare war immer schon ihre große Leidenschaft.«

Lucy machte eine wegwerfende Handbewegung. »Wer redet denn von Shakespeare? Wenn alles klappt, dann kriegt sie die Hauptrolle in einer neuen Serie.« Sie hielt inne und sah zu ihrem Bruder. »Wie war noch der Arbeitstitel? *Blue Tears* oder *Purpurgirl* oder war es *Pearly Stars?«*

Jeff zuckte mit den Schultern. »Das ändern die doch sowieso noch hundert Mal.«

Blaue Tränen. Luke schluckte, das konnte doch nicht sein, das war doch der Titel seiner Novel! Er ärgerte sich, dass sein Englisch im Gegensatz zu Katis äußerst basic war. Er hatte es überhaupt nur gelernt, um Songtexte besser verstehen zu können. Auf keinen Fall wollte er sich vor den beiden mit dämlichen Nachfragen blamieren.

Luke trank seinen Kaffeebecher in einem Rutsch aus und goss sich wieder nach, auch wenn es ihm so vorkam, als würde es auf der ganzen Welt nicht genug Kaffee geben, um dieses Nebel-in-weicher-Watte-Gefühl endgültig aus seinem Kopf zu vertreiben.

»Eine Serie ist wie ein Sechser im Lotto«, erklärte ihm Lucy, »wir müssen Kati ganz fest die Daumen drücken.«

»Darüber hast du aber auch schon anders geredet«, sagte ihr Bruder und grinste Luke verschwörerisch an. »Da verstehe einer die Frauen …«

»Zuerst war es ja auch bei uns wie ein Sechser im Lotto und dann war ich wütend, weil sie mich nur wegen meines Alters abserviert haben.«

Verwirrt starrte Luke Jeffs Schwester an. »Was meinst du mit *wegen deines Alters?«*

Jeff und Lucy sahen sich an und prusteten los. Und dann erzählten sie ihm von ihren Erfolgen als Kinderstars bei der Fox-Family. Sie zeigten ihm ein paar Szenen auf *YouTube,* dann machten die beiden abwechselnd Gags über ihr Leben als Serienstars. Das ging so *zack, zack* hin und her wie in einer Screwball-Comedy mit Spencer Tracy und Katherine Hepburn und wirkte kein bisschen angeberisch, weil Namen wie Spielberg, Clooney, Elfman oder Zimmer immer nur nebenbei erwähnt wurden und nie im Mittelpunkt standen.

Luke wollte es nicht vor sich zugeben, aber die zwei wurden ihm ständig sympathischer und er hätte ihnen ewig zuhören können, musste dann aber von dem vielen Kaffee mal aufs Klo. Lucy zeigte ihm den Weg und das war auch gut so, denn dieses Haus war die moderne Version von einem Sommerkönigspalast.

Die schwarz-weiß gestylte Toilette war so groß wie das obere Stockwerk seines Elternhauses und eingerichtet wie das Mediencenter einer Presseanstalt. Man konnte im Stehen und im Sitzen Internet benutzen oder Filme schauen. Umso merkwürdiger, dass nirgends Bedienstete zu sehen waren.

Auf dem Rückweg erregte der gigantische schwarze Konzertflügel in der Eingangshalle seine Aufmerksamkeit und er lief näher darauf zu. Erst als er direkt davorstand, erkannte er, was ihn dorthin gelockt hatte. Ein großes Foto von Jeff und Kati. In einem protzigen goldenen Rahmen mit dick ausgearbeiteten goldenen Herzchen, ein Rahmen wie für Hochzeitsbilder! Merkwürdig geschmacklos in dem sonst so durchgestylten Palazzo und merkwürdig auch, dass es das einzige Foto war.

Leider war das Foto an sich noch viel schlimmer als der blöde Rahmen. Kati sah geradezu unanständig glücklich aus. Luke hatte in seinem Zimmer nie ein Foto von Kati gehabt, nicht mal irgendwelche blöden Selfies hatte er je mit ihr zusammen gemacht.

Luke musste schlucken. Wie hatte er auch nur eine Sekunde glauben können, dass Kati traurig und einsam in Los Angeles herumsitzen und ausgerechnet auf ihn warten würde?

Der einzige Gedanke, an den er sich noch klammern konnte, war die Frage, warum sie ihn angerufen hatte, wenn sie mit diesem Jeff wirklich so glücklich war. Was war an dem Tag ihres Anrufes geschehen? Hatte sie einfach nur mit Jeff gestritten? Aber so war Kati nicht gestrickt. Er musste dringend mehr darüber wissen, wie weit die Beziehung zwischen den beiden schon gegangen war. Auf dem Foto wirkten sie sehr vertraut. Er seufzte. Von Jeff würde er nur das erfahren, was der ihm verraten wollte. Also nichts. Aber er könnte es bei Lucy versuchen, sie schien ihn ja zu mögen.

Nachdem Luke wieder auf der Terrasse angekommen war, dankte er den beiden und teilte ihnen mit, dass er sich jetzt eine Unterkunft suchen würde. Diese Eröffnung wurde ungefähr so entsetzt aufgenommen, als hätte er verkündet, sich in die Luft sprengen zu wollen. Das käme nicht infrage, was ihm nur einfiele, er wäre ein Freund von Kati und Katis Freunde seien selbstverständlich auch ihre Freunde und sie beschworen ihn, unbedingt noch zu bleiben.

Luke war unschlüssig. Einerseits konnte er Jeff so besser im Auge behalten und natürlich würde er viel Geld sparen. Andererseits wollte er den beiden nicht dankbar sein müssen, er wollte unabhängig bleiben. Allerdings fühlte er sich trotz des Kaffees so müde und energielos, dass er dann doch zustimmte, zumindest noch eine Nacht zu bleiben, was besonders von Lucy mit großer Begeisterung aufgenommen wurde.

Die beiden beschworen ihn, nicht ins Bett zu gehen, sondern an die Sonne. Nur so könnte sich sein Körper der neuen Uhrzeit anpassen. Er sollte lieber eine Runde im Pool schwimmen oder eine Runde am Meer spazieren.

»Das wird dir bestimmt guttun.« Lucy tätschelte fürsorglich seinen Arm und Luke fürchtete, dass sie mitkommen wollte. Aber da erklärte Jeff auch schon, dass sie jetzt leider zu einem Lieferanten und dann zu einem Anwalt fahren müssten. Sie würden sich aber freuen, ihn nachher in der Bar wiederzusehen. Kati würde nach den Dreharbeiten auch dorthin kommen. Und erst als Luke zustimmte, ließen sie ihn am Meer spazieren gehen.

33

Wie jedes Mal, wenn Kati die Bar betrat, musste sie kurz stehen bleiben und genau hinschauen, weil schon wieder alles überraschend anders war. Die erfrorenen Rosen waren verschwunden, dafür flogen jetzt Hunderte von Schmetterlingen durch das dunkle Universum der Bar und das sah aus, als entstünde aus jedem zarten Flügelschlag ein Stern. Auch in den seitlichen Kapellen waren Videolichtinstallationen angebracht, durch die man sich von Schmetterlingen umgeben fühlte. Das wirkte so echt, dass Kati beinahe den leisen Hauch zu spüren meinte, der von den Schmetterlingsflügeln ausging.

Das alles passte wunderbar zu ihrem Gemütszustand, denn sie war noch ganz beschwingt von ihren Probeaufnahmen. Leider hatte Spider direkt danach zurück zu David und dem kleinen Hund gemusst, dabei hätte sie sich jetzt so gern mit ihr über ihre Eindrücke unterhalten.

Sie entdeckte Ezra am Tresen, er war wie immer als Tod verkleidet, anscheinend war er das Einzige in dieser Bar, was sich nie änderte. Neben ihm erkannte sie Luke und freute sich heute, ihn zu sehen.

Er sah ein wenig blass aus, fand sie, aber dann erinnerte sie sich daran, was letzte Nacht geschehen war, und wunderte sich darüber, wie vollkommen sie das vergessen hatte. Früher wären ihr die Bilder von Luke und den beiden Polizisten die ganze Nacht nicht aus dem Kopf gegangen.

Kati lief zu den beiden hinüber. Zum ersten Mal seit sie Luke kannte, wusste sie nicht, wie sie ihn begrüßen sollte. Und es kam ihr so vor, als ginge es ihm genauso. Steif reichten sie sich die Hände.

»Ich dachte, Sie wären gute alte Freunde?«, kommentierte Ezra anstatt einer Begrüßung.

»Das sind wir auch«, sagten Kati und Luke wie aus einem Mund.

Ezra kicherte. »Scheint mir fast so. Ich hatte gerade eine sehr interessante Unterhaltung mit *Ihrem* Luke.«

Mein Luke? Sie konnte sich nicht erinnern, jemals mit Ezra über Luke geredet zu haben. Was hatte Luke ihm denn da nur erzählt?

»Wie waren deine Probeaufnahmen?«, fragte Luke, als ob er unbedingt das Thema wechseln wollte.

»Es war toll!«

»Toll«, mischte sich Ezra ein, »also diese Floskel sagt nun wirklich gar nichts.«

Kati unterdrückte ein Seufzen. »Es hat mir großen Spaß gemacht und ich war sehr überrascht, mich selbst auf Video zu sehen.«

»Warum?«, fragte Luke.

»Weil ich so gut war.«

Luke zog überrascht seine Augenbrauen hoch und erst dadurch wurde Kati bewusst, was sie da gerade gesagt hatte.

»Die haben Ihnen das Video gleich gezeigt?« Ezra klang erstaunt.

»Ist das denn so ungewöhnlich?«, gab Kati zurück.

»Soweit ich weiß, schon. Diese Aufnahmen sind nicht für Sie gedacht, sondern für Regisseure, Geldgeber, Kameraleute, Kostümbildner, damit die sich ein Bild von Ihnen machen können.«

»Das einzig Wichtige an alldem ist doch, dass Kati selbst sehen konnte, wie großartig sie war«, sagte Luke.

Kati war sich nicht sicher, ob sie sich den ironischen Unterton in Lukes Stimme da gerade nur eingebildet hatte.

»Um was geht es denn in der Rolle?«, fragte er.

»Meine Figur heißt Mariluna und«, Kati räusperte sich und sah ihn herausfordernd an, »... sie wird die Welt retten.«

»Womit erreicht sie das denn?«, fragte Ezra.

Kati zögerte, unwillkürlich griff sie sich an die Wange mit ihrer Narbe. »Na ja, sie entwickelt sich, sie wächst über sich hinaus«, murmelte sie etwas verhalten.

»Sie hat also Superheldenkräfte.« Luke grinste ziemlich breit. »Oder?«

Wollte er sich über sie lustig machen? »Nein, nichts davon, weder T-Teleportation noch T-Telekinese oder T-Todesstrahlen.« Das Letzte war jetzt eine böse Anspielung von ihr, weil sie sich an eine seiner Graphic Novels erinnerte, in der Orroz all diese Fähigkeiten hätte haben können, wenn er nur pünktlich bei der Vergabestelle gewesen wäre. Aber natürlich war Orroz wie immer zu spät gekommen.

»Das stimmt so aber nicht ganz«, mischte sich Ezra schon wieder ein. »Wenn ich das anmerken darf. Hat Ihre Narbe nicht die Fähigkeit, jeden Menschen, der sie berührt, in einen Verliebten zu verwandeln?«

»Woher wissen Sie denn das?«, wunderte sich Kati. »Mir wurde erzählt, dass die ganze Story streng geheim ist. Ich musste sogar eine Geheimhaltungserklärung unterschreiben.«

»Dann stimmt das also, was Ezra über die Narbe gesagt hat?«, fragte Luke und starrte auf Katis Wange, wo die Narbe unter seinem Blick anfing, wie ein Fremdkörper zu kribbeln. Das war schon ziemlich lang nicht mehr passiert. Sie nickte.

»Aber wie kann man mit so einer Fähigkeit denn die Welt retten?« Luke schüttelte den Kopf. »Das ist doch total absurd!«

»Absurd?«, murmelte Ezra und so entrüstet hatte Kati ihn vorher noch nie gehört. »Nein, das ist das einzig Wahre! Die Liebe ist das Einzige, was unsere Welt überhaupt noch retten kann!«

»Als ob sich irgendwelche profitgeilen Waffenproduzenten oder machthungrige Politiker von der Liebe ausbremsen lassen würden«, sagte Luke und warf Kati einen merkwürdigen Blick zu, den sie nicht einordnen konnte.

Das wäre mir früher nicht passiert, dachte sie verwundert. Warum habe ich keine Ahnung, was er mir gerade sagen will? Er ist mir fremd, dachte sie dann. Wie konnte das passieren? Haben wir uns beide denn so verändert?

»Wolltest du nicht immer in London Schauspiel studieren und Shakespeare spielen?«, fragte er.

»Das stimmt, aber …« Langsam dämmerte ihr, worum es ihm ging. Ganz offensichtlich wollte er ihr diese Probeaufnahmen vermiesen. »Aber irgendwo und irgendwie muss man schließlich anfangen. Und es ist ja nicht so, dass man in Hollywood automatisch zu einem selbstbesoffenen Arschloch wird, das nichts auf dem Kasten hat, okay?«

Luke und Ezra starrten sie missbilligend an, als wäre sie nicht ganz dicht.

»Leute, was schaut ihr denn so komisch! Ich drehe doch keine Pornos! Sondern eine Fantasygeschichte.«

»Ich bin nur überrascht«, erklärte Luke, »wolltest du nicht erst eine ordentliche Ausbildung machen, bevor du öffentlich auftrittst? Und von Film war auch nie die Rede!«

Kati verdrehte die Augen. »Du solltest dir mal zuhören. Du klingst schlimmer als dein Vater. Wieso freust du dich nicht für mich mit? Über eine Chance, von der ich nicht mal zu träumen gewagt hätte?«

»Mir kommt das alles einfach seltsam vor. Ausgerechnet jetzt suchen die ein Mädchen, das wie du aussieht, und auch noch jemanden mit einer Narbe. Ein bisschen viel Zufall, findest du nicht?«

»Blödsinn, vielleicht habe ich einfach mal Glück. Was soll es denn sonst sein? Eine Weltverschwörung, wie in einer deiner kleinen Geschichten?«

Luke zuckte zusammen, aber Kati konnte jetzt nicht aufhören und wurde immer lauter. »Es kommt fast so rüber, als würdest du mir das alles nicht gönnen! Wäre es dir lieber, wir würden noch immer in deinem Zimmer rumhocken und kindische Buchstabenspiele spielen?«

In der Bar wurde es still. Alle starrten sie an.

Oh Gott, warum habe ich das nur gesagt?, dachte Kati, während Luke bleich wurde.

»Für mich hören sich Buchstabenspiele sehr interessant an«, versuchte Ezra zu vermitteln.

»Das war es auch mal.« Lukes Stimme klang brüchig.

»Es … es tut mir leid«, stotterte Kati. »Ich habe das nicht

so gemeint. Aber Tatsache ist doch, dass wir älter geworden sind und andere Dinge tun müssen als früher. Auch Träume ändern sich.«

»Offensichtlich.« Luke legte Geld auf den Tresen. »Meine auch. Und genau deshalb habe ich jetzt einen wirklich dringenden Termin.«

»Bitte geh noch nicht«, sagte Kati, doch als er nicht reagierte, dachte sie: Was soll's, dann soll er eben gehen. Sie hatte schließlich nur die Wahrheit gesagt.

Luke lief zur Tür. Kati starrte auf seinen Rücken und fand es erstaunlich, dass sie nicht den kleinsten Impuls verspürte, hinter ihm herzurennen und ihn aufzuhalten.

»Aber genau das sollten Sie tun«, sagte Ezra.

»Wie bitte?«

»Luke aufhalten.«

Kati stutzte. Hatte sie das eben laut gesagt? »Finden Sie Ihre ständigen Einmischungen eigentlich nicht ein bisschen übergriffig?«, fragte sie.

»Manchmal sehen Außenstehende klarer, deshalb geht man ja auch zu einem Therapeuten.«

Jetzt reichte es Kati. »Aber Sie sind definitiv nicht mein Psychiater! Selbst wenn ich einen bräuchte, dann ganz sicher keinen Sensenmann. Und ganz ehrlich, jemand, der jeden Tag so wie Sie kostümiert herumläuft, braucht dringender gute Ratschläge von einem Psychoklempner als ich!«

»Vielleicht haben Sie recht«, ruderte Ezra zurück. »Aber Sie brauchen sich keine Sorgen über meinen Geisteszustand zu machen, auch wenn ich hin und wieder zu Depressionen neige. Denn ich mache das hier ja nur für meinen alten Freund Jeff.«

Kati atmete geräuschvoll aus. »Woher kennen Sie sich eigentlich?«

»Das weiß ich gar nicht mehr so genau, es ist wirklich Ewigkeiten her.« Ezra lachte leise. »Aber man könnte sagen, wir sind schon zusammen durch die Hölle gegangen …«

»Ezra langweilt dich hoffentlich nicht?«, fragte Jeff, der gerade zusammen mit seiner Schwester hereingekommen war. Lucy sah sich suchend um und fragte Kati dann ganz enttäuscht nach Luke.

»Oh, den habt ihr nur um ein paar Minuten verpasst«, erklärte Ezra, bevor Kati etwas sagen konnte. Lucy seufzte versonnen.

Na, das ist doch ganz typisch Luke, dachte Kati. Um den brauche ich mir wirklich keine Sorgen zu machen. Kaum ist er hier, flattern auch schon die Weibchen wieder um ihn herum.

34

Das helle Sonnenlicht blendete Luke, als er aus der Bar nach draußen trat. Er blinzelte ein paar Mal und musste tief Luft holen. Kindische Buchstabenspiele! Die Art, wie sie das gesagt hatte – als hätte Kati ihm direkt einen vergifteten Dolch in die Brust gerammt. Wie gern hätte er jetzt jemanden verprügelt. Aber leider war weit und breit niemand zu sehen. Nicht mal eine rostige Dose, die man gegen eine Mauer kicken konnte. Was für eine beschissene Gegend! Verrammelte Läden voller Graffiti und ein unbebautes Stück Land, eingezäunt mit Stacheldraht, der nur üppig wucherndes Unkraut bewachte, zwischen dem die leeren Plastikflaschen in der Sonne glitzerten wie kleine Seen. Nichts sah hier so aus wie das, was es wirklich war!

Er stürmte zu seinem Mietauto. Kindische Buchstabenspiele! Luke trat gegen die Reifen, einmal, zweimal, so lange, bis ihm der Schweiß über die Stirn lief und sein Bein schmerzte. Das konnte doch nicht Katis Ernst sein.

Was sollte das? Wollte sie ihn bestrafen? Er war doch hier! Wollte sie sich rächen, ihn vorführen, weil er nie kapiert hatte, welche Gefühle wirklich zwischen ihnen waren?

Er öffnete die Tür, setzte sich auf den Fahrersitz und schnaufte tief durch. Es gibt für alles eine Zeit, dachte er, und deine Zeit, ticktack, ticktack, ist abgelaufen. Am besten fliegst du nach Hause und vergisst Kati. Er stöhnte und legte den Kopf auf das Lenkrad. Nein! Er schlug mit der Stirn dagegen.

Nein!

Irgendwas war hier faul. Mächtig faul. Als hätte man Kati einer Gehirnwäsche unterzogen. Vielleicht war sie einfach nur geblendet von all dem, was ihr hier passierte. Oder war er nur geblendet von seiner Eifersucht? Nein. Ja. Doch.

Klar würde er diesem Jeff am liebsten die Weichteile amputieren, aber das allein war es nicht. Es kam ihm so vor, als würde Jeff vor Kati mit einem roten Tuch wedeln, und davon ablenken, dass die Picadores mit ihren Speeren schon bereitstanden und nur darauf warteten, ihr den Todesstoß zu versetzen. Aber er würde nicht darauf reinfallen. Er nicht.

Luke setzte sich auf, atmete tief durch, und weil sein deutsches Handy hier nicht funktionierte, suchte er mit dem Navi nach einer öffentlichen Bibliothek. Überrascht stellte er fest, dass es in dieser verdammten Stadt erstaunlich viele gab. Er fuhr in die nächste, die gerade offen hatte, um dort mehr über die Colemans herauszufinden. Vielleicht gehörten sie zu einer obskuren Sekte, die bewusstseinsverändernde Drogen in die Drinks mischten?

Geht's noch eine Nummer größer, spottete sein Verstand. Wie wäre es mit einer neuen Geschichte: Orroz kommt und rettet die Menschheit vor der Weltherrschaft der Colemans. Wie originell!

Die kleine Bibliothek erinnerte ihn an einen Gefängnisraum, weil die Fenster ganz oben in den nackten grauen Betonwänden angebracht waren und kaum Licht hereinließen. Aber immerhin war sie mit abgetrennten Computerabteilen ausgestattet, die allen zur Verfügung standen. Er setzte sich an einen der Rechner und fing an, nach Jeff Coleman zu suchen.

Coleman schien ein gängiger Name zu sein und es gab jede Menge Jeff Colemans mit Foto in Los Angeles, aber keiner von denen sah aus wie Jeff. Als er Jeff und Lucy zusammen eingab und dazu die Begriffe Film oder Fox-Family, geschah rein gar nichts. *Keine Treffer oder meinten Sie vielleicht Fox-TV?*

Okay. Luke war erleichtert, diese Nichtexistenz im Netz war zwar noch nicht wie der Todesstoß mit dem Espada, aber ein Anfang.

Er suchte nun ganz gezielt nach der Serie. Dazu musste es etwas geben, selbst wenn das schon zehn Jahre her war. Im Netz gab es sogar Infos und Videosequenzen zu Serien wie *Flash Gordon* aus den Dreißigerjahren. Normalerweise hätte er sich eine Folge davon angesehen, aber nicht jetzt.

Doch er fand nichts.

Rein gar nichts!

Weder unter »Serien der Neunziger« oder »Zweitausender Jahre« noch unter »Familienserien«. Dann versuchte er es bei *YouTube*. Nichts. Aber Lucy hatte ihm doch etwas gezeigt. Wo hatte sie das hergehabt?

Verdammt, war das nun gut oder schlecht? Suchte er falsch? Er stand auf, lief über den grünen Teppichboden der Bibliothek, sah hoch zu den winzigen Fenstern und hoffte auf eine Erleuchtung.

Mit eigenen Augen hatte er diese Filmszenen mit dem Papagei gesehen. Also gab es diese Filme. Oder unterlag diese Serie einem besonderen Copyright? Wurden damals schon Verträge abgeschlossen, die das Abspielen im Internet untersagten? Das konnte er sich einfach nicht vorstellen. Es musste doch auch Kritiken geben oder Zeitungsartikel, Interviews, irgendwelche Presse. Er setzte sich wieder und suchte nach Kinderstars, aber die beiden Colemans waren einfach nicht zu finden.

Dafür musste es eine Erklärung geben, aber ihm fiel keine wirklich logische ein. Filter im Netz der Bibliothek konnten es nicht sein, denn die Serie war ja weder staatsfeindlich noch pornographisch. Warum also wurde ihm dann nichts angezeigt?

Nach zwei Stunden gab er auf und verließ die Bibliothek.

Sein erster Erfolg! Wenn er nichts finden konnte, dann hatte jemand dafür gesorgt, dass dem so war, und warum sollte man das tun, wenn man nichts zu verbergen hatte?

Wo konnte er jetzt weitermachen? CIA, NSA und FBI entfielen, weil er bedauerlicherweise nicht zufällig wen kannte, der wen kannte, der imstande wäre, ihm zu helfen.

Das Einzige, was er noch tun konnte, war, bei Jeff und Lucy rumzuschnüffeln. Sie hatten ihm die Schlüsselkarte gegeben, mit der er Zugang zum Grundstück und dem Gästepavillon bekommen konnte.

Luke quälte sich über den Santa Monica Boulevard durch den Stop-and-go-Verkehr bis nach Venice und stellte sein Mietauto auf einem der acht Parkplätze am Ende der Einfahrt ab. Dann klingelte er Sturm und hoffte inständig, dass immer noch keine Dienstboten im Haus waren.

Stille. Er klingelte noch länger. Nur ein leichter Windhauch, der von weit her das Jaulen einer Motorsäge zu ihm trug.

Mit angehaltenem Atem zog er seine Gästehauskarte durch. Die Tür ging nicht auf, aber es fing auch keine Alarmanlage an zu heulen.

Womöglich hatten die Colemans etwas viel Trickreicheres installiert, stumme Infrarotfallen, die den Einbrecher in Sicherheit wiegten, während die Polizei schon unterwegs war?

Es geschah nichts.

Er lief um das Haus herum zum Pool, der immer noch wie ein giftiger grüner Kristall in der Sonne glitzerte. Nur das leise Gurgeln des Ablaufs war zu hören und das merkwürdige Zwitschern der Kolibris, die sich an den Blumen des Poolhäuschens bedienten.

Sonst war niemand da.

Nur dieser Pool und er. Er trat an den Beckenrand und es kam ihm so vor, als würde ihn Jeffs Gesicht vom Boden des Pools hämisch angrinsen.

Kopfschüttelnd lief er über einen Steg des japanischen Gartens hoch zum Vorderhaus und sah nach, ob eine der vielen Terrassentüren offen waren. Natürlich nicht.

Er setzte sich auf einen der schmiedeeisernen Stühle, starrte auf das Wasser unter ihm und überlegte sich, was er noch tun könnte. Da tänzelte eine der schwarzen Katzen herbei, sprang auf den Tisch und starrte ihn aus ihren blauen Augen fragend an.

Im nächsten Augenblick hüpfte sie auch schon auf seinen Schoß, wollte gestreichelt werden, und als er sie geistesabwesend hinter den Ohren kraulte, schnurrte sie laut hörbar.

Die Katzen!

Wenn tagsüber niemand hier war, wer versorgte dann

die Katzen? Was, wenn es irgendwo eine Katzenklappe gab? Er dachte an das Drama mit Gordanas Katze in London.

Energisch schob Luke die Katze von sich und inspizierte noch einmal alle Türen zum Garten. In der Tat, die seitliche Küchentür hatte eine Klappe. Er hockte sich davor auf den Boden, hob die Klappe und schaffte es gerade so, seinen Arm hindurchzuzwängen.

Der schwarzen Katze gefiel das gar nicht. Dieses eben noch freundlich schnurrende Wesen sprang wütend direkt vor ihn hin, witschte ihm mit der Pfote voll ins Gesicht, fuhr dabei all ihre Krallen aus und zog sie tief über Lukes Wange.

Verdammt! Das tat richtig weh! Luke richtete sich auf, bevor die Katze das wiederholen konnte, und griff nach seiner Wange. Sie blutete und brannte. Und ganz offensichtlich hatte die Katze auch noch Verstärkung gerufen, denn jetzt standen drei um ihn herum, fauchten ihn angriffslustig an und schienen nur darauf zu warten, dass er es noch einmal versuchte.

Ich werde mich doch nicht von drei lächerlichen Katzen von meinem kleinen Einbruch abhalten lassen, dachte er. Das waren schließlich keine Tiger!

Er brauchte einen Stock oder einen Draht, um den Türgriff innen runterzuziehen. In seinem Gästeapartment waren Drahtbügel, wie man sie in Deutschland bei der Reinigung bekam. Wenn er so einen verbiegen würde, könnte das gehen. Er ignorierte das Pochen in seiner blutenden Wange, holte sich einen Bügel und drückte ihn zusammen. Das war leichter, als er gedacht hatte, aber die Katzen flippten mittlerweile völlig aus und sprangen ihn an, als wollte er ein Heiligtum schänden, dessen Unversehrtheit in ihren Pfoten lag.

Es wäre besser, sich etwas um den Kopf zu wickeln, bevor sie ihn ganz zerkratzen würden. Er holte Handtücher aus dem Poolhäuschen, wickelte sie um seinen Kopf und um die Hand, die er nicht durch die Klappe steckte.

Dann kniete er sich hin und versuchte, den Draht hindurch und nach oben zu schieben, während ihn die Katzen die ganze Zeit attackierten. Trotzdem schaffte er es schon beim ersten Versuch, die Klinke herunterzuziehen.

Die Tür öffnete sich. Er stand auf, warf die Handtücher auf einen Stuhl und betrat das Haus.

Zuerst bewegte er sich zögernd, weil er einfach nicht glauben konnte, dass die Colemans einen solchen Palast nur von drei Katzen bewachen ließen.

Aber anscheinend war seine Vorsicht nicht nötig, denn alles blieb still, nur die Katzen versuchten, ihn ins Stolpern zu bringen. Das machte ihn zunehmend wütender, am liebsten hätte er sie aus dem Weg getreten, aber er beherrschte sich.

»Ist ja gut«, sagte er heuchlerisch freundlich zu ihnen, »ist ja gut, ich verstehe, dass ihr damit ein Problem habt. Es ist okay, euer Reich zu verteidigen, aber je weniger ihr mich stört, desto schneller bin ich wieder weg.«

Er fing im unteren Stockwerk an und durchsuchte Kommoden und Schränke. Dabei fragte er sich immer wieder, was er eigentlich zu finden hoffte. Außer Besteck, Servietten und Kerzen befand sich nichts in den Schränken. Keine Akten, keine Ordner, keine Computer oder Laptops. In dem Ferienhaus letztes Jahr in Griechenland hatte es mehr private Dinge gegeben, abgenutzte Kartenspiele, Notizblöcke, Kindergemälde, Haarspangen, Filme, Schlüssel, Gummibänder, abgebrochene Bleistifte.

Ob das hier nur so eine Präsentationswohnung war und alles Wichtige lagerte ganz woanders? Die Katzen jedenfalls schienen das als ihr Revier anzusehen, denn sie fauchten ihn an, schlugen ihre Pfoten in seine Waden, aber zum Glück waren seine Jeans ziemlich dick.

Er sah von der Küchentür zu dem Foto auf dem Flügel. Das Haus war völlig verwaist, keine Bilder weit und breit. Hätten ehemalige Serienstars nicht Fotos von sich und anderen immer noch erfolgreichen Promis an der Wand hängen? Ging es in Hollywood nicht immer darum, wen zu kennen, der wen kannte, der wen kennt?

Luke lief zum Flügel, während er sich weiter umsah. Neben dem Foto mit Kati stand eine kleine türkise viereckige Schachtel mit einer cremeweißen Satinschleife drum herum. *Tiffany,* las Luke die Aufschrift auf dem abnehmbaren Deckel.

Tiffany. Das kannte er. Die machten Schmuck. Sehr teures Zeug, das man zu besonderen Anlässen verschenkte. Er zog die Schleife auf und öffnete den Deckel. Auf dem sahnig schimmernden Polster steckte ein Ring aus Rotgold. In der Mitte befand sich eine prächtige Blume mit Blütenblättern, die ihn an stilisierte Tränen erinnerten. Sie waren aus Edelsteinen geschliffen, die in allen Blauschattierungen schillerten. Blaue Diamanten? Blaue Tränen. Er nahm den Ring in die Hand und bewegte ihn im Licht hin und her. Ein Feuerwerk an Gefunkel. Bestimmt wollte Jeff ihn Kati schenken – er würde perfekt zu ihren blauen Augen passen. Er musste schlucken. Die Luft hier drin war aber auch schlecht. Und zu allem Überfluss sprang auch noch eine der Katzen auf seinen Fuß.

»Genug jetzt!«, brüllte er. Wütend schleuderte er sie weg. Aber das schien ihr nichts auszumachen, sondern sie im Gegenteil zu Höchstleistungen anzustacheln.

Jetzt mal ganz ruhig. Vielleicht gehörte diese Schachtel ja auch Lucy? Es könnte ein Geschenk für ihre Mutter oder eine alte Freundin sein. Aber Schmuck von *Tiffany* war wohl immer echt, das wäre dann ein sehr teurer Ring für eine Freundin. So etwas schenkte man doch nur der einen, einzigen Frau. War das womöglich ein Verlobungsring?

Luke ballte seine Hand um den Ring. Die Stretchlimousine, dieser Palast hier, na klar war er für Kati. Am liebsten hätte er das Ding im Klo runtergespült, aber – er betrachtete es noch einmal und seufzte tief, dazu war dieses Schmuckstück einfach zu schön.

Er steckte den Ring in seine Hosentasche, wo er ein klimperndes Geräusch verursachte. Klar, da war noch Kleingeld. Das war sicher nicht gut für so ein edles Teil. Er holte den Ring aus der Hosentasche, um ihn auf der anderen Seite zu verstauen. Doch da klimperte es genauso.

Er griff in die Tasche. Neben dem Ring fand er die winzige Billardkreidebox, die ihm Kati geschenkt hatte, und die schon so oft mitgewaschen worden war, dass das Metall ein bisschen stumpf geworden war. Ein böses Lächeln schlich sich auf seine Lippen. Er warf den Würfel in die Luft, fing ihn mit einer Hand und klatschte ihn auf seine Handfläche, als hätte er Kopf oder Zahl gespielt und wüsste nicht, was ihn erwartete. Er atmete tief durch und steckte die winzige Kreidebox dann an dem Polster fest. Das passte gerade so. Wenn man die Schachtel hochhob, fühlte sich alles genau richtig schwer an. Er band die Schleife wieder um die Box und stellte sie neben das Foto.

Danach setzte er seine Suche in den oberen Räumen fort, wohin ihm die Katzen, jetzt wieder sehr viel aggressiver, folgten. Er wunderte sich, dass nur ein Schlafzimmer benutzt aussah; in den drei anderen waren sogar noch die Plastiküberzüge über den ansonsten nackten Matratzen. Auch hier sah er in Schubladen und Schränke, hob die Matratzen hoch, um zu sehen, ob etwas darunter war. Nichts.

Als er sich einen Moment hinsetzte, um zu überlegen, was er noch tun könnte, sprangen ihn alle drei Katzen an und die rote erwischte ihn mit ihren Krallen wieder im Gesicht. Verdammt, elende Biester! Er sprang auf, er brauchte eine Pause, um nachzudenken, und flüchtete in das Badezimmer, wo es ihm gelang, ihnen die Tür vor der Nase zuzuschlagen.

Allerdings war er dabei so hektisch, dass er gegen ein Regal voller Zeitschriften stieß und die oberen mit einem lauten Platsch zu Boden fielen. Schnell hob er sie auf, um sie zurückzulegen, und starrte auf eine Mappe, die mit roten *Top-Secret*-Stempeln versehen war und die in dem Zeitungsstapel gelegen hatte. Ein gutes Versteck, dachte Luke oder vielleicht war es auch gar keins, vielleicht war nichts Aufregendes in der Mappe. Manche Leute hatten ja die merkwürdigsten Aktenordner. Er legte die anderen Zeitungen beiseite und hoffte, dass er sie wieder in der richtigen Reihenfolge gestapelt hatte. Oben die Novemberausgaben von *InStyle,* unten *Glamour* und dazwischen ein Prospekt über ein schickes Strandhaus in Venice.

Dann endlich konnte er sich in Ruhe auf einen der beiden weißen Ledersessel in dem riesigen Bad setzen. Mit einem erwartungsvollen Kribbeln im Bauch schlug er die Mappe auf. Ganz sicher waren das endlich die Unterlagen über eine verschwörerische Sekte oder geheime Gehirnmanipulationsforschung der CIA oder Berichte eines Pharmakonzerns über Drogen mit Kontoauszügen, die bewiesen, dass im *Lived* Menschenversuche durchgeführt wurden.

Weit gefehlt. In der Akte ging es um einen Blake Wilson. Luke blätterte die Seiten durch und stieß auf das Foto von Katis Vater, das er auch schon für Kati abgemalt hatte. Schlagartig wurde ihm klar, wer Blake Wilson war. Die Akte bewies, dass Katis Vater ein toter Kriegsheld war, genau wie ihre Mutter das immer behauptet hatte.

Luke fühlte sich, als hätte ihm jemand in die Brust geboxt, genau dorthin, wo sein Herz war. Kein Wunder, dass Kati in Jeff verliebt war. Während er mit ihr nur rumgesponnen hatte, was für ein Mensch ihr Vater sein könnte, hatte Jeff ihn für sie gefunden. Tatsachen geschaffen.

Vielleicht hatte sein Vater doch recht und er war nichts als ein Loser. Er war ja nicht mal auf die Idee gekommen, dass Kati deshalb nach Los Angeles gegangen sein könnte. Was war er nur für ein Idiot! Es geschah ihm ganz recht, dass Jeff aufgetaucht war. Luke durchforstete die Mappe akribisch nach weiteren Hinweisen, auch darauf, ob Blake Wilson eine Familie gehabt hatte, offensichtlich nicht. Keine Geschwister und seine Eltern waren schon seit Jahren tot.

Plötzlich drang das Knirschen von Reifen auf Kies an seine Ohren und erst dann wurde ihm bewusst, dass die verdammten Katzen aufgehört hatten, vor der Tür Lärm zu machen.

Er musste ganz schnell hier raus.

35

Jeff war begeistert zu hören, dass die Probeaufnahmen so gut gelaufen waren. Doch noch bevor Kati am Ende ihrer Schilderungen angelangt war, winkte er Izanami zu sich.

»Bring uns zur Feier des Tages zwei Spezialsmoothies, ja?« Izanami nickte ihnen zu und verschwand hinter dem Tresen.

Jeff drehte sich um und hüllte Kati mit seinen funkelnden Augen ein. Ein Lächeln stahl sich auf seine Lippen. »Hat so ein berühmter Filmstar wie du überhaupt Zeit, mich heute Abend zu treffen?«

»Ich werde in meinem Terminkalender nachsehen«, gab Kati übermütig zurück.

»Ah«, stöhnte Jeff und sah zu Ezra hinüber. »Merkst du das? Sie entwickelt sich schon zur Diva.«

»Vielleicht war das nur ihre höfliche Art, dir zu sagen, dass du sie langweilst«, sagte Ezra.

»Wie könnte ich«, widersprach Kati heftig, »seit ich Jeff kenne, ist mein Leben so aufregend wie nie zuvor.«

»Doch was bleibt von dem Aufregenden, wenn man mal den Glamour abkratzt?«

Jeff stieß ihn in die Seite. Und Kati kam es so vor, als wäre er tatsächlich wütend. Wohingegen Ezra voll und ganz in seinem Element war. Izanami kam und stellte die

Becher mit den Drinks auf den Tresen. Sie prosteten sich zu und Kati fühlte schon nach dem ersten Schluck, als hätte ihr jemand Energie in die Adern injiziert. Auf Ezra schien der Drink aber keinerlei Wirkung zu haben, denn er klang genauso melancholisch wie immer.

»Filmrollen kommen und gehen, Helikopterflüge sind irgendwann vorbei, all das ist so vergänglich.«

Jeff stöhnte demonstrativ. »Niemand außer dir interessiert sich für die Ewigkeit! Ich für meinen Teil interessiere mich definitiv sehr viel mehr für Katy.«

»Ach wirklich?« Ezra klang so überzeugt, als hätte Jeff gerade verkündet, dass die Erde eine Scheibe sei.

Kati fragte sich amüsiert, was für eine komische Geschichte da zwischen den beiden lief.

»Wenn du dich so für sie interessierst, dann verrate mir doch mal, was Kati gern isst, wenn sie traurig ist.«

Kati spürte, wie ihr die Röte ins Gesicht schoss. Ezra hatte eindeutig einen Vogel. Das ging doch niemanden etwas an und woher sollte Jeff das denn wissen?

»Das ist eine blöde Frage!«, sagte sie.

Jeffs Miene verhärtete sich. »Du solltest mich nicht herausfordern, Ezra.«

»Du kneifst!«

»Niemals. Also gut, was war die Frage? Was Katy isst, wenn sie traurig ist? Hmmm … Schokolade? …« Jeff zwinkerte ihr zu.

Kati brachte es nicht übers Herz, ihn vor Ezra bloßzustellen, und wollte gerade zustimmend nicken, als Jeff auch schon fortfuhr. »Nein, Schokolade ist es nicht, sondern … Käse. Ich glaube, dieses verrückte Mädchen tröstet sich lieber mit Käse.«

»Das stimmt.« Verblüfft musterte ihn Kati.

Ezra seufzte tief. »Na gut, jedes blinde Huhn findet auch mal ein Korn. Dann verrate mir noch, was Katis Lieblingsbuch als Kind war?«

Kati war hin- und hergerissen – einerseits fand sie Ezras Verhör ziemlich daneben, so lange kannten sie sich ja noch gar nicht, andererseits war sie jetzt wirklich sehr neugierig, was Jeff antworten würde.

»Pippi Longstocking«, setzte er an und Kati biss sich auf die Lippen. Pippi Langstrumpf war das einzige Buch von Astrid Lindgren, das sie gar nicht gemocht hatte. Nervtöter mit P: Pippi, Peter Pan und Oliver Pocher. Von Kati aus hätte Pippi für immer im Taka-Tuka-Land verschollen bleiben können.

Ezra gab einen merkwürdigen Laut von sich.

»Pippi Longstocking«, fuhr Jeff mit einem blendenden Lächeln fort, »die mochte Kati nie. Ich nehme mal an, die Frisur hat ihr einfach nicht gefallen.«

Kati blieb das Kichern im Hals stecken. Woher wusste er das?

»Alice in Wonderland, das war ihr Lieblingsbuch, und ich weiß auch, warum. Kati wollte schon immer über sich hinauswachsen!« Jeff wechselte einen kurzen Blick mit Ezra, der Kati mit einem Mal sehr komisch vorkam.

»Das verstehe ich nicht ganz«, sagte Ezra und Kati beeilte sich, ihm zu erklären, dass Alice einen Rosinenkuchen gegessen hatte und dadurch riesengroß wurde. Kati konnte es nicht fassen, dass Jeff wusste, wie sehr sie dieses Buch liebte. Hatte Luke ihm das womöglich erzählt, als er dort übernachtet hatte?

»Aha.« Ezra klang angefressen. »Tatsächlich? Na gut, es

scheint, als würdest du dich wirklich für sie interessieren, deshalb komme ich zu meiner letzten Frage: Ist Kati noch Jungfrau?«

Das ging jetzt aber wirklich zu weit! Kati hätte Ezra am liebsten eine runtergehauen. Sie wurde knallrot. Der hatte definitiv nicht mehr alle Tassen im Schrank!

»Natürlich«, sagte Jeff voller Überzeugung und lächelte sie mit einem solchen Verlangen an, dass Kati ganz schwach in den Knien wurde. Gott sei Dank wusste er nicht wirklich alles über sie. Doch gerade als sie erleichtert ausatmete, verzog Jeff seinen Mund zu einem etwas spöttischen Lächeln.

Er weiß auch das, durchfuhr es Kati. Aber er sagt nichts wegen Ezra.

»O-Oooh!«, entfuhr es Ezra. »Wie schmalzig! Ich fürchte, du hast dich verliebt, mein Alter.«

»Tja, es geschehen tatsächlich manchmal Dinge zwischen Himmel und Erde …«, sagte Jeff mit einem unbekümmerten Schulterzucken.

»Hallo-o, ihr wisst schon, dass ich auch noch hier bin!«, mischte sich Kati ein, nachdem sie ihre Sprache wiedergefunden hatte. »Könnten wir jetzt bitte über etwas anderes reden?«

»Ezra ist wirklich ein Schnellmerker. Es stimmt, ich bin verliebt.« Jeff nahm Katis Hand und lächelte sie dabei so aufmunternd an, dass ihr nichts mehr peinlich war. Gar nichts. Nicht mal die Erinnerung an ihr peinliches erstes Mal. Leider war es ihr immer noch nicht gelungen, diese Geschichte aus ihrem Hirn zu löschen. Es war die dümmste all ihrer Ideen gewesen zu glauben, sie könnte sich von Luke befreien, wenn sie mit einem anderen Typen ins Bett ging.

Mads war nett gewesen und überrascht, als er gemerkt hatte, dass sie noch Jungfrau war. Richtig unangenehm war es erst dann geworden, als ihm langsam dämmerte, dass sie gar nichts von ihm wollte. Er fand sie nämlich wirklich nett und wollte ernsthaft mit ihr über Gefühle sprechen. Doch sie konnte ihn einfach nicht ernst nehmen, weil sie sich die ganze Zeit nur Luke hergewünscht hatte, um mit ihm über diesen Katastrophenabend mit K zu reden: Kahlüa, künstliches Kichern, krampfhaftes Küssen und als kolossalen Höhepunkt dann das Kondomtheater. Kurzum, sie hatte diesen Jungen benutzt und schämte sich dafür in Grund und Boden.

Ezra und Jeff lieferten sich immer noch einen schnellen Schlagabtausch, bei dem ihr Jeff richtiggehend verärgert vorkam. Das war neu und ein bisschen angsteinflößend, weil ihn das so veränderte. Seine Augen loderten zorniger, als Kati sie je gesehen hatte.

»Wie kann ausgerechnet jemand wie du so etwas sagen?«, zischte er gerade seinen Freund an. »Das sollte dich doch freuen.«

»Damit gewinnst du nicht.« Ezra hob die Sense, als würde er mit ihr fechten wollen. »Außerdem ist es vielleicht nur einer von deinen Tricks!«

»Gewinnen?«, wiederholte Kati. Über was redeten die denn da? Es ging, da war sie ganz sicher, nicht mehr um sie.

»Dein Herz gewinnen!«, erklärte Jeff zu ihrer Überraschung und nahm ihre Hand in seine beiden Hände. Sie konnte den Puls an seinem Armgelenk spüren und war überrascht, um wie viel schneller als ihrer er war.

Ezra stellte die Sense wieder ab, winkte friedfertig nach Mossie und verlangte etwas Neues zu trinken.

»Du hast so schöne Hände, aber sie sollten nicht so nackt sein«, sagte Jeff und ließ sie widerstrebend wieder los.

Kati runzelte die Stirn. »Wie meinst du das?«

»Das verrate ich dir heute Abend.«

In diesem Moment hellte sich sein Gesicht auf, weil jemand hinter Kati aufgetaucht war, über dessen Anblick er sich zu freuen schien.

»Mike!«

Kati drehte sich um und sah sich dem Klotz gegenüber, der ihr die Creme für ihre Narbe gegeben hatte.

Mike betrachtete sie wohlwollend und nickte ihr zu. »Sie benutzen sie also, das freut mich.« Er zögerte. »Und wenn ich ganz ehrlich bin, sehen Sie überhaupt viel besser aus als neulich. Haben Sie etwas machen lassen?«

Für einen Moment spürte Kati Wut in sich hochkochen. Doch dann griff Jeff wieder nach ihrer Hand, küsste sie liebevoll und die Berührung seiner Lippen auf ihrer Haut verwandelte ihren Zorn in ein Lächeln. »Das ist wahrscheinlich das Glück!«, sagte Kati dann nur und war selbst am meisten überrascht, als sie merkte, dass es die Wahrheit war.

36

Luke legte die Mappe zurück. Packte die anderen Zeitungen wieder drauf, stürmte die Treppe nach unten, schnappte sich den umfunktionierten Drahtbügel und die Handtücher und warf alles hinter einen der glatt polierten Felssteine im japanischen Garten. Er schaffte es gerade so noch, auf eine Liege am Pool zu springen, als Lucy auf der Terrasse erschien und offensichtlich entzückt war, ihn zu sehen.

Er versuchte, sein hektisches Atmen zu unterdrücken und nicht daran zu denken, dass er einen Ring, der sicher Tausende von Euro wert war und der ihm jetzt schwer wie Blei vorkam, in seiner Hosentasche trug. Was, wenn es doch ihrer war?

Er winkte ihr und hoffte, dass sie ihm nichts von alldem anmerken würde.

Lucy schwebte lächelnd in seine Richtung und wedelte freundlich mit einer Schlüsselkarte.

»Die ist für unser Haus! Ich hatte heute Morgen ganz vergessen, sie dir zu geben, schließlich hast du vielleicht Hunger oder möchtest dir in unserer Küche mal einen Kaffee machen.«

Prima, dachte Luke. Gut, dass er schon eingebrochen war. Er hoffte, dass es ihm gelingen würde, den Drahtbügel wegzuschaffen, bevor ihn jemand entdecken konnte.

»Aber bitte tu mir noch einen Gefallen, Luke, gib den kleinen Monstern nichts zu fressen, egal, wie sehr sie betteln, ja? Sonst werden sie fett und faul und dabei sollen sie das Haus vor Ratten und Mäusen schützen.«

Plötzlich blieb sie irritiert vor ihm stehen. Ihr Gesichtsausdruck, ihre Haltung, alles veränderte sich, sie wirkte bestürzt.

Luke überlief es kalt. Sie hat es gemerkt, jetzt holt sie die Polizei und ich werde umgehend des Landes verwiesen.

Aber sie kam nur näher, setzte sich neben ihn auf die Liege und sah ihm tief in die Augen. Braune Augen mit langen dichten schwarzen Wimpern, in denen etwas flackerte, was er nicht einordnen konnte.

Dann strich sie ihm sanft über seine Wange und schüttelte ihre blonde Christkindmähne. »Es tut mir sehr leid, das sieht mir ganz nach meinem kleinen Asmodi aus. Der kann sein Temperament einfach nicht beherrschen. Wir müssen das unbedingt desinfizieren. Komm mit nach oben, dort habe ich Desinfektionsspray und Sprühpflaster, dann sieht man das nicht so.«

Luke folgte ihr die Treppe hoch in das Bad, in dem er eben noch gesessen hatte, und war in Panik, dass bei seiner hektischen Flucht etwas aus der Mappe gefallen sein könnte.

Aber Lucy schien nichts zu bemerken, holte aus einem Schränkchen unter dem Waschbecken den Verbandskasten, bat ihn, sich auf einen Ledersessel zu setzen, und tupfte dann vorsichtig seine Kratzwunden ab. Dabei legte sie eine Hand auf seinen nackten Unterarm und drückte sanft, um ihn, wie sie erklärte, von dem Brennen abzulenken.

Wenn er die Signale richtig verstanden hatte, dann könnte er mit Lucy eine fröhliche Affäre haben. Sie würden zu viert ausgehen und hätten jede Menge Spaß. Aber diese Art Spaß interessierte ihn einfach nicht mehr.

»Ich muss dir dann auch noch zeigen, wie man die Alarmanlage aktiviert und wieder ausschaltet. Ich vergesse leider oft, sie einzuschalten, was Jeff ziemlich wütend macht, also denk bitte immer dran.«

Luke versprach es und dankte allen Weltmächten, dass Lucy so vergesslich war. Die drei Katzen kamen auch herein, strichen um Lucys nackte Beine und wirkten jetzt wie süße Schmusekätzchen. Lucy sprühte noch Pflaster auf die Wunde, räumte das Verbandszeug weg und lief zur Tür.

Luke betrachtete sich im Spiegel, und als er entdeckte, was Asmodi an seiner rechten Wange angerichtet hatte, lief ihm eine Gänsehaut über den Rücken. Über seine Haut zogen sich drei tiefe purpurrote Rillen, deren Hautränder auseinanderklafften, und durch das Sprühpflaster wurde es noch plastischer und sah aus, als wären seine Wunde und Katis Narbe Geschwister.

»Luke, kommst du?«, rief Lucy aus dem Flur. Luke riss sich von seinem Anblick los und lief runter in die Eingangshalle, wo Lucy an dem großen Flügel stand und das gerahmte Foto von Jeff und Kati anstarrte. Als er unten angekommen war, wendete sie sich ihm zu.

»Würdest du heute Abend mit mir ausgehen?« Lucy zog eine ihrer perfekt geschwungenen Augenbrauen fragend hoch und machte einen Schmollmund, was zusammen mit ihrer engelhaften Erscheinung unbestreitbar verführerisch wirkte, aber er musste mit Kati reden.

»Eigentlich wollte Kati sich mit mir treffen …«, log er.

Lucy zuckte zurück, enttäuscht wie ein Kind, das wieder nicht in die richtige Mannschaft gewählt worden war. Sie versuchte es allerdings im selben Moment zu überspielen, zauberte ihr Lächeln zurück und kam wieder näher.

»Das glaube ich kaum. Da musst du etwas falsch verstanden haben. Heute Nacht ist *die* Nacht.«

»Ich verstehe nicht«, stammelte er, während sein Körper schon zu ahnen schien, was los war, denn irgendwas schnürte ihm gerade die Luft ab.

Sie kam noch näher, sodass ihr Atem sein Ohr kitzelte. »Die beiden hatten nun wirklich genug Dates …«

»Ja?«

»So wie ich meinen Bruder kenne, bin ich sicher, dass sich die beiden heute endlich erheblich näherkommen werden.«

Klar, dachte Luke, hielt sich an dem Flügel fest und versuchte krampfhaft, sich das nicht vorzustellen. Nicht daran denken, wie dieser fettfrei trainierte Jeff im Bett mit Kati lag, wie Katis blasse Haut im Dunkel schimmern würde, nicht daran denken, wie Katis blaue Augen sich unter Jeffs zärtlichen Berührungen verändern würden. Würden ihre Pupillen groß werden, wie immer, wenn sie sich freute, und würde sich dabei diese kleine Falte oben an ihren Lidern bilden? Würde ihre Oberlippe kurz zucken und sich ihr Mund dann mit diesem erstaunten Ausdruck öffnen, so, als hätte sie das alles nicht verdient?

Und dann würde er ihr den Ring überreichen.

Nur nicht die Schachtel anschauen. Doch anstatt zu überlegen, wie er das noch stoppen könnte, wollte, nein, *musste* er Lucy einfach diese Frage stellen, auch wenn er sich ein paar Mal räuspern musste, um die Worte aus seinem staubtrockenen Hals zu pressen: »Liebt dein Bruder Kati?«

»Natürlich! Oder glaubst du, er würde sich so reinhängen, wenn das nicht so wäre?« Sie nahm die Tiffany-Schachtel in die Hand und wedelte damit vor seinen Augen herum, als wäre das der Stein der Weisen.

Luke schluckte.

»Ich muss wieder zurück ins *Lived«*, verkündete Lucy. »Dort wollen wir noch ein bisschen mit Katy feiern. Möchtest du mitkommen?«

Luke brauchte keine zwei Sekunden, um das zu entscheiden. Er musste mit Kati reden, je früher, desto besser. Ohne Lucys Hinweis wäre er glatt zu Linda gefahren und hätte Kati dort besucht.

»Was ist eigentlich mit ihrem Job als Au-pair?«

»Die Filmfirma hat eine Vertretung besorgt. Also was ist jetzt mit uns beiden heute Abend?«

»Klar, gerne. Ich fühle mich geehrt«, sagte Luke und hoffte, dass sie nicht merkte, wie schwer ihm diese Lüge fiel. Er würde das Dinner dazu benutzen, alles aus ihr rauszuquetschen, was er wissen wollte.

»Na dann mal los.« Lucy nahm ihre Handtasche von einem Tischchen im Flur, eine Birkin Bag – teuerste Modeteile mit B –, eine Runde, die Kati gewonnen hatte. Dann zeigte Lucy ihm, wie die Alarmanlage eingestellt wurde, gab ihm seine Schlüsselkarte und reagierte mit einem schnippischen Schulterzucken, als er verkündete, mit dem eigenen Auto fahren zu wollen. Und es bereitete ihr großes Vergnügen, ihn dann laut hupend mit ihrem schwarzen Sportwagen auf dem Abbott Kinney Boulevard abzuhängen.

37

Als er eine Stunde später in der Bar ankam, war Kati derart von Menschen umringt, dass es ihm unmöglich war, zu ihr vorzudringen. Sie endete gerade mit einer angedeuteten Verbeugung und alle fingen an zu klatschen. Ihr strahlendes Lächeln umgab sie wie eine glückliche Aura und übertrug sich auf jeden in ihrer Nähe. Ja, fand Luke, Kati sollte wirklich auf der Bühne stehen. Obwohl sie doch sonst immer so zurückhaltend war, schien genau das ihr Element zu sein. Von Weitem betrachtet war die Narbe auf ihrer Wange fast nicht mehr zu sehen. Niemand würde ihr deshalb eine Rolle verweigern.

Unwillkürlich griff Luke sich an seine eigene Wange und fand, dass seine Wunde vorhin sehr viel hässlicher ausgesehen hatte.

»Bloß nicht ärgern, jeder kriegt irgendwann seine fünf Minuten Ruhm!« Dieser Ezra hatte sich zu ihm gesellt und deutete mit seiner Sense zu Kati hinüber.

»Wenn jemand die Hauptrolle in einer neuen Serie spielen wird, dann werden es wohl mehr als fünf Minuten Ruhm«, gab Luke zurück. Was für ein anmaßender Typ! »Und warum sollte mich das ärgern?« Was ihn wirklich ärgerte, war dieser Spinner und das, was Kati angeblich in Kürze mit Jeff tun würde.

Lukes Blick schweifte durch die für seinen Geschmack

mit zu vielen Schmetterlingen geschmückte Bar und saugte sich dann an einem der Monitore fest, auf dem gerade wieder die Serie mit den Colemans zu sehen war. Wie war das nur möglich? Es musste doch darüber etwas im Netz zu finden sein!

»Alles in Ordnung?«, fragte Ezra mit einem langen Blick auf Lukes Wange.

»Bestens.«

»Das freut mich zu hören und nehmen Sie es mir bitte nicht übel, aber ich glaube, Sie lügen.«

Luke hätte ihm gern gesagt, dass sein Gemütszustand niemandem etwas anging, doch gleichzeitig spürte er den brennenden Wunsch, mit jemandem zu reden, der irgendwie Durchblick hatte. Normalerweise hätte er sich dann mit Kati unterhalten, aber er wusste, dass er ihr mehr liefern musste als seine haltlosen Verdächtigungen.

Er musterte Ezra und fragte sich, warum er das Gefühl hatte, er könnte ihm vertrauen. Womöglich lag das an der schwarzen Kutte. Das hatte was von einem Priester, trotzdem war Ezra doch offensichtlich ein ziemlicher Freak. Er würde sich gut in einer seiner Geschichten machen. Genau das war es, was sie beide verband: Sie waren *beide* Freaks.

»Ich hab nicht gelogen«, sagte Luke. »Ich versuche einfach, das Beste aus allem zu machen, aber es geht mir nicht gut. Eigentlich bin ich sogar ziemlich verzweifelt.« Verzweifelt? Das hätte ja nun nicht gerade sein müssen. »Ratlos, meine ich.«

»Kann ich denn irgendwie helfen?«

»Nein, eher nicht. Höchstens, wenn Sie Tote auch wieder lebendig machen könnten.« Luke lachte, damit Ezra kapierte, dass er einen Witz gemacht hatte. Außerdem war es Unsinn, denn selbst wenn jemand Katis Vater lebendig machen könnte, würde Kati deshalb Jeff nicht verlassen.

Ezra blieb total ernst und lachte kein bisschen.

»Tut mir leid«, ruderte Luke weiter zurück. »Ich schreibe wohl zu viel Zombieromane.«

»Dafür gibt es sicher Gründe. Ich vermute, in Ihrer Familie ist jemand viel zu früh verstorben?«

»Eine meiner Schwestern«, entschlüpfte es Luke, »aber ich möchte nicht darüber reden.«

»Verstehe. Wen hätten Sie denn dann gern zum Leben erweckt?«

»Blake Wilson.« Sein Mund redete einfach, ohne sich mit ihm abzustimmen. Das musste der Schlafmangel sein.

Ezra schüttelte vehement den Kopf. »Also das wüsste ich aber, wenn ich den schon abgeholt hätte.«

Luke lief eine Gänsehaut über den Rücken. Erst als Ezra anfing zu lachen, was ziemlich schrill klang, wurde ihm klar, dass er auch nur einen Witz auf seine Kosten gemacht hatte.

»Blake Wilson«, wiederholte Ezra nun wieder ernster, »ist ja ein sehr geläufiger Name. Warum interessieren Sie sich für ihn?«

»Er ist Katis Vater und sie hat immer davon geträumt, ihn kennenzulernen. Jeff hat ihn gefunden, doch leider ist er schon tot. Wurde auf dem *Westwood Memorial*-Friedhof begraben.«

»Vielleicht könnten Sie seine Familie aufsuchen?«

»Er hatte keine Angehörigen mehr.«

»Dann vielleicht Freunde? Über eine Beerdigung auf dem *Westwood Memorial*-Friedhof wird fast immer in den Zeitungen berichtet, da liegen ja nur Stars.«

Luke starrte zu Kati, die gerade so glücklich aussah. Offensichtlich war es ihr sehr viel wichtiger, ihren Schauspieltraum zu leben, als um ihren Vater zu trauern. *Das* war jetzt ihr Leben, an Jeffs Seite. Was sollte sie denn da mit alten Freunden ihres Vaters? Sich Sauf- und Frontgeschichten anhören?

Luke schluckte. Was wollte er ihr eigentlich beweisen? Nichts, dachte er. Gar nichts, und doch war er besorgt um sie. Und selbst wenn er sie dadurch nicht zurückgewinnen würde, musste er einfach herausfinden, was hier gespielt wurde.

Er musste so lange suchen, bis er beweisen konnte, welchen Dreck Jeff und Lucy am Stecken hatten. An Zeitungsarchive hatte er noch gar nicht gedacht, weil er so aufs Internet fixiert gewesen war. Aber Ezras Idee hatte etwas sehr Verlockendes. Selbst wenn er dort keine Hinweise auf Blake Wilsons Freunde fand, würde es Artikel über die Serie geben, wenn sie wirklich so berühmt gewesen war. Dieser Gedanke wirkte auf ihn wie eine Injektion Adrenalin. Er hielt es keine Sekunde länger in dieser Bar aus, verabschiedete sich von Ezra und stürmte nach draußen, ohne sich noch einmal nach Kati umzusehen.

Wieder fuhr er in die nächste Bibliothek, die nur fünf Minuten entfernt war.

Die Archive der L.A. Times waren offen für jeden, und was noch besser war: Luke konnte einen Newspaperaccount anlegen, mit dem er eine Woche freien Zugang zu fast allen anderen Zeitungsarchiven erhielt.

Die Suche nach Artikeln über Jeff Coleman zeigte immerhin vierundzwanzigtausend Einträge, aber wenn er das zusammen mit Fox-Family eingab oder mit TV-Serie, reduzierten sich die Einträge wieder auf Null.

Enttäuscht suchte er nach Blake Wilson und war erschüttert, dass ihm eine Million fünfhundertdreißigtausendvierhundertachtundneunzig Matches für die USA angezeigt wurden und allein in Kalifornien einhundertundfünftausend.

Doch Luke blieb zäh, gab mehr Suchbegriffe ein und fand schließlich einen großen Artikel über Blake Wilsons Beerdigung auf dem *Westwood Memorial*-Friedhof. Alle Informationen, die er daraus ziehen konnte, waren identisch mit denen in der Mappe. Verdammt!

Trotzdem sah er sich auch noch die Bilder an, weil er hoffte, in der Zeile unter dem Bild die Namen von Freunden zu finden.

Doch gleich das erste Bild zu dem Artikel verschlug ihm die Sprache und er musste zweimal hinschauen, weil er im ersten Moment dachte, er wäre auf der falschen Seite gelandet. Aber nein, es war wirklich ein Porträt des verstorbenen Blake Wilson.

Alles in der Mappe war korrekt gewesen, nur eine winzige, alles entscheidende Kleinigkeit war anders. Der Mann, der als Held gestorben und beerdigt worden war, war definitiv nicht identisch mit dem Mann auf Katis Foto.

Denn dieser Mann war Afroamerikaner.

38

Zwei Tage später trat Kati auf den Balkon und genoss die Aussicht. »Im Ernst«, sagte sie zu Jeff, der neben sie auf die Terrasse getreten war, »hier wohne ich jetzt?«

»Ja, das tust du.«

Ihr Blick schweifte fassungslos über den breiten Sandstrand von Venice, vor bis zum Pazifik, der sich heute wild aufbäumte und mit sprühenden Wellen gegen das Ufer klatschte. Obwohl der Himmel bleiern aussah, hatte in der Nacht eine für November extrem ungewöhnliche Hitzewelle eingesetzt. Sie genoss die Brise, die ihren Nacken ein wenig kühlte. Es war so heiß, dass die Luft über dem Sand flimmerte. Wahrscheinlich waren deshalb nicht mal ein paar Beachvolleyballspieler an einem der Netze zu sehen.

Jeff setzte seine Sonnenbrille auf und betrachtete das Meer. »Komisches Licht heute«, murmelte er, »und höllisch heiß. Gefällt dir dein neues Zuhause?« Er nahm eine Eisenstange, hängte sie oben in der rot-weiß-gestreiften Markise ein und kurbelte sie dann herunter.

»Ja, sehr«, gab Kati zurück.

»Es ist ziemlich altmodisch, müsste dringend renoviert werden. Das Haus ist technisch wirklich noch nicht so ganz auf dem neuesten Stand. Auch die Klimaanlage ist aus dem letzten Jahrtausend. Und diese Pflanze, der Blauregen, der das ganze Haus überwuchert, hat die Regenrinne verschoben.«

»Dafür sieht es wunderschön aus. Der Blauregen duftet so angenehm süß, erinnert mich an Jasmin und Tulpen!«

Kati fand, dieses Haus war nicht nur wegen seiner Blumen ein kleines Juwel. Es stand ganz allein für sich, war schmal geschnitten und wie die meisten Häuser in Kalifornien nicht unterkellert. Unten befand sich neben einer Toilette ein großer Wohn-Ess-Koch-Bereich mit einer Terrasse zum Strand. Eine stählerne Wendeltreppe führte vom Wohnbereich in den ersten Stock zu dem einzigen Schlafzimmer, auf dessen großen Balkon sie gerade standen. Neben dem Schlafzimmer befand sich ein altmodisches Bad mit einer frei stehenden Klauenfußbadewanne, von der aus man durch ein großes Bullauge auf das Meer sehen konnte.

Das Haus war komplett eingerichtet und abgesehen von den hässlichen Rauchmeldern an der Decke war es einfach wunderschön.

Trotzdem breitete sich in Katis Bauch gerade ein klammes Gefühl aus, das sie an früher erinnerte, wenn sie von ihrer Grannie zum Geburtstag in die Eisdiele ausgeführt wurde. Zur Feier des Tages durfte sie sich dann nämlich wirklich all das bestellen, was ihr Herz begehrte: den Erdbeerbecher, den Krokant- *und* den Schokobecher. Jedes Mal wollte sie alle drei unbedingt und Grannie erlaubte es, ohne mit der Wimper zu zucken. Doch sosehr Kati sich auch anstrengte, sie schaffte es nie, alle zu essen, ihr Bauch fühlte sich wie schockgefrostet an und ihr wurde ein bisschen übel. Das Eis schmolz und die Becher mit ihren bunten Streuseln, Soßen und Schirmchen wurden zu graubrauner Matschepampe, bei deren Anblick ihr dann nur noch zum Heulen zumute war.

Kindheitserinnerungen, beruhigte sie sich. Grannie hätte das eben nie erlauben dürfen! Das war lange her, sie war fast erwachsen und dieses Haus war kein Eis, das in der Sonne schmelzen würde.

Jeff legte den Arm um ihre Schultern. »Es freut mich, dass dir das Haus gefällt, auch wenn es ein bisschen angegammelt ist. Es ist doch viel besser, wenn du während der Dreharbeiten deine Ruhe hast. Hier bist du ungestört und kannst deine Texte lernen.«

»Aber wenn du nicht da bist, bin ich hier wirklich ganz allein. Das ist mir ein bisschen unheimlich. Für mich hätte es auch ein kleines Apartment in der Nähe des Studios getan.«

»Zerbrich dir über all das nicht den Kopf. Das setzt die Filmfirma als Sonderausgaben von der Steuer ab. Und hier ist es viel ruhiger als in der Stadt.«

Das stimmte. Es waren nur das Rascheln der Palmen, die den kleinen Garten zum Strand hin begrenzten, und das Rauschen des Pazifiks zu hören. Trotzdem kam es ihr etwas verfrüht vor, dass sie hier allein wohnen sollte. Was war denn, wenn der Pilotfilm floppte? Dann hatte Linda längst einen festen neuen Babysitter, ihr Job war weg, genauso wie die Arbeits- und Aufenthaltserlaubnis, die an diesen Job gekoppelt war. Außerdem hatte sie noch nie allein gewohnt. Sie betrachtete die schmiedeeisernen Gitter, die vor die Fenster und Türen geklappt und abgeschlossen werden konnten, und fand diesen Anblick ein bisschen beunruhigend. »Gibt es hier viele Einbrecher?«, fragte sie.

»Es ist besser geworden. Venice war mal ein übles Viertel, aber jetzt nicht mehr, sonst hätte dir das Studio hier keine Unterkunft besorgt.« Jeff drückte aufmunternd ihre

Schultern. »Und wir werden dein neues Zuhause heute Abend einweihen!«

Er grinste ziemlich anzüglich und küsste sie leicht auf den Mund. Kati schloss die Augen, um ihn besser zu spüren, aber leider schwirrte plötzlich der Moment durch ihren Kopf, als Ezra Jeff all diese Fragen gestellt hatte. Woher hatte er all diese Sachen über sie gewusst? Und was wusste sie denn schon über ihn?

»Was war eigentlich dein Lieblingsbuch, als du ein Kind warst?«, fragte sie ihn unvermittelt.

Jeff schob sie sanft von sich, zog seine Sonnenbrille ganz nach vorne auf die Nasenspitze und sah sie über den Rand des Gestells an.

»Um ehrlich zu sein, hatte ich nie ein Lieblingsbuch. Als Junge war ich immer schnell Feuer und Flamme für etwas, aber nie lange genug für ein dickes Buch. Enttäuscht dich das?«

Kati schüttelte den Kopf.

»Und bevor du mich jetzt fragst, was ich esse, wenn ich traurig bin, frage ich dich lieber, was du davon hältst, wenn ich heute Abend für uns koche. Und ich hoffe sehr, du verlangst jetzt nicht nach Käse!«

Sein Ablenkungsmanöver brachte sie zum Lachen. »Kochen kannst du auch?«

»Ezra würde sagen, ich kann nur grillen. Aber darin bin ich wirklich ein Meister.«

»Klingt sehr verführerisch!«

»Gut, dann bringe ich dich jetzt wieder zurück zur Drehbuch- und Produktionsbesprechung und bereite alles vor. Wenn es für dich okay ist, dass ich hier bin, während du arbeitest.«

»Unbedingt! Ich freue ich mich schon auf später.«

»Lass dich von Big MM und seinen Lakaien nicht einschüchtern, die kochen auch alle nur mit Wasser.«

Jeff fing an, die Gitter vor die Fenster und Türen zu klappen, und sperrte sie ab.

»Ist das denn nötig, am helllichten Tag?«, fragte Kati.

»Nur vorsichtshalber, das Böse schläft nie.« Er zwinkerte ihr zu und zog dann eine Augenbraue hoch. »Man sollte niemanden in Versuchung führen … du allerdings wärst eine kleine Sünde schon wert.«

Es war, als würde er sie mit seinem intensiven Blick geradezu ausziehen. War sie in Jeff verliebt? Richtig verliebt? Oder war sie in das Leben an seiner Seite verliebt? Sie war sich noch nicht ganz sicher, aber vielleicht war es ein bisschen was von beidem. Jeff hatte seine Gefühle für sie, ganz im Unterschied zu Luke, ja deutlich ausposaunt. Wahrscheinlich war das mit Luke auch nie Liebe gewesen, sondern nur eine dumme, kleine Mädchenschwärmerei.

Luke.

Er hatte ihre Handynummer herausbekommen und ihr zig Nachrichten hinterlassen. Das war typisch für ihn. Erst tauchte er aus dem Nichts auf, dann verschwand er plötzlich irgendwo für zwei Tage in der Versenkung und jetzt ging er davon aus, dass sie sofort Zeit für ihn hatte. Er hatte es sehr dringend gemacht. Es wäre wahnsinnig wichtig, aber er wollte nicht am Telefon mit ihr darüber reden.

Nein, Luke war raus. Ganz egal, was er ihr sagen wollte. Sie blockierte seine Nummer, dann hatte sie ein für alle Mal Ruhe vor ihm. Er wusste zum Glück auch nicht, wo sie jetzt wohnte.

Niemand wusste das.

39

Luke summte *»Here comes the sun«* vor sich hin, während er den Mietwagen unter einer sehr hohen Palme vor dem Haus von Katis Au-pair-Familie abstellte.

Er wischte sich den Schweiß von der Stirn und sang noch lauter, als er bemerkte, dass in der Einfahrt ein hellblauer Lieferwagen mit der Aufschrift *Linda's Lifesavers* stand.

Offensichtlich war also jemand zu Hause. Das war sein Glückstag heute!

Immer noch summend lief er zur Tür und klingelte. Seit gestern freute er sich schon auf den Ausdruck in Katis Gesicht, wenn er ihr verraten würde, was er herausgefunden hatte. Ihre blauen Augen würden aufblitzen, sie würde ihre Lippen ein bisschen verziehen, ihn ungläubig anfunkeln und mit dieser vollen Stimme sagen: »Du verarschst mich doch!« Dann würde er ihr tief in die Augen sehen und beweisen, wie sehr sie sich irrte. Mit einem breiten Grinsen musste er sich innerlich noch mal auf die Schulter klopfen. Das hatte er wirklich gut gemacht. Dabei war er zuerst an seiner Aufgabe fast verzweifelt.

Nachdem er kurz gewartet hatte, klingelte er noch mal. Offensichtlich hatte ihn keiner gehört.

Nachdem er das Foto des falschen Blake Wilson entdeckt hatte, wusste er zuerst nicht, wie er mehr über Katis

Vater herausbekommen könnte. Blake Wilson, dieser Allerweltsname, war definitiv eine Pest! Bis ihm eingefallen war, dass er Katis Vater abgemalt und später dann sogar eine Graphic Novel über ihn geschrieben hatte. Er fotografierte jede Geschichte ab und archivierte sie. Das war natürlich ein Vorschlag von Kati gewesen, nachdem sie einmal miterlebt hatte, wie er nach verschlampten Zeichnungen gesucht hatte.

Luke hatte sich das Bild angeschaut und überlegt, ob man aus einer Tuschezeichnung ein Foto generieren könnte, so wie man ja von einem Foto mit einer App auch eine Zeichnung machen konnte. Während er nach entsprechenden Apps suchte, war ihm dieses kleine Abzeichen am Kragen aufgefallen. Er wusste, dass er das nicht erfunden hatte, weil er Katis Vater ganz realistisch abgemalt hatte.

Er besorgte sich eine Lupe, um es besser begutachten zu können: Das Abzeichen bestand aus zwei Lorbeerranken, die eine griechische Leier umgaben, die sich wiederum in einem Fünfeck befand. Und obwohl das alles reichlich verschwommen und nur schwarz-weiß war, hatte er entdeckt, dass es sich dabei um das Zeichen der *United States Army Field Band* handelte. Und damit hatte er schon deutlich mehr Informationen als vorher: Blake Wilson war 1999 in Darmstadt stationiert gewesen und er war Musiker. Diese wenigen Informationen genügten dann, um sein lahmes Hirn in Schwung zu bringen.

Er hatte sich für seine Recherche ein amerikanisches Handy angeschafft und jede nur erdenkliche Abteilung der Army angerufen. Er telefonierte von Pontius zu Pilatus, belaberte Sekretärinnen und Offiziere, merkte sich, welche Geschichten und Erzählstrategien funktionierten und welche nicht. Am Ende gab er sich als eifriger Student der Militärmusikgeschichte aus, der seine Master-Arbeit über Army-Bands in Europa vor 2001 schrieb und auf der Suche nach den Mitgliedern der Band war, um sie zu interviewen. Er behauptete, die anderen schon gefunden zu haben, nur über diesen Blake Wilson hätte er Verschiedenes gehört. Einige hätten erzählt, er läge auf dem *Westwood Memorial*-Friedhof, andere meinten, er lebe noch. Luke betonte, wie dankbar er für die allerkleinsten Informationen wäre. Und dann hatte er wirklich die richtigen Daten bekommen. Natürlich war es eine Frau gewesen, Officer Jeanie Warren, die ihm den Hals gerettet hatte. Danke, Jeanie, dachte er und fing nun an, sich doch zu ärgern, weil ihm immer noch niemand von Katis Au-pair-Familie die Tür öffnete. Wie lange wartete er jetzt schon?

Er klingelte wieder. Nichts.

Na gut, die Botschaft war eindeutig, keiner wollte mit ihm reden. Keine Jeanies für ihn in diesem Haus.

Er klingelte ein letztes Mal. Dann hämmerte er wütend an die Tür. Wie bescheuert, dass Kati nicht an ihr Handy ging.

Er stöhnte leise. Wenn er noch länger die Tür malträtierte, würde unter Umständen wieder die Polizei auftauchen und ihn verhaften. Seufzend gab er auf, lief zurück zum Auto und freute sich auf die Klimaanlage.

Als er schon fast dort angelangt war, räusperte sich jemand hinter ihm. Er drehte sich um.

»Hi!«, sagte das kleine Mädchen, das ihm neulich schon geholfen hatte. Doch eine Jeanie. Er lächelte sie an und überlegte angestrengt, wie sie hieß. Millie? Mira? Maisie? Eine Hand hielt sie hinter ihrem Rücken versteckt.

»Hi?«, sagte sie.

»Hi«, antwortete Luke dankbar und überlegte, ob er irgendetwas hatte, das er ihr als Geschenk geben konnte, womit er sie für sich einnehmen könnte, doch er hatte nichts. Bis auf den blauen Ring von Tiffany, den er immer noch in seiner Hosentasche herumtrug, weil er nicht wusste, was er damit machen sollte. Seine Recherchen auf der Tiffany-Homepage hatten ergeben, dass diese Art von Ringen für 26.500 Dollar verkauft wurden. Und das war definitiv ein zu teures Geschenk für ein kleines Mädchen. Aber wenigstens fiel ihm jetzt ihr Name wieder ein: Mia.

»Mia, ich suche Kati.«

»Sie ist weg und ich weiß nicht, wo sie ist.« Mia klang so traurig, als wäre das für sie das Ende der Welt. »Wir haben ein neues Au-pair-Mädchen aus Frankreich bekommen. Annabelle, aber die ist total doof, sie versteht überhaupt gar nichts!«

Luke musste seine Ungeduld bezähmen. Diese Lektion hatte er gerade bei den Gesprächen mit der Army gelernt: Mit Ungeduld kam man nirgendwohin. Er musste auf Mia eingehen.

»Wirklich blöd für euch, dass Annabelle so schlecht Englisch spricht …«

Mia schüttelte den Kopf. »Du verstehst mich nicht! Annabelle kann gut Englisch, aber sie will Spago kein Essen kochen und behauptet, der wäre nicht echt, nur weil sie ihn nicht sehen kann.« Sie sah ihn erwartungsvoll an. Luke hatte nicht die leiseste Ahnung, wovon Mia redete und welche Antwort ihr das Gefühl geben würde, er wäre auch so klug wie Kati oder sie beide stünden zusammen gegen den Rest der Welt.

»Total blöd von ihr«, versuchte es Luke mal ins Blaue. »So etwas Dummes hat Kati sicher nie getan.«

Mia nickte und ihr Gesicht hellte sich etwas auf.

»Weißt du, wo Kati hingegangen ist?«, fragte er.

Sie schüttelte betrübt ihre blonden Zöpfe.

»Leider nicht.« Mia seufzte. »Kati war weg, als ich aus der Sonntagsschule nach Hause gekommen bin. Und sie hat alles mitgenommen. Dabei wollte ich ihr ein Geschenk geben. Du wirst sie doch finden, oder?« Mia presste ihre Lippen zusammen und sah ihn prüfend an. *»Versprichst* du mir, dass du sie wirklich findest?«

Luke schlug die Fersen zusammen und tat so, als wäre er ein Soldat, der vor seinem Oberst salutierte. »Aye, aye, Madam!«

Mia kicherte und reichte ihm eine Rolle, die sie die ganze Zeit hinter ihrem Rücken verborgen hatte.

»Kannst du ihr das geben, wenn du sie dann gefunden hast?«

»Sehr wohl, Madam.«

Mia nickte ihm würdevoll zu und rannte zurück in den Garten. Kurz bevor sie um die Ecke bog, drehte sie sich noch einmal zu ihm um und winkte.

Er warf ihr eine Kusshand zu, was sie wieder zum Lächeln brachte. Dann setzte er sich ins Auto, legte die Rolle auf den Beifahrersitz und fuhr los, auch wenn er noch nicht sicher war, wo er Kati zuerst suchen sollte.

War sie vielleicht zu Jeff und Lucy gezogen? Dann war es natürlich ein schwerer Fehler von ihm, dass er dort weg war. Doch nachdem er vorgestern herausgefunden hatte, dass der Tote auf dem Friedhof auf keinen Fall Katis Vater sein konnte, wollte er dort nicht bleiben. Deshalb hatte er den Colemans leider die Schlüsselkarten zurückgegeben. Also müsste er klingeln, um auf das Grundstück zu gelangen, und er konnte nur hoffen, dass ihm dort jemand die Tür öffnen würde. Lucy hatte wahrscheinlich keine große Lust, denn er hatte auch ihre Abendverabredung sausen lassen. Er hatte einfach sofort nach San Diego fahren müssen, um ganz sicherzugehen.

Luke trommelte mit den Fingern auf das Lenkrad. Es half alles nichts, er musste wieder ins *Lived*. Dort würde er am ehesten jemanden erreichen. Sein Blick fiel auf die Rolle von Mia und seine Miene hellte sich auf, immerhin hatte er jetzt schon zwei Geschenke für Kati.

Nachdem er sich über eine Stunde durch den Feierabendverkehr bis nach Hollywood gequält hatte, fand er in der Bar nur Izanami und Mossie, von Kati, Jeff oder Lucy keine Spur. Nur Ezra hing natürlich wieder dort herum und schlürfte einen Drink. Hatte der eigentlich nichts anderes zu tun? Immerhin war es angenehm kühl hier, Luke hatte sogar das Gefühl, die Schmetterlinge würden ihm nach Limonen duftende Kühlung zufächeln, was natürlich Unsinn war, denn sie waren ja nicht echt, sondern nur Projektionen. Und obwohl sein Körper sich hier sofort wohlfühlte, kämpfte sein Verstand dagegen an. Diese Bar war ihm nicht geheuer. Sie veränderte jeden, der hineinkam, in eine fröhlich grinsende Marionette.

Jeden außer Ezra.

»Und?«, fragte Ezra mit einem ironischen Unterton und tupfte sich mit einer Serviette den Mund ab. »Tote zum Leben erweckt?«

Er klang, als hätten sie ihre Unterhaltung gerade eben erst beendet und nicht schon vor zwei Tagen.

»Wissen Sie, wo Kati steckt?«, fragte Luke, statt zu antworten.

»Bei Dreharbeiten?«, mutmaßte Ezra, korrigierte sich dann aber gleich selbst. »Um diese Zeit könnte es jedoch auch sein, dass sie mit Jeff unterwegs ist. Amors Pfeile haben ihn schwer getroffen.«

»Wohnt Kati jetzt bei Jeff?«, fragte er und sah sie plötzlich vor sich, wie sie in ihrem weißen Häkeltop an dem schwarzen Flügel lehnte, während Jeff ihr etwas Ölig-Romantisches vorspielte. Der Mann, der mit ihr zum Friedhof gefahren war und sich einen Dreck um die Wahrheit geschert hatte. Wütend riss Luke einen der vielen Dekoschmetterlinge ab, die über den Tresen baumelten.

Ezra schüttelte missbilligend den Kopf unter seiner Kapuze. »Wenn es Sie beruhigt, ich glaube nicht, dass Kati bei Jeff wohnt.«

»Warum nicht?«

»Mein Freund genießt gern seinen Freiraum.«

Jemand, der mit seiner Schwester zusammenwohnte, verzichtete nach Lukes Einschätzung komplett auf jeden Freiraum. Er musste nur an Gordana denken und fühlte sich schon wie eingekerkert.

»Warum haben Sie Lucy vorgestern Abend sitzen lassen?«, fragte Ezra.

»Dafür gibt es gute Gründe, aber nichts davon geht Sie etwas an. Ich verrate nur so viel: Ihr Freund ist ein ganz übler Lügner.«

»Er versucht nur, das zu bekommen, was er wirklich will. Für ihn heiligt der Zweck die Mittel.«

»Schöner Freund.«

»Ach, nun ja … Wir kennen uns schon eine Ewigkeit,

da lernt man, den anderen so zu tolerieren, wie er wirklich ist.«

»Bla, bla, bla.« Luke hatte genug. »So was kann ich auf den Tod nicht ausstehen, Lügen sind Lügen, sind Lügen!«

»Ohoooo. Schön, dass *Sie* so eine *ehrliche* Haut sind!« Ezra klang so, als würde er sich über Luke lustig machen. Und obwohl es unmöglich war, dass Ezra von dem Ring in seiner Hosentasche wusste, fühlte Luke sich trotzdem ertappt.

»Sie würden also niemals stehlen, einbrechen oder – Gott bewahre – lügen für Ihre große Liebe?«

»Nein«, sagte Luke, aber dabei wurde ihm ganz flau. Vor seinem inneren Auge sah er im Schnelldurchlauf, wie er von den Katzen malträtiert in das Haus der Colemans eingebrochen war, wie er den teuren Ring gegen die Kreidewürfelbox ausgetauscht hatte, wie er im Bad die geheime Mappe studiert hatte und Officer Jeanie mit seinem Charme am Telefon reingelegt hatte.

Stopp.

Da war etwas.

Er hatte die Katzen ausgetrickst, aber dabei das Regal touchiert. Da waren nicht nur die Zeitungen und die Mappe, sondern auch der Prospekt für ein Haus am Strand.

»Besitzt Jeff ein Strandhaus?«

»Leider bin ich über den Immobilienbesitz meines Freundes nicht ganz im Bilde«, antwortete Ezra.

»Haben Sie seine Mobilnummer?«

»Bedaure, die ist geheim, da sind mir die Hände gebunden.« Er unterstrich seine Worte wieder mit einem Wedeln seiner dämlichen Sense.

»Danke. Sehr hilfreich!« Luke ließ Ezra stehen, verließ

die Bar und stürmte nach draußen, wo die Hitze seine Lungen überfiel und ihm die Luft abschnürte. Als wäre die Sonne nicht schon lange untergegangen.

Luke versuchte, zu atmen und sich zu konzentrieren. Beinahe wäre er zurück in die Bar geflüchtet, aber irgendwie hatte er das Gefühl, dass seine Gedanken sich dort immer nur im Kreis drehten. Er gab sich einen Ruck und steuerte sein Auto an, stieg ein, drehte die Klimaanlage auf maximale Power und versuchte, einen Plan zu schmieden.

Leider wusste er nicht, bei welcher Produktionsfirma Kati war.

Also blieb ihm das Strandhaus. Natürlich konnte der Prospekt schon jahrelang im Bad der Colemans liegen, doch er klammerte sich an den Gedanken, dass die Zeitungen aktuell gewesen waren. Leider erinnerte er sich weder an den Namen der Immobilienfirma, noch hätte er das Haus zeichnen können. Das Einzige, was er noch wusste, war, dass es komplett mit blauen Blumen bewachsen war und Terrasse und Balkon zum Strand in Venice hatte.

Der Strand dort war laut seinem amerikanischen Handy und Google viereinhalb Kilometer lang, da irgendwo musste das Haus sein. Das klang zwar nach einem mühsamen, aber nicht unmöglichen Plan. Auch wenn es schon dunkel war. Allerdings musste er das Auto an einem Ende abstellen und dann zu Fuß am Strand langgehen, denn er kannte das Haus nur von dem Foto zur Meerseite hin. Falls er es nicht fand, dann musste er eben zurück zum Auto laufen und bei der Bar wieder sein Lager aufschlagen.

Er schaltete den Motor an und die Scheinwerfer und gab Gas.

40

Wütend stürmte Kati aus dem Studio und rannte geradewegs in Jeff.

»Tut mir leid«, sagte sie.

»Macht gar nichts.« Jeff umarmte sie fest und küsste sie zärtlich auf ihre Schläfen. »Big MM hat mich angerufen, damit ich dich abhole, mit dir rede und dich beruhige.« Er löste die Umarmung, legte einen Arm um ihre Schultern und steuerte sie zu seiner Limousine.

Kati fand es unmöglich, dass die zwei sie wie ein eigensinniges Kind behandelten.

»Ich weiß nicht, ob du das schaffst! Big MM will plötzlich doch, dass ich die Narbe operieren lasse. Das verstehe ich nicht, wie soll denn dann die Geschichte funktionieren? Und es kommt noch schlimmer, denn bei der Gelegenheit sollen dann gleich noch ein paar andere Korrekturen vorgenommen werden. Dein Freund, der unsensible Klotz, dieser Mike, war auch da und hat mächtig rumgeschleimt, von wegen was für ›tolles Material‹ ich an sich wäre.«

»Jetzt beruhige dich doch. Das ist alles nur zu deinem Besten.«

»Auch, dass ich mir die Brust ein bisschen aufblasen lassen soll?«

Jeff brach in lautes Gelächter aus. »Das ist Unsinn, die ist wundervoll, so, wie sie ist. Nein, das ist nur so eine

Marotte von Big MM, er hat da eine Schwäche. Natürlich machst du das nicht. Über die Narbe könntest du allerdings schon mal nachdenken. Denn du hättest auch nach diesem Projekt dann viel mehr Chancen auf andere Rollen, meinst du nicht?«

Sie stiegen ein und fuhren los.

Wozu eine Operation?, fragte sich Kati. Nachdem sie trotz der Rolle täglich die Salbe auf ihre Wange geschmiert hatte, war der hässliche Himalaya-Wurm doch sowieso schon fast aus ihrem Gesicht verschwunden.

»Darling, nimm dir das nicht so zu Herzen. Das hier ist Los Angeles, da wird über Körper geredet wie über Warenlager.«

Kati wollte eigentlich sagen, dass ihr das alles gestohlen bleiben konnte, aber ihre Kehle war wie zugeschnürt. Die Rolle des Purpurmädchens gefiel ihr. Der Text gefiel ihr. Das Set gefiel ihr. Sie hatte dermaßen Feuer gefangen, dass der Gedanke, das alles wieder aufzugeben, sich schrecklich anfühlte.

Jeff musterte sie nachdenklich, dann nahm er sein Handy und rief Big MM an.

»Was hast du meiner Katy nur angetan?«, fragte er und dann hielt er Big MM eine Standpauke, bei der Kati Hören und Sehen verging. Es schmeichelte ihr, wie sehr er ihren Standpunkt vertrat und Big MM in die Defensive drängte, und sie fragte sich, wie das möglich sein konnte. Als sie sich im *Progress* getroffen hatten, war Jeff ganz anders aufgetreten, viel unterwürfiger. Und gerade sagte er: »Nicht jeder ist so ein tittenfixiertes Arschloch wie du!«

Pause.

»Nein, sie ist perfekt.«

Pause.

»Wenn das später nicht mehr so sein sollte, können wir immer noch …«

Jeff seufzte und sah Kati fragend an. »Die Narben-OP geht klar?«

Kati nickte wie benommen.

»Okay, für die Narbe kannst du einen Termin machen. Sonst nichts. Haben wir uns verstanden?«

Wie war das möglich? Nachdem Jeff aufgelegt hatte, fragte sie ihn: »Gehört dir jetzt die Firma?«

Jeffs Antwort bestand in einem breiten Grinsen.

»Der Typ hat mich genervt und ich wollte nur sichergehen, dass er das tut, was wir für richtig halten. Ich glaube an dich und ich bin sicher, ganz egal, was du spielst, es wird super.«

Er hatte einfach so mal eine Filmfirma gekauft. Alles Selbstmitleidige fiel von ihr ab. Sein Glaube an ihr Talent wirkte, als hätte man ihr eine Riesendosis Glück in die Adern injiziert.

»Und wenn ich es dann doch nicht bringe?«

Jeff zog sie an sich und küsste sie auf ihre Haare. »Mit den richtigen Menschen an deiner Seite wirst du zur Höchstform auflaufen.«

Nachdem sie vor dem Haus angekommen waren, öffnete Jeff ihr die Tür und hielt ihr erwartungsvoll ein schwarzes Tuch vor das Gesicht.

Sie fing an zu lachen. »Es ist doch schon dunkel! Und nur weil du die Firma gekauft und Big MM den Marsch geblasen hast, spiele ich noch lange nicht *Fifty Shades of Grey* mit dir!«

Aber Jeff blieb ganz ernst. »Ich habe eine Überraschung für dich. Bitte spiel mit.«

»Noch eine?«

»Eine ganz private.«

Er band ihr das Seidentuch um die Augen, dann legte er den Arm um sie. »Was hältst du nach all der Aufregung von einem Spaziergang? Du musst nur das kleine Stück am Haus vorbei vor zum Strand mit verbundenen Augen gehen. Ganz vorne am Ufer nehme ich es dir wieder ab.«

»Okay.« Kati fühlte, wie Spannung zwischen ihnen aufstieg wie ein elektrisches Knistern. Sie verschränkte ihren Arm mit seinem Ellenbogen und ließ sich von ihm zum Strand führen. Als sie den Sand unter ihren Füßen spürte, kniete sich Jeff vor sie hin und half ihr dabei, die Schuhe auszuziehen, dann liefen sie weiter vor zum Ufer. Das Klatschen der Wellen wurde ständig lauter und die Luft deutlich kühler.

Kati konzentrierte sich auf den Sand unter ihren Füßen, den Geruch nach Salz und Algen und den von Jeff so nah neben ihr. Noch nie war ihr das Leben so aufregend vorgekommen. Doch sie spürte auch noch etwas anderes. Ein bisschen Angst, aber womöglich war es ja auch das, was es so aufregend machte!

»Linda hat immer behauptet, nach Einbruch der Dunkelheit ist es nicht nur verboten, am Strand spazieren zu gehen, sondern auch megagefährlich.«

»Jetzt noch nicht. Sowohl die Gangster als auch die Polizisten haben Mitleid mit den Honeymoonern. Die rücken beide erst gegen zehn hier an.«

Als ihre Füße den kalten Pazifik zwischen den Zehen

spürten, nahm Jeff ihr wie versprochen das Tuch ab. Kati öffnete ihre Augen.

»Schön, nicht?«, fragte er und zeigte auf die Sterne, die über dem Meer blinkten. »Wenn man die Augen eine Weile geschlossen hat, dann kann man im Dunkeln viel besser sehen.«

Er drückte ihre Hand ganz fest.

»Aber das Beste kommt noch!«, flüsterte er so nah zu ihr hin, dass sie seinen heißen Atem an ihrer Wange spüren konnte.

»Mach die Augen noch mal kurz zu und dann dreh dich um«, sagte er.

Sie folgte seinen Worten und schnappte nach Luft. Ein riesig wirkender Vollmond stieg hinter den Bergen jenseits von Los Angeles auf und überstrahlte die pulsierenden Lichter der Stadt mit seinem Glanz.

»Und, was ist schöner?«, fragte Jeff und grinste sie an.

Kati drehte sich wieder zum Meer um, wo sich die Sterne auf den Wellen spiegelten wie ins Wasser gefallene Glühwürmchen.

Sie zuckte mit den Schultern.

»Das kann ich nicht sagen.« Sie wandte sich zur Stadt und es kam ihr so vor, als wäre der Mond noch heller und schon wieder ein Stückchen weiter hochgestiegen.

»Und wenn dein Leben davon abhinge?«, fragte er.

»Keine Ahnung, mein Leben hängt zum Glück nicht davon ab.«

»Aber manchmal muss man Entscheidungen treffen.«

»Jetzt wirst du aber ganz schön melodramatisch.«

Jeff grinste. »Das Leben ist immer melodramatisch, manchmal kitschig und manchmal grausam.«

»Warum erzählst du mir das?«

»Ich bin kein Idiot. Mir ist klar, dass Luke dir viel bedeutet hat, aber ich muss wissen, dass das ein für alle Mal vorbei ist.«

»Ja.« Sie räusperte sich und wiederholte noch einmal mit sehr viel lauterer Stimme: »Ich habe es doch schon gesagt, Luke ist Geschichte, es ist vorbei.« Und sie war selbst überrascht, dass das möglich war. Bis zu dem Unfall hätte sie gedacht, dass sie eher sterben würde, als das jemals in ihrem Leben zu sagen.

Jeff zog sie an sich und küsste sie zart auf den Mund, dann nahm er ihre Hand und zog sie beschwingt mit sich.

»Ich hab großen Hunger, lass uns nach Hause gehen.«

Ohne ihre Hand loszulassen, joggte er los. Kati war zu müde von dem anstrengenden Tag, konnte kaum mithalten und ließ seine Hand japsend los. Er blieb sofort stehen, murmelte eine Entschuldigung, nahm ihre Hand wieder und lief dann langsamer weiter.

»Schau mal, dort drüben.«

Jetzt verstand Kati noch besser, warum er ihr die Augen verbunden hatte. Das war es, was sie vorhin nicht hatte sehen sollen: Dieses Lichtermeer aus roten herzförmigen Teelichtern. Von der Gartentür bei den Palmen bis hoch zur Terrasse war der Weg mit Kerzen beleuchtet, die in der leichten Pazifikbrise flackerten.

»Das finde ich noch viel schöner als das, was wir gerade angeschaut haben«, flüsterte Kati. »Und zwar deshalb, weil du das für mich gemacht hast. Der Mond geht schließlich ständig auf und unter und die Sterne sind ja auch immer da.«

»Und warte erst mal, bis du meine Steaks siehst, die saftigsten und zartesten von ganz Los Angeles.«

Er schloss die Gartentür auf und führte sie zur Terrasse, die auch übersät mit brennenden Teelichtern war. Sie reichten bis hinein in das Wohn-Ess-Zimmer und standen rechts und links auf der Wendeltreppe, die wie eine glühende Lichtskulptur das Zimmer erhellte.

Jeff schloss das Gitter der Terrassentür auf und betrat die Wohnung. Kati folgte ihm und fühlte sich im ersten Moment wie erschlagen, denn neben den Teelichtern waren überall noch Lilien mit großen weißen und rosa gesprenkelten Blüten verteilt, deren betäubender Duft sie völlig benommen machte.

Jeff holte sich ein Bier aus dem Kühlschrank und drehte sich um.

»Möchtest du auch etwas trinken? Ich dachte mir schon, dass du ein bisschen erledigt bist nach diesem Tag, deshalb habe ich dir einen besonderen *Sunrise Glory* gemixt, du wirst ihn mögen.« Er reicht ihr einen *Lived*-Becher. Sie nahm ihn, schnupperte daran und bewunderte die sauber getrennten Farbschichten in dem Glasfenster. Aber sie konnte gerade nichts trinken. Ihr Herz fühlte sich an, als würde es gleich überlaufen. Alles war so unfassbar schön und sie wollte ihm so gern danken – für die Creme, die Filmrolle, für seinen Einsatz bei Big MM, für den Spaziergang, für das Haus, für die Kerzen.

Während sie noch darüber nachdachte, wie sie das am besten in Worte packen konnte, hämmerte jemand ungeduldig an die Verandatür.

41

Oh, es tut mir wirklich außerordentlich leid, wenn ich gerade störe!« Luke musste stark an sich halten, um nicht noch zynischer zu werden. Denn da stand seine Kati und starrte durch ihn hindurch, als wäre er nur ein lästiges Gespenst, ein lebendig gewordener stinkender Furz, den man gehofft hatte, für immer los zu sein.

»Ich habe geklingelt«, erklärte er jetzt ein bisschen freundlicher, »aber niemand hat aufgemacht.«

Stundenlang war er von Haus zu Haus gelaufen und fünf Mal schon hatte er gedacht, er wäre beim richtigen gelandet.

Auch dieses Mal war er wie ein gesetzestreuer Bürger nach vorne gelaufen, um ganz korrekt an der Haustür zu klingeln. Aber niemand hatte reagiert. Das war ihm merkwürdig vorgekommen, niemand ließ in Kalifornien offenes Feuer unbewacht vor sich hin brennen. Deshalb hatte er sich ein Herz gefasst und war wie ein Dieb um das Haus herum entlang der Teelichter hoch zur Terrasse gelaufen und hatte gehofft, dass ihn niemand erschießen würde.

Jetzt war er so froh, sie endlich gefunden zu haben. Sie sah müde aus und ihre Augen glänzten wie im Fieber. Was hatte dieser Lügner nur mit ihr gemacht?

Angesichts dieser lächerlichen Herzchenteelichter und

ihres komischen Blicks musste er sich leider fragen, ob er nicht schon zu spät dran war. Deshalb blieb ihm keine Zeit mehr für höfliche Konversation.

»Kati, ich muss dringend mit dir reden.«

»Niemand hat dich eingeladen!« Jeffs Stimme klang schneidend.

Natürlich nicht, dachte Luke, der verdammte Hund wollte allein mit Kati sein und hatte irgendwas mit ihr vor.

Sie sah immer noch völlig verwirrt aus und Luke wunderte das gar nicht. Diese Blumen mit den großen weißen Blüten dufteten nicht, die stanken dermaßen penetrant und vermischten sich so ungut mit dem Geruch der Teelichter, dass sogar ihm ganz komisch davon wurde.

Und dann ging ihm ein Licht auf, so hell wie Stadionscheinwerfer. Jeff machte hier einen auf romantisch, weil er Kati den Ring überreichen wollte.

Bei dem Gedanken daran, dass der sündhaft teure Ring immer noch in seiner Hosentasche war, schlich sich ein grimmiges Lächeln auf seine Lippen.

Aber hier ging es ja nicht darum, wer der tollere Typ war, sondern um Kati und darum, sie vor weiteren Lügen zu beschützen.

Kati deutete auf seine Wange. »Was ist denn da passiert?«

Wovon redete sie denn da? Er fasste sich an die Wange, dann erst wurde ihm klar, dass sie ihn seit seinem Einbruch bei den Colemans nicht mehr gesehen hatte.

»Nur ein Kratzer«, wehrte er ab. »Ich muss wirklich mit dir unter vier Augen reden!«

»Kati hat kein Interesse!« Jeff stellte sich neben Kati und legte seinen Arm um sie, als wollte er sie beschützen.

Ich kotze gleich, dachte Luke. Was für ein Arschloch.

Tut so, als würde sie ihm etwas bedeuten. Eine penetrante Stimme in seinem Hirn meldete sich und behauptete, dass kein Mensch einfach so einen derart teuren Ring kaufte. Nicht mal so ein reicher Angeber wie Jeff. Wahrscheinlich bedeutete sie ihm auf eine völlig verdrehte, kranke Art sogar wirklich etwas.

»Kati, kannst du oder willst du nicht für dich selbst sprechen?«

»Nicht nötig. Wir sind einer Meinung«, warf Jeff ein. »Gerade hat sie mir versichert, dass du für sie Schnee von vorgestern bist. Also raus mit dir!«

Luke trat näher zu Kati und suchte ihren Blick. »Jeff belügt dich ständig! Keine Ahnung, warum, aber er tut es!«

Kati sah von Luke zu Jeff und dann wieder zu Luke und schüttelte ihre Locken. »Ich glaube, du bist endgültig verrückt geworden!«

Ihre Worte zusammen mit diesem ablehnenden Ausdruck in ihren Augen brannten Löcher in sein Herz.

»Hör mich doch wenigstens mal an!«

Jeff lief auf ihn zu und baute sich drohend vor ihm auf.

»Du solltest deine Klappe halten und hier verschwinden.«

Das reichte, Luke erstickte fast an seinem Zorn. »Sonst was? Holst du die Polizei? So ein Lügner wie du?«

»Luke, bitte, verschwinde!«, wies ihn Kati zurecht. »Ich bitte dich, um der alten Zeiten willen. Geh!«

»Du bist nicht mehr du selbst, Kati. Du brauchst Hilfe. Dieser Scheißkerl hat dich doch total eingewickelt und geblendet. Merkst du das nicht?«

Jeff stellte seine Bierflasche ab, sprang unvermittelt vor Luke hin und rammte ihm die Faust ins Gesicht.

»Das reicht jetzt, du Loser!«, fauchte er.

Luke hörte das Krachen, dann spürte er den stechenden Schmerz in seiner Nase und der machte ihn erst recht wütend. Loser! Dem würde er es zeigen! Er schlug nicht nur zurück, er war froh, dass er endlich seine Wut in Jeff reinprügeln konnte.

Aber den schien das kaum zu kratzen.

Er versetzte Luke einen Boxhieb nach dem anderen. Luke schmeckte Eisen in seinem Mund, er blutete und in seinen Ohren rauschte es.

»Du solltest aufhören, Kati ständig diese Lügen zu erzählen«, keuchte er und schlug zu, aber Jeff grinste bloß und holte zum nächsten Schlag aus.

»Stopp!«, schrie Kati. »Hört sofort auf! Bitte, das reicht jetzt. Jungs, lasst uns reden!«

»Können wir nicht, wollen wir nicht!« Jeff klang viel weniger außer Atem als Luke. Seine Fäuste prasselten auf ihn nieder wie mächtige Granitbrocken, aber Luke wehrte sich verbissen. Doch dann kam er ins Schleudern und konnte sich nicht mehr auf den Beinen halten. Er fiel auf die Knie.

»Kati«, stöhnte er, »dein Vater lebt. Es geht ihm gut!«

Jeff trat ihm in den Rücken und er stürzte nach vorn aufs Gesicht und das Letzte, was er dachte, war, dass er auf keinen Fall ohnmächtig werden durfte, weil er Kati vor diesem Dreckskerl retten musste.

Als Luke wieder zu sich kam, kniete Kati neben ihm. Er konnte ihre Nähe riechen, noch bevor er die Augen aufschlug, und das war ein gutes Gefühl.

»Kati«, flüsterte er. »Bitte …«

»Lass das!«, zischte sie.

Das brachte ihn dazu, seine Augen zu öffnen. Und obwohl er nur noch rechts etwas sehen konnte, erkannte er sofort, wie wütend sie war. So dermaßen wütend hatte er sie überhaupt noch nie gesehen. Ihre Augen sprühten blaues Feuer in seine offenen Wunden.

»Du bist so ein verdammtes Arschloch!«, zischte sie ihm entgegen. »Erzähl mir bloß keine von deinen Geschichten, von denen habe ich wirklich die Schnauze voll. Jahrelang war ich gerade gut genug, um dir Feedback zu geben und deinen Sex-Abenteuern zuzuhören, denn an mir hattest du ja nicht das geringste Interesse. Jetzt sei verdammt noch mal ein guter Verlierer! Geh und versprich mir, dass du nie wieder hier auftauchst! Dann wird Jeff keine Anzeige erstatten.«

»Jeff ist ein Lügner.« Er musste sie einfach überzeugen. Spürte sie denn nicht, dass er die Wahrheit sagte? Sie war doch sonst so klug!

»Um unserer alten Freundschaft willen, geh! Such dir doch einfach irgendwelche Mädels, so, wie du das früher auch gemacht hast, und lass mich in Ruhe!«

Sie bot ihm ihre Hilfe beim Aufstehen an. Er lehnte ab, doch dann musste er sie zähneknirschend annehmen, weil er sich kaum rühren konnte. In diesem Moment hasste er sie richtig.

Und liebte sie trotzdem. Verdammt.

Sie reichte ihm einen nassen Waschlappen. Den ignorierte er und sah sich suchend nach Jeff um, konnte ihn aber nirgends entdecken.

»Diese Colemans sind Betrüger und dein Vater lebt«, sagte er möglichst ruhig. Er legte alle Überzeugungskraft, die er noch aktivieren konnte, in seine Stimme.

»Jaja, ich weiß schon, als Zombie in den Alpen!« Sie riss die Tür auf und schob ihn raus. »Ich bin deine Fantasiegeschichten so leid, weißt du das?«

Während er versuchte, nicht gleich wieder hinzufallen und dabei nicht zu tief einzuatmen, weil da irgendwas mit seinen Rippen passiert war, fragte er sich, ob alles anders gelaufen wäre, wenn er ihr gesagt hätte, warum er wirklich nach Los Angeles gekommen war.

Dass er sie liebte. Wahrscheinlich immer schon geliebt hatte.

Hätte sie zugehört, wenn er diese verfluchten drei Worte in den Mund genommen hätte? Er war trotz allem immer noch so ein Feigling!

42

Über eine Stunde nach Lukes Abgang brannten die Teelichter immer noch so romantisch, als wäre nichts geschehen, aber Kati fühlte sich nicht sehr glücklich und ziemlich verwirrt.

Was hatte Luke sich nur dabei gedacht, sie so zu überfallen? Und sie verbat es sich, auch nur eine Sekunde über den Unsinn nachzudenken, den er da von sich gegeben hatte. Sie war am Grab ihres Vaters gewesen und hatte diese Mappe gesehen, während Luke ganz offensichtlich dabei war durchzudrehen. G wie geisteskrank, gaga oder gemeingefährlich …

Sie hatte für Jeff, der während Lukes Abgang in der Toilette verschwunden war, einen Eisbeutel aus Tiefkühlerbsen improvisiert, doch den hatte er zu ihrer großen Verwunderung dann gar nicht gebraucht. Als er zurückkam, wirkte er frisch und hatte nicht mal einen Kratzer im Gesicht. Seine Stimmung jedoch war äußerst mies, weil er davon überzeugt war, sie hätte Luke verraten, wo sie jetzt wohnte. Es dauerte ziemlich lange, bis ihre Erklärungen ihn wieder beruhigen konnten.

»Und was deinen Vater angeht, glaubst du ihm oder mir?«, fragte er sie schließlich.

»Dir natürlich!«

»Aber?« Jeff starrte sie abwartend an.

»Aber ich frage mich, was mit ihm los ist. Wie kommt er nur auf solche Ideen?«

Jeff zuckte mit den Schultern. »Zu viele Zombiegeschichten? Was weiß ich, aber eine Sache ist definitiv klar: Er hat unseren romantischen Abend gründlich ruiniert. Hunger habe ich auch keinen mehr.« Jeff zog eine Augenbraue hoch und lächelte sie an. »Obwohl ...«

Damit zog er sie eng an sich und küsste sie sehr sanft auf den Mund. Doch kaum berührten sich ihre Lippen, fühlte Kati, wie sehr er sich beherrschte. Sie musste seinen Kuss einfach richtig erwidern und dann wollte sie nichts anderes mehr, als sich fest an ihn zu pressen und alles andere zu vergessen.

Unvermittelt ließ er sie los und betrachtete sie, als hätte er sie noch nie gesehen.

»Bist du bereit?«, fragte er und Kati lief ein Schauer über den Rücken, weil Jeff plötzlich so ernst wurde. Bereit wofür? Trotzdem sagte sie Ja und spürte genau wie beim Abseilen aus dem Helikopter wieder dieses aufregende Gefühl, als ob silberne Roulettekugeln in ihrem Bauch hin- und herspringen würden.

Jeff führte sie zu einem der weißen Ledersofas und bat sie, sich zu setzen, dann lief er zu einem Sideboard und holte dort eine kleine helltürkisblaue Schachtel heraus. Er kam zurück und stellte sie mit einer angedeuteten Verbeugung auf seine ausgestreckte Handfläche.

»Ich lasse nicht zu, dass dieser Idiot uns den kompletten Abend zerstört. Tun wir einfach so, als hätten wir gerade ein romantisches Dinner ohne Störungen gehabt. Das schaffen wir, wir kommen schließlich vom Filmbusiness.« Er grinste. »Wie fandest du den Nachtisch?«

»Wunderbar«, ging Kati auf sein Spiel ein. »Die Pannacotta war außerordentlich sahnig.«

»Das freut mich. Dann möchte ich dir nun das hier als Ausdruck meiner Verehrung für dich überreichen.«

Er gab ihr die Schachtel und nahm neben Kati Platz.

Sie war froh, dass sie schon saß.

Tiffany! Eine Schachtel von *Tiffany*.

Noch nie hatte ihr jemand etwas so Teures geschenkt. Ihre Beine fingen an, leicht zu vibrieren. Ob Lucy ihn bei der Auswahl beraten hatte? Was er wohl für sie ausgesucht hatte? Ohrstecker? Eine Brosche? Oder etwa einen Ring? Nein, für so etwas Symbolisches war es doch noch zu früh, oder? Sie löste das champagnerfarbene Band von der Schachtel, holte tief Luft und öffnete den Deckel.

Kati war so überrascht, dass sie im ersten Moment glaubte, sie hätte Sehstörungen. Das kam nur von der ganzen Aufregung.

Sie konzentrierte sich und sah genauer hin.

Dieses mattsilbrige Ding war, wirklich kein Ring, kam ihr aber trotzdem vertraut vor. Etwas daran machte sie sogar für den Bruchteil einer Sekunde glücklich.

Aber dann wurde ihr klar, was es war, und sie schnappte nach Luft. Das war unmöglich!

Sie sah von der Schachtel hoch in Jeffs gespanntes Gesicht und dann entlud sich dieser ganze unfassbare Abend in einem unterdrückten Glucksen, das immer heftiger wurde und schließlich hell und laut in ihrer Kehle emporstieg.

Das war … das war so verdammt *typisch* für Luke.

Sie schaffte es nicht länger, sich zu beherrschen, erst recht nicht, nachdem sie Jeffs entgeistertes Gesicht gesehen hatte. Er lief gerade flammend rot an, während seine Augen sich in brennende Kohlen verwandelten.

»Was zum Henker ist das denn?« Er hob mit spitzen Fingern die winzige Alubox hoch, in der sich ein abgenutztes blaues Stück Kreide befand.

Kati wusste, auch ohne sich die Gravur anzusehen, dass es die Box war, die sie Luke vor über einem Jahr zu einem Billardturnier geschenkt hatte.

»Verdammt, Kati, das ist nicht witzig!« Jeff warf die Alubox gegen die Wand und schlug mit der Faust so hart auf das Sofa neben sich, dass die leere Schachtel auf Katis Schoß hochgeschleudert wurde.

Schlagartig verging Kati das Lachen. Wie würde sie sich fühlen, wenn ihr jemand so einen hundsgemeinen Streich spielte?

»Es tut mir leid«, stammelte sie und überlegte, was sie sagen könnte, um die Wogen wieder zu glätten.

Jeff sprang auf und lief in die Richtung, in die er den Würfel geworfen hatte.

»Ich weiß nicht, wie das passieren konnte, ich hatte einen ganz besonders schönen Ring für dich ausgesucht, mit Edelsteinen so blau wie deine Augen. Wenn ich herausfinde, dass *er* ihn geklaut hat, mach ich ihn fertig.«

Jeffs Ton klang wie eine Kampfansage und Kati fröstelte, als ihr klar wurde, dass er damit Luke meinte. Luke, der ja schon nach der kurzen Prügelei vorhin so ausgesehen hatte, als wäre er ein zum Tode verurteilter Gladiator.

Hatte er wirklich den Ring geklaut? Ihretwegen?

»Da, ich hab ihn!« Jeff beugte sich, hob den Würfel hoch und untersuchte ihn ganz genau. »L. L. Was für ein Zufall. Heißt dein Ex nicht zufällig Luke Lipsky?«

»Ich war genauso überrascht wie du!«, wehrte Kati ab. »Nur deshalb musste ich so hysterisch lachen.«

Jeff atmete tief ein und dann nickte er. »Du hast recht, ich sollte mich beruhigen. Wer zuletzt lacht, lacht am besten!«

Er holte sich noch ein Bier aus dem Kühlschrank, öffnete es und trank es in einem Zug aus.

»Trotzdem frage ich mich, ob du dir auch wirklich ganz sicher bist, dass die Sache mit Luke vorbei ist.« Er versuchte, dabei zu lächeln, was ihm aber nicht gelang.

»Aber das habe ich dir doch schon gesagt.«

»Genau – du hast es *gesagt.*«

Kati sah ihn fragend an.

»Ich brauche einen Beweis.«

»Was denn für einen Beweis?«

»Dir ist doch klar, dass ich mich mit ihm treffen muss. Ganz bestimmt möchte er mir mein Eigentum zurückgeben.«

»Natürlich.« Luke war ein Witzbold, aber kein Dieb.

»Ich möchte, dass du ihn anrufst und einen Treffpunkt vereinbarst. Sag ihm, du hast es dir anders überlegt und möchtest doch mit ihm reden, später, wenn ich eingeschlafen bin.« Jetzt lächelte Jeff endlich wieder normal. »Für einen Spinner wie ihn wäre doch sicher Mitternacht eine gute Idee – Geisterstunde unter dem Pier von Santa Monica, direkt am Meer.«

»Ist das nicht gefährlich?«

Jeffs Augen verdunkelten sich wieder.

»Ich meine, gefährlich für euch *beide!*«

»Sehe ich vielleicht verletzt aus? Hältst du mich für ein Weichei?«

Kati schüttelte vorsichtig den Kopf.

»Warum zögerst du dann? Ist dir nicht klar, wie das bei mir ankommt? Glaubst du, ich habe ein Herz aus Stein? Der kleine Scheißer hat mich vorgeführt und du willst ihn nicht dafür bestrafen?«

»Ich würde nicht mal meinen größten Feind um diese Uhrzeit dorthin bestellen.«

Jeff nahm Katis linke Hand und streichelte ihren nackten Ringfinger. »Ich verstehe, aber ich habe dir schon gesagt: Meine Zeit ist zu schade für Spielchen.«

»Ich spiele keine Spielchen und das weißt du auch. Aber ich *habe* ihn mal geliebt und wünsche ihm nichts Böses. Und dass er hier ist und sich Sorgen macht, heißt ja nur, dass ...«

Dass was? Noch bevor Kati den Gedanken zu Ende gedacht hatte, dämmerte ihr, warum Luke so sehr versuchte, sie von sich zu überzeugen.

Aber dafür war es jetzt viel zu spät, oder nicht? Sie hatten ihre Chance längst vertan.

»Manchmal, Katy-Darling, erscheinst du mir wirklich ein bisschen naiv. Luke hat dich nie geliebt. Frag Lucy, was er mit ihr im Hotelzimmer in San Diego alles so getrieben hat. An Lucy hat er sich auch nur aus einem Grund rangemacht – er lechzt nach Erfolg und gönnt dir deinen kein bisschen. Lieber zieht er dich runter, als dass er sich wie ein echter Kerl verhält. Merkst du das denn nicht?«

In Katis Bauch fing es an zu rumoren, als würde sich all das silbrige Glück von vorhin gerade in eine quälend schwere Eisenkugel verwandeln.

Stimmte das? War Luke wirklich mit Lucy in San Diego gewesen? Sie hatte sie genauso lange nicht gesehen wie

Luke. War der Kratzer auf seiner Wange vielleicht leidenschaftlichen Spielen im Hotelzimmer zu verdanken?

»Ich glaube, du täuschst dich in ihm«, flüsterte sie und hoffte mit jeder Faser ihres Körpers, dass das die Wahrheit war.

Jeff presste die Lippen zusammen und tätschelte dann mitleidig ihre Hand. So, als müsste er sich sehr beherrschen, um ihr nicht noch mehr unangenehme Dinge über Luke zu verraten.

»Ich bin sicher, Luke möchte dir den Ring gern zurückgeben«, sagte Kati. »Er ist kein Dieb.« In all den Jahren hatten sie zwar ein paar illegale Sachen zusammen gemacht, aber Luke hatte niemals jemanden beklaut.

»Dann gib ihm doch die Gelegenheit dazu!«

Damit hatte Jeff recht, die Sache musste aus der Welt geschafft werden. Kati gab sich einen Ruck, nahm ihr Handy und wählte Lukes Nummer.

43

Luke stöhnte laut auf, als er versuchte, den Autoschlüssel aus seiner Hosentasche zu ziehen. Sämtliche Fingerknöchel waren aufgeplatzt und angeschwollen. Er biss die Zähne zusammen und ließ nicht locker. Es hatte eine Ewigkeit gedauert, sich zurück zum Auto zu schleppen. Und jetzt musste er sich hinsetzen, die Augen zumachen, ausruhen, nachdenken.

Als er sich beim Einsteigen leicht vorbeugte, fühlte sich das an, als würde jemand ein Messer in seine Brust rammen und durchziehen. Er konzentrierte sich darauf, flach zu atmen, und unterdrückte einen Schmerzensschrei.

Seine Nase war bestimmt gebrochen, sein linkes Auge war völlig zugeschwollen. In seinen Ohren rauschte es, als würde der Pazifik durch seinen Kopf toben, und das vermischte sich mit einem lästigen Piepsen zu einem Nebel aus rotem Schmerz.

Erst nach einigen Minuten erkannte er, dass das Piepsen nicht in seinem Kopf, sondern aus seinem amerikanischen Handy kam.

Er griff in seine Jeansjacke, erwischte erst das falsche Handy, dann rutschte das richtige aus seinen steifen Händen auf den Boden der Beifahrerseite. Er bückte sich, ignorierte das aufflammende Stechen in seinem Auge und tastete danach. Als er es endlich gefunden hatte, brauchte er zwei Hände, um es festzuhalten, und schaffte erst beim dritten Anlauf, seinen Pincode richtig einzugeben.

Genau in dem Moment, als es aufhörte zu klingeln.

Ganz großes Kino. Er war müde. So müde. Das alles hatte doch keinen Sinn mehr. Trotzdem zwang er sich nachzuschauen, wer angerufen hatte.

Kati! Erleichterung durchflutete seinen Körper, machte den Schmerz auf einmal erträglicher. Er drückte die Wahlwiederholung.

»Luke?«

Sie klang besorgt. Luke stieß ein Seufzen aus, was er prompt mit einem scharfen Stechen in der Brust bezahlte.

»Luke?«

»Yes, Mylady?« Er gab sich Mühe, lässig zu klingen. Er wollte sie und nicht bloß ihr Mitleid.

»Können wir uns treffen?«

»Wann und wo du willst«, sagte er sofort, obwohl er immer noch eine Riesenwut auf sie hatte. Er sah an sich herunter und schnitt eine Grimasse. Das war lächerlich, er konnte kaum noch laufen.

»Gut, treffen wir uns um Mitternacht am Pier in Santa Monica. Unten, wo die Stelzen sind. Dort kannst du mir alles erzählen.«

»Ja«, antwortete er. Allerdings fragte er sich trotz des Rauschens in seinem Kopf, warum sie einen so merkwürdigen Treffpunkt vorschlug. »Ich möchte dich wirklich unbedingt sehen, aber dort ist es viel zu gefährlich um diese Uhrzeit.«

»Willst du mit mir reden oder nicht?«

Dringend, dachte er und erinnerte sich daran, wie wütend Jeff gewesen war. Womöglich hatte Kati keine andere

Wahl. Vielleicht war Jeff noch bei ihr und sie musste darauf warten, dass er einschlief. Doch selbst wenn sie den Pier nur deshalb ausgewählt hatte, weil es nicht weit von ihrem Strandhaus entfernt war, müssten sie sich doch nicht ausgerechnet dort treffen. Das ergab keinen Sinn. Sein Kopf wurde langsam klarer.

»Wir können auch jetzt gleich reden. Hier am Telefon«, schlug er vor und redete extra schnell, damit sie ihn nicht unterbrechen konnte. »Ich schwöre dir bei allem, was mir heilig ist: Dein Vater lebt! Ich –«

»Heb dir das für später auf«, unterbrach sie ihn. »Und wag es ja nicht, dort aufzukreuzen ohne den Ring, den du gestohlen hast.«

Damit beendete sie das Gespräch.

Verdammt, das mit dem Ring hatte ihr offensichtlich den Rest gegeben! Betroffen starrte er das tote Handy an und dachte darüber nach, ob sie ihm irgendwelche versteckten Hinweise gegeben hatte.

Früher hatten sie sich aus einer albernen Laune heraus mal einen Code ausgedacht für den Fall, dass sie entführt werden würden. Sein Erkennungswort war Orrozmose gewesen, ihres Kochkässchnitzel. Davon hatte sie aber nichts gesagt. Nein, sie war einfach nur wütend auf ihn. Und er konnte froh sein, dass sie ihm noch eine Chance gab.

Gefährlich oder nicht – er *musste* zum Pier gehen.

44

Gut gemacht!« Jeff legte seinen Arm um Kati und zog sie fest an sich. »Jeder muss von Zeit zu Zeit schwierige Entscheidungen treffen und du hast gerade die richtige getroffen. Luke hat mich bestohlen, dich hat er belogen und meine Schwester Lucy hat er ausgenutzt. Es wird Zeit, dass ihm jemand seine Grenzen aufzeigt. Manche müssen es eben auf die harte Tour lernen.«

Damit ließ er Kati los, aber nicht, ohne ihr vorher noch einen Kuss auf die Stirn zu drücken. »Das war ein verdammt langer und merkwürdiger Tag. Ich werde jetzt gehen.« Er griff nach ihrem Handy. »Das nehme ich lieber mit, du brauchst echte Ruhe.«

Verblüfft sah Kati zu, wie ihr Handy in Jeffs Hosentasche verschwand.

»Äh, hallo? Das ist mein Handy!« Sie streckte ihre Hand danach aus.

Er ignorierte die Geste und streichelte Kati liebevoll den Kopf. »So fällt es dir leichter, dich an die Entscheidungen zu halten, die du schon getroffen hast. Es ist mir wichtig, dass du in Ruhe über die Prioritäten in deinem Leben nachdenkst. Denn ich frage mich langsam, ob eine so wankelmütige Person wirklich die Hauptdarstellerin in einer derart wichtigen Produktion sein kann. Das Filmgeschäft ist nichts für Menschen mit schwachen Nerven. Man muss zwar Kompromisse eingehen, aber die dann durchziehen, bis die nächste Entscheidung ansteht.«

Was wollte er denn damit sagen? Bezog er sich auf das, was heute bei *RealStoryMedia* passiert war? Die Narbe und eine mögliche Operation? War das eine Drohung? »Mach, was ich will, und vielleicht erlaube ich dir dann, das zu tun, was du willst?« Nein, so hatte er das sicher nicht gemeint. Jeff liebte sie doch, oder nicht?

Jeff schob sie von sich und sah sie prüfend an. »Morgen früh wirst du mir dankbar sein. Du wolltest doch dein Leben ändern, einen Neustart hinlegen?«

Da hatte er recht und ja, sie hatte sich in diese Filmrolle verliebt, sie konnte sich nichts Schöneres vorstellen, als das Purpurmädchen zu sein, das die Welt rettet.

Luke hatte sich diesen Schlamassel selbst eingebrockt. Sie hatte ihn nicht darum gebeten, nach Los Angeles zu kommen. Und wenn sie ihn nicht endlich abhaken und sich ganz auf Jeff einlassen würde, wäre es auch für sie beide irgendwann zu spät.

»Wenn du glaubst, es wäre nötig, mein Handy mitzunehmen«, sagte sie also, »dann von mir aus, tu's bitte.«

Jeff wirkte erleichtert und wärmte sie mit einem tiefen Blick aus seinen braunen Augen.

»Katy, Darling, es tut mir leid.« Er lächelte, holte ihr Telefon aus der Hosentasche und gab es zurück. »Entschuldige, ich weiß nicht, welcher Teufel mich da geritten hat. Eifersucht, schätze ich …«

Das verstand Kati, schließlich war es ihr mit Luke ständig so gegangen. *»Dinge, leicht wie Luft, sind für die Eifersucht Beweis, so stark wie Bibelsprüche …«*, murmelte sie.

»Da hat dein alter Shakespeare wohl mal den Nagel auf den Kopf getroffen.« Jeff gab ihr einen keuschen Kuss auf die Stirn. »Aber jetzt muss ich los, sonst komme ich noch zu spät zu meinem Treffen.« An der Haustür drehte er sich zu ihr um und sah ungewöhnlich ernst drein. »Ich hätte wirklich nie gedacht, dass ich mich jemals so verlieben würde, weißt du das? Gute Nacht, Katy, und träum was Schönes.«

Er schloss sachte die Tür.

Kati war müde und fühlte sich, als hätte ihr Hirn sich in einen Haufen matschiges Inside-out-Sushi verwandelt. Sie ließ sich auf das Ledersofa fallen und sprang gleich wieder auf, weil sich etwas Hartes in ihren Po gebohrt hatte. Als sie nachsah, was es war, entdeckte sie die Alubox mit der Kreide.

Sie legte sie auf ihre ausgestreckte Handfläche und starrte auf die Gravur, L. L. – Lebenslange Liebe, hatte sie damals gedacht, und Lichterlohbrennendes Liebeslotterielos, sich dann aber eine Leberwurstige Lachnummer genannt und einfach mit ihrer Freundschaft weitergemacht.

Alles, was Jeff gesagt hatte, war richtig und gleichzeitig auch falsch.

Der Geruch der Lilien war noch stärker geworden, vielleicht weil die immer noch brennenden Teelichter den Sauerstoff absorbiert hatten. Sie brauchte dringend frische Luft für ihr Sushigehirn! Kati schnappte sich zwei große Glasvasen und lief damit zur Terrassentür, um sie nach draußen zu bringen. Sie setzte die Vasen ab und versuchte, die Tür aufzuschieben, doch es ging nicht. Die Tür war verschlossen, und wie sie jetzt erst bemerkte, war auch das Gitter vorgelegt und abgesperrt. Es war ihr gar nicht aufgefallen, dass Jeff das schon für sie erledigt hatte.

Sie brauchte ihre Schlüssel. Kati holte ihre Handtasche und kramte darin herum.

Nichts.

Unmöglich, die mussten doch da sein, schließlich hatte sie die Schlüssel ja nicht benutzt, weil sie vorhin sofort mit Jeff zusammen zum Meer spaziert war.

Kurzerhand drehte sie die Tasche um und schüttelte alles auf den Tresen, der die Küche vom Wohnzimmer abtrennte. Marybelles Schnuller, Taschentücher, Stifte, zweisprachige verknitterte Reclamhefte voller Eselsohren *(Der Sturm* und *Sommernachtstraum),* Mias Lieblingszimtkaugummis, ein Stick mit einem Kletterfilm von Spider, Parfümproben von der Shoppingtour mit Linda, Handyladegerät, eine kaputte Sonnenbrille, Coupons für den Walmart. Unfassbar viel Zeug, aber weit und breit keine Schlüssel. Egal, dachte sie, dann stell ich die Blumen eben vor den Eingang.

Sekunden später drückte sie die Klinke und rüttelte daran. Auch diese Tür war abgesperrt. Ein beklemmendes Gefühl breitete sich in ihrer Brust aus wie Zahnweh, das man nicht wahrhaben will und das mit jeder Minute drängender wird.

Nachdenklich stellte sie die Blumen neben der Tür ab und lief die Wendeltreppe nach oben in ihr Schlafzimmer. Auch hier waren alle Gitter vorgelegt, sämtliche Fenster und die Balkontüren abgeschlossen.

Während sie die Stufen nach unten rannte, versuchte sie, eine Erklärung dafür zu finden. Jeff hatte nur fürsorglich sein wollen und dann versehentlich ihre Schlüssel eingesteckt.

Sie würde ihn anrufen und ihm klarmachen, dass das ein

kleines bisschen zu weit ging. Wie gut, dass er ihr Handy nicht mitgenommen hatte.

Sie nahm ihr Handy und tippte seine Nummer ein.

Nichts.

Offensichtlich war der Akku leer und praktischerweise hatte sie das Ladekabel ja schon von der Handtasche auf dem Tresen befördert. Sie schloss Kabel und Handy an die Steckdose an.

Nichts.

Sie schüttelte erst das Handy, dann das Ladekabel, um zu sehen, ob irgendwo ein Wackelkontakt war. Sie tat es, obwohl es ihr reichlich unwahrscheinlich vorkam, denn vorhin bei ihrem Gespräch mit Luke hatte es noch einwandfrei funktioniert.

Was also war los?

Es lag nicht am Strom; das Smartphone war wie tot.

Mit einem immer stärkeren Grummeln im Bauch öffnete sie das Rückteil ihres Handys.

Die SIM-Karte war weg.

Sie schnappte nach Luft, als hätte ihr jemand in den Magen geboxt.

Okay, das alles war kein Versehen, sondern knallharte Absicht.

Jeff hatte ihre SIM-Karte genommen und sie hier eingesperrt.

Definitiv nicht nur damit sie nachdenken konnte. Sondern wegen Luke, mit dem er ganz sicher nicht nur ein nettes Gespräch führen wollte. Dabei hatte er Luke doch schon verprügelt, was konnte er ihm denn noch antun?

Ihr Puls schlug ständig heftiger. Gott, sie war so dämlich. Wie verblendet. Jeff war so wütend gewesen auf Luke, nicht aus Eifersucht, sondern nur deshalb, weil Luke die Wahrheit gesagt hatte. Jeff war der Lügner.

Sie fing an, hin und her zu tigern. Sie musste hier raus, sie musste Luke warnen. Und dann erst war Zeit, darüber nachzudenken, was es für sie bedeutete, wenn er wirklich ihren Vater gefunden hatte.

Sie betrachtete das Handy. In Deutschland konnte man ohne SIM-Karte keinen Notruf absetzen, aber in Kalifornien schon, das hatte ihr Linda jedes Mal erklärt, wenn sie mit den Kindern in die Stadt gefahren war. Doch war das hier denn ein Fall für 911?

Unschlüssig lief sie auf und ab und schließlich packte sie das Handy und wählte. Es geschah nichts, rein gar nichts. Sie starrte das Telefon an und schüttelte es. Und dann erinnerte sie sich an das, was Jeff ihr über Handys erzählt hatte. Wie leicht sie zu manipulieren waren und dass Lucy und er die Fotos der Gäste im *Lived* verpixeln würden.

So ein Mist! Sie pfefferte das Handy gegen die Wand und lief zu den abgesperrten Fenstern.

Selbst wenn sie die Scheiben einschlagen würde, würde es ihr nicht gelingen, sich zwischen den schmiedeeisernen Gittern hindurchzuquetschen. Allerdings waren ihre Hilferufe dann draußen besser zu hören und vielleicht gab es ja auch hier so eine Art *Neighbourhood-watch*.

Ihr Kopf war immer noch benebelt. Sie sah sich nach einem Gegenstand um, mit dem sie die Scheiben einschlagen könnte, ihr Blick schweifte über den Tresen. Der Messerblock vielleicht? Womöglich gab es irgendwo einen Hammer. Sie lief zur Küchenzeile und durchforstete jeden Schrank und jede Schublade. Nichts, kein Werkzeug, nicht mal eine Schrubberstange oder das Eisenrohr eines Staubsaugers.

Hatte sie etwas übersehen? Sie spähte zum Kamin hinüber, in dem keine Scheite lagen und auch kein Kaminbesteck. Dann zur Decke mit dem Rauchmelder. Da hing nicht mal eine Lampe und es gab auch keine Stehlampe, die man zum Einschlagen der Scheiben verwenden könnte. Schließlich sah sie noch in der Toilette nach. Nichts.

Sie brauchte jetzt dringend frische Luft. Wie konnte sie nur so dumm gewesen sein? Solange sie hier nicht rauskam, sollte sie wenigstens die Kerzen ausmachen, um Sauerstoff zu sparen, und die stinkenden Blumen in eine Tüte stopfen.

Ihr Blick blieb auf den Teelichtern haften, an ihrem unruhigen Flackern und glitt dann zurück zu dem hässlichen Rauchmelder an der Decke.

Plötzlich hatte sie eine wirklich zündende Idee, die sie ganz sicher sehr schnell hier rausbringen würde.

45

Nachdem Kati angerufen hatte, war Luke so schnell Richtung Santa Monica losgefahren, wie es seine lahmen Knochen erlaubten. Doch schon an der nächsten Ecke hatte er angehalten, nicht nur, weil es so saumäßig wehtat, das Lenkrad festzuhalten, sondern weil er ein Idiot war.

Der Anruf war ein durchsichtiges Manöver, eine Orrozmose des allerübelsten Schwachsinns. So gesehen war der Anruf doch eine Botschaft von Kati. Er war vorhin nur zu benommen gewesen, sie zu verstehen.

Sie würde nämlich überall mit ihm reden, Jeff allerdings nicht. Der wollte sich ihn an einem finsteren Ort vorknöpfen, wo er Luke fertigmachen und ins Meer werfen konnte. Ganz sicher war er stinkwütend, weil Luke ihm den Ring geklaut hatte.

Und ganz sicher würde Jeff Kati nicht dorthin mitnehmen. Kati war keine Frau, die Freude daran hatte, wenn sich Männer um sie prügelten. Also war sie allein in dem Haus.

Dorthin musste er. Aber vielleicht war Jeff so durchtrieben, dass genau das sein Plan war, er Kati aus dem Haus geschafft hatte und dort schon auf ihn wartete? Allerdings hielt Jeff ihn für einen Idioten und sich selbst für sehr viel schlauer, also verwarf Luke diesen Gedanken wieder und fuhr zurück. Er wagte es aber nicht, direkt vorm Haus zu parken. Einem so hinterlistigen Typen war zuzutrauen, dass er jemanden zu Katis Bewachung abgestellt hatte.

Luke stieg aus, unterdrückte ein Keuchen und schleppte sich zu dem Haus, das als einziges hell erleuchtet war. Schon von Weitem hörte er ein lautes jaulendes Heulen. Doch das schien niemanden zu kratzen, denn die weit entfernt stehenden Nachbarhäuser blieben dunkel.

Dieses schreckliche Jaulen kam aus Katis Haus.

Er klingelte, aber nichts passierte. Dann schleppte er sich, so schnell er konnte, um das Haus herum zur Terrasse und humpelte die Stufen hoch.

Was er da sah, ließ ihn erstarren. Ihm wurde gleichzeitig heiß und kalt und übel.

Kati stand mitten im Wohnzimmer. Sie war eingeschlossen in einem Kreis aus tanzenden Flammen. Im Widerschein des Feuers schien ihre Haut zu lodern, in ihren Haaren glommen Funken und nur ihre blauen Augen wirkten starr wie Eis.

Er hämmerte gegen die Scheibe, aber Kati reagierte kein bisschen, sie stand wie hypnotisiert inmitten der Flammen und rührte sich nicht vom Fleck. Sie wirkte nicht ängstlich, sondern fasziniert.

Luke hämmerte wieder gegen die Scheibe, doch sie stand vollkommen katatonisch da. Nur das Feuer bewegte sich gierig um sie herum.

Was verdammt noch mal konnte er tun? Die Scheiben einschlagen war keine Lösung, weil Gitter davor waren. Unter Umständen würde die plötzliche Luftzufuhr die Flammen noch befeuern. Hier draußen war zwar ein Gartenschlauch, aber war da genug Druck drauf, um die Flammen zu ersticken?

Die Feuerwehr, hier konnte nur noch die Feuerwehr helfen.

Er zitterte so, dass er kostbare Sekunden beim Tippen verschwendete. Als endlich jemand mit ihm sprach, wusste er die Adresse nicht, aber die konnten sein Handy orten und behaupteten, in sieben bis zehn Minuten wären sie da.

Bis dahin konnte das Haus längst abgebrannt sein, Kati konnte ... Er musste verdammt noch mal da rein und Kati rausholen. Sie musste da weg.

Er hämmerte wieder gegen die Scheiben, um sie aus ihrer Starre zu holen, aber sie reagierte nicht. Sie musste ins Bad, sie sollte ihre Sachen nass machen und weg von den verdammten Flammen. War sie vielleicht schon vom Rauch vergiftet und rührte sich deshalb nicht?

Er lief um das Haus herum, alle Fenster waren vergittert, bis auf ein einziges. Ein Bullauge oben neben dem Balkon. Würde er da durchpassen?

Seine Füße rannten zu dem Holzgerüst, an dem sich üppige, in blauen Trauben blühende Pflanzen hochrankten. Er griff in die Ranken, verholzte Äste bohrten sich in seine verletzten Hände, aber das machte ihm nichts.

Er zog sich von Ranke zu Ranke bis hoch zu dem Balkon. Seine Rippen jaulten, er keuchte, aber es ging ihm alles nicht schnell genug. Was, wenn Kati längst das Bewusstsein verloren hatte? Er musste sich noch mehr beeilen.

Mit letzter Kraft zog er sich über das Geländer und fiel schwer auf den Boden des Balkons.

Er rappelte sich hoch, stand auf und schleppte sich weiter. Das Bullauge lag etwas höher als das Balkongeländer und war etwa einen knappen Meter von der rechten Ecke entfernt.

Immerhin schien es hier nicht zu brennen. Wenn er sich ganz rechts auf die Ecke setzte, konnte er das Bullauge vielleicht erreichen, aber dazu musste er das Fenster erst mal aufkriegen.

Er schwang sich auf das Geländer und trat gegen die Scheibe.

Das Glas gab minimal nach, aber auch als er noch einmal, zweimal, dreimal, so fest er konnte, dagegentrat, es zersprang nicht.

Er legte alle Kraft in den nächsten Tritt, doch nichts geschah. Stattdessen verlor er das Gleichgewicht und konnte sich im letzten Moment gerade noch mit einer Hand nach innen ziehen, fiel dort wieder auf den Boden, landete aber diesmal mit dem Schienbein auf etwas so Hartem, dass ihm schwarz vor Augen wurde.

Er biss sich auf die Lippen, um nicht umzukippen, atmete langsamer. Noch immer waren keine Sirenen zu hören, sondern nur das grauenhafte Jaulen des Rauchmelders.

Er versuchte aufzustehen, dabei touchierte sein Fuß das Ding, auf das er gefallen war. Eine Stange, eins von diesen Dingern, mit denen man Markisen rausleiern kann, aus Eisen. Er schnappte sich die Stange, hechtete wieder zu dem Fenster, spannte alle Muskeln an und stieß sie mit aller Macht in das Glas.

Es zersplitterte.

So schnell es ging, hackte Luke die noch herausstehenden Glasscherben weg, bis es im Mondlicht so aussah, als wäre alles Glas aus dem Rahmen. Dann schwang er sich auf die Ecke und beugte sich so weit vor, bis er mit den Händen das Fenster erreicht hatte, zog sich hoch und schaffte es, sich in einem Rutsch bis zur Taille in das Fenster zu ziehen.

Es wurde eng, seine Gürtelschnalle war im Weg, er zog den Bauch ein und quetschte sich durch das Fenster. Geschafft! Keine Zeit zum Ausruhen, er rannte zur Wendeltreppe und konnte es kaum fassen, dass Kati immer noch in dem tanzenden Kreis aus dunkelrotem Feuer verharrte, das wie eine Mauer um sie herum aufloderte, aber ohne sie zu verbrennen. Und Kati leuchtete im Widerschein des Feuers wie ein Purpurmädchen, dachte er, ein in Stein gehauenes Purpurmädchen.

Es brach ihm das Herz, er musste sofort zu ihr, aber das wäre dumm. Also rannte er zurück, drehte die Dusche auf, stellte sich mit einem Packen Handtücher darunter und stürmte dann nass und mit den tropfenden Handtüchern nach unten und versuchte, sich durch das Knacken der Flammen und das Heulen des Rauchmelders bemerkbar zu machen, aber Kati reagierte nicht.

Kurzerhand legte er sich die Tücher um, sprang durch den Kreis der Flammen, packte Kati und hüllte sie in Handtücher ein.

»Nein!«, brüllte sie auf einmal und wehrte ihn ab.

Er ignorierte das und zerrte sie mit sich.

»Nein, nein, nein!«, protestierte sie und ihre Stimme klang ganz anders als sonst, so als würde es ihr gefallen, in die Flammen zu starren, so als wollte sie geradezu, dass das Feuer sie überwältigte.

Ganz klar, Kati war nicht bei Sinnen, sie stand unter Schock, sie mussten hier weg. Jede Sekunde konnte alles in Flammen aufgehen. Er musste sie wegtragen, sie strampelte und boxte ihn, schließlich warf er sie sich wie einen Teppich über die Schulter und schleppte sie die Treppe hoch zum Bad. Stufe für Stufe für Stufe.

»Wir müssen hier raus«, keuchte er, »und der einzige Weg ist durch das Fenster. Ich klettere zuerst und helfe dir dann.«

Sie reagierte nicht, also schob er sie zum Fenster.

Er konnte kein Risiko eingehen. Wenn er zuerst kletterte, würde sie womöglich hier stehen bleiben und zusammen mit dem Haus verbrennen. Er zog sie zum Bullauge und war erleichtert, dass sie sich nicht mehr wehrte.

»Komm schon, du musst zum Balkon. Von dort können wir leicht runterklettern.«

Sie sah durch ihn hindurch und da erst wurde ihm klar, wie sehr sie unter Schock stand.

»Wir schaffen das«, wiederholte er immer wieder – wie ein Mantra. Er kletterte zum Balkon, griff sich die Eisenstange und hielt sie Kati hin.

»Komm.« Es kam ihm so vor, als würde sie Stunden brauchen, die Stange anzufassen.

Zuerst griff sie zögernd, dann fester zu und schob sich durch das Bullauge zu ihm und dann hatten sie es auf den Balkon geschafft. Von hier war es dann ein bisschen leichter, mit Kati hinunterzuklettern.

Nachdem sie unten angekommen waren, sagte Kati endlich etwas: »Bring mich hier weg.«

In diesem Moment hörte Luke die Sirenen, endlich war die Feuerwehr da!

»Bring mich weg. Weit, weit weg.« Kati klang so müde wie eine sehr alte Frau. »Weg, weg, weg …«, wiederholte sie völlig stumpf.

Scheiß auf die Feuerwehr, dachte Luke, dann warten wir eben nicht auf die. Wahrscheinlich habe ich sowieso schon gegen hundert Gesetze verstoßen, da kommt es auf eines mehr auch nicht mehr an. Außerdem weiß ich gar nicht, was passiert ist, und Kati ist definitiv nicht ansprechbar.

»Ich bring dich zu einem Arzt«, sagte er.

»Nein, ich will einfach nur weg. Mir fehlt nichts.«

Luke beschloss, sie sehr wohl in ein Krankenhaus zu fahren. Er würde sie einfach vor vollendete Tatsachen stellen.

»Gehen wir!« Er humpelte zusammen mit Kati zum Auto, während die Sirenen immer lauter wurden. Als die Fahrzeuge dann kamen, schossen sie so schnell und laut an ihnen vorbei, dass Luke sich flüchtig fragte, wie es sein konnte, dass das so lange gedauert hatte.

Kaum waren sie am Auto angelangt, gab es einen lauten Knall und aus dem Dach des Hauses schoss eine hohe blaue Flamme, der ein lautes Krachen folgte. Die Nachbarhäuser waren immer noch dunkel. Offensichtlich wohnte wirklich niemand dort.

Kati reagierte nicht auf den Knall, so als wäre sie taub. Vielleicht hörte sie immer noch das Knacken und Krachen des Feuers, das sie umringt hatte.

Sie setzte sich und schnallte sich an wie ein Automat. Luke kam es so vor, als würde er allein zum Hinsetzen schon Lichtjahre brauchen, die Kletteraktion hatte seinem Körper den Todesstoß versetzt. Nun tat ihm wirklich jeder Knochen weh, doch er konnte es viel besser ertragen als vorhin, denn jedes Mal, wenn es zu schlimm wurde, sah er zu Kati hinüber und fühlte sich sofort besser.

Er hatte sie gerettet.

»Fahr endlich, fahr einfach weg von hier.« Kati klang immer noch wie eine Fremde.

Luke gab Gas, ohne lange nachzudenken. Er fuhr los, auch wenn er keine Ahnung hatte, wohin.

46

Wann immer Kati die Augen öffnete, sah sie die orangerot glühenden Totenköpfe, in die sich die Flammen in ihrem Kopf verwandelt hatten. Und jedes Autorücklicht wurde wieder zu einem dieser kreisrunden Fuchsaugen und drohte, sie zu verschlingen.

Und wenn sie die Augen dann schloss, sah sie sich selbst, wie sie auf den einen Stuhl gestiegen war, um das Tablett mit den Teelichtern näher an den Rauchmelder zu halten. Sie hatte das für eine geniale Idee gehalten. Ein Rauchmelder war schließlich so viel lauter als eine dünne Frauenstimme, die um Hilfe rief.

Doch dann war irgendetwas passiert. Hatte sie eine ungeschickte Bewegung gemacht, gewackelt oder einen Luftzug verursacht? Sie hatte keine Ahnung, was es gewesen war, jedenfalls war plötzlich eine große Flamme hochgeschossen und der Rauchmelder war wie geplant mit einem Riesengetöse angegangen. Vor lauter Schreck war ihr das Tablett aus der Hand gerutscht, die Teelichter stürzten auf den Boden, wo sie, statt zu verlöschen, das Parkett entzündet hatten.

Sie war mit einem Mal wie umzingelt von orangegoldenem Licht, von den flammenden Augen des Fuchses wie in dieser Winternacht. Aber anders als früher, anders als in ihren endlosen Albträumen nach dem Unfall hatte ihr der Anblick dieses Mal gefallen. Als wäre es das einzig Richtige, sich in den Flammen zu verlieren, sich in ihnen aufzulösen. Sie waren ihr wie eine Einladung vorgekommen, ein Gedanke, der ihr jetzt völlig unbegreiflich schien und ihr Angst machte.

Was, wenn Luke nicht aufgetaucht wäre?

Sie versuchte, sich zu beruhigen, er war ja gekommen. Sie saß neben ihm und fuhr durch die Nacht. Und es war ihr egal, wohin, denn eins spürte sie tief in ihrem Bauch: Durch diese Flammen war alles, was mit Jeff zusammenhing, zu Asche geworden. Ihre Beziehung, ihre Filmrolle, ihre Zukunft als Mariluna, als Inari. Das Purpurmädchen war tot.

Sie war Luke dankbar, dass er nicht redete und sie auch in kein Krankenhaus gebracht hatte, sondern einfach nur fuhr. Auf einer Straße, die sich weg vom Meer, in nicht enden wollenden Serpentinen hoch in die Berge schraubte.

Kati wusste nicht, wie lange sie schon unterwegs waren, bis sie endlich all diese Asche abschütteln konnte und langsam wieder zu sich kam. Ihre Sinne erwachten einer nach dem anderen wieder zum Leben.

Sie hörte nun nicht mehr nur das sich immer wiederholende Jaulen des Rauchmelders und das Knacken der Flammen, sondern auch, wie schwer Luke, der neben ihr saß, Luft holte. Immer wieder unterdrückte er einen Schmerzenslaut. Sie hörte das Rutschen seiner Hände auf dem Lenkrad. Sie roch den durchdringenden Rauchgestank, den ihre Kleider verströmten und der alles andere im Auto überlagerte.

Kati öffnete die Fenster und versuchte, die frische Nachtluft in ihre Lungen zu pumpen. Allmählich nahmen ihre Augen auch mehr als nur orangerote Farbflecke wahr. Hier den Umriss einer Palme, dort den eines Hauses, einen In-N-Out-Burger.

Schließlich sah sie zu Luke hinüber. Seine linke Gesichtshälfte war völlig zugeschwollen. Haut, Haare und Kleider waren schwarz von schmierigem Ruß. Die Hände auf dem Lenkrad sahen aus, als hätte sie jemand mit einem Hammer bearbeitet. Als er sich zu ihr hinüberdrehte, traf sie ein kurzer Blick aus dem nicht zugeschwollenen Auge. Sie war sich nicht sicher, ob sie sich das nur eingebildet hatte. Weil es ihr so unmöglich erschien.

Da war so ein Funkeln.

»Was machen wir denn jetzt?«, fragte Kati.

Luke sagte nichts, warf ihr noch so einen Blick zu und nickte dann ganz leicht. »Lass uns was spielen«, schlug er leise vor.

Klar. Spielen!

Sie hatte gerade ein Haus abgefackelt, er hatte sie aus der Flammenhölle gerettet, sie waren abgehauen, die Welt, so wie sie sie gerade noch gekannt hatte, lag in Asche, ein Komet raste auf die Erde zu, das Sonnensystem explodierte sicherlich irgendwo und Gott war tot, aber Luke – Luke wollte spielen.

»Okay«, sagte sie und holte tief Luft. »In Ordnung, du gottverdammter Idiot. Spielen wir!«

Und dann fing sie an zu weinen.

47

Das hielt er nicht aus, das war zu viel. Er konnte mit gebrochenen Rippen, lädierten Händen und auch halb blind noch Auto fahren. Aber so nicht. Katis Schluchzen fühlte sich furchtbar an. Fast noch schlimmer als ihr Anblick in diesem Flammenkreis. Er wollte sie trösten, aber er konnte nicht mal eine Hand auf ihren Arm legen, weil er es so schon kaum schaffte, die engen Kurven zu halten.

Luke suchte nach einer Stelle, an der er parken konnte, aber die schmale Straße schlängelte sich so eng den Berg hoch, dass es schon schwierig wurde, wenn ihnen jemand entgegenkam.

»Kati«, sagte er schließlich. »Alles wird gut.«

Sie antwortete nicht.

Er beschloss, in den nächsten Weg, der von der Straße wegführte, einzubiegen und dort zu halten, aber es kam ihm wie eine Ewigkeit vor, bis sie endlich an eine Abzweigung gelangten. Es war ein Schotterweg, der ihn dazu zwang, die Lippen fest aufeinanderzupressen, um nicht die ganze Zeit zu stöhnen. Es gab keinen Hinweis darauf, wohin der Weg führte, aber es waren auch keine Gatter oder Zäune da, sodass er einfach immer weiterbretterte.

Irgendwann kam eine Baracke, neben der man endlich parken konnte. Luke stellte den Wagen ab, lehnte sich zurück und starrte nach draußen. Es gab nicht viel zu sehen, weil die Sterne und der Mond von dicken Wolken verdeckt waren.

Luke war froh, nicht mehr fahren zu müssen. Er war nass geschwitzt und stank wie der Aschenbecher eines Raucherclubs.

Kati hatte aufgehört zu weinen. Aber ihre Wangen glänzten noch feucht, dort, wo Tränen über ihr rußiges Gesicht gelaufen waren. Er hätte sie gern berührt, aber er traute sich nicht.

Schweigend sahen sie durch die Windschutzscheibe in die Dunkelheit.

Er wusste nicht, was er sagen sollte, wo er anfangen musste, wie er anfangen *könnte*. Schließlich hatte er eine Idee und griff an die Radiokonsole. Schon erklang der Song, den Millie komponiert und der ihm die Augen geöffnet hatte. Das schien ihm gerade besser als alle Worte dieser Erde.

»Gefällt dir das?«, fragte er, als die Musik zu Ende war.

»Klingt wirklich schön«, sagte sie und räusperte sich ein paar Mal. Dann stahl sich ein winziges Lächeln auf ihre Lippen. »Kommt mir bekannt vor, sicher was von Michael Jackson, oder?«

Trotz allem, was passiert war, musste Luke lachen. Auch wenn seine aufgeplatzte Lippe ihn sofort dafür strafte.

Er griff nach Katis Hand, die genauso dreckig war wie seine. Trotzdem jagte schon die erste leichte Berührung ihrer Haut zarte Impulse von seinen Fingern durch den Arm, in seine Brust, überallhin. Er war schlagartig hellwach.

Sie legte ihre andere Hand auf seine.

»Erzähl mir irgendwas Schönes.« Sie streichelte ihn sehr vorsichtig und sparte die aufgeplatzten Knöchel aus. Obwohl das nur so eine winzige federleichte Berührung von ihr war, nur die Fingerkuppen, fühlte sich das an, als würde sie ihn überall anfassen. Sein lädierter Körper fühlte sich plötzlich wie neugeboren.

»Erzähl mir eine von deinen Geschichten«, sagte Kati. »Vielleicht was mit Killerzombies oder wie wär's, du erzählst mir die geheimnisvolle Geschichte, die du für den Wettbewerb geschrieben hast, damals kurz vor unserem Unfall.«

Sie meinte *Blue Tears,* die vom Tod, der blaue Tränen weinte. In seiner Brust wurde es irgendwie eng.

»Das Schönste, was ich dir jetzt erzählen kann«, sagte er dann, »ist keine Geschichte, sondern die Wahrheit. Ich habe deinen Vater wirklich gefunden. Und er ist quicklebendig.«

Sie blieb stumm und hörte auf, ihn zu streicheln. Verdammt!

»Ich bin zu ihm nach San Diego gefahren, um ganz sicherzugehen, dort habe ich ihn dann aber leider verpasst, weil er wegen seiner Arbeit unterwegs war. Doch wir haben telefoniert und er hat mir Fotos aufs Handy geschickt. Stell dir vor, er hatte Bilder von deiner Mutter. Glaub mir, diesmal ist es der Richtige. Jeff hat sich geirrt.«

Jetzt ließ sie seine Hand los und wischte über ihr Gesicht, weil aus ihren Augen wieder Tränen tropften.

»Tut mir leid«, stammelte er und fühlte sich so hilflos. Es war definitiv leichter, ein Mädchen aus den Flammen zu retten, als mit ihr zu reden.

»Ich bin töricht, zu weinen über etwas, das mich freut«, sagte sie mit erstickter Stimme.

Klang nach dem verfluchten Shakespeare. Das war sicher ein gutes Zeichen, dachte er und nahm es als ein Okay von ihr, endlich alles zu erzählen, was er herausgefunden hatte. Ihr Vater hatte vor zehn Jahren geheiratet und damals den Namen seiner Frau angenommen. Er hieß jetzt Blake Lewis und war nach einer schweren Verwundung bei der Army ausgestiegen. Blake betreute einen Golfplatz als Hausmeister und spielte an vier Abenden in der Woche im *The Sax*, einer kleinen Jazzkneipe in San Diego. Und ja, falls Kati sich das fragen sollte: Ihr Vater spielte Saxofon. Seine Frau Elaine war vor zwei Jahren bei einem Autounfall gestorben, er hatte nur einen Stiefsohn und freute sich wahnsinnig darauf, sie kennenzulernen. Er wollte alles über sie wissen und auch, wie es ihrer Mutter ging.

»Ohne die zwei Bilder von deiner Mutter hätte ich ihm niemals geglaubt …« Luke machte eine Pause und unterdrückte dann ein Grinsen. »… Immerhin bist du ja die mit Abstand unmusikalischste Frau, die ich kenne!«

»Wahrscheinlich auch die dümmste, die unsensibelste, die leichtgläubigste, dämlichste …« Kati seufzte tief.

Luke fasste sich endlich ein Herz und beugte sich zu ihr.

»Dann passen wir ja eins a zusammen. Neben dir sitzt nämlich der dümmste, unsensibelste Trottel des Universums, mit der längsten Leitung der Welt. Aber jetzt hab ich's kapiert. Wirklich kapiert. Noch nie in meinem ganzen Leben«, flüsterte er und wiederholte beim Anblick ihrer weit geöffneten und so verletzlich wirkenden Augen: »Noch nie war ich mir einer Sache so sicher.«

Und dann küsste er sie, schmeckte das Salz auf ihrer Haut, den Rauch auf ihren Lippen und dann etwas so Wunderbares, dass er keine Worte dafür finden konnte. Doch er wusste, dass er irgendwann darüber eine Geschichte schreiben würde.

Eine ohne Zombies, eine, in der jemand sagt: »Ich liebe dich«.

48

Am nächsten Morgen wurden sie von einer alten Frau, der die Baracke gehörte, geweckt und mit empörtem Gezeter von ihrem Grundstück verscheucht. Als ob der Himmel den gestrigen grauen Tag wiedergutmachen wollte, strahlte er heute saphirblau, klar und wolkenlos.

In diesem Licht wurde ihnen das Ausmaß ihres üblen Zustandes erst so richtig deutlich. So konnten sie sich nirgends sehen lassen. Sie waren nicht nur beide über und über mit schmierigem Ruß, Asche und Dreck bedeckt, nein, Lukes Jeans war zerfetzt und sein Gesicht so angeschwollen, dass es Kati jedes Mal das Herz brach, wenn sie ihn ansah. Und dann musste sie einfach ganz vorsichtig seine Hand nehmen, sanft an ihre Wange pressen und sich vergewissern, dass sie diesen Kuss gestern nicht nur geträumt hatte.

Sie selbst hatte nur ein paar Schrammen und eine kleine Brandwunde an der Hand, deshalb bestand sie darauf, das Auto zurück nach Los Angeles zu fahren. Dort befand sich der einzige Mensch, der ihnen helfen konnte: Spider.

»Was machen wir denn jetzt?«, fragte Kati, nachdem sie schon eine Weile unterwegs waren.

»Lass uns nach San Diego zu deinem Vater fahren.«

»Das können wir noch nicht. All meine Sachen sind verbrannt und ich habe dieses Haus abgefackelt, weil ich rauswollte, um dich zu warnen. Findest du nicht, ich sollte mich darum kümmern?«

»Du kannst was von mir anziehen.« Luke räusperte sich. »Und ehrlich, wenn dieses Haus Jeff gehört hat, interessiert mich nicht die Bohne, was damit los ist.«

»Aber ich muss zu der Filmfirma und mich verabschieden.«

Luke seufzte, aber schließlich nickte er zustimmend. »Bist du traurig, weil das vorbei ist?«

»Ja, und wie.« Sie zögerte. »Es hat mir viel mehr Spaß gemacht, als ich das je für möglich gehalten hätte.«

»Willst du dann hier in Los Angeles bleiben?«

»Ich glaube nicht. Und du?«

»Mir ist eins klar geworden. Wenn wir zusammen sind ...«, Luke legte seine Hand auf ihren Arm und drückte ihn leicht, »... dann fühlt es sich überall richtig an.«

Kati schluckte. Dann musste sie lächeln – Luke hatte also keine Angst mehr vor den Eisenkugeln am Bein.

»Das ist schön, aber auch falsch«, sagte sie. »Mir ist was anderes klar geworden. Ganz egal, wie ich aussehe, ganz egal, wie unrealistisch mein Wunsch auch ist und ganz egal, wie mein Freund das findet: Ich werde versuchen, das Geld für die *Royal Shakespeare Academy* aufzutreiben und mich bewerben. Und wenn die mich nicht nehmen, dann versuche ich es bei *Lee Strassberg,* und wenn die mich nicht nehmen, versuche ich es eben in Hamburg oder Sydney oder ...«

»Wie gut, dass du einen Freund hast, der dich bei allem, was dir an Wahnsinn vorschwebt, unterstützen wird.« Luke grinste in sich hinein. »Wahrscheinlich ist der Kerl verrückt.«

»Vielleicht passen wir deshalb so gut zusammen«, sagte Kati und dann musste sie sich auf den Verkehr konzentrieren.

Weil sie keine Nummer von Spider hatte, fuhren sie direkt zu ihr und warteten dort auf einen günstigen Moment, um sie beim Gassigehen abzupassen. So, wie sie beide aussahen, konnten sie es nicht riskieren, an der Tür zu klingeln.

Spider war schockiert von ihrem Anblick, aber auch begeistert über Katis Rettung. Sie ließ sich gleich dreimal erzählen, wie Luke an dem Haus hochgeklettert und durch das Bullauge gestiegen war. Kati musste ihr klarmachen, dass sie dringend eine Dusche und etwas zu essen brauchten, bevor Luke noch ein viertes Mal seine Kletterroute zum Besten geben würde.

Spider gab ihnen Handtücher und lieh Kati etwas zum Anziehen. Luke hatte den Koffer mit seinen Sachen im Auto. Nach dem Duschen ließ er sich von Kati und Spider verarzten und wurde dabei ständig totenbleich. Kati verabreichte ihm noch ein paar Schmerztabletten.

Spider ließ es sich nicht nehmen, ihnen ein großes Frühstück mit Eiern, Speck und Pancakes zu servieren, und dabei verriet sie ihnen, was man über das abgebrannte Haus munkelte. Es ging das Gerücht, das Haus wäre alt und unbewohnt gewesen, weil es demnächst sowieso abgerissen und durch Luxusapartments ersetzt werden sollte. Man vermutete, dass sich dort herumliegender Müll bei der Hitze entzündet hatte. Kurzum: Ihrer Meinung nach sollte Kati sich lieber aus der Sache raushalten, denn es waren ja keine Menschen zu Schaden gekommen und Luke unterstützte sie darin.

»Und was habt ihr jetzt vor?«, wollte sie wissen, nachdem alle fertig waren.

»Ich muss trotzdem mit Jeff reden«, sagte Kati. »Und wir müssen ihm auch dringend etwas zurückgeben.« Sie sah Luke erwartungsvoll an.

»Bist du dir sicher?«, fragte Luke und lächelte schief.

»Ja. Du hast doch den Ring von *Tiffany* aus der Schachtel genommen, oder nicht?«

»Wow, *Tiffany!«* Spider schnalzte beeindruckt mit der Zunge.

Jetzt grinste Luke breit und zog den rotgoldenen Ring mit den stilisierten Blüten aus Edelsteinen aus seiner Hosentasche und legte ihn auf seine Handfläche, wo er in der Sonne funkelte und in allen Blauschattierungen schillerte.

Fassungslos starrte Kati den Ring an. Er war traumhaft schön, kein Wunder, dass Jeff ausgeflippt war, als er stattdessen den Aluwürfel in der Schachtel gefunden hatte.

»Wow«, wiederholte Spider. »Ich stehe ja nicht auf Schmuck, aber das gefällt sogar mir.«

»Für 26.500 Dollar kann man schon ein bisschen was erwarten«, meinte Luke.

»Den müssen wir wirklich zurückgeben«, sagte Kati.

»Unbedingt«, stimmte Spider ihr zu.

»Meinetwegen«, lenkte Luke ein. »Fahren wir ins *Lived* und geben ihn Jeff, und dann nichts wie weg hier.«

»Gut, aber zuerst möchte ich zu der Filmproduktion.« Selbst wenn alles vorbei ist, dachte Kati, selbst dann sollte ich mich verabschieden. Was hatte diese Maskenbildnerin gesagt? Alle warteten auf eine Chance, also war es besser, man hinterließ einen professionellen Eindruck. Außerdem wollte sie gern einen letzten Blick auf das werfen, wovon sie gestern noch gedacht hatte, es wäre ihre strahlende Zukunft.

»Na dann, nichts wie los. Ich wünsche euch viel Glück!«, sagte Spider und winkte, als sie davonfuhren.

Kati lotste Luke zu dem Studio, in dem sie die letzten beiden Tage verbracht hatte.

Komisch, wunderte sie sich, sonst war der Parkplatz vor den Studios um diese Uhrzeit immer voller Autos. Aber jetzt war er komplett leer. Nur zwei Wachmänner standen vor dem Eingang, so wie die letzten Male auch.

»Das kommt mir merkwürdig vor. Ist heute ein Feiertag? Schon Thanksgiving?«

»Nee, das kommt erst noch«, antwortete Luke. »Dein Vater hofft, dass ihr das zusammen feiert! Aber natürlich nur, wenn du das willst.«

Kati lief bei der Vorstellung eine freudige Gänsehaut über den Rücken. Aber das war Zukunft, jetzt gerade fand sie die Situation hier ziemlich seltsam.

»Spar dir die Mühe mit dem Aussteigen und bleib lieber sitzen«, sagte sie zu Luke, »ich bin gleich wieder da.« Sie stieg aus und lief zu den Wachleuten hinüber. Nirgends war das Firmenschild von *RealStoryMedia zu* entdecken.

»Entschuldigen Sie, ich möchte zu *RSM.* Aber ich kann das Schild am Eingang nicht mehr finden.«

Die Wachleute sahen sich feixend an. »Kindchen, da hätten Sie früher aufstehen müssen, die Firma ist bankrott, wurde heute Morgen zwangsgeräumt.«

»Aber … das verstehe ich nicht …«, stotterte Kati. »Sind Sie sicher? *Real-Story-Media?«* Sie sprach es diesmal ganz langsam aus.

»Ganz sicher, Schätzchen!« Der Wachmann zwirbelte

seinen Schnauzer und nickte seinem Kollegen zu. »Das ist ja nichts Neues. Seit wir hier arbeiten, haben wir zig Produktionsfirmen kommen und gehen sehen. Hartes Business, das Filmgeschäft.«

Der andere Wachmann nahm seine Kappe ab und betrachtete Kati genauer. »Sie kommen mir so bekannt vor, muss man Sie kennen?«

»Nein, nein!«, protestierte Kati. »Ist die Firma vielleicht nur umgezogen?«, fragte sie und ahnte im gleichen Moment, wie die Antwort lauten würde.

»Nein, die wurden einkassiert. Die Steuerbehörde hat alles hier rausgetragen und der Besitzer hat sich angeblich zusammen mit dem Produzenten auf die Caymans abgesetzt.«

Der mit dem Schnauzer wirkte jetzt etwas mitfühlender.

»Die schulden Ihnen doch hoffentlich kein Geld?«

»Nein«, erklärte Kati, »vielen Dank.« Sie lief zurück zu Luke und erzählte ihm, was passiert war.

»Vielleicht ist das nur ein komischer Zufall«, sagte er, aber in Katis Ohren klang er reichlich unsicher. Er schlug vor, gleich zur Bar weiterzufahren.

»Nicht, dass ich scharf darauf bin, mit Jeff zu reden und ihm dabei die Zombieversion von mir selbst zu präsentieren, aber bringen wir es hinter uns.«

Nach über einer Stunde Stop-and-go parkte Kati den Wagen vor dem *Ed Hardy*-Laden und lief zusammen mit Luke, der sich dazu schwer auf sie stützen musste, zu der mexikanischen Kirche hinüber. Wie immer wirkte die Gegend unter dem strahlend blauen Himmel verlassen und heruntergekommen. Nur etwas war anders. Schon von

Weitem erkannte Kati ein großes neonfarbenes Schild auf dem prächtigen Eingangstor. Vielleicht die Ankündigung zu einer Party?

Weit gefehlt! Das Schild hatte die *FDA* angebracht die *Food and Drug Administration*. Das *Lived* war von der Gesundheitsbehörde geschlossen und versiegelt worden, wegen eklatanter Verstöße gegen das Lebensmittelrecht und die Konzessionsauflagen.

»Das wird mir langsam richtig unheimlich«, sagte Kati und überlegte, ob jemand Anzeige erstattet und haltlose Anschuldigungen vorgebracht hatte. Jemand, der wie Linda neidisch auf den Erfolg des *Lived* war.

Sie rüttelte am Tor, aber es war tatsächlich fest verschlossen. Plötzlich erinnerte sie sich an den Tag, als sie mit Spider hier gestanden hatte. Sie legte ihre Hand auf die Mauer und schloss die Augen. Nichts, da vibrierte rein gar nichts. Auch nicht ihre Narbe.

»Was machst du denn da?«, fragte Luke.

»Nichts.« Sie winkte ab. »Gehen wir und probieren es direkt bei den Colemans. Doch dort war ich noch nie, da musst du mich hinlotsen.«

»Ich verstehe zwar, dass wir den Ring zurückgeben müssen, und das werde ich ja auch machen«, sagte Luke, »aber mir ist schleierhaft, warum du überhaupt noch mit diesem Arsch reden willst. Immerhin hat er sich nicht nur geirrt, was deinen Vater angeht, er hat dich einfach angelogen. Es war kein Zufall, dass in der Mappe kein einziges Foto von ihm war. Bei den tollen Kontakten hat er sicher gewusst, dass der Blake Wilson auf dem Friedhof nicht dein Vater sein konnte.«

»Genau deshalb will ich ja mit ihm reden, ich muss ihn

einfach fragen, warum er mich eingesperrt und angelogen hat. Aber das Wichtigste ist, den Ring zurückzugeben. Stell dir mal vor, er zeigt dich an!«

»Ich gehe jede Wette ein, das wird er nicht. Jeff hat ganz sicher eine Menge Dreck am Stecken. Ich gebe ihn nur zurück, weil du das willst.«

Sie stiegen ein, fuhren los und fanden die Villa auf Anhieb.

»Das gibt's doch gar nicht!« Nun war sogar Luke verblüfft.

Eine großes *For Sale*-Schild stand im Vorgarten und gerade kam eine blonde Frau im Chanelkostüm mit zwei Pärchen aus dem Haus.

»So, wie ich aussehe, kann ich da nicht hingehen, frag du«, schlug Luke vor.

Kati lief zu der Dame, die ihr schon von Weitem ein Exposé zum Haus entgegenhielt, ihren silbernen Füller zückte und auf ihre Liste sah, die auf einem schwarzen Klemmbrett befestigt war.

»Hi, ich bin Margery und wer sind Sie?«, fragte sie und lächelte Kati sehr breit an.

»Ich wollte alte Freunde besuchen, die hier gewohnt haben«, stotterte Kati. »Die Colemans. Wissen Sie vielleicht, wo ich sie finden kann?«

Margery runzelte ihre Stirn. »Coleman? Nein, das tut mir leid, wir haben das Haus von den Oppenheimers übernommen, die wollen das jetzt verkaufen. Von den Colemans weiß ich nichts.« Sie hielt ihr das Exposé entgegen. »Wollen Sie es sich vielleicht trotzdem ansehen? Der Pool ist anbetungswürdig.«

»Nein danke.« Kati lief zurück zu Luke und setzte sich.

»Die Maklerin sagt, sie kennt keine Colemans, aber …« Sie lächelte. »… der Pool wäre anbetungswürdig.«

Luke verdrehte die Augen.

»Was machen wir jetzt mit dem Ring?«, fragte er sie.

Kati zuckte mit den Schultern. »Keine Ahnung, er ist mir unheimlich, vielleicht sollten wir ihn spenden oder noch besser für immer im Pazifik versenken.«

»Das kannst du nicht machen«, widersprach Luke sofort, »stell dir vor, es ist Sommer, ein netter, aber etwas dümmlicher Delfin kommt ahnungslos dahergeschwommen und freut sich: Oh Mann, das ist ja mal eine leckere Riffblume, frisst sie und stirbt dann daran. Und wie traurig ist dann erst seine kleine Delfinfreundin, sie wird nie darüber hinwegkommen!«

Kati musste lachen. »Todesursachen mit R, der Riffblumenring. Du solltest wirklich Geschichten erfinden.«

»Ich hab auch sonst gute Ideen. Du hast gesagt, wir sollten den Ring spenden?«

»Ja.«

»Von mir aus«, er lächelte hintergründig, »aber warum spendest du ihn denn dann nicht einfach dir? Er würde dir ja schon gehören, wenn ich das nicht verhindert hätte. Und wenn du den Ring verkaufst, kannst du an der *Royal Shakespeare Academy* starten.«

Verblüfft betrachtete sie Luke, der sie aus dem nicht zugeschwollenen Auge fröhlich anzwinkerte.

»Ja, ich hab nachgeschaut, was das kostet.«

»Aber …«

»Aber was?«

»Ist das nicht irgendwie falsch?«

»Du hast eine Menge durchgemacht, ich hab eine Menge

durchgemacht. Und eigentlich gehört er dir.« Luke holte den Ring aus seiner Hosentasche und ließ ihn in der Sonne funkeln. Dann hielt er ihn an sein Ohr und tat so, als ob er mit ihm reden würde.

Kati verdrehte die Augen, spürte aber, wie ihr Herz schneller klopfte.

»Was? Ach so ... jaa. Na dann ...«, murmelte Luke mit verstellter Stimme. Dann wandte er sich wieder Kati zu. »Er sagt, er fühlt sich geehrt, zu solch einem edlen Zweck benutzt zu werden. Aber weißt du, was, du könntest dazu ja auch deine Eltern fragen, deine Mutter oder«, Luke legte eine demonstrative Pause ein, »oder deinen Vater. Wir könnten in zweieinhalb Stunden bei ihm in San Diego sein.«

»Vielleicht hast du recht.«

»Du hast Angst, stimmt's?«, fragte er. »Aber die brauchst du nicht zu haben. Dein Vater ist definitiv kein Alpenzombie, er klang richtig nett am Telefon. Und ich bin auch ziemlich neugierig auf ihn.« Luke grinste. »Wer weiß, vielleicht zeigt er mir sein Saxofon.«

Kati lächelte. »Vorher muss ich mich aber wenigstens noch von Mia und Marlon verabschieden. Die werden ja wohl nicht auch noch verschwunden sein.«

Luke schlug sich mit der Hand gegen die Stirn. »Shit, tut mir leid, das habe ich total vergessen! Sie hat mir ein Geschenk für dich gegeben. Ein Bild, das sie in der Sonntagsschule für dich gemalt hat. Warte, es muss runtergerutscht sein, hoffentlich ist es nicht völlig ruiniert.« Er beugte sich vor, unterdrückte ein Stöhnen, fand die Rolle unter dem Beifahrersitz und reichte sie ihr.

Kati machte das Band ab und entrollte es. Ungläubig

betrachtete sie das Bild. Es hätte die Illustration in einem Märchenbuch sein können, so fein war es ausgearbeitet. In der Mitte stand sie, ganz realistisch in dem Ballblumenkleid, aber umgeben von einem Funkeln. Ein »Sommernachtsfunkeln«, dachte Kati und erinnerte sich an Jeffs Worte.

Auf ihrer Hand saß ein prächtiger Schmetterling, seine Flügel waren wie Spiegelbilder gestaltet. Ein gespiegeltes halbes Herz, eine gespiegelte Blume und ganz am Rand Buchstaben. Zu ihren Füßen hockte ein hinterlistig wirkender Fuchs mit einem flammenden Fell. Rechts neben ihr befand sich Luke, den Mia von oben bis unten strahlend blau gemalt hatte. Und links neben ihr stand eine dünne graue Gestalt, die Mia fast wie durchsichtig gezeichnet hatte, in einem langen dunklen Mantel mit einer großen Kapuze auf dem Kopf. Und über die Schulter hatte sich diese Gestalt eine Sense geworfen.

»Das erinnert mich an was …«, murmelte sie.

»Und ich weiß auch, an was«, fügte Luke hinzu. »An die Geschichte, die ich für dich und diesen Wettbewerb geschrieben habe, die vom weinenden Tod.«

»Aber die kennt sie nicht und ich im Übrigen ja auch immer noch nicht. Wie kommt sie nur auf Ezra und all das?« Kati zeigte auf die Sense und den Fuchs. »Und schau mal hier.« Sie zog das Blatt näher an ihre Augen. »Diese winzigen Buchstaben.« Auf der einen Seite stand *Lived* und auf der anderen, gespiegelt, *deviL.*

Eine Gänsehaut lief Kati über den Rücken, als sie mit dem Zeigefinger über die Zeichen fuhr. »Das ist doch wirklich verrückt!«

Teufel und Tod, dachte sie mit einem Blick auf das gemalte Bild. Wenn sie an Jeffs und Lucys flammende Augen dachte und an Ezras traurige Art wurde ihr ganz schwindelig.

»Du meinst noch verrückter als wir beide?«, fragte Luke.

Kati betrachtete Luke. Er sah müde aus, aber seine Augen funkelten, allerdings ganz und gar nicht verrückt. Sondern sehnsüchtig. Und während er sie so ansah, pochte diese Ader an seiner Schläfe schneller.

Katis Fingerkuppen begannen zu kribbeln. Heute würde sie seine Schläfe berühren. Und nicht nur seine Schläfe. Sie warf ihm einen auffordernden Blick zu, und als sich ihre Augen diesmal begegneten, fühlte sie so eine Hitze in sich aufsteigen, die sie es kaum noch aushielten ließ.

»Reden wir morgen mit Mia und fahren wir morgen nach San Diego«, platzte es aus ihr heraus. »Jetzt möchte ich endlich etwas überprüfen.«

»Was denn überprüfen?« Luke riss völlig perplex sein gesundes Auge weit auf. Dann grinste er unanständig breit. »Also auch, wenn ich gerade nicht so aussehe, ich kann dich beruhigen, es funktioniert noch alles.«

»Gut.« Kati holte tief Luft. »Dann wird es dir ja nicht schwerfallen, mich restlos davon zu überzeugen, dass *so voll Fantasien die Liebe ist, dass nur sie allein fantastisch ist.«* Sie lief auf ihn zu.

»Klingt für mich nach dem klügsten Plan mit P, den ich je gehört habe.« Luke legte beide Arme um sie und zog sie fest an sich.

»Stammt das von dir?«

»Nee, von Michael Jackson natürlich!«

Epilog

»Blue Tears« oder: Die Geschichte vom weinenden Tod

So kann das nicht mit dir weitergehen!«, sagte der Teufel in einer kalten Winternacht zu seinem Freund und nieste in sein mit Engelshaaren besticktes Taschentuch. Der Tod war so ein unverbesserlicher Romantiker, der schon wieder blaue Tränen vergoss, nur weil er ein Liebespaar etwas unsanft mit seiner Sense hatte trennen müssen.

»Es tat mir aber so leid«, schluchzte der Tod. »Sie war so schön, so klug, so mutig und noch so jung!«

»Das ist dein Job, mein Freund, und sollte dich nicht so quälen.« Der Teufel überlegte, was er tun könnte, um seinen Freund ein wenig aufzuheitern.

»Weißt du, was, wenn du willst, verschaffe ich dir eine kleine Pause und rette ein verliebtes Paar für dich.«

Der Tod hörte auf zu weinen. »Das würdest du für mich tun?«

»Ja, aber ich werde dir beweisen, dass es mit ihrer Liebe nicht weit her ist – und dann musst du ihre Seelen mir überlassen.«

Der Tod zögerte, für gewöhnlich zog er immer den Kürzeren, wenn er mit seinem Freund wettete.

»Nur wenn ich mir das Paar vorher aussuchen darf. Dir widersteht schließlich keine so leicht. Und für den Ärger, den ich mir damit beim Chef einhandle, muss sich die Sache wirklich lohnen.«

»Gut. Du wählst sie aus, aber dann darf ich auch mit allen Tricks arbeiten!«

»Von mir aus. Und wenn du dich in sie verliebst, dann schuldest du mir was extra.«

»Der Teufel verliebt sich nie.«

»Das werden wir ja sehen. Manche von den Sterblichen haben, was die Liebe angeht, geradezu magische Kräfte.«

»Mach dir mal keine Sorgen um mich«, sagte der Teufel, der fest entschlossen war, niemals derart lächerlichen Gefühlen anheimzufallen.

Der Tod wischte eine letzte blaue Träne ab und fühlte sich deutlich besser. Ihm schwante, dass es viel Spaß bereiten würde, dabei zuzusehen, wie sich sein Freund umsonst abmühte. Außerdem wusste er, sein Freund würde ein Feuerwerk an Ideen aufbieten, ein Schauspiel, dass er sich in der Tat nicht entgehen lassen konnte. Und er fand es kein bisschen unfair, dass er sich ein ganz besonderes Paar ausgesucht hatte. Ganz im Gegenteil, so sorgte er doch nur für eine höchst reizvolle Steigerung des zu erwartenden Spektakels.

»Deal?«, fragte der Teufel.

»Deal!«, antwortete der Tod und erlaubte dem Teufel, einen seiner Füchse auf die vereiste Straße zu schicken …

Dieser Roman enthält Zitate aus folgenden Werken William Shakespeares:

Kapitel 1: Was ihr wollt I. Aufzug, 5. Szene
Kapitel 5: Julius Cäsar IV. Aufzug, 3. Szene
Kapitel 7: Ende gut, alles gut IV. Aufzug, 3. Szene
Kapitel 9: Julius Cäsar V. Aufzug, 1. Szene
Kapitel 12: Sommernachtstraum I. Aufzug, 1. Szene
Kapitel 13: Der Kaufmann von Venedig II. Aufzug, 2. Szene
Kapitel 14: Titus Andronicus I. Aufzug, 2. Szene
Kapitel 15: Julius Cäsar I. Aufzug, 2. Szene
Kapitel 18: Julius Cäsar II. Aufzug, 2. Szene,
Ein Sommernachtstraum V. Aufzug, 1. Szene
Kapitel 19: Sommernachtstraum IV. Aufzug, 1. Szene,
Julius Cäsar IV. Aufzug, 3. Szene
Kapitel 21: Ein Sommernachtstraum V. Aufzug, 1. Szene
Kapitel 22: Die beiden Veroneser I. Aufzug, 2. Szene
Kapitel 24: Julius Cäsar I. Aufzug, 1. Szene,
Romeo und Julia III. Aufzug, 5. Szene
Kapitel 29: King Lear II. Aufzug, 2. Szene; frei von der Autorin übersetzt
Kapitel 44: Othello II. Aufzug, 3. Szene
Kapitel 47: Der Sturm II. Aufzug, 2. Szene
Kapitel 48: Was ihr wollt I. Aufzug, 1. Szene

Beatrix Gurian

Glimmernächte

Durch die Heirat ihrer Mutter mit dem Grafen Frederik von Raben zieht Pippa in ein prächtiges Schloss nach Dänemark. Doch ihre neue Familie birgt ein Geheimnis, das immer mehr Besitz von Pippa ergreift. Seltsame Dinge geschehen und bald weiß sie nicht mehr, was real ist und was nicht. Bei einem Ball begegnet Pippa ihrem verwirrend attraktiven Stiefbruder Niels. Beide kommen sich schnell näher, doch auch Niels scheint nicht ganz ehrlich zu sein. Als Pippa klar wird, welche Mächte in Schloss Ravensholm lauern, muss sie alles aufs Spiel setzen, um die zu retten, die sie liebt ...

Arena

Auch als E-Book erhältlich

352 Seiten • Gebunden
ISBN 978-3-401-60216-5
www.arena-verlag.de

Beatrix Gurian

Stigmata

Nichts bleibt verborgen

Kurz nach dem Tod ihrer Mutter erhält Emma von einem unbekannten Absender eine alte Schwarz-Weiß-Fotografie, die ein Kleinkind zeigt. Dem Foto beigefügt ist die rätselhafte Aufforderung, die Mörder ihrer Mutter zu suchen. Angeblich soll Emma die Täter in einem Jugendcamp finden, das in einem abgelegenen Schloss in den Bergen stattfindet. Dort stößt sie immer wieder auf unheimliche Fotografien aus der Vergangenheit des Schlosses. Und auch in der Gegenwart häufen sich die mysteriösen Zwischenfälle…